잊혀간 왕국, 아라 6
녹나무관의 비밀

| 조정래 장편소설 |

청암
도서출판

목차

펴내는 말
머리말
1. 비밀리의 여행……………13
2. 아라의 부활……………53
3. 잔칫날의 죽음……………93
4. 남문대장의 죽음……………127
5. 연이은 살인……………163
6. 백제대왕의 침입……………201
7. 짝눈이의 행방불명……………233
8. 백제대왕의 장례……………267
9. 녹나무관의 비밀……………307

꼬리말

펴내는 말

오랜만에 책을 펴내게 됐습니다. 한 권을 마칠 때마다 다음 권은 빨리 써야겠다고 마음먹지만 한 번도 실천하지 못했습니다. 글을 쓰는 게 두려워서, 사는 게 바빠서, 골방에 처박혀 세상과 단절되는 게 싫어서라는 핑계를 댈 수 있겠지만 결국은 자신을 다스리지 못한 소치입니다.

한참이 지나서 앉은 자리는 예전과는 달라졌습니다. 의자는 더 딱딱하고, 화면은 더 어둡고, 키보드는 더 작아졌습니다. 더 자주 일어서야 했고, 더 늦게 들어가게 되었습니다. 그렇게 무디어져 있었기에 오랫동안 생각해야만 했습니다. 그것이 나아서 더 멀리, 더 깊이 갈 수 있었습니다.

어쭙잖게 그것도 나이냐고 하겠지만 이제부터 쓸 걸 하는 생각도 들었습니다. 하지만 이미 거울의 녹은 닦을 수가 없습니다. 이렇게 살아가면서 부끄러움을 더하는데도 길이 있으니 걸어갈 따름입니다.

코로나가 계절을 바꿨습니다. 계절다운 계절이 빨리 오기를 바라며 아직 드러나지 않은 아라도 많이 사랑받기를 기대합니다. 알곡을 익히는 햇살처럼, 단풍을 물들이는 바람처럼, 하늘을 높이는 구름처럼 한가로이 자신을 다스리며 느긋히 가을을 걷고 싶습니다.

푸른 것은 더 푸르고 흰 것은 더 흴 겁니다.
붉은 것도 더 붉고 노란 것도 더 노랄 겁니다.

도서출판 청암에 감사드립니다. 항상 교정을 봐주는 정혜자님, 이순자님께도 감사합니다. 묵묵히 뒷바라지를 해주는 아내와 두 아들, 가족과 지인들 모두에게 고마움과 송구함을 함께 전합니다.

2020. 10.
江賢 조정래

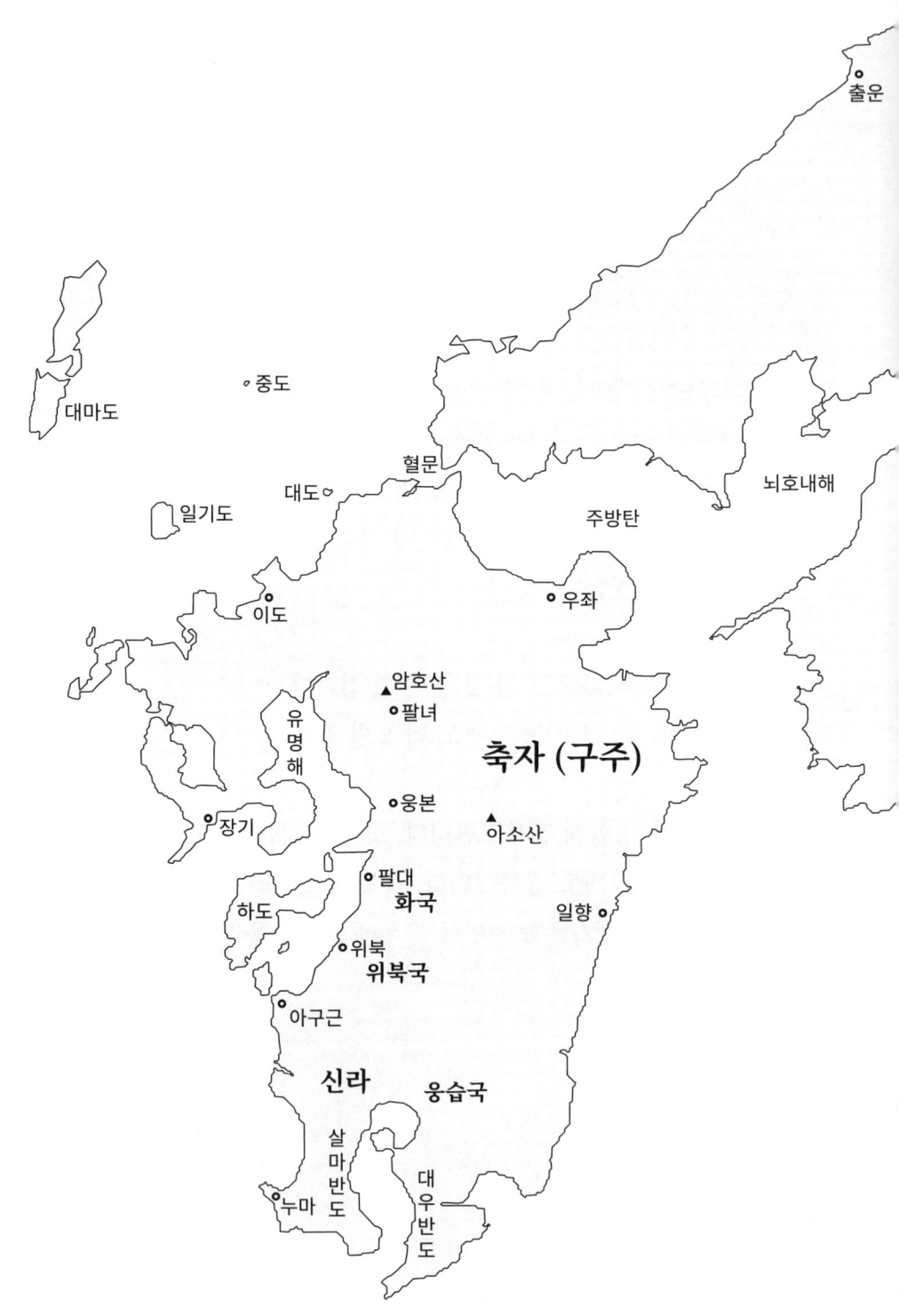

본주

각록
불파관
비파호
근강
오명읍
우치강
생구산
▲대우원산
서궁시
대판
야마토강
나라분지
이세
구시읍
▲암교산
▲삼륜산
음우산

소두도

담로도

이예도 (사국)

녹나무관의 비밀   7

머리말

　서서히 바람은 바뀌고 있었다. 아직도 차고 메마른 눈과 얼음의 형제들이 자신의 가치를 내보이곤 했지만 점점 더 따뜻하고 습기 찬 비의 자식들이 바다에 길게 누워있는 왜의 땅을 찾아오고 있었다.
　겨우내 움츠렸던 사람들은 생동하는 봄기운에 취해 바깥나들이를 다니기 바빴다. 그들의 마음속에는 아직도 진눈깨비가 몰아치고 있었지만 2708년(서기 375)의 새봄은 그들의 몸을 일으키고 있었다.
　그리고 어쩌면 의지란 마음이 아니라 몸에서 비롯되는 것이기에 다시금 그들에게 희망이란 것이 생길 수도 있었다. 백제의 지배를 벗고 아홉 마리의 용이 하늘을 날고 열두 마리의 용이 왕을 수호하는 영광을 되돌릴 수 있을지도 몰랐다.
　무엇에도 비교할 수 없는 고통 속에서 이 년 넘게 살고 있으면서 두려움은 점차 커졌고 치욕과 수모도 점점 깊어졌기에 새봄을 따라 노도와 같은 기운이 왜의 본주의 새 나라인 사라(叵羅) 뿐만 아니라 축자의 새 나라인 신라(新羅)까지도 휩쓸 수 있었다.

 그리고 운이 좋으면 눈을 감아도 선한 아라의 본토, 한반도의 그 자랑스러운 땅도 되찾을 수 있었다. 돌아가신 진정 임금님이나 백제의 그늘 아래 등극조차 못하고 있는 진덕 황태자가 잠시 맡겨놓은 땅이라며 임나(任羅)라고 부르는 비자발, 남가라, 훼국, 다라, 탁순, 가라에다 비리, 벽중, 포미지, 반고의 네 읍과 탐라까지도 모두 되찾을 것이었다.

 처음 백제가 쳐들어 온 지 팔 년 만에, 나라의 중심을 왜로 옮긴 다음 아라 본토에 대한 회복전쟁을 벌인 지 삼 년 만에 일어난 - 아라의 고고성이 울린 지 사백삼십 년이 되는 해의 그 통곡의 눈물을 되돌릴 수 있었다.

 영광은 땅에서 비롯되고 땅은 하늘이 지배하기에 이제 하늘나라에 가 있는 아라의 옛 임금님들이 자신의 땅이었던 곳을 슬쩍 쳐다보기만 해도 바로 용을 내려 보내어 걷잡을 수 없이 커져가는 좌절과 분노를 일시에 폭발시킨 후 영원히 사그라트릴 것이었다. 그러나 하늘에 있는 임은 아직 때를 점지해 주지 않았다.

　오히려 백제의 하느님이 더 영험이 있었다. 백제의 근구수는 아라의 도움으로 차지한 요서와 진평 외에 발해만의 해안을 따라 계속 남진하면서 영토를 확장해 이제 산동반도를 공략하고 있었으며 그 북단을 곧 손에 넣을 참이었다.
　그것은 하북의 정세에 힘입은 바가 컸다. 전진의 부견은 한인 왕맹을 등용해 나라를 다스리면서 국력을 길러 전연과 전량을 복속시키고 대나라와 싸움을 하고 있었다. 이제 대나라만 손에 넣으면 하북의 대다수를 차지할 수 있었기에 발해만은 크게 안중에 없었다.
　하남은 건업에서 사마예가 창건한 동진이 차지하고 있었는데 삼 년 전 즉위한 사마요가 다스리고 있었다. 원래 하남은 인구가 희박하고 낙후된 지역이었는데 오호십육국시대의 왕조 난립과 잦은 전쟁을 피해 하북의 주민들이 몰려와 토착 세력과 융합하고 있었으며 그 결과 동진이라는 신생국이 발

전하는 중이었다.

　이미 한반도의 남부와 그보다 더 넓은 왜를 차지한데다 서해를 건너 계속 해안을 개척하고 있던 백제는 그 기세가 더 강해지고 있었으며 산동반도를 돌아 하남의 해안까지 진출하는 꿈을 꾸고 있었다. 물론 그것은 전부 하늘로 올라간 옛 백제 임금님의 큰 덕에 의한 것임이 자명했다.

　그럴지라도 아라인들은 아직 포기하지 않고 있었다. 때는 기다리면 찾아오기 마련이 아니던가. 겨울이면 몸을 움츠리는 것이지만 봄이 돌아오면 기지개를 켜야 하지 않는가.
　얼음을 녹인 햇살이 마음도 녹여 얼마든지 활활 불타오르게 할 수 있지 않는가.

1. 비밀리의 여행

　선잠에 뒤척이던 진철은 결국 눈을 뜨고 말았다. 눈을 감고 버텨봤자 피곤만 더할 뿐이었다. 상반신을 일으켜 가부좌를 한 후 차 한 잔을 마실 정도 심호흡을 하자 조금 피곤이 가시며 고향에서와 같은 활기가 살짝 느껴졌다. 눈을 뜨니 방안 구석자리에는 아직도 어둠이 남아있었다. 그 희미한 어둠은 언제나 아득한 고향의 몽환을 일깨워주었다. 코끝에 향기가 느껴지고 얼굴에 바람이 살랑대는 느낌.

　물론 방문을 나서면 그렇지 않으리라는 것을 알고 있었다. 새벽을 늦추는 것은 같은 안개지만 고향과는 너무나 다르고 낯설었다. 게다가 유달리 자오록한 나라(奈良)의 안개는 눅눅한 불쾌감마저 안겨주었다. 마치 백제의 지배처럼, 그 감시의 눈초리처럼 언제나 온몸을 죄어오는 안개가 싫었다. 그러나 오늘은 그 안개가 싫지 않았다. 심지어 고맙기까지 했다.

빛을 차단하듯이 자신의 형체를, 움직임을, 마음의 비밀까지도 숨겨줄 수 있도록 안개가 오래 끼어 있기를 바라며 방문을 열었다.

넓은 마당이 눈에 들어왔다. 여기서는 모든 게 넓고 컸다. 진철의 집도 그렇지만 왕궁은 더했다. 지금은 백제의 감시관인 부여대안(夫餘大眼)의 관할이 되어 있지만, 이전에는 본주와 축자까지 왜 전체를 다스렸던 진정 임금님이 터전으로 삼았던 왕궁은 한반도의 것과는 비교할 수 없이 넓고 건물도 웅장했다.[1]

왕궁은 나라(奈良)분지에 있다. 아라가 처음 왜에 와서 제대로 나라가 세워진 곳이라고 해서 원주민은 그곳을 그냥 나라로 불렀다. 왜는 제일 큰 섬인 본주(本州)와 축자, 이예도, 담로도 등으로 구성되어 있다. 본주를 원주민은 혼슈로 불렀는데 본바탕이 되는 섬, 본바탕이 되는 지역이라고 부르는 이름이었다. 축자는 아라인들이 부르는 이름인데 원주민은 아홉 개의 섬으로 이루어져 있다고 구주(九州)라는 뜻의 큐슈로 불렀다. 이예도는 이요시마로 불리었다. 네 개의 나라가 있었기에 사국(四國)이라 부르기도 했다. 담로도는 원래 아와지시마로 불리었는데 백제의 침류가 와서 다스리는 곳이 되자 백제 지방관청인 담로가 있다고 해서 담로도가 되었다. 다무로시마로 불러야 하지만 원주민은 옛날대로 아와지시마

---

[1] 왜에서의 아라와 백제의 다툼 및 아라의 패배, 이후 아라의 반란과 근초고의 죽음 등에 관한 것은 《백제에 의한 왜국통치삼백년사(윤영식 저, 하나출판사, 1987.6월 발행)》에서 발췌

로 불렀다. 가장 큰 호수인 비파호는 본주에 있는데 우치강을 통해 담로도가 있는 대판만으로 흘러든다. 대판만의 바다를 서쪽으로 접하고 있는 넓은 들판을 대판이라고 하는데 원주민은 오호사카라고 불렀다.

  나라분지는 대판에서 생구산을 넘어 동쪽에 있다. 생구산은 길게 뻗어 있으며 그 북쪽 끝은 동쪽으로 뻗어 대우원산과 경계를 이루고 있다. 대우원산을 휘돌아 나가는 강은 북으로 흘러 우치강과 만나는데 생구산과 대우원산 사이로 강이 흘러나가는 곳이 나라분지의 북쪽 끝이었다. 나라분지의 남쪽에는 음우산이 있는데 그 서편에 암교산이 있어서 생구산과 함께 분지의 서편을 이룬다. 한편 분지의 동편은 삼륜산, 용옥산, 보제산, 약초산 등이 연이어 있다. 분지를 흐르는 물은 생구산과 암교산 사이를 흘러서 대판만으로 빠지는데 그 강을 야마토강이라 한다. 야마토는 왜를 의미하는 원주민의 용어였다.

  나라분지의 북쪽에서 흘러오는 야마토강은 여러 하천이 모여 분지의 동편으로 흐르다 분지의 중간에 못 미쳐 서쪽으로 방향을 꺾는다. 그렇게 동에서 서로 흐르는 강의 남쪽에 왕궁의 북문이 있다. 강물은 왕궁을 끼고 돌면서 남으로 방향을 틀어 서쪽 성벽을 따라 곧장 흘러간다.

  특별히 왕궁은 한반도의 아라 본토를 향하도록 지어졌다. 임금님의 집무실과 내성 출입문, 서문을 잇는 대로를 해가 뜨고 지면서 가는 길인 해길이라 부르는데 그 길을 연장하면 예전 아라의 왕궁까지 똑바로 이어지는 것이다. 그것은 아라 사람에게 대단한 자부심과 심리적인 안정감을 더해 주었다. 이역만리 먼 바다에 떠있는 섬에 살고 있을지라도 언제나 돌아갈 곳을 그릴 수 있기 때문이다. 삶이 힘들거나 괴로울 때 버틸 수 있는 것은 그런 믿음이다. 본토로 돌아갈 수 있다는 희망은 백제의 지배를 견디는 힘이었고 그렇게 사람들이 공유하고 있는 믿음은 강력한 응집력을 발휘하는 원동력인 것이다.

해길을 따라 가장 높은 동쪽에 내성이 자리 잡았다. 내성을 방어하는 동쪽 성벽은 더 높고 견고하게 쌓여졌으며 그 너머는 경사가 급하게 꺾이며 낮아지는 구릉 하단부와 연결되었다. 가장 낮은 서문을 나서면 평평한 들판이 펼쳐져 있고 그 너머로 야마토강이 흘렀다. 그건 북문의 바깥도 마찬가지였다.

임금님이 집무를 보는 건물은 내성의 한가운데 자리하고 있는데 기와로 지어진 그 집도 컸지만 그 뒤에 있는 하늘에 제사를 지내는 집은 길이가 무려 이백 자(尺)나 되었고 너비도 팔십 자가 넘었다. 예전부터 아라는 큰 집을 지어 하늘에 제사를 지냈고 그것은 여기서도 마찬가지였다. 기둥은 어른 두 사람이 겨우 안을 수 있으며 하늘 높이 솟은 용마루에는 하늘에서 열두 마리의 용이 내려와 앉아 있었다. 한반도에서 하늘에 제사를 지내던 그 큰 집보다 훨씬 더 크게 지었다.

내성에는 집무실을 중심으로 진정 임금님이 거처하던, 지금은 백제 감시관이 차지한 공간과 진덕 샌님, 진무와 진언 왕자가 거주하는 공간으로 나뉘어져 있다. 샌님은 황태자를 부르는 명칭이다. 집무실에서 오른쪽 북문 쪽에는 왕궁 안에서 가장 크고 숲이 우거진 동산이 있고 인근의 빈터에는 미래의 영광이 기다리고 있었다. 남북으로 이어진 내성벽 바깥에도 빈터가 넓었는데 방어하는 목적도 있지만 나중에 왕족이 집을 지을 자리를 남겨둔 것이기도 했다.

한편 동서로 이어진 해길과 교차해 남북으로 뚫린, 하늘을 나는 용이 다니는 용길은 세 개가 있었는데 가장 큰 길은 남문과 북문을 연결하는 대로였으며 다음은 내성벽 앞의 빈터와 그 서쪽 집들이 이어진 곳을 구분하는 길이었다. 마지막은 서문에서 가까운 동산과 우가의 집들을 이어주는 길이었다. 해길과 용길은 한반도의 왕궁에서도 부르던 명칭이었기 때문에 친숙함을 더했다. 단지, 여기서는 더 길고 넓을 뿐이다.

군사들이 엄중히 지키고 있는 내성의 출입문을 나서면 해길의 왼쪽으로 용길과 접하는 빈터 위에 큰 집 두 채와 작은 집 세 채가 나란히 있었다. 해길과 접한 큰 집은 선화공주로 불리기도 했던 한별공주가 남편과 살던 집이었다. 그 남편은 왜의 원주민으로 진정 임금님보다 앞서 다스렸던 용주국왕으로부터 진충이란 성명을 하사받았으나 두 사람 모두 진정 임금님과 함께 축자에서 목숨을 잃고 말았고 지금은 어린 자녀들이 하인들과 살고 있다.

다른 큰 집은 샛별공주가 부여무내와 함께 살고 있는 집이다. 부여무내는 백제국왕의 장손이자 근구수의 큰아들로 샛별공주와 결혼하면서 아라에 투항했다. 작은 집들은 손님맞이용으로 지은 것이었다. 지금이야 백제의 지배 속에 임금님도 없는 처지라서 백제 군사들이 묵고 있지만 아라가 용의 가호에 힘입어 제대로 선다면 나라 안팎에서 몰려오는 손님으로 가장 붐벼야 할 곳이었다.

아라의 내로라하는 다섯 집안은 첫 용길 아래쪽에 해길을 중심으로 양분되어 살고 있다. 다섯 집안은 양, 소, 돼지, 말, 개의 다섯 동물에 비유해 양가, 우가, 저가, 마가, 구가로 불리는데 양가와 우가는 해길 오른쪽에 살고 저가, 마가, 구가는 해길 왼쪽, 부여부내의 집 앞쪽에 살고 있다.[2]

양가는 원래 임금님과 같은 왕족인데 본토의 왕궁에서는 내성에 살았지만 여기서는 빈터에서 용길 대로와의 사이에 넓은 터전을 차지하고 있었다. 아직 비어 있는 곳이 많았다. 양가에서 용길 대로 건너편은 서문과 북문 사이로 왕궁에서는 북서쪽에 있는 공간인데 진철과 동생 진성이 속해있는 우가가 있다. 우가의 맏이는 진철의 사촌형인 진명(眞冥)으로 이름 없는 고분군의 수호자였다가 지금은 축자를 관할하러

---

[2] 오가의 명칭과 사리, 골한, 즈믄한, 쇠뿔한 등의 명칭은 《조선상고사(신채호 저, 박기봉 역, 비봉출판사, 2011.1.10. 발행)》에서 발췌

1. 비밀리의 여행

가 있다.

  우가에는 쇠를 관장하는 물부, 토기나 목기, 청동제품을 취급하는 토물부, 식량을 담당하는 곡물부, 기름이나 가죽 등 기타 생활물품을 주로 하는 잡물부가 속해 있다. 그래서 우가는 용길 대로 아래로 서문과 북문 사이의 넓은 면적을 모두 차지하고 있었으며 평소에도 사람이 붐비는 곳이다.

  저가와 마가는 부여무내의 집 앞으로 용길 대로와의 사이에 살고 있으며 그 맨 남쪽, 남문의 인근에 구가가 대여섯 채 살고 있다. 구가는 칠년 전 진출이 나라를 배신하면서 몇 사람만 빼고는 집안이 왜로 따라올 수 없었는데 다른 집안이 왜로 터전을 옮긴 것과는 대조적이었다.

  용길 대로 아래로 남문과 서문 사이에는 부여무내를 따라 백제에서 온 군사와 아라의 하급군사, 진충의 친척 등 제한적으로 왕궁에 살 수 있도록 허락된 원주민의 집이 있고 서문과 가까운 곳에 작은 동산이 솟아 있다. 남문과 서문 사이 성벽의 일부분, 서문과 북문 사이 성벽의 대다수는 나지막한 산을 따라 이어져 있고 북문과 인접한 곳에는 동산이 제법 높게 솟아있다.

  동산과 같이 일부 구역을 제외하면 전체적으로 왕궁 안의 집들은 해길과 용길 그리고 샛길로 구획된 바둑판처럼 반듯한 집터 위에 한 집터에 네 집씩 질서정연하게 세워져 있다. 신분에 따라 집터의 면적은 조금씩 달랐으나 사방에 나 있는 길로 쉽게 왕래할 수 있도록 된 것은 모두 같았다.

　이런 바둑판식 구획은 태초에 조선족의 선조들이 붉은 산봉우리인 홍산 아래서 문명을 이루었을 때부터 이어온 전통이다. 선조들은 이미 팔천 년 이전에 백칠십여 채의 집을 계획도시로 만들었으며[3] 이후 조선족은 가는 곳마다 네모반듯한 집터를 만들었던 것이다. 물론 이 아라의 왕궁은 이전보다 규모면에서 비할 바가 아니었다. 작은 집도 길이와 너비가 각각 사십 자에 달했으며, 작은 집이 네 채 모인 한 칸은 각각 팔십 자였는데 그런 칸이 수백 개 있고 빈 집터도 많았으니 가히 독보적이라 하지 않을 수 없었다.

　하지만 바로 그런 점이 진철 뿐만 아니라 본토에서 건너 온 모두에게 낯설음을 안겨 주었다. 너무나 크고 넓은데다 네모반듯해서 거기서 생활하고 있으면서도 낯설음에 깜짝 놀라게 되는 것이다. 그리고 그 낯설음은 계속 되풀이되고 있었다. 매일 보는 것임에도 풀과 나무는 머리가 그리는 것과 달랐고 산과 들판, 바위와 구름도 달랐다. 사실상 모든 풍경이 달랐다. 심지어 사람마저 다르게 보였다. 왜에서 태어나고 자란 원주민이야 당연히 그렇지만 고향에서 온 사람조차 달라 보일 때가 있었다. 너무나 다른 곳이기에 감정이 자연스럽게 이어지지 않는 것이다. 백제감시관이나 그 군사들은 교감 자체가 없으니 귀신이나 도깨비처럼 보일 때도 있었다.

　익숙하지 않는 것에 익숙해져야만 하는 것은 고통이다. 자

---

3) 《실크로드사전(정수일 편저, 창비, 2014.7.14 발행)》에서 발췌

1. 비밀리의 여행

연에 편안하게 안기지 못하는 것, 사람을 따뜻하게 환대하지 못하는 것은 고통이다. 언제나 낯선 땅에서 깨어나야 하는 것도 고통이다. 백제의 지배를 받아들여야 하는 것, 분노를 속으로 삼키며 웃어야 하는 것도 고통이다. 그리고 긴 고통은 두려움이 되기 마련이다. 그런 고통과 두려움이 있었기 때문에 모두가 그 상황을 벗어나고 싶어 했다. 고향으로 돌아가서 그 품에 안기고 싶어 했다. 하지만 그러자면 우선 백제의 지배에서 벗어나야 했고 고향 땅도 되찾아야 했다.

뇌리에 어제 낮에 다녀간 하인의 전갈이 떠올랐다. 긴히 할 말이 있으니 조용히 들라는 진무의 말은 의미심장했다. 그 말이 전혀 짐작이 가지 않는 것은 아니었기에 가슴이 철렁했었다. 쿵쾅거리던 가슴은 해가 저물어서 조금 안정됐지만 밤잠을 설치게 만들었다. 해가 오르고 나면 내성으로 들어가야 했다. 그 의미심장한 말을 들으러 가야 했다. 그래서 그 길을 안개가 끝까지 가려 주기를 바랐다. 물론 그건 공염불에 불과했다. 안개는 이미 그 이전에 흔적도 없이 사라져 버릴 것이다.

진무는 얼굴 가득 미소를 지으며 반갑게 맞아주었다. 겉치레를 좋아하지 않는 그는 예를 차리기도 전에 자리에 앉게 했다. 진철도 사양하지 않았다. 사양하면 이야기를 나누기에 불편할 뿐이고 그 정도의 격식은 차리지 않아도 되었다. 전쟁이 많은 사람을 데려가 버렸기 때문에 지금은 왕궁에서 우가의 제일 높은 책임자가 진철이었다. 그러니 한 집안의 대표로서 대접을 받을 만했다.

그렇지만 그는 대접을 받기보다는 스스럼없는 사이가 좋았다. 천 명의 군사를 거느리는 즈믄한이었던 아버지 진의나 큰아버지 진유가 진정 임금님과 명을 같이 하지 않았더라면? 사촌형 진과가 전쟁에 희생되지 않았더라면? 하물며 우가에서 제일 나이가 많은 진명이 축자의 신라를 관할하지 않고 왕궁에 있다면? 자신은 아직 대접을 받을만한 위치가 아니라는 생각이 들고 대접받는다는 것이 거북했다. 단지 상대가 편안해야 같이 편안할 수 있었다.

진무는 왕자이기 이전에 특별한 사람이었다. 나이가 네 살이나 적은데도 그가 전쟁터를 누비며 보여준 지적인 판단이나 빠른 결정은 언제나 감탄을 자아내게 했다. 진철은 그런 장수의 덕목을 갖춘 그를 깊이 존경하게 되었다. 지금은 소강상태지만 끝없이 휘몰아치는 전쟁의 시대에 태어났으니 훌륭한 지휘관 아래서 일하는 것은 얼마나 큰 행운인가!

진정 임금님이 돌아가시고 나서 군사를 책임졌던 진덕은 신중한 사람이다. 키가 크고 서른에 다다른 나이답게 중후한 몸집을 가진 그는 그 몸집답게 결정에 대한 책임을 질 수 있을 만큼 원숙했다. 만약 평시라면 그런 성격은 나라를 잘 다스리는 성군의 재질이 될 수 있다. 그러나 시시각각 상황이 변하는 전쟁터에서는 빠른 판단과 결정이 더 유리할 때가 많았다.

1. 비밀리의 여행

　진무는 그런 성품을 타고났다. 그는 만 명의 군사를 지휘하는 골한의 지위에 어울리게 어떤 상황에서도 주저함이 없었으며 마치 모든 것이 머릿속에 있는 듯 순간순간 빠르게 결정하고 행동했다. 임기응변에도 능해서 어려운 일이 닥쳐도 교묘히 빠져나오곤 했다. 그런 것은 타고나지 않으면 얻을 수 없는 것이다. 키는 형과 비슷했지만 몸은 약간 마른 편이었으며 형과는 달리 어릴 때부터 온갖 전쟁터를 휩쓸고 다녔고 그만큼 몸매도 다부졌다. 어디서 나오는지 모를 힘도 대단해 가장 멀리 화살을 날리는 일원에 속했다. 또 장정 두셋과 몸싸움을 해도 능히 버틸 수 있었는데 그만큼 재빠르고 재치도 있었다.

　진철도 많은 고난을 겪어봤고 또 아버지를 대신해 즈믄한이 되었을 때 빠르게 판단하고 올바른 결정을 내리려고 많은 노력을 해봤지만 진무처럼 될 수는 없었다. 그것은 한계였다. 칼잡이 집안에서 칼을 휘두르는 것은 그보다 잘할 수 있지만, 힘으로 부딪혀도 아직 그와 맞붙을 자신이 있지만, 머리를 쓰는 것은 한 수 접지 않을 수 없었다. 그에게 최선은 진무의 조언을 구하는 것이었다.

　가까이 쳐다보니 진무는 얼굴에 약간 살이 붙은 것 같았다. 눈매도 부드러워졌고 입가의 미소도 한층 편안하게 느껴졌다. 작년까지만 해도 백제의 감시를 못마땅해 하면서 사사건건 말썽을 일으켰는데 그 날카로움도 얼굴에서 자취를 감춰

버렸다. 변화는 좋을 때가 더 많은 법이다.

"어쩐 일로 찾았습니까?"
"시간이 나면 같이 축자에 좀 다녀왔으면 하네."
"시간이야 얼마든지 낼 수 있습니다. 우가의 일을 맡고 있다지만 실질적인 일은 모두 동생이 하고 있으니 몸을 빼는 것은 어렵지 않습니다."
"참, 진성이는 잘 지내는가?"
"예, 동생은 잘 지냅니다. 제가 밖으로 나돌아 다니다 보니 집안일은 진성이가 해왔는데 그럭저럭 우가의 일도 잘 쳐내고 있습니다. 원체 꼼꼼한데다 부지런하니 큰 실수 없이 잘 해내겠지요. 덕분에 저는 놀고먹는 신세가 되었습니다. 해준 것이 하나도 없는데 저렇게 형을 대신하고 있으니 미안할 따름입니다."
"하지만 자네는 자네대로 해온 일이 있지 않은가! 다 각자가 길이 있는 법이네. 자네 동생은 천상 책상물이니 하는 일이 적성에 잘 맞을 게야. 그러니 너무 미안해하지 말게. 한번씩 마음이나 써주면 되네."
"알겠습니다. 그런데 축자에는 무슨 일입니까?"
"그전에 다짐해 둘 게 있네. 이 일은 우리 둘만 알고 있어야 하네. 요즘은 감시가 많이 느슨해졌지만 그래도 내가 축자에 간다고 하면 무슨 일이라도 꾸미는 줄 알고 아마 못 가게 할 걸세. 만에 하나 가라고 한들 나중에 여러 사람을 괴롭힐 테니 안 가는 것만 못할 테지. 그래서 이번에는 몰래 다녀오려고 하네."

"몰래 다녀오신다니요? 하루만 안 보여도 부여대안이나 백제 군사들이 눈에 쌍심지를 켜고 여기저기 들쑤시며 찾아다닐 텐데 멀리 축자까지 어떻게 다녀온다는 말씀이십니까? 그보다 여기서 이런 이야기를 나눠도 괜찮은 겁니까?"

"백제의 감시라면 걱정하지 말게. 담로도에 잔치가 있어 모두 그리 가고 하급군사 몇 밖에 남지 않았네. 그들도 이미 숙소에서 거나하게 취했네. 부여대안이 떠난 후 내가 직접 술병을 들고 다녀왔다네. 지난 일 년 간 저들의 눈치를 보며 얼마나 조용히 숨을 죽이고 있었는가? 이제 저들도 내가 예전과는 달라졌다고 마음을 놓고 있네. 그래서 이렇게 왕궁을 비운 것이지. 하인들을 시켜 망까지 보게 했으니 걱정은 떨쳐버리게."

"그렇다면 안심이지만 축자는 무슨 수로 다녀옵니까?

"그건 자네의 힘을 빌려야지. 실은 자네 동생의 힘을 빌린다고 해야 옳겠구먼. 아무튼 이건 우가가 나서줘야 하는 문제일세."

진무는 말을 끊고 빙그레 웃음을 지으며 넌지시 진철을 바라보았다. 이럴 때의 진무는 젊은이가 아니라 속에 능구렁이가 열 마리는 든 노인네였다. 어서 질문을 하도록 애간장을 태우는 것이지만 그렇다고 미끼를 덥석 물 진철도 아니었다. 어깨를 뒤로 빼고선 입가에 미소를 머금은 채 가만히 진무를 쳐다보았다. 그렇게 한참이 지나자 진무가 입을 열었다.

"역시 자네는 믿을만한 사람이야. 자네만큼 진솔하면서도 신중한 사람이 두셋만 더 있었으면 아라가 이 지경이 되지는 않았을 텐데. 사실 이번 일에는 아라의 명운이 걸려있어서 축자에서 많이 도와줘야 한다네. 그런데 축자는 우가의 진명이 관할하고 있지 않은가! 자네와 진명의 도움이 절대적이니 우가에서 도와줘야 한다고 한 걸세. 그래서 우가를 책임지는 자네의 반응이 궁금했네. 이만하고 본론을 이야기해봄세. 자네도 그동안 형님이 담로도에 몇 번이나 다녀온 것을 알고 있겠지?"

"예, 그 일이라면 돌아가신 진정 임금님과 한별 공주님, 진충 부마님의 무덤을 만드는 것이 아니었습니까?"

"맞네. 그저께 형님이 침류를 찾아갔을 때 마침내 승낙을 받았다네."

"정말입니까? 샌님과 왕자님의 염원이 드디어 해결이 되다니 정말 경하할 일이옵니다. 그동안 맘고생이 얼마나 심했습니까? 정말 경하 드립니다."

지난해 늦봄에 축자에 갔던 일이 떠올랐다. 진성과 함께 찾아간 그를 사촌형 진명이 맞아주었다. 나이가 들 때까지 험한 길을 걸었던 그였지만 이제 이름을 되찾고 아라가 축자에 세

1. 비밀리의 여행

운 아라의 새 나라, 신라를 관할하고 있었다. 물론 거기도 백제감시관이 있지만 아라인 중에서는 최고의 책임을 맡고 있었다. 그건 오랫동안 큰아버지 진유와 진명의 동생인 진과가 해오던 일을 물려받은 것이기도 했다.

진명이 있는 곳은 아소산의 서남쪽 바닷가에 있는 원주민이 야쓰시로라고 부르는 팔대(八代)인데 내륙 깊숙이 고개를 들이민 유명해의 인근에 있다. 아리아케해로 불리는 유명해는 바다 쪽으로 부리모양의 길게 뻗은 곶이 있어서 나가사키로 부르는 장기(長埼)와 시모시마로 부르는 하도(下島)의 사이로 들어가서 왼쪽으로 방향을 꺾어 북으로 길게 뻗어 있다. 그리고 하도와 오야노시마로 부르는 대시야도(大矢野島)의 사이를 통해 넓은 만으로 연결되어 있는데 팔대는 그 만의 연안에 있다. 그곳은 옛날에 화국(火國)이라는 나라가 있던 곳이었다. 화국은 그 이름답게 불을 다루는 아라인의 선조가 축자로 건너와서 세운 나라였다. 그 남쪽에 진정 임금님이 세운 큰 소의 나라인 웅습국이 있었는데 두 나라는, 위북국이라는 화국 인근의 또 다른 나라와 함께 아라가 축자와 왜의 본주까지 모두 차지하는 기반이 된 곳이었다.

진명은 이미 모든 준비를 해놓았었다. 바닷바람과 북풍을 막아주는 큰 산의 남쪽 산줄기에 본토의 아라를 향하는 묘가 이미 준비되어 있었다. 묘지 앞에 관이 세 개 놓여 있었는데 진명의 선친인 진유와 동생인 진과, 진철의 선친인 진의의 것이었다. 그들이 죽음을 맞이한 어목에서 며칠이나 걸려 운구해 온 것이었다. 이미 한 번 땅에 묻혔던 시체는 뼈만 추려 관속에 들어 있었다. 그토록 따스하고 온갖 추억이 깃든 육신이었건만 뼈만 남기고 자취도 없이 사라져 버린 것을 본 진철은 슬픔보다 공허함이 앞섰다. 슬픔은 왕궁으로 돌아오고 한참이 지나서야 찾아왔다. 새벽에 남몰래 눈물을 흘리는 것은 그 때문이었다.

그 봄부터 가을까지 많은 사람들이 축자를 찾았다. 축자의 큰 섬을 한 바퀴 돌면서 구석구석에서 전투가 이어졌고 급히 몸을 피하느라 죽은 사람을 야산에 대강 묻거나 아예 묻지도 못하고 후퇴하기도 했다. 그래서 백제에 항복한 후 어느 정도 질서가 잡히고 안정이 되자 사람들의 시선이 축자로 쏠리게 된 것이었다.

하지만 백제는 모두 축자에 가서 시체를 수습하게 허락해도 유독 진정 임금님과 한별공주 부부는 손을 못 대게 했다. 혹시라도 아라의 왕권을 인정해 주어서 그들이 다시 뭉치면 큰일이었다. 그 일을 계기로 반란이라도 일어난다면. 그런 일은 절대 일어나서는 안 되는 것이었다. 그런데 눈에 가시 같던 진무도 조용해지면서 말썽부릴 사람도 없고 지금은 축자를 찾아가는 사람도 없어서 많은 사람이 모일 일도 없으니 마침내 허락을 얻어낸 것이다.

"저도 지난해 축자를 다녀온 이후로 미안하기도 하고 안타

1. 비밀리의 여행

깎기도 했습니다. 우리 같은 사람도 먼저 묘를 만들었는데 임금님의 묘를 만들지 못하다니 말이 안 되지 않습니까? 인륜은 하늘도 어찌하지 못하는 법인데. 이제라도 침류가 정신을 차렸으니 정말 다행입니다."

"그래. 아무튼 이번에 일이 잘 풀려서 기쁘게 생각하고 있다네."

"그럼 장례는 언제 치르게 됩니까? 우리야 며칠이면 끝나지만 임금님은 경우가 다르지 않습니까? 터를 정지하고, 무덤방을 만들고, 봉분을 쌓을 흙까지 준비하려면 시간이 많이 걸릴 텐데."

"장례는 구월 일일에 하기로 했네. 오늘이 삼월 일일이니 꼭 반년이 남았구먼. 형님이 어제 기별할 사람을 보냈으니 잘 준비될 걸세."

"하필이면 구월 구일 좋은 날을 두고 초하루입니까? 중양절은 무슨 일을 해도 액이 끼지 않는 날이니 그날 하면 좋지 않습니까?."

"백제 입장에서야 액이 끼기를 바라는 것인지도 모르지. 아무렴 날이야 어느 날인들 무슨 상관이 있는가? 장례를 치르기만 하면 되는 걸."

"정말이지 백제는 도의가 없는 나라입니다. 그렇게 무덤을 못 쓰게 하더니 이제 중양절에 장례도 못하게 하다니. 언젠가는 이 수모도 갚아줄 날이 있겠지요. 그럼 축자에 가는 것이 묘를 만드는 것과 관련이 있는 일입니까?"

"전혀 상관이 없는 것은 아니지만 그렇다고 직접적으로 관계되지는 않지. 우린 사람을 모으러 간다네. 그것도 아주 많이."

진철이 짐작은 하고 있었지만 막상 그 이야기를 들으니 간담이 서늘해졌다. 이제 드디어 그 길로 가는 것이다. 위험도 크고 나중에 많은 목숨을 잃을 수도 있었다. 하지만 모두가 바라던 일이기도 했다. 갑옷을 입고 칼을 차고 전쟁터를 누벼야 하는 쇠뿔한이라면, 나이가 많든 적든, 덩치가 크든 작든, 사내라는 사내라면 그들은 자신의 심장이 어디에 있는지 알았다. 그 고동소리를 어디서 들을 수 있는지 알고 있었다. 그리고 그 피가 용솟음치는 곳으로 모두들 얼마나 가고 싶어 하는지 그는 알고 있었다.

이번은 기회도 좋았다. 근구수가 한반도에 있지 않고 산동반도에서 전쟁을 하고 있어서 예전처럼 부여무내가 주눅이 드는 일은 없을 것이다. 차마 아버지에게 대들지 못해 그동안 얼마나 많은 작전 차질을 가져 왔던가. 침류는 동생이니 부여무내가 그에게는 겁을 먹지는 않을 것이고 담로도의 섬이야 저들보다 군사만 많으면 쉽게 점령할 터였다.

다른 방법도 있다. 침류가 제칠지도를 들고 부임해 온 것이 2705년(서기 372) 구월이니 이미 이 년 반을 왜에서 보냈다. 이제 아라의 사정을 자세히 알 터이니 부여무내를 앞세워 설

1. 비밀리의 여행

득할 수도 있다. 돌이켜보면 애초에 왜의 주인으로 인정받은 사람, 나중에 백제의 왕이 될 자격을 가진 사람은 부여무내였다. 제칠지도가 근초고의 위엄을 그대로 간직하고 있는 신물이라고 해도 형칠지도는 이미 2702년(369)에 근초고가 만들어 준 칼이다. 비록 지금은 부여무내가 차고 있는 그 칼이 백제대왕의 위엄에 맞서고 있다 할지라도 그 권위를 먼저 차버린 것은 근초고였다. 부여무내로서는 애초에 샛별공주와의 결혼만 허락받았어도 아라와 원만히 하면서 백제왕이 될 수 있었다. 그런 정당성을 이야기하면 침류도 수긍할 것이다. 설혹 그가 수긍 않는다 해도 이쪽은 명분을 세울 수 있다. 모든 일에 가장 중요한 것은 명분이 아니던가.

"그런데 축자는 어떻게 갈 것입니까? 아까도 이야기했지만 하루만 안 보여도 난리를 칠 텐데요?"

"그건 생각해 놓은 게 있네. 우가는 다루지 않는 물건이 없으니 틀림없이 옻의 진액도 갖고 있겠지?"

"잡물부에 가면 창고에 통으로 수북이 쌓여 있을 겁니다. 옻이 쓰이지 않는 물건이 어디 있습니까? 쇠에도 옻칠을 하는데. 없으려도 없을 수가 없지요."

"하지만 옻을 다뤄보지 않은 사람은 스치기만 해도 독이 올라 피부가 벌겋게 부풀면서 터져나가지. 그러니 몇 사람에게만 몰래 옻을 먹이고 풍토병이 돈다고 하면 모두 바깥출입을 않을 테니 그때 몰래 다녀오면 되네."

"하지만 옻을 먹여서 사람이 죽으면 어떡합니까? 그걸 이기지 못하는 사람도 있을 텐데요."

"그러니 몸이 단단해 견딜 수 있는 사람을 찾아야지. 그리고 약한 사람도 조금만 먹으면 회복된다고 하니까 적당히 양을 조절하면 되겠지. 자연스럽게 보이려면 여자도 둘이나 있어야 되지 않겠는가? 참, 이왕 하는 김에 백제군사도 한 명쯤 욕을 보이도록 하세. 고것이 재미있겠구먼."

"그러다 풍토병이 아닌 것으로 탄로가 나면 어찌합니까? 백제군사도 옻에 대해서 통 모르지는 않을 겁니다."

"그러니 몰래 먹여야지. 그러면 옻을 먹어서 그런 줄은 꿈에도 생각하지 못할 테니까. 우리는 한 열흘이면 다녀올 테니 넉넉잡고 보름만 소문이 나면 될 걸세."

"그래도 모르니 옻을 다루는 사람에게 해독할 약재도 받아 놓도록 하겠습니다."

"그런데 옻을 먹이는 일은 누굴 시키면 되겠는가?"

"제가 데리고 있는 칠성이가 탐라에서 뱃일을 해서 옻을 잘 만집니다. 몸도 날래고 머리도 총명하니 잘 해낼 겁니다. 입도 무겁고 아라에 대한 충성심이 단단해서 넌지시 일러만 주어도 요령껏 행동할 겁니다."

"그렇다면 그에게 맡기게. 옻은 대개 칠팔일이면 몸에서 빠진다 하니 시차를 두고 일을 진행해야 하네."

"그건 염려 마십시오. 칠성이가 알아서 할 겁니다. 그런데

1. 비밀리의 여행

언제쯤 출발하실 예정입니까? 거기에 맞추면 되니까요. 자연스럽게 보이려면 처음에는 한 사람부터 시작해서 두 사람, 세 사람으로 천천히 퍼진 것으로 보이게 해야 될 겁니다."

"그러려면 시간이 걸릴 테니 이십일은 넘겨서 출발해야겠구먼. 이왕이면 달도 없는 그믐에 축자에 있도록 맞춰서 일을 진행시켜 주게. 이십삼일 동이 트기 전에 성벽을 넘으면 되겠구먼."

"알겠습니다. 그런데 어떻게 옻에 대해 생각하셨습니까? 저는 아예 상상도 못해 본 일입니다."

"자네야 흙을 빚어서 그릇을 만들다 나중에 칼을 쥐게 되었으니 옻을 접할 일이 있었겠는가? 나는 아버님을 따라 칠토(漆吐)에도 자주 다녔으니 자네보다는 훨씬 일찍 옻을 알게 되었을 거야."

"칠토라는 이름은 자주 들었습니다만 정작 코앞에 두고도 가보지는 못했군요. 옻이 너무 많아서 토할 만큼이나 있다고 그 이름을 붙였다고 하더군요. 나라에 쓰이는 온갖 배와 반닫이, 그릇 등의 나무로 만든 것이면 무엇이든지 거기서 옻칠을 해서 사용한다더군요. 우리야 원체 흙을 주물러 해결하다 보니 옻을 쓸 일이 아주 드물었지요."

"그럼 돌아가서 잘 준비해 주게. 여러 말 안 해도 되는 사람이니 믿겠네."

"걱정 마십시오. 이만 나가보겠습니다."

사람들은 처음에 풍토병이 돈다고 믿지 않았다. 옻을 잘못 먹어서 그렇지 풍토병은 아니라는 것이었다. 그러나 옻을 먹지 않은 사람들에게서 자꾸 병이 퍼져나가자 의혹은 이내 확신으로 그리고 공포로 변했다. 모두가 문을 걸어 잠그고 바깥으로 나오지 않았다. 감시하는 백제군사마저 거리에서 기웃거리다가 한 명이 병에 걸리자 모두 두문불출이었다.

그 덕에 진무와 진철은 쉽게 축자에 다녀올 수 있었다. 옻에 걸려 고생하는 사람들에게는 미안한 일이었지만 진정 임금님의 장례에 맞추어 봉기하려면 희생을 감수할 수밖에 없었다. 대신 고생이 심한 사람들은 해독약을 주어서 빨리 낫게 하고 나중에 거사를 이루고 나면 은전을 내려 보상하기로 했다.

백제 감시관을 피해 몰래 만난 진명은 진무를 보고 황송해 어쩔 줄 몰랐다. 서신을 보내든지 아니면 진철만 보내도 충분할 텐데 직접 찾아주셔서 영광이라며 몸둘 바를 몰라 했다. 진무는 그런 진명에게 더 미안해하며 아라를 새로 일으키는 데 도움을 달라고 부탁했다. 진명은 영원히 아라를 위해 충성을 다하겠다며 각오를 불태웠다. 확실히 그는 완전하게 아라를 위해 길러진 사람이었고 이제 고분군의 수호자가 아니라 아라의 수호자로서 그 역할을 다하고자 하는 것이었다.

그가 관할하는 축자는 그런 기반이 닦인 곳이다. 아라가 처

1. 비밀리의 여행

음 자리한 화국이나 그 옆의 위북국 뿐만 아니라 살마반도와 대우반도를 중심으로 자리한 웅습국도 오래 전부터 아라의 터전이었다. 아라의 땅임에도 나라 이름이 많은 것은 아라가 와서 세운 나라도 있지만 원래 원주민이 세운 나라도 많았는데 그 나라들에 왕족인 양가를 파견해 본래의 영토대로 다스렸기 때문에 이름이 남아 있었다. 그래서 아라가 명명한 축자의 신라라는 나라에는 아라가 세운 화국, 위북국, 웅습국 뿐만 아니라 원주민이 세운 아소국, 축후국, 이도국 등의 명칭도 속해있었다. 하지만 나라 이름은 많아도 왕을 말할 때는 아라의 임금님만 왕으로 불러야 했다. 그 나라들은 왕이 있는 나라가 아니라 예전에 나라가 있었던 구역을 지칭하는 용어에 불과했다.

한편 처음에는 그 나라들에 전부 양가가 파견되었지만 다른 집안에서 항의를 하자 공이 많은 집안의 사리를 파견하게 되었으며 백제에 무릎을 꿇은 이후로는 양가에서는 파견되지 않았다. 왕족이 가면 군사를 모아 반란을 획책할 수 있다는 우려 때문에 백제가 허락하지 않았기 때문이다. 그래도 축자의 경우는 특별했다. 처음 진정 임금님이 왜로 건너와서 여러 정복 활동을 할 때나 축자에 나라를 세워 다스릴 때 가장 공이 큰 우가였기 때문에 본주의 사라에 왕궁을 지어 그쪽으로 옮겨갈 때 우가에 축자를 맡겼던 것이다. 그렇게 축자는 우가가 관할하게 되었지만 초기에 많은 집안이 정착하게 된 관계로, 양가와 우가가 중심이지만 다른 집안도 많이 있었고 동원할 수 있는 사람도 많았다. 백제가 진정 임금님의 장례를 허락하지 않은 것도 그 때문이었다.

축자에서 만 명의 병력을 모으겠다고 하자 진무는 반색을 하면서도 그게 가능한 일이냐고 물었다. 진명은 축자가 아라의 기반이 처음 닦인 곳이고, 자기 아버지 진유가 최고 책임자로, 동생인 진과는 부책임자로 다스린 곳이기 때문에 그 정도는 충분히 가능하다고 답했다. 진무는 십분의 일만 해도 왕궁을 탈환하는 것은 문제가 없지만 그 후 지키기 위해서는 최소한 오천 명은 왕궁에 있어야 한다며 축자에서 먼저 사천 명을 보내달라고 했다. 군사를 보낼 때는 백제가 눈치 채지 못하도록 조금씩 육지와 바다로 나누어 보내고 축자와 본주 사이의 혈문은 백제 군사가 많으니 조심하라고 했다. 혈문은 축자와 본주의 원주민이 시모노세키라고 부르는 하관 사이의 좁은 해협으로 동해안에서 흘러오는 해류가 주방탄으로 가거나, 아니면 반대로 흐르는 곳이어서 물살이 아주 거센 곳이지만 배를 타면 금세 건너갈 수 있는 곳이었다. 그래서 지키는 군사가 많았다.

나중에 장례식을 마치고 돌아갈 때 야마토강을 따라 올라갈 것이기 때문에 군사 중 이천 명은 그 지류의 구시읍(舊市邑)에, 나머지는 이세에서 나라분지로 들어가는 산골짜기에 구월 육일까지 도착하게 해달라고 했다. 육천 명은 비파호의

1. 비밀리의 여행

남단에서 호수물이 우치강으로 흘러드는 지점에 못 미쳐 동쪽 언덕에 있는 오명읍(吾名邑)에 구월 칠일까지 보내달라고 했다. 진명은 책임지고 그렇게 하겠다고 약속했다. 진무는 그 공을 절대 잊지 않겠다며 진명의 두 손을 오랫동안 쥐고 있었다.

축자에서 돌아오는 길은 아흐레나 걸렸다. 무기도 마련해야 했기 때문이다. 혈문에서 동해안의 바닷가를 따라 가면 안래가 나오는데 진정 임금님이 와서 그곳이 편안해졌기 때문에 붙여진 이름이었다. 임금님이 편안하게 와서 붙여진 이름이라고도 했다. 그곳에 출운(出雲)이 있는데 왜에서 가장 좋은 사철이 나는 곳이었다. 쇠를 다룰 줄 몰랐던 원주민은 사철 때문에 농사가 안 된다고 싫어했는데 임금님은 그 가치를 알아보았다. 수많은 가마를 만들고 불을 피워서 쇳물을 녹여 내어 농기구와 무기 등을 만드니 아주 유용한 곳이 되었다. 임금님이 거기서 초치검(草薙劍)을 만들었는데 적을 풀 베듯이 베어버린다는 그 칼은 임금님이 한반도에서 가져간 십악검보다 더 단단했다. 출운이란 지명은 가마에서 나온 연기와 쇠를 두드릴 때 나오는 김이 하늘을 덮어 그렇게 지은 것이다.

그곳 사람들은 진정 임금님을 기리기 위해 이야기도 만들었다. 임금님이 하늘에서 출운국의 파천이라고 하는 하천의 상류에 내려왔다. 그때 한 곳에서 우는 소리가 들리기에 찾아가 보니 노인과 노파가 소녀를 어루만지며 눈물을 흘리고 있었다. 임금님이 물으니 원래 딸이 여덟 명이 있었는데 머리가 여덟 개, 꼬리가 여덟 개인 큰 뱀에게 하나씩 먹히고 이제 한 명이 남았는데 곧 먹힐 지경이라서 울고 있다고 했다. 임금님이 만일 내가 딸을 살리면 혼인을 해도 좋으냐고 물으니 그렇게 하라고 대답했다. 임금님은 여덟 개의 방이 있는 집을 만들고 술동이 여덟 개를 방마다 놓고 술을 가득 채우고 기다렸다. 때가 되니 뱀이 왔는데 여덟 개의 머리를 모두 술통에 넣고 술을 마신 후 취해서 잤다. 임금님이 십악검을 빼어 그 뱀을 토막내었다. 꼬리를 자르려고 했는데 소리가 나며 십악검의 이가 빠졌다. 갈라보니 그 안에 초치검이 들어있었다. 임금님이 십악검은 큰아들에게 주고 그 칼을 차고 다녔다. 소녀와 결혼해 출운의 아주 맑은 곳에 살았다는 것이었다.[4] 다소 황당한 내용이기는 했지만 그렇게라도 진정 임금님을 기억해 주는 것을 감사하게 생각했다.

　진무는 그곳에서 쇠를 가장 잘 다루는 쇠돌이를 찾았다. 그는 백제의 감시 속에 어쩔 수 없이 일을 하고 있었고 자기가 좋아하는 칼을 만드는 것이 아니라 농기구를 만들고 있었다. 전쟁이 끝난 지 몇 해 되어 무기가 많이 소요되지 않았기 때문이다. 그는 당장 백제 감시자들을 죽이고 자기가 하고 싶은 대로 쇠를 두드리고 싶어 했다. 이 일대는 오랫동안 아라

---

[4] 원주민들의 이야기는 《일본서기(전용신역, 일지사, 2010. 12. 25. 10쇄)》, 《고사기(노성환 역, 예전사, 1991.7.15. 발행)》 등에서 발췌

1. 비밀리의 여행

의 터전이 닦인 곳이니 백제 군사가 쳐들어온다면 몰라도 다른 지역의 감시자 눈은 충분히 피할 수 있다고 했다. 조금씩 만든 무기는 모아서 담로도에 바치면 되는데 연말에 바칠 예정이므로 찾지도 않을 것이니 이참에 감시자를 제거하고 무기를 많이 만들자는 것이었다. 진무는 혹시 모르니 다음에 인질로 쓰도록 감시자를 제압해서 가두어두자고 했고 결국 그렇게 의논이 되었다. 백제 감시자들을 제압해서 가두고 나자 쇠돌이는 칼을 만들 수 있게 된 것을 기뻐하면서 감사하게 생각했다. 쇠돌이들을 시켜 전부 무기를 만들고 만든 무기는 수시로 비파호 옆의 아라마을인 오명읍에 사는 진두(眞頭) 사리에게 갖다 주라고 했다. 사리는 집안을 대표하는 우두머리를 가리키는 말이었다.

오명읍은 원주민이 아나무라라고 불렀는데 그 뜻은 아라마을이라는 것이었다. 무라는 원주민의 용어로 마을이란 뜻이고 아나는 아라를 지칭하는 원주민의 용어였다. 아라라는 이름은 곳곳에서 다르게 썼는데 진나라는 안야로 쓰기도 했고 한반도에서는 아시랑이라 쓰기도 했으며 왜의 원주민 중 일부는 안라라고 쓰기도 했다. 아무튼 오명읍은 아라마을이었고 그곳이 아라마을이 된 것은 진정 임금님과 그 아들들이 나라(奈良)의 왕궁을 짓기 전에 거주했기 때문이었다. 임금님은 왜에 왔을 때 동해를 따라 본주의 서북쪽인 안래와 출운, 각록 등을 정복한 뒤 비파호로 내려와 우치강이 시작되는 인근의 경치 좋은 곳에 자리를 잡았던 것이다. 오명읍은 비파호에서 물고기나 조개를 얻을 수 있고 논밭도 많았기 때문에 살기 좋은 곳이었다. 북동쪽에서부터 동쪽을 돌아 남쪽까지 산이 빙 둘러 있어서 방어하기도 쉬웠다. 임금님이 터전을 잡은 것은 그런 여건이 있었기 때문이다. 또한 진무 왕자는 강돌을 따뜻하게 데워 마을 사람들이 배가 아픈 것을 치료해 주기도 했는데 그래서 아라마을에는 진정 임금님과 진무 왕자를 기념하는 공간도 있었다.

왕궁으로 돌아오니 아직도 몇 사람이 풍토병에 걸려있었지만 대부분은 회복되어 있었다. 칠성이가 딱 맞추어 일을 잘 끝낸 것이다. 이미 목적은 이룬 터라 더 이상 고생하지 않도록 빨리 해독약을 주라고 일렀다.

원화는 남편 몫까지 먹어 치우느라 몸이 두 배나 늘었다며 빨리 책임지라고 앙탈을 부렸다. 그래도 신랑이 무사히 다녀온 것이 좋은지 눈가에 미소가 떠날 줄을 몰랐다. 세월이 가면서 더욱 더 예뻐지는 그녀를 한참이나 안고 있었다.

"아이들은 잘 있소?"

"그래도 애들이 보고 싶었나 보군요. 큰애가 천방지축으로 돌아다니기는 해도 몸은 아주 건강하답니다. 작은 애는 이제 아장아장 걷는데 오래지 않아 누나를 따라 다니겠지요. 벌써 그만큼 크다니 세월이 참 빠르네요."

애들을 생각하다 보니 큰아들이 생각났다. 고향에서 수리

1. 비밀리의 여행

와 초롱이가 키우는 무명이. 진명의 뒤를 이어 고분군의 수호자가 될 그는 미처 이름도 지어주기 전에 원화 몰래 바뀌었고 원화는 자기 큰아들이 죽은 줄 알고 있었다. 울컥하는 마음을 들키지 않으려고 애쓰며 나중에 이름이라도 멋지게 지어주어야겠다고 다짐했다.

"서방님. 그런데 이번에 수돌이도 같이 갔다 왔나요?"

"아니, 그렇지는 않소. 왜 무슨 일이라도 생겼소?"

"그날 나간 뒤로 아직까지도 소식이 없답니다. 어휴, 나는 또 같이 다니는 줄만 알았지 뭡니까?"

"아, 이제 기억이 나는구려. 내가 떠나기 전날 밤에 당신이 수돌이가 보이지 않는다고 했지. 그런데 아직도 안 돌아왔단 말이오?"

"예. 그냥 다녀온다는 말만 하고 나갔는데 이렇게 오래 걸릴 줄은 몰랐지요. 혹시 어디 다른 곳으로 떠나버린 것은 아닐까요? 참 사람 속은 한 길도 모른다더니 그렇게 총기가 있고 일도 성실히 잘 하던 애가 이렇게 일을 저지르다니."

"좀 더 두고 보시오. 원래 축자에서 자랐으니 고향에 다니러 갔다가 무슨 변고가 있어 못 오는 것일 수도 있잖소?"

"예. 오지 않는 임을 기다려 무엇 하겠어요. 그냥 잊고 사는 게 낫지."

풍토병이 사라지자 진철은 왕궁의 여러 집안을 일일이 찾아다녔다. 안부를 묻는다고 하지만 몇몇 사람들에게는 따로 이야기할 것도 있었다. 진무와 나눈 이야기를 그대로 전할 수는 없었다. 아직 그건 너무 위험한 일이었다. 그보다는 풍토병이 끝나자 갑자기 백제의 감시가 심해졌으니 모든 일에 조심하라는 편이 나았다. 알 만한 사람은 알아들을 것이다.

외성을 다 돌고 진덕과 진무에게도 다녀온 그는 언제 부여무내의 집에 가봐야 할지 고민에 쌓였다. 부여무내는 아라에 몸담고 있지만 원래 백제의 왕손이었다. 비록 서로 적이 되었지만 그래도 피는 속일 수 없는 법. 담로도의 침류가 형님 대우를 해주자 부여무내는 백제를 옹호하는 발언도 자주 하고 있었다. 만나기는 해야 하는데 그런 일로 언쟁이 생길까봐 살짝 만나기가 꺼림칙했다.

동생의 행보를 보면서 그는 아라를 편든 것을 후회하게 되었을지 모른다. 그럴 가능성이 농후했다. 그렇다고 그런 것을 밖으로 드러낼 사람도 아니었다. 원래부터 속이 깊었기 때문에 나중에 행동을 해야 마음을 짐작할 수 있었다. 그래서 거사도 직전에 동참하라고 요구해서 발을 빼지 못하게 해야 할 사람이었다.

하지만 그 집에 가고 싶기는 했다. 부여무내야 그렇다 해도 샛별공주는 만나고 싶었다. 아직도 마음 깊은 곳에는 결코 버릴 수 없는 그녀에 대한 애틋함이 자리하고 있었다. 처음으로 사랑했던 사람이라 잊을 수는 없었다. 어쩌다 깊이 감춰져 있던 그 감정이 올라올 때면 슬그머니 그녀가 보고 싶어지는 것이다. 내로라하는 집은 일일이 안부를 물었는데 그곳만 빠뜨릴 수도 없는 노릇이다.

사월도 보름이 가까워질 무렵 그는 부여무내의 집으로 향했다. 때마침 부여무내는 어디로 나가고 샛별공주가 그를 맞아주었다. 넷째를 임신하고 있는 그녀는 만삭의 몸이었다. 다사성에서 봤을 때의 그 앳된 얼굴은 부기가 덮고 있었다. 그래도 초롱초롱한 눈동자나 입가의 미소는 그대로 있어서 진철의 마음을 편안하게 해주었다.

"마마, 풍토병이 기승을 부렸는데 괜찮지요? 옆집의 백제군사도 고생을 많이 했다고 들었습니다."

"우리 집은 다행히 괜찮았습니다만 안 그래도 그 때문에 가슴을 많이 졸였지요. 행여나 우리 식구도 걸리는 것은 아닌지 간이 콩알만하게 붙어 있었답니다. 참, 원화도 잘 지내고 있겠지요? 일주일이 멀다하고 놀러왔었는데 그놈의 풍토병 때문에 만나지도 못하고."

"아이들이랑 잘 있습니다. 내일이라도 한 번 다녀가라고 하겠습니다."

"그런데 고맙네요. 이렇게 안부를 물으러 찾아와 주고. 나도 아이를 낳고 나면 한 번 가봐야겠네요."

"그러면 영광입니다만 굳이 그리 하실 필요야 있겠습니까? 그런데 부마께서는 오늘 어디 출타하신 모양인데 잘 지내시지요? 최근 백제로 마음이 쏠린 것 같다고 걱정하는 사람이 많습니다."

"없잖아 그런 면도 생긴 것 같아요. 그 사람 입장을 이해 못 하는 것은 아니지만 그래도 아라 편에 섰으면 끝까지 가야지요. 아마 그런 마음도 많이 가지고 있을 겁니다. 이런 마음, 저런 마음, 얼마나 갈등이 되겠습니까? 앞으로도 잘 챙겨 주셔야 할 겁니다. 그래야 계속 아라를 위해 싸울 테니까요."

"당연한 말씀입니다. 참, 오는 구월에 임금님의 장례를 치르기로 한 것은 들으셨지요? 그때 한 번 다녀오시겠습니까? 몸이 쾌차하셔야 움직일 수 있을 텐데요."

"당연히 가야지요. 아버님과 언니까지 보내는 자리인데 어찌 그냥 있겠습니까? 그때는 이 넷째의 백일도 지났을 때이니 몸도 괜찮고 아이를 데리고 가도 지장이 없을 겁니다. 그런데 이 바쁘신 나리가 그냥 못생긴 얼굴 보러 온 것은 아닐 테고 무슨 일이 있어서 이렇게 왕림을 하셨나요?"

"아닙니다. 그냥 안부도 물을 겸 얼굴도 보고 싶고 해서 찾아왔습니다."

"다른 사람은 속여도 저는 못 속이지요. 예전부터 오빠는 속이 훤히 보이는 사람이니까요. 자, 이제 용건을 말해 보시지요."

"역시 공주님은 속일 수가 없군요. 사실은 부탁이 있어서 찾아왔습니다. 공주님이 축자에 가실 때 제가 호위를 했으면

1. 비밀리의 여행

합니다. 양가의 몫이란 것을 알지만 그래도 칼을 다루는 데는 저도 일가견이 있으니 저만한 사람도 없을 겁니다."

"돌아가신 진의 어르신이야 아라 제일의 칼잡이였지만 그 자식이라고 칼을 잘 휘두르는 것은 아닐 텐데요?"

"무슨 그런 섭섭한 말씀을 하십니까? 누가 들으면 아버님 이름만 팔고 다닌다고 하겠습니다."

"아이, 웃자고 한 말입니다. 그런데 축자에는 혹시 무슨 일이라도 있나요? 호위 이야기를 할 만큼 상황이 어지럽지는 않을 텐데요."

"그냥 공주님을 곁에서 모시고 싶어서 그렇습니다. 부마님이나 그 부하장수들이 잘 챙기겠지만 그냥 저랑 옛 이야기나 하고 가면 좋지 않겠습니까?"

"그거야 좋지요. 이왕이면 진서도 같이 가면 좋겠네요. 옛날 다사성에서 놀던 이야기나 하고 가면 안성맞춤입니다."

"약조를 해주셔서 고맙습니다. 그럼 저는 이만 나가보겠습니다."

만삭임에도 샛별공주는 마루까지 나와서 배웅을 해주었다. 축담에서 거듭 인사를 하고 돌아서는데 진철의 눈에 수돌이가 앞마당에서 동쪽의 별채를 지나 뒷마당으로 돌아가는 것이 보였다. 진철은 두 눈을 뜨고도 믿을 수가 없어 지나가는 것을 멍하니 보고만 있다가 샛별공주가 던지는 말에 정신이 들었다.

"혹시 아는 사람인가요?"

"아, 아닙니다. 제가 착각을 한 모양입니다."

"다른 곳에서 본 사람일수도 있어요. 아직 우리 집에서 일한 지 채 한 달이 안 되었거든요. 아이 아버지가 성실하다고 누가 이야기를 해주어서 특별히 데려온 모양이더군요."

"예, 그렇군요. 제가 아는 사람이랑 닮은 것 같아서 그랬습니다. 이제 정말 나가야겠습니다."

진철은 누가 수돌이를 소개시켜줬는지 궁금했지만 아무리 생각해 봐도 짐작 가는 사람이 없었다. 일이야 성실하고 몸도 빠르니 소개할 만한 사람이 있을 것이지만 주인에게 이야기도 제대로 하지 않고 남의 집 일을 본다는 것은 있을 수 없는 일이었다. 수돌이도 거기 계속 있을 요량이면 인사를 하고 가지 그렇게 말없이 갈 성품이 아니었다. 필시 다른 이유가 있을 거라고 믿으며 당분간 지켜보기로 했다.

이후 시장에서 그를 봤다거나 거리에서 봤다는 이야기가 자주 들려왔다. 나중에는 원화도 수돌이가 부여무내의 집에 있다는 것을 알게 되어 무슨 일인지 물어보기라도 하라고 졸랐지만 기다려 보자는 말만 되풀이했다.

오월 삼일이 되자 샛별공주가 사내아이를 출산했다는 소식이 돌았다. 사람들은 부여무내가 복도 많다고 부러워했다. 큰 아들인 부여대발(夫餘大勃)부터 부여대용(夫餘大勇), 부여

1. 비밀리의 여행

대지(夫餘大智)에다 넷째까지 사내를 보는 것은 경사도 이만 저만한 경사가 아니었다. 이름도 벌써 부여대현(夫餘大賢)이라고 지었다고 했다. 모두 축하해주면서 그가 아라로 장가를 왔기 때문에 복을 얻었다고 했다.

슬픈 소식도 들려왔다. 오명읍(吾名邑)에 사는 진두 사리가 죽었다는 연락이 온 것이었다. 진두는 그 이전 저가의 사리였던 진은의 큰아들로 비파호 옆에 있는 아라마을인 오명읍을 동생 진오(眞悟)와 같이 지키고 있었는데 유명을 달리한 것이다. 생전에 저가의 사리였던 진은은 진철이 고분군을 어슬렁거리다 호미산성으로 피신할 때 같이 동행하면서 많은 도움을 주었는데 인자하면서도 대범한 그를 아주 존경하게 되었다. 그런 그가 축자의 전투에서 희생됐을 때 진철은 아버님이 돌아가신 것처럼 그의 죽음을 안타까워했었다.

우가의 사리로서 진철은 당연히 장례에 참석해야 했다. 그렇잖아도 군사의 집결 때문에 한 번 다녀와야 될 곳이었는데 도랑 치고 가재 잡는 일이 되었다. 부여대안을 찾아가 오명읍에 다녀오겠다고 알린 다음에 진무를 찾아갔다. 그도 간다고 하면 동행할 셈이었다. 허나 이미 진무는 마음을 접고 있었다. 다섯 집안이 모두 모이는데 자기까지 참석토록 허락 해줄 리도 없고, 간다 한들 백제의 감시만 심해져 불편만 끼친다는 것이었다. 그도 맞는 말이라 더 이상 권유할 수가 없었다. 진오에게 전할 것만 받고 물러났다.

진철은 장례 하루 전날 새벽같이 출발했다. 북문을 나서면 야마토강을 건너 나라분지의 가운데를 지나는 길이 들판을 따라 끝없이 북으로 뻗어 있다. 농사를 짓기 좋은 그 들판들은 대부분 논이나 밭으로 사용하고 나무가 두세 그루 혹은 대여섯 그루가 농부들의 땀을 식혀주는 언덕배기가 곳곳에 솟아 있었다. 띄엄띄엄, 지붕이 나지막한 집들도 서너 채 혹은 예닐곱 채 제멋대로 자리 잡고 있었다. 들판은 온통 녹색이었다. 무성히 자란 곡식들은 그 싱싱한 잎들을 간간이 불어오는 바람에 맡겨 넘놀고 있었다. 그 사이사이로 무논의 잡초를 뽑거나, 밭이랑의 잡초를 매거나 소에게 먹일 꼴을 베던 사람들이 잠시 허리를 펴고 황급히 지나가는 길손을 바라보며 쉬는 시간을 가졌다.

말을 타고 한 시진을 달리면 높고 낮은 구릉이 연이어 펼쳐진다. 구릉에는 숲이 무성했지만 그래도 길을 따라 중간중간에 집과 논밭이 있다. 구릉지를 지나면 다시 드넓은 들판이 펼쳐진다. 그 들판을 곧장 가면 비파호의 물이 대판만으로 흘러가는 우치강이 나왔다. 진철은 구릉지를 벗어나서 오른쪽으로 꺾은 후 들판의 가장자리를 따라 나아갔다. 길은 낮은 산을 만나기도 하고 강가에 다가가기도 하지만 해가 질 무렵이 되자 비파호의 최남단, 우치강이 시작되는 곳을 지나서 오명읍에 다다랐다. 오명읍은 서쪽으로 비파호를 바라보는 곳이었다.

1. 비밀리의 여행

 진오는 반갑게 맞아주었고 비파호의 시원한 바람이 불어오는 높다란 집은 여름의 달아오른 열기를 금세 식혀주었다. 잠시 숨을 돌린 후 진구의 집으로 가서 빈소를 찾아 예부터 차렸다. 그런 다음 다시 진오의 집으로 돌아와 담소를 나누며 시간을 보냈다.
 밤이 깊어질 때까지 진철이 자꾸 말을 이어가서 결국 둘은 한 방에 자기로 했다. 얼굴과 손발을 씻고 소피도 본 다음 진오와 다른 식구들도 다 잘 자는지 마당을 한번 둘러보고 난 후 방에 들어갔다. 마침내 불을 끄고 자리에 누운 다음에야 진철은 할 말을 꺼낼 수 있었다.
 "낮말은 새가 듣고 밤말은 쥐가 듣는다는데 혹시 모르니 소리를 죽여 말해야겠소."
 "아까부터 짐작은 하고 있었소. 그래, 무슨 일이오?"
 "진무 왕자님의 전갈이오. 오는 구월 사일부터 나가든지 들어오든지 상관없이 오명읍을 지나는 사람을 나흘간 모두 붙잡아 두라는 명이오. 한 명도 왕래가 있어서는 아니 되오."
 "진무 왕자께서 명을 내렸단 말씀이오? 그렇다면 목숨을 걸고 지켜야 마땅하지요. 내 몸속에 아라의 피가 흐르고 있소. 그리고 이미 저가의 사리가 된 몸인데 어찌 마다하겠소? 하늘이 두 쪽 나도 명은 어기지 않겠소만 사람이 부족하오. 왕래를 끊자면 백제의 끄나풀부터 오라로 묶어서 어디 감금해야 할 텐데 지킬 사람도 필요하고 한둘이 오가는 것도 아닌데 그 많은 사람을 어찌 잡아 가두고 지킨단 말이오?"

"그건 걱정하지 마시오. 따로 군사가 올 거요. 이건 당신을 골한에 봉하는 진무 왕자님의 문서요. 만 명은 마음대로 부릴 수 있으니 그만하면 충분할 거요."

"내가 골한이 되다니 정말 황송하기 짝이 없구려. 지난 전쟁에서는 천 명을 거느리는 즈믄한으로 있었는데. 골한이라니. 이제 진정으로 아버님의 뒤를 잇게 되었소. 사실 형님이 맡아야 할 직책이오만 돌아가신 분은 어쩔 도리가 없지요. 내가 저가의 명예를 걸고 최선을 다해 명을 완수하리다."

"마땅히 그래야지요. 그리고 골한이 된 것도 축하드리오."

"그런데 군사들이 만 오천 명이나 오다니 무슨 큰일이 생기는 것이오?"

"군사들이 오면 이야기해 줄 거요. 아직은 세세한 걸 묻지 말고 시키는 일만 해주시오. 이 일이 비밀이라는 것은 말 안 해도 알 거요. 아직 진무 왕자님과 셋밖에 모르는 일이니 절대 함구하시오."

"그럼 진덕 샌님에게도 비밀이란 말이오?"

"그 분께는 적당한 때 말씀드릴 것이지만 아직은 때가 아니오."

"알겠소. 그런데 군사들이 그렇게 오면 당장 거처할 곳이나 양식이 있어야 하지 않소?"

1. 비밀리의 여행

"거처는 크게 걱정하지 않아도 되오. 그때는 추수가 끝나서 들판이 비어있으니 밖에서 나흘은 충분히 보낼 수 있을 거요. 양식은 오명읍의 곡식을 백제의 감시자 몰래 사들이시오. 나중에 따로 돈을 보낼 테니 집집마다 금을 치러 두면 나중에 군사들이 와서 자기 몫을 알아서 챙겨갈 것이오."

"이곳의 양식을 그렇게 몽땅 소비해 버리면 내년이 아니라 당장 겨울도 나기 힘드오. 누가 자기 양식마저 모두 팔려고 하겠소?"

"그건 걱정하지 마시오. 구월 중순이면 사들인 가격의 반값에 내놓은 양만큼 다시 사게 해주겠소. 그건 틀림없이 약속하겠소. 남 몰래 찬찬히 설득해야 하니 시간이 오래 걸릴 거요. 그래서 내가 이렇게 일찍 찾아온 것이오."

"어려운 일이오. 하지만 명이 떨어졌으니 어찌하든 해내겠소."

"그럴 줄 알았소. 그래서 진무 왕자님이 당신을 택한 것이오. 그리고 앞으론 내가 직접 올 수 없으니 따로 사람을 보내겠소. 이건 둥근고리칼에 붙이는 용 장식품이오. 금으로 만든 귀한 것이니 잘 지니도록 하시오. 반쪽만 있으니 나머지 반쪽을 갖고 오는 사람이 진무 왕자의 심부름꾼이오. 이름이 칠성인데 내가 부리는 사람이니 세세한 사항은 그와 의논하면 되오. 그리고 달이 없는 그믐에 비파호의 북쪽에서 고깃배가 몇 척 내려 올 거요. 그 배들은 왕궁에 바치는 고기를 싣고 올 건데 그보다는 무기를 많이 싣고 올 거요. 그건 잘 보관해 두었다가 군사가 모이면 그때 나눠주면 되오."

"알겠소."

2. 아라의 부활

　가을이 완연해지자 우가의 곡물부는 눈코 뜰 새 없이 바빠지기 시작했다. 일찍 수확을 끝낸 곡식들과 각종 과일들이 줄지어 왕궁으로 들어왔다. 미농국의 토실토실한 밤과 수수, 미장국과 갑비국의 벼와 조, 출운의 대추, 월국의 말린 생선이 창고에 차곡차곡 쌓여갔다. 담로도에 갈 것들은 따로 놓아야 했기에 일손을 더했다. 거기는 팔월 초순, 팔월 말, 구월 중순 등 세 차례에 걸쳐 보내야 했는데 상당한 물량이었다.
　진철은 팔월이 되자 진성을 시켜 물부와 토물부의 대다수 인원을 곡물부로 보내었다. 그러자 일손에 조금 여유가 생겼고 물건을 재는 속도도 빨라졌다. 담로도에 갈 물건을 싸서 팔월 초닷샛날 보내고 나자 진성도 잠깐 쉴 틈이 나는 모양이었다.
　이제 축자로 갈 준비를 해야 했다. 왕궁을 비우다시피 하면서 많은 사람들이 가는 길이다 보니 팔월 십칠일이 출발날짜로 잡혀 있었다. 진철도 시장으로 상복을 찾으러 갔다. 시장은 남문 옆 하급군사들이 사는 곳과 서문 쪽의 동산 사이에 있었다. 옷감을 파는 드팀전은 사십 벌이 넘는 상복을 치수대로 잘라 옷을 맞추느라 보름을 밤샘을 치르다시피 했다. 이제 그 일도 거의 끝나가고 있었다. 진철의 준비도 거의 끝나가고 있었다. 백 명이 넘게 이동하다 보니 말과 수레, 먹을 것들과 취사도구, 짐꾼들의 잠자리까지 챙길 게 이만저만이 아니었지만 진서와 칠성이의 도움에다 진성이 물건을 잘 챙겨준 덕분에 크게 힘들이지 않고도 끝이 보이고 있었다.

 기별은 팔월 십오일 오전에 왔다. 아침을 먹고 준비할 목록을 훑어보고 있는데 밖이 소란스럽더니 잠시 후 하인이 급히 나가야겠다고 일렀다. 사람이 죽었는데 진무 왕자님이 급히 찾는다는 것이었다. 신발도 신는 둥 마는 둥 급히 기별하러 온 하인을 따라가자 해길을 지나 서문 옆의 동산으로 올라갔다.

 나지막한 동산은 소나무와 굴참나무 숲으로 이루어져 있고 서쪽은 가팔라서 사람이 오르내리지 않았다. 해길에서 골목길을 따라 서너 집을 지나면 동산으로 오를 수 있었고 제일 높은 곳에 서면 서쪽의 성벽과 높이가 얼추 비슷했다. 어른 열댓 명은 앉아 쉴 만한 펑퍼짐한 공터가 있고 동쪽으로 완만하게 능선이 뻗어내려 시장과 맞닿아 있었다. 시장 쪽에서 올라오는 사람도 많았고 북쪽으로도 가파른 곳이 없어서 중간 중

2. 아라의 부활

간 길이 나 있었다.

 시체는 공터 북쪽의 소나무에 북쪽으로 웅크리고 앉아 있었다. 자색 저고리와 청색 치마를 입고 있었고 머리를 앞으로 숙이고 있었는데 머리칼은 비녀에 묶여 있었다. 가까이 가보니 신발 하나는 두어 발치에 뒹굴고 있고 오른쪽 신발은 발끝에 걸려있었다. 왼쪽 버선은 낙엽 부스러기를 짓이긴 흔적이 남아있고 인근의 솔가리는 몇 군데 패이고 쏠려서 그 자리에서 일이 벌어졌음을 보여주고 있었다.

 얼굴을 들어보니 갸름한 편이었고 이목구비는 뚜렷했으며 나이는 열예닐곱으로 보였다. 놀라서 두 눈을 크게 뜨고 입을 벌린 채 굳은 얼굴은 전혀 뜻하지 않았던 일이 일어났음을 보여주었다. 검은 눈동자에 핏발이 서 있었고 입가에는 침이 흐른 자국이 있었다. 입가와 턱에 든 멍은 그녀가 숨을 쉬지 못하도록 입을 막은 것이었다. 방향을 보니 뒤에서 오른손으로 누른 것이 틀림없었다.

 손에는 별 다른 것이 없었으며 왼쪽 손목에는 약간의 멍이 있었는데 손가락 자국이었다. 목을 돌려 보니 뼈는 괜찮았으며 목을 누른 흔적도 없었다. 저고리를 벗겨 보니 명치에 시퍼렇게 멍이 들어 있었다. 강한 충격이 몸에 전해지자 몸을 웅크리면서 주저앉았는데 숨을 쉬지 못해 그대로 죽은 것 같았다. 진철이 손을 대기 전에는 옷매무새가 크게 흐트러지지 않은 것으로 보아 욕을 보이려던 것은 아니었다. 큰 저항의 흔적이 없어서 갑자기 입을 막히고 조금 저항을 하다 바로 명치를 맞은 것으로 보였다.

조금 떨어진 소나무 가지에 상복이 걸려 있었다. 윗도리와 아랫도리가 반으로 걸려 있고 고름이 바람에 나부끼고 있었다. 주인이 누군지는 짐작이 갔다. 그런데 소나무 가지가 예사 높이가 아니어서 진철이 손을 쭉 뻗어야 닿을 수 있었다. 죽은 여자가 그걸 걸기는 불가능했고 누군가가 걸어준 것이었다. 옷을 내려서 훑어봐도 특별한 것은 없었다.

진철은 아까부터 말없이 지켜보기만 하던 진무를 향해 물었다.

"이 사람은 누굽니까?"

"내가 데리고 있는 하녀라네. 이름은 다롱이라고 하지. 키가 작은 걸 보면 알겠지만 원래 왜에서 태어난 아이라네. 돌아간 자형이 육 년 전에 데리고 있으라고 보내주었는데 잔심부름을 시키고 있었지. 어제 오후에 저 상복을 갖고 왔기에 다시 치수를 재어서 보냈다네. 저녁이면 돌아올 줄 알았다는데 오늘 새벽까지 돌아오지 않아서 집사가 사람을 풀어서 찾고 또 드팀전에 가서 수소문을 한 결과 여기서 발견했다네."

"그런데 여기 있는 건 어떻게 발견했습니까? 사람을 찾으러 일부러 올라 올 곳은 아니지 않습니까?"

"시장 어물전에 일하는 사람이 해가 지기 전에 다롱이 비슷한 사람이 웬 남자와 함께 동산으로 올라가는 걸 얼핏 봤다고

2. 아라의 부활

이야기했다네. 그래서 다롱이를 찾게 된 거지."

"그럼 그 남자가 범인이겠군요. 그 사람이 누군지는 보지 못했답니까?"

"어물전에 일하는 사람은 보지 못해도 그 비슷한 시각에 수돌이랑 다롱이가 같이 드팀전을 나갔다고 하더군. 거기서 일하는 사람이 한 이야기라네."

"예? 수돌이가요?"

"그렇다고 수돌이를 범인으로 단정 짓지는 말게. 여기서 무슨 일이 있었는지 아직 모르고 또 그 일은 우리가 아니라 부여대안이 밝혀야 할 일이네."

"그건 그렇지만 수돌이가 전혀 그럴 성격이 아닌 게 문제입니다. 유시에 이곳에 올라왔는데 시체를 보면 늦은 해시에 숨이 끊어졌습니다. 그 많은 시간에 무엇을 하고 있었는지도 의문입니다."

"그런 문제라면 접어두게. 부여대안이 알아서 할 테니. 그렇잖아도 연락을 해서 좀 있으면 이리로 올 걸세. 그가 오기 전에 여기를 본래 있던 대로 해두자고."

"알겠습니다. 부여대안이 수돌이의 성격을 잘 간파하길 비는 수밖에 없겠군요. 이 일은 나중에 제가 따로 알아보지요."

부여대안의 솜씨는 재빨랐다. 오후가 되자 벌써 수돌이를 잡아 감옥에 가뒀다는 소식이 들렸다. 장례식 출발을 삼일 앞두고 왕궁의 분위기가 어수선한데다 많은 사람이 모일 장례식까지 사건을 갖고 가지 않으려면 빨리 범인을 잡아야 하는 심정은 이해가 됐다. 진철 자신이라도 일단 안정을 위해 눈에 보이는 범인을 잡아놓고 볼 것이다. 그러나 자신은 진짜 범인을 찾으려 노력하겠지만 부여대안이 그러리라고 믿기는 어려웠다.

 진철은 칠성이를 시장으로 보내 드팀전과 어물전뿐만 아니라 다른 가게도 돌아다니며 어제 저녁에 있었던 일을 자세히 알아보라고 했다. 공범으로 몰릴 수도 있으니 당장은 감옥에 갇힌 수돌이를 찾아갈 수도 없었고 그에게 도움이 되려면 뭔가 다른 증언이 있어야 했다. 혹시 시장에서 그런 증언이 나올지도 몰랐다.

 칠성이를 보내고 나서 그도 집을 나서려고 했다. 부여무내는 얼마 데리고 있지도 않은 하인이 살인죄로 몰리면 그를 옹호하기보다 처형에 동의할 가능성이 많았다. 일단은 수돌이 목숨부터 살리고 봐야 했기에 부여무내를 찾아가 설득을 해야 했다.

 방문을 나서는데 대문으로 손님이 들어섰다. 진덕 샌님이었다. 뒤로 수행원이 따랐다. 진철은 황급히 마당에 내려서서 읍을 했다. 진덕이 얼굴에 가득 인자한 웃음을 지으며 버선발로 서있지 말고 어서 방으로 들어가자고 했다. 진철은 역시 그가 태평성대를 다스릴 성군이 틀림없다는 생각을 하며

2. 아라의 부활

얼른 안으로 모셨다.

"어쩐 일로 이 누추한 곳까지 찾아주셨습니까?"

"내가 자네에게 사죄할 일이 있어서 왔네."

"예? 그게 무슨 말씀이십니까?"

"수돌이를 말하는 걸세. 수돌이가 일을 잘한다기에 내가 불러서 부여무내에게 보냈네. 동생이 또 출산을 앞두고 있어서 일은 많아지는데 일손이 부족한 것 같아서 부여무내에게 사람을 보내주겠다고 했다네. 그런데 자네에게는 이야기를 하지 못했네그려. 내가 그만 깜박하고 말았다네. 용서해 주시게."

"용서라니 가당치 않습니다. 수돌이가 말없이 갈 애가 아닌데 그런 일이 있었군요. 그런데 지금 감옥에 갇혀서 언제 처형될지 모르는 판이니. 부여무내에게 목숨만은 붙여 놓으라고 이야기하러 갈 참이었습니다."

"그 문제라면 걱정 말게. 조금 전에 그를 만나고 오는 길일세. 지금은 큰일을 앞두고 있으니 일단 목숨은 살려두고 축자에서 돌아와서 소상히 살펴보기로 했네. 부여대안에게도 사람을 보내서 그리 하기로 했다네. 그런 줄도 모르고 필시 자네가 여기저기 다닐 것 같아서 찾아온 거라네. 이제 걱정 놓으시게."

"성은이 망극하옵니다. 그런데 수돌이는 절대 살인을 할 위인이 아닙니다. 뭔가 내막이 있는 것이 틀림없습니다."

"미심쩍은 부분이 있는 것은 사실이네. 부여무내가 하인들에게 듣기로는 어제 수돌이가 어둠이 내리고 나서 들어와 저녁을 먹고 잠자리에 들었다더군. 그렇다면 밤에 몰래 나가지 않은 이상 수돌이가 범인이 될 수 없는 법이지. 아무튼 그런 것은 축자에 다녀와서 살펴봐도 늦지 않네. 먼 길 갈 텐데 준비나 잘해 주시게."

"염려놓으십시오. 이미 준비를 마쳤습니다."

진덕이 돌아가자 한시름이 놓인 진철은 다시 동산으로 올라갔다. 시체는 치웠지만 혹시라도 놓친 것이 있는지 살펴보기 위해서였다. 하지만 두 바퀴나 샅샅이 훑어도 눈에 띄는 게 없었다. 상복이 있던 가지도 여느 가지와 다를 바가 없었다. 오전에 옷이 무슨 상관이냐며 입겠다고 챙겨간 진무의 대범함만 떠올랐다. 역시 보통 위인이 아니었다.

석양이 지는 것을 보며 집으로 돌아왔다. 이곳은 넓은 들판이 앞에 있다 보니 석양이 하늘을 덮을 때는 장관이 펼쳐진다. 마치 석양에 압도당하는 것 같은 느낌을 받는 것이다. 작은 산이 이어진 고향에서는 이런 것을 상상하기조차 어렵다. 하지만 고향의 석양은 가슴에 와 닿는 운치가 있는데 여기서는 그런 게 없었다. 왜 모든 게 고향 것만 좋은지 모를 일이다.

칠성이는 캄캄해진 후에 돌아왔다. 진철은 자신이 가고 싶었지만 우가의 사리가 어슬렁거리면 사람들이 입을 다문다는 것쯤은 알았기에 그를 보내야 했다. 부디 칠성이가 자기

2. 아라의 부활

만큼 탐문을 잘 해서 좋은 소식을 갖고 왔기를 바랐다.

"나리가 바라는 희소식이 없어서 안타깝습니다. 저로서는 최선을 다했는데 결과는 신통찮네요."

"실망은 나중에 해도 되니 일단 이야기나 들어보세. 돌아다녀 보니 뭐라고 하던가?"

"일단 드팀전부터 이야기하겠습니다. 유시로 접어들 무렵 수돌이가 드팀전으로 왔습니다. 알고 보니 드팀전의 주인인 진돌이는 수돌의 사촌형이라고 하더군요. 예전에는 수시로 놀다 가기도 하고 일손도 거들어 주기도 했다는데 근래는 뜸했답니다. 일하는 사람이 속으로 한창 바쁠 때는 코빼기도 보이지 않다가 일이 끝나가자 왔다며 투덜거렸다더군요. 그 둘은 축자에서 왔는데 온 지가 칠팔 년 됐답니다. 처음에는 둘이 같이 가게에서 일했는데 나리가 여기 있게 되자 수돌이가 하인으로 들어온 것이지요."

"수돌이가 드팀전에 있다가 온 것은 알고 있었네. 축자에서 온 것도 자기가 먼저 밝혔다네."

"수돌이가 온 것도 역시나 상복 때문이었습니다. 어제 오후에 샛별공주님 내외분의 옷을 마지막으로 손질하라고 보냈는데 마무리됐는지 보러 온 것이지요. 그때까지는 다른 일에 바빠서 손을 못 대고 있었답니다. 그럼 차나 한 잔 마시고 간다기에 막 차를 따르는데 다롱이가 들어왔답니다. 다롱이와 수돌이는 친한 사이로 보였답니다. 진무 왕자님의 옷이니 먼저 해드린다고 기다리게 했는데 둘이서 차를 마시며 이야기하는 폼이 꽤 다정해보였답니다. 그러다 일이 끝나자 유시가 얼마 남지 않았을 때 상복을 든 다롱이와 수돌이가 같이 드팀전을 나갔습니다."

"그럼 수돌이는 손에 아무 것도 쥐지 않았겠군?"

"예, 수돌이는 빈손이었답니다. 둘은 드팀전을 나와서 바로 동산으로 올라간 것이 틀림없습니다. 어물전의 주인이 본 시각과도 일치합니다. 그리고 역시 안 좋은 소식이지만 어물전의 주인은 확실히 수돌이를 봤다고 합니다. 수돌이를 잘 아니까 처음에는 감싸준다고 자세히 보지 못했다고 했으나 군사가 왔을 때는 수돌이라고 이야기했답니다. 거짓말을 계속하면 자기도 곤욕을 치를 수 있어 바른말을 했다더군요."

"그럼 수돌이와 다롱이가 유시가 끝날 때쯤 같이 동산으로 올라간 것은 틀림없는 사실이로군."

"예, 그건 확실합니다. 그런데 둘이 뭣 때문에 동산에 올라갔을까요? 둘이 다정하게 이야기를 나눴다고 하니 둘만의 공간이 필요했던 것일까요?"

"그런 것 같지는 않네. 설사 둘이 좋아했다 해도 결혼도 하지 않은 처녀총각이 드러내놓고 몸을 섞으러 가지는 않는 법이지. 다롱이의 옷매무새나 몸 상태를 봐서도 그건 아니라고 말할 수 있네. 더구나 낮에 들은 소식으로는 수돌이가 해가 지고 난 후 집으로 돌아가 저녁을 먹고 잠자리에 들었다

2. 아라의 부활

는 것이네."

"그런 소식이 있었군요. 그렇다면 수돌이는 동산에서 돌아가고 다롱이만 남아 있다가 변을 당한 것이군요. 수돌이가 죄가 없다는 것이 되지 않습니까?"

"꼭 그렇다고 말할 수는 없네. 다롱이가 혼자 동산에 남았다면 누가 그녀가 거기 있는 줄 알고 찾아가서 일을 벌이겠나? 둘이 동산에 올라가는 것을 보고 누가 미행을 했다가 수돌이가 떠나자 그녀에게 해를 가했을 수 있네. 하지만 그렇다면 왜 그리 오래 기다렸을까? 수돌이는 어둠이 내리고 나서 집에 들어왔다고 했네. 다롱이는 늦은 해시가 넘어서 변을 당했지. 그럼 범인이 다롱이를 범한 것도 아닌데 거의 이각이나 숨어서 지켜보다가 살해한 것이 되네. 말이 안 되는 소리가 아닌가? 범인의 입장이면 남이 보기 전에 빨리 끝내야 정상인데 다롱이가 가버리거나 다른 사람이 찾아올지도 모르는 상황에서 이각이나 지켜보고 있었다는 것은 말이 되지 않지."

"그 범인이 누군지 모르지만 다롱이가 잘 아는 사람이 아닐까요?"

"그렇다면 이리 생각해 보세. 요즘은 자시가 되면 달이 지는 시기라네. 달도 얼마 남지 않은 컴컴한 밤에 처녀 혼자서 동산에 있네. 미리 약조한 신호가 아니고 다른 사람이 불쑥 나타난다면 얼마나 놀라겠는가? 도망가는 것을 뒤쫓아 잡는다 해도 계속 반항을 했을 것이므로 흔적이 옷이나 몸에 남아야 하는데 그렇지 않았네. 겁이 나서 주저앉았다 해도 앉은 채로 도망가려고 필사적으로 몸을 움직였을 것이므로 역시 흔적이 남아야 하네. 하지만 내가 오후에 동산을 두 번이나 세밀히 살폈는데도 바닥에 그런 흔적은 없었고 옷도 마찬가지였지. 다롱이가 죽은 나무 근처에는 크게 반항한 흔적이 없었네. 다른 곳에도 그런 흔적이 없었지. 그러니 다롱이는 미리 약조한 사람이 신호를 하자 그 사람이 곁에 올 때까지 가만히 기다렸다는 것이네. 이제 미리 약속한 사람이 범인이 된다네."

"그럼 수돌이가 자는 척하다가 다시 돌아가서 일을 저질렀다는 겁니까?"

"그렇게 생각하는 것이 제일 간단하다네. 다롱이가 드팀전에 오기 전부터 동산에서 만날 약속을 정해 놓았을 수도 있네. 그리고 수돌이가 떠난 후 그 사람이 와서 다롱이를 살해한 것이지. 범인은 다롱이보다 훨씬 키가 큰 사람인 것은 확실하고, 명치를 가격한 솜씨를 봐도 오랫동안 무예를 단련했으며, 주먹의 크기를 봐도 남자임이 확실하다네. 컴컴한 밤에 만날 약속이면 그 남자와는 보통 사이가 아닐 것이네. 다시 한 번 더 처녀의 입장으로 돌아가보면 둘의 좋은 만남에 다른 남자를 데려갈 처녀가 있냐는 것일세. 설혹 그 남자가 싫어서 다른 남자를 보여줄 요량이라 해도 밤에 동산에서 만나지는 않겠지. 또 그 시각이면 보여줄 남자도 미리 정해 놓았

2. 아라의 부활

었겠지. 뜻밖에 만난 수돌이를 데리고 동산으로 올라가지는 않았을 거란 말일세. 그러니 다롱이가 드팀전에 오기 전부터 미리 약조해 둔 남자는 없었다는 말이네. 결국 다롱이가 안심하고 맞이할 수 있는 사람은 떠나면서 다시 돌아오기로 한 수돌이밖에 없네. 지금까지의 추론으로는 수돌이를 범인이라고 할 수밖에 없지."

"하지만 나리도 알다시피 수돌이가 그런 짓을 저지를 사람은 아니지 않습니까?"

"한 가지 가능성이 더 있네. 수돌이가 동산을 떠나고 그 뒤를 다롱이도 몰래 따라 내려오는 것이네. 수돌이는 집에 가서 자고 다롱이는 미리 약조한 사람을 만나 다시 동산으로 올라가는 것이지. 그러면 처녀 혼자서 무섭게 동산에서 기다릴 필요도 없고 시간상으로도 앞뒤가 맞아 떨어진다네. 이것도 말은 되지 않는가?"

"그렇기는 한데 그럼 그 남자는 누굽니까?"

"아직은 상상 속의 인물에 불과하지. 그리고 이 가설에도 단점은 있다네. 둘이서 불이 붙어서 밤에 만나기로 했는데 왜 처녀가 해를 입었는지 이해되지 않는단 말일세. 한편 사랑을 나누지 않았으니까 둘의 만남이 보통의 남녀 사이가 아니라 다른 목적의 관계라면 또 어떨까? 아직은 모든 게 미궁이야. 내가 나서서 할 수 있는 일도 없고, 그 일을 할 만한 시간도 없으니 축자에 다녀와서 생각해 보세. 그래도 그 상상 속의 인

녹나무관의 비밀

물이 다시 수돌이가 되지는 않았으면 좋겠군."

팔월 십칠일 왕궁을 출발한 일행은 남문을 지나 구시읍으로 나아갔다. 진덕과 진무를 비롯해 다섯 집안의 사리는 말을 타고 가고 샛별공주를 비롯한 대여섯 명도 마차를 타고 갔지만 나머지는 모두 걸어서 갔다. 일행은 많고 걷는 속도에 맞추다 보니 느린 속도로 꾸불꾸불 나아갔다.

들판은 이제 가을걷이가 한창이었다. 칠월 중순부터 시작된 수확은 구월 초순이 지나야 끝났다. 산이며 들이며 거두어 들일 것이 지천으로 널려 있어서 새벽달을 보고 나가면 날이 컴컴해져야 들어오는 시기였다. 그래도 풍족하게 거둘 것이 있는 것은 그 무엇과 견줄 수 없는 행복이었다. 허리 한 번 펴지 않고 바쁘게 일하던 농민들이 행렬을 구경하느라 서서 지켜보고 있었다. 이렇게 평화로운 행렬은 아라가 왜를 점령한 이후로 처음 있는 일이었다. 전쟁터를 오가는 군사만 보던 사람들은 신기한 일에 입을 다물지 못했다. 그 덕에 비명을 질러대던 허리도 한숨 돌릴 수 있었다.

왕궁 앞을 지나는 야마토강은 남으로 흐르다 남서쪽으로 방향을 튼다. 그 다음 나라(奈良)분지의 외곽을 형성하는 산들을 요리조리 휘감고 나온 후 서쪽으로 방향을 틀어 대판만으로 흘러간다. 구시읍은 남에서 흘러온 지류가 야마토강과 만나기 전에 지류의 서쪽에 위치하는데 대판의 넓은 들판이

2. 아라의 부활

바라보이는 곳이었다. 일행은 거기서부터는 배를 타고 이동할 계획이었다.

일행이 구시읍에 도착한 것은 팔월 십구일이었다. 거기서 말과 마차는 돌려보내고 모두 배에 올랐다. 담로도를 왼쪽에 두고 파도가 약한 대판만을 나아가 소두도를 지나고 본주와 덕도 사이의 좁은 해역인 뇌호내해를 통해 주방탄으로 나갔다. 주방탄은 축자와 본주, 덕도가 에워싼 바다인데 축자와 본주 사이에는 동해로 나가는, 혈문이라고 불리는 물살이 아주 빠른 해협이 있었다. 축자는 국동반도가 덕도를 향해 고개를 내밀고 있는데 그 북쪽에 우좌가 있었다. 일주일이나 걸린 긴 여정을 비릿한 내음을 맡으며 파도와 싸운 후 팔월 이십육일 우좌에 도착했다. 그곳은 각종 해산물을 본주의 사라로 운송하는 최고의 항구이자 요충지였다. 오년 전 한반도에서 건너온 백제의 근구수와의 큰 싸움이 처음 벌어진 곳이기도 했다.

항구에 배를 대자 진명이 말과 마차를 준비해서 마중을 나와 있었다. 배에서 내린 사람들이 말과 마차에 올라타기도 하고 짐을 내리기도 하면서 부산하게 움직일 때 수십 척의 배가 항구로 가까이 접근했다. 담로도에 있는 백제 군사였는데 그건 섣불리 행동하지 말라는 경고였다. 뒤를 따라 왔거나 아니면 먼저 와서 인근에 대기하고 있던 중이었을 것이다. 불쾌감이 더해진 사람들은 재빨리 일을 마치고 출발했다.

녹나무관의 비밀

진정 임금님을 장사지낼 팔녀시(八女市)까지 가는 길은 멀기도 했고 마차가 다니기에는 불편한 곳도 많아서 시간이 많이 걸렸다. 일행은 팔월 이십팔일이 되어서야 도착했는데 하인들은 반쯤 초주검이 되어 있었다. 모두들 피곤했기 때문에 이틀을 푹 쉴 수 있는 것을 말할 수 없이 달가워했다.

 진철도 하루는 푹 쉬었으며 다음날 백제의 눈을 피해 진명과 함께 바람을 쐬러 갈 수 있었다. 진명은 그동안 많은 일을 해치우느라 고생을 해서 그런지 초췌한 얼굴이었다. 그래도 눈동자가 빛을 발하는 것이 일을 잘해냈다는 만족감이 살아 있었고 더 큰일도 해낼 수 있다는 자신감도 보였다.

 "그동안 고생이 많으셨지요?"
 "여러 곳에 몰래 사람을 보내려고 백제 감시자와 너무 어울렸더니 이 꼴이 되고 말았네. 그래도 지금은 조금 괜찮아진 것이네. 우리 같은 사람은 칼을 들고 뛰어 다녀야지. 이건 정말 힘든 일이더구먼. 자네도 왕궁에 있으면서 마음 써야 할 일이 많을 것인데 몸을 잘 추스르도록 하게."
 "그리 하고 있습니다. 군사는 잘 보냈겠지요?"
 "그럭저럭 만 구천은 가까이 출발했네. 일찍 간 사람들은 요령껏 농촌의 일을 거들거나 부랑자처럼 떠돌기도 하면서 사건에 맞추어 도착할 걸세. 나머지는 내일 장례식을 마치면 같이 출발할 예정이네. 먼저 간 사람은 육지로 많이 보내고 일부는 배로 보냈네. 저들의 감시가 심해서 배는 고기를 잡으러

2. 아라의 부활

나가는 것처럼 꾸며서 일부는 되돌아오게 하고 다시 출발하는 등 눈속임에 신경을 많이 썼네. 육지야 몸을 숨겨서 가면 되니 밤배로 혈문만 잘 통과하면 안심이지. 각 고을마다 떠날 때도 모두 봉분을 쌓으러 간다고 하고 출발하라고 시켰으니 앞으로도 한 십일은 찾지 않을 정도로 안심하고 있을 거야. 오늘 밤에 저들을 모두 묶어서 감금하면 축자의 소식이 담로도나 사라로 나가는 일은 없어. 그쪽도 이미 준비가 잘 되어 있겠지?"

"예. 초닷새부터는 오명읍에 도착할 텐데 이미 양식도 다 마련했고 마찬가지로 소식을 차단할 준비도 마쳤습니다. 구시읍과 나라분지의 골짜기에도 오면서 지시를 내려놓았습니다."

"부여무내에게는 귀띔을 해주었는가? 혹시 반대하지는 않았겠지?"

"제가 샛별공주를 호위해 왔기 때문에 중간에 이야기할 시간이 있었습니다. 우좌를 출발한 후 반나절이 지났을 때 이야기했습니다. 처음에는 못미더워하더니 진덕 황태자님이 확인을 해주자 그때는 적극 동참하겠다고 약속했습니다. 동생이 백제의 후왕이 되어 자기를 다스리는 게 마음에 들지는 않았던 모양입니다."

"그럴 줄 알았네. 그런데 사람은 있네만 무기가 부족해서 큰일이네. 저번 전투가 끝나고 많은 무기를 담로도에 빼앗기고 말았는데 사실 전쟁이야 무기의 싸움이 아닌가?"

"전에 여기를 떠나면서 출운에 들렀습니다. 지금은 거기서 아라를 위해 계속 무기를 만들고 있습니다. 만든 지가 몇 달밖에 되지 않아 많이는 못 만들었지만 큰 도움이 될 겁니다. 그래도 많이 부족한 것이 사실입니다. 처음에 백제에 주지 않고 숨겨 놓은 것도 양이 많지 않았고 각 고을마다 대장간에서 만든 것을 모으는데 좋은 쇠가 아니다 보니 형태만 갖추었지 바로 두 동강이 날 것도 많습니다. 왕궁을 회복하는 것은 쉽겠지만 담로도를 칠 때는 어떨지 모르겠습니다. 그건 그때 생각해 봐야겠습니다."

"일단 왕궁이라도 되찾으면 무슨 수가 생기겠지. 걱정은 나중에 하고 일단 내일 장례부터 잘 치러 보세. 그리고 오늘 밤에 백제 감시자들을 치러 갈 때 자네도 가세. 자네 칼 솜씨야 아라 최고가 아닌가? 오랜만에 재미 좀 보게."

"저들이 칼을 들기도 전에 제압해 버리면 너무 싱거울까요?"

"그래도 칼을 손에 드는 느낌은 가질 테니 권하는 걸세."

다음날은 해가 오르자 일찍 상복을 입고 모두 무덤을 만들어 둔 곳으로 갔다. 큰 바위가 많아서 암호산(岩戸山)이라고 불리는 산의 발치에 넓은 구릉이 펼쳐져 있고 그 한가운데 진정 임금님의 무덤이 있었다. 사람들은 무덤에 가까이 가면서 입을 다물지 못했다. 진명이 만든 그 무덤은 지금까지 보지

2. 아라의 부활

못한 양식으로 앞은 사다리꼴로 네모나고 뒤는 동그랗게 만들었는데 앞뒤의 길이가 무려 오백칠십 자(尺)에 달하고 동그란 봉분의 지름도 거의 삼백 자에 달했기 때문이었다.

이 각을 걸어서 무덤을 둘러보며 사람들은 감탄해마지 않았다. 한반도에서 아라가 만든 가장 큰 무덤도 지름이 백칠십 자밖에 되지 않았는데 그보다 몇 배나 큰 봉분을 보고는 그 어마어마한 규모에 완전히 압도당하고 말았다. 그리고 진정 임금님의 무덤에 새로운 양식을 도입한 이유를 궁금해 했다. 지금까지 무덤은 모두 동그랗게만 봐왔고 그렇게 만들어야 정상이라고 생각했기 때문이다.

무덤 위에는 임금님의 아들과 딸이 올라가 관을 묻었다. 나머지 봉분을 쌓는 일은 내일부터 다시 시작될 것이다. 정오가 되자 제물을 차려둔 앞에 모인 사람들이 제를 올리기 시작했다. 진덕 샌님이 먼저 아홉 번 절을 했다. 다음은 진무 왕자 차례였으며 샛별공주와 한별공주의 자식들도 같은 횟수로 절을 했다. 다음은 다섯 집안의 사리들의 차례였으며 각 집안에서 따라 온 사람들도 절을 했다. 마지막으로 진명이 절을 한 후 제를 마쳤으며 사람들은 그제야 왜 무덤을 그렇게 크게, 그런 양식으로 만들었는지 들을 수 있었다.

"열두 마리의 용의 주인인 우리 아라는 오백 년이 넘게 이어 온 유서 깊은 나라입니다. 하느님의 은덕으로 임금님은 덕이 많고 백성은 어질어 나라를 부강하게 지탱해 왔습니다. 그리고 진정 임금님은 자신의 선친인 용주왕이 다스릴 때부터 눈을 밖으로 돌려 비자발, 남가라, 훼국, 다라, 탁순, 가라에다 비리, 벽중, 포미지, 반고의 네 읍과 탐라까지 영토를 넓히셨습니다. 또 왜로 들어와서는 축자에 신라를 세우고 본주에는 사라를 세우는 등 곳곳에 아라의 새 나라를 개척했습니다. 아라의 혼, 용의 기백을 천하 만방에 떨치신 위대한 왕이셨습니다. 이제 진정 임금님이 하늘로 돌아가신 오늘, 그 이름을 높여 부르고자 황태자이신 진덕 샌님은 위대한 왕의 이름을 용본왕(龍本王)으로 정했습니다."

사람들은 모두 감격해 용본왕 만세를 외쳤다. 진철도 가슴이 먹먹해졌다. 다사성에서 아직 샌님일 때 처음 만났던 것이 꿈만 같았다. 임금님은 그때 일을 칭찬해 주시면서 왕성에도 자주 들라 했었지. 다사성은 항상 행복한 순간들로만 기억되었다. 샛별공주는 오빠라고 부르지 않았던가? 그녀는 아버님을 맞이하고자 다사성을 방문했었다. 또 사라진 뱃사공이자 요서의 바람돌이였던 흑오도 있었다. 진서도 함께 있었지. 진서는 바늘과 실 같은 사이로 지금도 왕궁에 같이 지내고 있다. 지금보다 그 때가 더 행복했다는 생각이 들었다..

"그리고 샌님은 제게 부탁하셨습니다. 용본왕은 우리 아라의 가장 위대한 왕, 아라의 이름을 만방에 떨친 왕이니 만큼 그 이름에 걸맞게 무덤을 크게 만들고 그 무덤에 땅과 하늘을 모두 담아 하늘에서도 땅에서도 영원히 안락을 누릴 수 있도

2. 아라의 부활

록 해달라는 것이었습니다. 저는 임금님이 넓히신 땅의 넓이만큼이나 봉분도 크게 만들어야 한다고 생각했습니다. 그러려면 지금보다 훨씬 더 큰 봉분을 만들어야 하지만 제가 할 수 있는 최선을 다해 이렇게 만들었습니다. 그리고 봉분 앞에 사다리꼴로 네모나게 만든 것은 땅을 상징한 것입니다. 예부터 하늘은 둥글고 땅은 네모나다고 했습니다. 하늘이 둥근 것은 해가 둥글기 때문입니다. 봉분을 이렇게 둥글게 만들었으니 임금님은 하늘의 해 속에서 영원한 삶을 누리실 것입니다. 또 봉분 앞에 땅을 더했으니 그동안 이 세상에서 사셨던 삶도 영원할 것입니다. 우리도 그 행적을 영원히 기억할 것입니다. 또한 임금님이 다시 땅으로 내려오신다 해도 영원히 사실 것입니다."

사람들은 거기에 그런 깊은 뜻이 있는 줄 몰랐다며 다시 경탄해마지 않았다. 새삼스럽게 무덤이 더 웅장해 보였고 그 크기만큼이나 가슴도 벅차올랐다. 그리고 한별공주는 신공왕(神功王), 한별공주의 남편인 진충은 그 이름을 그대로 따서 진충왕(眞忠王)이라고 했다는 것도 듣게 되었다. 두 사람의 무덤은 임금님의 무덤 옆에 나란히 만들어져 있었는데 옛날 방식으로 만든 것이었다. 위대한 왕에게만 새로운 양식을 적용하는 것이 옳은 것 같았다.

"한 가지 더 말씀 드릴 것이 있습니다. 어젯밤 우리는 백제 감시자들을 묶어서 이제 우리가 감시를 하고 있습니다. 이 팔

녹나무관의 비밀

녀시에만 그런 것이 아니라 백제의 감시자나 끄나풀이 있는 모든 고을에서 그렇게 했습니다. 우리의 위대한 왕, 용본왕께서 하늘로 돌아가시는 날, 위대한 아라의 나라가 없어서는 말이 되지 않습니다. 이제 진덕 샌님은 더 이상 샌님이 아닙니다. 이제 우리의 위대한 아라의 왕이십니다."

사람들은 진덕 임금님을 둘러싸고 끝없는 함성을 질렀다. 고함은 목이 쉬어서 소리가 나오지 않아도 계속되었고 두 눈이 벌겋게 튀어나오고 눈물샘이 마르도록 기쁨의 눈물을 흘렸다. 지난 핍박의 세월을 끊고 새롭게 떠오르는 아라의 해를 다시 마주볼 수 있게 되었다. 열두 마리의 용이 다시 하늘을 날면서 임금님을 지키고, 아라의 이름은 용이 내뿜는 불길 속에 활활 타오르리라. 그 불길 속을 걸어갈 진덕 임금님이 앞으로 나섰다.

"이제 아라의 나라가 다시 서서 그 위대함이 되살아났도다. 그러나 아직 해야 할 일이 많이 있노라. 우선은 아라의 왕궁을 되찾아야 하고, 담로도를 쳐서 수중에 넣어야 하고, 다음은 한반도로 가서 아라의 옛터, 임나를 모두 탈환하고 백제까지 쳐부숴야 하느니라. 이제 그 일을 시작하기 전에 과인은 마음의 각오를 단단히 하고자 하노라. 본래 아라는 불의 나라니라. 만물을 불로 다스려서 나라가 강성했도다. 아라가 여기 축자에 처음 자리한 나라를 화국(火國)이라고 하는 것도 그 때문이 아니더냐! 불 속에 아라의 영혼이 있고 그 중에서도 최

2. 아라의 부활

고의 불은 쇠를 두드리는 불이도다. 이제 과인은 쇠를 두드리는 그 불의 영혼으로 찬란한 아라의 길을 걸어가고자 하노라. 그래서 이제 과인의 성(姓)을 쇠의 이름 그대로 김(金)으로 하노라. 앞으로 모든 나의 후손은 쇠 속의 불을 사르고 그 영혼으로 아라를 수호할 것이노라. 그리고 이름은 정흥(庭興)으로 삼노라. 아라의 조정이 흥해서 끝없이 이어지기를 바라는 마음을 담았노라. 친동생인 진무도 김(金)의 성을 쓰도록 하라. 하지만 그 이름 무(武)는 경박스러운 바가 있으니 앞으로 아라의 조정을 잘 지키고 보전하는데 힘쓰도록 지(持)를 쓸 것을 명하노라. 앞으로 천대만대를 이어 아라를 수호해 주기를 바라노라. 또한 우리 아라 본래의 성인 진(眞)도 이어나가야 할 것이므로 배다른 동생인 진언(眞彦)은 성과 이름을 그대로 사용하도록 하라."

긴 환희의 시간이 지나자 해도 제법 저물고 신시가 되었다. 이제 한시가 급했다. 재빨리 왕궁으로 돌아가야 했다. 백제 군사를 감시할 일부만 남기고 발 빠른 군사들이 먼저 출발했다. 그들은 바다로 혹은 육지로 해서 구월 칠일 동이 터기 전에 구시읍에 도착할 것이다. 임금님도 진명과 진철의 호위 속에 우좌로 향했다. 짐을 부리는 하인들은 뒤처지고 그 자리를 군사들이 메꿨다. 혹시나 모를 사고에 대비하기 위해서였다. 모두 부지런히, 그 어느 때보다 가벼운 발걸음을 놀렸다.

녹나무관의 비밀

우좌에서 배를 탄 일행은 부지런히 노를 저어 처음 배를 탔던 바닷가로 되돌아 왔다. 일행의 수에 차이가 없었기 때문에 사람들이 바뀐 줄을 모르는 백제군사들의 배는 멀찍이 따라올 뿐 제지를 하지는 않았다. 구월 칠일 동이 틀 무렵에야 구시읍에 도착한 일행은 오전에 잠깐 눈을 부친 다음 준비해 놓은 말과 마차와 함께 빠른 걸음으로 왕궁으로 나아갔다. 이미 도착해 있던 이천 오백 명의 군사는 같이 출발했고 칠일 밤 나라분지로 접어들자 나머지 이천 오백 명도 합류했다. 다음 날 동이 트자 출발했다. 군사들은 뒤쳐져서 어두워진 후 도착하기로 했다.

일행은 구월 팔일 해가 얼마 남지 않았을 때 왕궁의 남문에 도착했다. 부여대안이 나와 있었는데 중요한 사람이 제대로 돌아 왔는지 확인하고는 들어가 버렸다. 별다른 사고 없이 장례를 잘 치르고 돌아온 것에 마음이 놓일 법도 했다. 왕궁으로 들어온 일행은 정해진 임무에 따라 해길이나 용길을 따라 모두 흩어졌다. 밤이 이슥해질 때까지 긴장도 풀고 배도 채워야 했다.

자시에 달이 지자 움직이기 시작했다. 어둠 속을 이동해 대기하던 군사들은 신호가 떨어지자 성문과 성벽을 지키는 병사들을 순식간에 제압했다. 혹시라도 눈치 챈 백제군사나 세작이 성벽을 넘지 못하도록 철저한 감시 속에 남문이 열렸고 기다리던 오천 명의 군사가 쏟아져 들어왔다. 왕궁으로 들어

2. 아라의 부활

온 그들이 횃불을 밝히자 마치 대낮처럼 거리가 환해졌다. 그들 중 일부는 곧장 부여대안에게로 향했고 나머지도 목적대로 흩어졌다. 부여대안을 호위하는 병사들은 대군이 들이닥치자 스스로 칼을 놓았고 다른 병사들도 마찬가지였다.

일은 축시를 넘기지 않고 끝나버렸다. 가장 늦게 끝난 것은 진철이었다. 그는 군사들을 데리고 백제 세작과 백제에 빌붙어 지내던 끄나풀을 잡아 들였는데 다른 사람에게 맡길 수 없는 일이었다. 그가 내성문 앞으로 돌아오자 이미 몇 백 명이 빈터에 잡혀와 묶여 있었다. 잡아 온 자들을 넘겨준 다음 내성으로 들어갔다.

집무를 보는 건물은 불이 환했고 임금님과 김지가 나와 있었다. 일을 무사히 마쳤으면 크게 기뻐할 줄 알았는데 두 사람 모두 근엄함만 조금 더해졌을 뿐 담담한 표정이었다. 그 앞에는 두 손이 결박당한 부여대안을 이제 막 끌고 와 꿇어앉히고 있었다. 형편이 뒤바뀌었음에도 예상 외로 부여대안도 덤덤했다. 부여무내가 한쪽에 비켜 서 있기에 진철도 그쪽으로 향했다. 먼저 입을 연 사람은 김지였다.

"부여대안 나리. 그동안 우리를 모질게 대하지 않고 형편을 잘 헤아려 준 것에 감사드리오. 우리도 그에 합당한 대우를 해주려고 하오. 손을 묶은 것은 이해해 주길 바라겠소. 이제 이렇게 입장이 뒤바뀌었는데 우리 아라의 편에 서는 것은 어떻소?"

"이 늙은이를 잘 대해주는 것은 고맙소만 나이가 들수록 선택의 폭이 좁아지고 나중에는 그마저도 없어지는 법이오."

"하지만 하나 뿐인 목숨은 간수하는 것이 좋지 않겠소? 고집을 부려봤자 칼날이 들어오는 것밖에 무엇이 더 있겠소?"

"내가 고집을 부리는 것이 아니라 조금 더 시간이 지나면 그 칼날이 되돌아 갈 것 같아서 하는 말이오."

"하지만 아라도, 이미 숱하게 싸워서 알겠지만 결코 만만한 나라가 아니오. 이제 날이 밝으면 담로도로 쳐들어가서 점령한 다음 한반도의 옛 땅, 임나를 되찾으러 갈 작정이란 말이오."

"이 조그만 왕궁을 되찾는 것은 몰라도 담로도는 난공불락이오. 담로도를 차지 못하면 어찌 한반도로 들어갈 수 있겠소?"

"담로도는 예전 우리가 머물던 곳이오. 섬을 속속들이 꿰고 있으니 난공불락이란 말은 어패가 심하오. 더구나 지금 담로도에는 남아있는 군사가 만 명이 채 안 되오. 우리 군사는 이만 오천이나 되는데 어찌 침류가 감당하겠소?"

"많다고 해도 모두 급조한 군사들이요. 나중에 전쟁이 벌어지면 과연 제대로 자기 역할이나 하겠소? 백제군은 모두 정예병인데 어찌 이길 수 있단 말이오?"

"그들이 정예병이라고? 당신의 거짓말에 속을 줄 아시오? 정예병은 근구수가 왜를 떠날 때 모두 데려갔소. 물론 당신

2. 아라의 부활

같은 사람을 남겨두기는 했지. 하지만 당신이 우리 손에 있으니 침류는 함부로 대항하지도 못할 거요. 담로도만 손에 넣으면 한반도야 지금 형편에 손바닥을 뒤집는 것보다 쉬운 것 아니겠소? 듣자니 지난 칠월에 고구려가 당신이 받드는 나라의 수곡성을 공격해 함락했다고 하오. 당신이 존경하는 왕이 장수를 보내어 막았으나 이기지 못했다고도 하는구려. 이건 이미 당신도 알고 있는 사실이지 않소? 왕이 대병력을 보내어 보복하려고 했지만 흉년이 들어 결행하지 못했다는 소식도 들었소. 이것은 또 무슨 말 같지 않은 소리요? 병력은 이미 근구수가 거느리고 산동반도에 가 있는데 대병은 무슨 대병이란 말이오? 농민을 아무리 모아봤자 정예군을 이기지 못하는 법. 흉년을 핑계 대지 말고 차라리 보복하겠다는 말을 삼가는 것이 좋지 않겠소? 이는 어찌 생각하시오?"

"그 패전에 대해서는 구태여 내가 덧붙일 말이 없소. 고구려는 우리 샌님이 자리를 비운 틈을 이용해 불시에 쳐들어와서 조금의 승리를 맛봤을 뿐이오. 우리 정예병이 모두 모인다면 어찌 고구려가 감히 우리 땅을 넘볼 수 있단 말이오? 다만, 고구려의 소수림은 몸이 장대하고 지략이 뛰어나다 들었소. 그러니 그대들도 고구려를 조심하는 게 좋을 거요."

"그건 백제에게나 해당되는 말이오. 그대들은 고구려에서 갈라졌음에도 먼저 고구려 땅을 빼앗았소. 그러니 고구려가 눈에 불을 켜고 이를 가는 것이오. 우리 아라는 이제껏 고구

녹나무관의 비밀

려와 다툰 적이 한 번도 없었소. 우리는 고구려에서 갈라져 나온 것을 자랑스럽게 생각하고 있고 고구려도 그걸 알고 있소."

"하지만 고구려가 여기까지 와서 당신들을 도울 수는 없지 않소? 우리 대왕이 고구려에 수모를 당했다는 사실이 여기까지 퍼질 정도면 산동반도는 얼마나 일찍 그 소식을 들었겠소? 이미 지금쯤은 우리 샌님도 한성에 돌아와 있을 것이오. 그리고 내일 모레면 아라가 모반했다는 이야기를 전할 배가 출발할 텐데 그 소식을 듣고 백제 대군이 이리로 몰려오면 어찌겠소? 그 칼날을 막을 수 있겠소?"

"그대들의 군사가 왜로 오기 전에 우리가 먼저 쳐들어갈 것이오. 전쟁의 승패는 하늘이 정하는 법이지만 우리는 정당한 명분을 갖고 있소. 사실을 말하자면 조용한 우리 땅을 십일 년 전에 당신들이 먼저 침범하지 않았소? 그리고 한반도도 모자라서 왜까지 따라와서 같은 뿌리를 가진 형제에게 칼을 겨누고 억압을 하고 있소. 당신의 대왕이나 황태자는 땅을 넓히는데 혈안이 된 미치광이일 뿐이오. 나중에 천벌을 받을 것이오."

"어찌 그런 심한 말을 하시오? 아라가 땅 욕심이 없다면서 어찌 이웃에 있는 여러 나라뿐만 아니라 멀리 있는 읍과 탐라까지 수중에 넣으셨소? 그건 피장파장이오. 단지 힘이 있는 자가 천하를 얻고 하늘로부터 권위를 인정받을 뿐이오."

2. 아라의 부활

"당신들의 그런 광포함이 우리 조선족을 전쟁의 회오리로 몰아넣었소. 그건 영원히 씻지 못할 과오요. 당신들이 먼저 우리 땅을 침범했기 때문에 우리도 당신네 땅을 빼앗을 뿐이오."

"하지만 이곳 왜부터 생각해 보시오. 원래 이곳에 살고 있던 사람들 입장에서는 당신들에게 땅을 빼앗긴 것 아니겠소. 당신들도 남의 것을 앗아가는 도적떼일 뿐이오."

"그런 말장난은 그만 하시오. 아무리 궤변을 늘어놓아도 당신들이 우리 아라를 먼저 침범한 것은 하늘이 알고 있는 사실이오. 이제 백제는 그 죗값을 치르게 될 것이오. 그리고 아쉽게도 제일 먼저 당신의 피로 죄를 씻어야겠소. 그동안의 정리를 봐서 단칼에 끝내 주겠소."

부여대안은 이미 죽음을 작정한 듯 눈을 감은 채 김지가 칼을 뽑는 데도 미동도 하지 않았다. 오히려 어서 일이 끝나기를 바라는 것 같았다. 김지가 부여대안에게 다가가자 이제껏 가만히 듣고만 있던 부여무내가 앞으로 나섰다. 김지가 걸음을 멈추고 그를 쳐다봤다. 할 말이 있으면 해보라는 투였다.

"잠깐, 그를 죽여서는 안 되오."

"왜 그를 죽여서는 안 된다고 하시오? 그는 이미 세 치 혀를 놀려 죽음을 자초했소."

"그가 한 말은 밉지만 그의 목은 그의 혀보다 훨씬 가치가 크오. 그는 근구수나 침류가 아끼는 사람이오. 담로도로 쳐들어갈 때나 앞으로도 유용하게 써먹을 수 있을 것이오. 그러니 살려두어야 하오."

"설마 당신도 이 작자처럼 우리가 담로도로 차지할 수 없다고 믿는 것이오? 이 자가 없으면 담로도는 난공불락이오?"

"그런 것은 아니오. 담로도는 언제든지 뺏을 수 있소. 하지만 피라는 것은 되도록 적게 흘리는 것이 좋은 것 아니겠소. 그는 그만한 가치를 가졌소."

"나는 이 자의 피로 그동안의 수모를 갚으려 하오. 그래야 사기가 오른 군사들이 담로도를 더 빨리 탈환할 것이오."

"그 자를 죽인다고 달라지는 것은 없소. 죽일 땐 죽이더라도 유용하게 써먹고 죽이는 것이 더 낫다는 말이오."

진철은 임금님을 바라보았다. 속으로는 부여무내의 말이 옳다고 생각했지만 섣불리 말을 꺼냈다가 분란을 더 키울 수도 있었다. 그렇다고 그냥 두어서 감정의 골이 깊어지면 좋을 게 하나도 없었다. 빨리 결단을 내리는 게 나았고 그럴 사람은 한 사람 뿐이었다. 결국 임금님이 나섰다. 밤이 깊었으니 내일 의논하기로 하자 둘 다 물러섰다.

영광의 새 아침이 밝았다. 2708년 중양절은 특별하게 다가왔다. 조선족은 일찍이 "삼(三)"이라는 숫자를 신성시했다. 세 명의 신, 세 명의 성인, 세 명의 황제 등은 모두 "삼"이 고귀했기 때문에 취해진 숫자였다. 삼일신(三一神)은 천일신(天

2. 아라의 부활

一神), 지일신(地一神), 태일신(太一神)을 말하는 것인데 이는 삼신(三神), 삼성(三聖), 삼황(三皇)과 같은 말이다. 삼황은 천황(天皇), 지황(地皇), 태황(泰皇)이다. 그 중에서도 가장 존귀한 것은 태일신 즉 태황이며 이를 보좌하기 위해 다섯 방위의 신(五方神)인 오제(五帝)를 두었다.[5]

그래서 처음 나라를 세울 때도 하나의 조선, 하나의 대왕 아래 두 왕을 주재시켜 세 명이 다스렸다. 그 영역을 각각 신조선과 말조선, 불조선이라 했는데 그중에서도 최고, 최상을 의미하는 "신"이라는 명칭을 가진 신조선이 세 영역의 지배권을 가지고 있었다.

그런데 세력이 커지자 나중에 세 나라로 독립하게 되는데 본래 영역의 이름을 따서 각각 신한, 말한, 불한이라 불렀다. 이를 이두로 적으면서 진한(辰韓), 마한(馬韓), 변한(卞韓)이라 한 것이다. 그래서 서울도 세 곳에 있었으니 ㅇ스라, 아라티, 펴라가 그곳이었다.[6]

세월이 흘러도 "삼"이 고귀하게 쓰이는 전통은 계속되었다. 임금님을 보좌하는 벼슬인 좌보(左保)와 우보(右保)를 두어 "삼"을 맞춘 것도 그 하나였다. 천하의 만물을 구성하고 변화시키는 요소로 삼재(三才)를 두어 천(天)·지(地)·인(人)이

---

5) 삼황오제와 삼조선에 관한 것은 《조선상고사(신채호 저, 박기봉 역, 비봉출판사, 2011.1.10. 발행)》에서 발췌

6) ㅇ스라는 지금의 하얼빈, 아라티는 안시성, 펴라는 평양이었다. 《조선상고사(신채호 저, 박기봉 역, 비봉출판사, 2011.1.10. 발행)》에서 발췌

라 한 것도 "삼"을 신성시한 것이었다.

또한 지금 임금님을 보좌하는 다섯 집안을 두어 양가, 우가, 저가, 마가, 구가라 한 것은 옛 오제에서 따온 것이며 고구려가 오부의 벼슬을 둔 것도 마찬가지였다. 이를 보면 "오(五)"라는 숫자는 "삼(三)"이라는 숫자를 보좌하는 역할을 하고 있는 것이다.

그렇게 "삼"이 고귀하고 신성시되었기 때문에 "삼"이 세 번 모인 "구(九)"는 최고의 가치를 지닌 숫자였으며 더구나 그 "구"가 두 번 겹치는 "구월 구일" 중양절은 최고 중의 최고였다.

숫자에서 홀수는 양(陽)이고 짝수는 음(陰)인데 "삼월 삼일", "오월 오일", "칠월 칠일"과 같이 양이 겹치는 날짜를 중양(重陽)이라 한다. 그 중에서도 "구월 구일"은 그 숫자의 가치만큼 가장 양기가 많은 날이었으며 그래서 중양절이란 명절이 생긴 것이었다.

진철은 아라의 역사에 새 가치를 더하고 큰 의미를 부여한 이 중양절을 단순한 명절로 치부하고 넘어갈 수 없었다. 그는 아침밥을 먹은 후 진성을 불렀다. 정오에 임금님이 등극하고 나면 왕궁에 본래 담로도에 보내려고 챙겨둔 곡식과 과일 등을 풀고 국화로 담은 술도 마음껏 마실 수 있도록 나눠주라고 했다. 또 사람을 보내 오명읍의 농민들이 먹을 수 있는 양식을 각지에서 사 와서 본래 오명읍에 지불한 금액의 반만 받고 팔도록 이야기했다. 왕궁에 들어와 있는 오천 군사와 오명읍의 이만 군사를 먹일 양식을 조달하는 문제도 의논해야 했다.
　자질구레한 일들을 마치자 마침내 기다리던 정오가 되었다. 내성 앞 빈터에 오천이 넘는 군사들과 왕궁의 백성들이 집결한 가운데 내성문에서 김지가 김정흥 임금님께 왕관을 씌워드렸다. 아라의 왕이 다시 부활하는 순간이었다. 모두가 감격의 눈물을 흘리며 박수와 함께 함성을 질렀다.
　진명은 축자에서 있었던 일을 간략하게 다시 이야기했다. 아라의 영토를 드넓게 개척한 진정 임금님을 용본왕(龍本王)으로 부르기로 했다는 것, 그 영토의 넓이만큼이나 봉분도 크게 만들었다는 것, 둥근 봉분의 지름만 340자(尺)에 달하고 하늘을 담은 봉분의 앞쪽에 사다리꼴로 땅을 담은 네모를 덧붙여 그 길이가 540자나 된다는 것, 선화공주로도 불린 한별 공주는 신공왕(神功王), 그 남편은 이름 그대로 진충왕(眞忠王)으로 부르기로 했다는 것 등이었다.
　그리고 진덕 임금님께서 불의 나라인 아라의 불 중에서도 가장 최고인 불인, 쇠를 두드리는 불의 영혼으로 찬란한 아라의 길을 걸어가시고자 성(姓)을 쇠의 이름 그대로 김(金)으로 정했다는 것, 아라의 조정이 흥해서 끝없이 이어지기를 바라는 마음으로 이름을 정흥(庭興)이라 했다는 것, 동생인 진무는 아라 본래의 성인 진(眞)을 이어나가기 위해 본래대로 성을 쓰기로 한 것, 이름은 아라 조정을 잘 지키고 보전하는데 힘쓰도록 지(持)로 바꾼 것도 전해주었다.

  그 말이 끝나고 김정흥 임금님이 앞으로 나섰다.

  "오늘은 경사스러운 날이로다. 우리 아라가 침류의 발밑에 무릎을 꿇은 지 삼년 만에 다시 나라를 되찾았도다. 과인은 앞으로 모든 백성이 편안히 살 수 있도록 나라를 다스리겠노라. 그리고 다시는 나라를 빼앗기는 일이 없도록 군사를 훈련하고 방비를 열심히 하겠노라. 앞으로 담로도를 쳐서 점령하고 한반도의 옛 땅도 모두 수복할 것이니라. 고구려 말에 옛 땅을 회복하는 것을 다물이라고 하느니라. 그러니 우리도 이제 다물에 힘써야 하노라. 그래야 사랑하는 가족을 만나볼 수 있고 고향 산천을 둘러볼 수도 있느니라. 앞으로 만 백성이 모두 훌륭한 군사가 되어 아라의 이름을 천대만대 이어지도록 할지어다."

  "아라가 불의 나라인 것은 해로부터 그 권능을 가져왔기 때문이니라. 우리가 처음에 축자에 불의 나라인 화국을 세웠고 축자 전체에 새 나라인 신라를 세운 것, 또 이 왜의 본주에 새 나라인 사라를 세운 것은 모두 해로부터 불의 권능을 가져 왔기 때문이니라. 처음부터 하늘의 해 속에 있는 우리의 조상신, 곧 하느님이 우리와 함께 했느니라. 보아라. 어둠을 밝히는 것이 해이고 불이듯이 불은 곧 해이고 해는 곧 불이니라. 앞으로 아라는 해의 나라이니라. 그리고 해의 권능, 불의 권능을 가진 용이 우리를 지켜줄 것이니라. 오늘부터 다시 열두 마리의 용이 아라의 하늘을 날아다닐 것이니라. 모두가 기뻐할지어다."

"이제 과인은 해 나라의 주인으로서 불의 영혼을 담아 성을 김(金)으로 했노라. 이 의지를 명확히 하고 만 천하에 아라가 해 나라임을 알리기 위해 이제 과인은 스스로를 금왕(金王)으로 부르도록 하겠노라. 그리고 이름도 해 나라를 그대로 지어서 일라(日羅)로 삼겠노라. 모두가 금왕, 일라의 강림을 축복할지어다. 그리고 좌보에는 김지를, 우보에는 진언을 임명하노라. 두 동생은 나를 도와 아라가 반석 위에 설 수 있도록 정성을 다해 주기를 바라노라."

"이제 아라가 다시 섰으니 우리의 입장도 확실히 하겠노라. 태초의 선조께서 장구한 세월 이전에 붉은 산봉우리인 홍산에서 처음으로 많은 사람이 모여 사는 벌을 만든 이래로 우리 민족은 많은 부침이 있어 왔노라. 조선이란 나라가 있었고 부여도 있었고 지금 고구려와 백제도 있느니라. 백제는 원래 고구려에서 갈라져 나왔고 우리 아라도 마찬가지로 고구려에서 갈라져 나온 나라니라. 그런데 저 무도한 백제가 고구려의 땅을 빼앗고 우리의 땅도 빼앗았느니라. 이제 과인은 백제가 그 대가를 치르게 하겠노라. 아울러 아라가 고구려의 후예임을 천하에 다시 선포하노라. 모두 이를 명심하고 행동할지어다."

내성문의 행사를 마치자 모두 자신의 자리로 돌아갔다. 그 어느 때보다 풍족한 음식에 술까지 푸짐한 중양절의 잔치를 즐기기 위해서였다. 성벽과 성문을 지키는 군사들도 교대로 흡족한 시간을 보냈다. 금왕과 왕족, 오가의 사리들도 집무실로 가서 잔치를 벌였다. 금왕의 등극을 모두가 축하했고 술을 따라주기 바빴다. 모두가 마음껏 취하는 즐거운 날이었다. 잔치는 밤늦게까지 계속되었고 다음날은 모두가 푹 쉬었다.

구월 십일일의 해가 높이 떠오르자 다시 모였다. 백제의 하위 군사를 돌려보내 아라가 다시 서고 금왕이 등극했음을 담로도에 알렸다. 부여대안과 중요한 몇 명은 남겨두고 별 이득 없이 양식만 축내고 있는 백제 포로들도 모두 담로도로 보내기로 했다.

그들을 보내면 적의 군사만 늘뿐이라며 모두 목을 쳐야 한다는 의견도 있었다. 하지만 그건 생명을 너무 경시하는 것이었다. 전쟁 중에는 어쩔 수 없이 상대를 쓰러트리고 목숨을 빼앗지만 전쟁이 끝나면 포로는 돌려주는 게 승자의 아량이었다. 군사들을 시켜 오전에 모두 왕궁 밖으로 내보내도록 했다.

왕궁에 머무르는 오천의 군사들은 그대로 내성벽 앞 빈터에 주둔하기로 했다. 오명읍에 있던 만 오천 군사는 백제의 침입을 대비해 구월 팔일 출발해 어제 왕궁 바깥에 도착했었다. 이들은 왕궁 인근은 아니지만 너무 멀지는 않은 곳곳의

2. 아라의 부활

나라분지의 수확이 끝난 논으로 배치했다. 그곳에서 훈련을 하면서 왕실의 명을 기다리기로 했다. 골한인 양가의 사리가 책임자로 임명되고 진오는 골한이지만 부책임자가 되었다.

감옥에 갇혀 있는 부여대안과 그 부하장수들에 대한 문제는 여전히 결론이 나지 않았다. 부여무내는 여전히 살려두는 것이 좋겠다고 했고 김지 좌보는 빨리 목을 쳐야 한다고 했다. 부여무내는 포로를 돌려주자는 의견이었고 좌보는 목을 치자는 의견이었는데 견해가 다르니 계속 부딪히는 것이었다.

설상가상으로 또 다른 문제가 불거졌다. 담로도를 언제 쳐들어갈 것인가 하는 문제였다. 그건 무기와도 관련이 있는 문제여서 섣불리 답을 내리기 어려웠다. 부여무내는 당장 쳐들어가자고 했다. 동생의 관할 아래 있으면서 이제까지 동생을 옹호하는 듯한 발언을 많이 했지만 이제 입장이 바뀌자 동생에게 당한 수모를 빨리 갚고 싶어 했다. 그는 자기가 가면 동생이 꼼짝을 못할 거라면서 지금 가진 무기로도 충분하다고 큰소리를 쳤다.

김지 좌보는 무기도 없이 갔다가 몰살당한다면서 출운에서 충분한 칼과 창, 화살을 만든 다음에 출발하자고 했다. 아라가 가진 배도 어선과 나룻배 위주이므로 군선에 대항하려면 배부터 만들어야 한다고 했다. 제대로 훈련을 받은 군사도 몇 되지 않고 몇 달 만에 급히 모았으므로 훈련부터 시켜야 한다는 것이었다.

건건이 의견이 대립되며 분위기가 과열됐다. 그러자 금왕이 노련하게 둘의 주장을 절충해서 매듭지었다. 부여대안과 부하장수들은 살려두고 당분간 아라의 힘을 키우는 데 동의한 것이다. 진철은 사태를 정확히 파악하고 해결하는 금왕을 보면서 역시 자신의 눈이 틀리지 않았다는 것을 실감했다. 금왕은 확실히 성군의 자질이 있었다. 이대로 일이 년만 지나면 어느 나라도 아라를 넘보지 못할 것이다. 군사는 만 명을 더 모으기로 했다.

회의를 마치고 돌아오니 하인들이 군사가 한 명 찾아와 기다리고 있다고 했다. 그는 키가 큰데다 몸집도 우람했다. 덩치가 있음에도 걸어올 때의 유연함은 그가 보기와는 달리 단련이 되어 있음을 보여주었다. 마음을 먹으면 그도 재빠르게 움직일 수 있는 사람이었다. 가까이 보니 볼에도 살이 붙어 얼굴이 둥그스름했고 선명한 눈썹 아래의 주름진 눈꺼풀 속에 반쯤 가린 눈동자는 까맣게 빛을 발하고 있었다. 눈의 양쪽의 모양이 달라 큰 코와 매끈한 입술을 가졌음에도 전체적으로 호감을 주는 인상은 아니었다.

"갑자기 찾아와서 죄송합니다. 하지만 나리께서 계신 우가에 쇠를 다루는 곳이 있다기에 찾아왔습니다. 눈을 보면 아시겠지만 저는 짝눈이라고 합니다. 나이는 스물을 넘긴 지 그리 오래 되지 않았습니다. 왜로 들어오게 된 것은 아버지가 칠

2. 아라의 부활

년 전에 용본왕께서 용주왕을 뵈러 가실 때 만난 것이 인연이 되어 그 뒤로 함께 하셨습니다. 왜에서 우리는 이세에 자리를 잡았습니다. 아직도 아버지는 거기 살고 계시지요. 제가 군사가 된 것은 축자에서 온 군사들이 이세를 통해 왕궁으로 왔기 때문입니다. 저도 아라와의 인연을 저버릴 수는 없기에 따라 나섰습니다. 그래서 오늘 이렇게 찾아올 수도 있게 되었지요. 우리 선조들은 한반도의 거칠산 아래서 살았습니다. 대마도가 바라보이는 그곳은 해산물이 풍부하고 조개도 많아서 옛날부터 많은 사람이 모여 살았습니다. 우리 집안은 그곳에서 대대로 쇠를 생산했습니다. 지금도 그 흔적이 남아 있습니다. 그러나 그곳의 야철지는 제가 태어나기도 훨씬 전에 생산을 그만뒀습니다. 하지만 아버지는 할아버지에게 배웠고 저는 아버지에게 쇠를 다루는 법을 배웠습니다. 쇠를 다루는 집안이라 명맥은 이어야 하기에 언젠가는 쓰일 날이 있을 것이라 믿고 기술을 전수한 것입니다. 그런데 지금 쇠를 다루는 사람을 모으고 있다고 들었습니다. 일반군사로 가을걷이를 하기에는 제가 배운 것이 너무 아깝습니다. 만약 우가에서 쇠를 만질 수 있게 해 주신다면 정말 열심히 하겠습니다. 나리께서 은혜를 베풀어 주셨으면 합니다."

 진철은 그 군사의 배포가 맘에 들었다. 그렇잖아도 쇠를 다루는 일손이 부족한 판국에 한 손이라도 거들 수 있다면 다행이 아닐 수 없었다.

"자네를 물부로 보내어 열심히 배운 기술을 써먹을 수 있도록 하겠네. 그런데 자네 부대에는 연락을 하고 가야 할 것이 아닌가?"

"예. 제가 지금 바로 가서 말씀드리고 오겠습니다."

"돌아오면 여기 있는 하인이 물부로 안내해 줄 걸세. 부지런히 해주게."

"예, 고맙습니다. 나리."

3. 잔칫날의 죽음

 구월 십이일은 비가 내리지는 않았지만 아침부터 구름이 끼었다. 가을걷이에 또 아라가 해야 할 많은 일에 비는 달갑지 않은 일이었다. 비가 내리지 않기를 빌며 아침을 들고 나자 진성이 긴히 할 말이 있다고 찾아왔다. 그리고 진철도 잊고 있었던 문제를 다시 고민하게 했다.
 "어제 내성에 다녀왔습니다. 임금님이 새로 등극하셔서 토물부에서 왕실에 사용할 그릇을 새로 빚었습니다. 아라의 위엄이 드러나도록 품위 있게 만들라고 했더니 마침 어제 그럴싸하게 나왔기에 제가 다녀왔습니다. 그런데 그릇을 내려놓고 나오려고 하는데 호위군사 하나가 저를 찾더니 잠깐 다녀올 데가 있다고 하는 것이 아니겠습니까? 따라가 보니 임금님이 계시는 거처였습니다. 호위무사가 다른 군사에게 데려왔다고 하자 그 군사가 안으로 들어가더니 잠시 후에 나와서 제게 가까이 오라고 손짓을 했습니다. 제가 다가갔더니 귓속말로 절대 다른 사람이 알면 안 되는 비밀이라고 하면서 제게 임금님의 전갈을 전해 주었습니다."

"뭐라고? 임금님이 전갈을?"

"목소리를 낮추십시오. 누가 들을까 조마조마합니다."

"허참 이상하군. 그냥 만났을 때 이야기하시지 않고. 아니면 사람을 보내던가."

"비밀이라고 했으니 다른 사람은 알면 안 되는 모양입니다. 왜 이게 비밀이어야 하는지 모르겠습니다만."

"그래, 그 비밀이라는 게 뭔가?"

"전갈은 수돌이를 죄가 없게 해서 풀어주라는 겁니다. 왜 이게 비밀인지 밤새도록 생각해도 모르겠습니다. 그냥 감옥의 간수에게 바로 명을 내리면 되는 일이지 않습니까?"

"그래? 그런데 그 일을 비밀리에 내가 해야 한다? 도대체 무슨 꿍꿍이가 있는지 모르겠군."

"저는 이만 물러갑니다. 이런 일은 아무래도 제 체질이 아니라서. 이제 속은 홀가분합니다만."

진성의 말대로 도무지 알 수 없는 일이었다. 한참을 고민에 고민을 거듭하고 난 이후에야 그 이유를 알 수 있었다. 전갈은 죄를 없게 해서 풀어주라는 것이었다. 임금님은 풀어주라는 명을 내릴 수는 있어도 죄를 없게 하지는 못한다. 진철은 수돌이를 죄가 없도록 만들어야 하는 것이다.

3. 잔칫날의 죽음

수돌이가 죄가 없을 수도 있다. 하지만 아직까지는 가장 유력한 용의자다. 진짜 범인이 있다 해도 찾기가 쉽지 않은 상황인데 그동안 너무 많은 변화가 일어났기 때문이다. 그래서 열심히 탐문을 해도 진짜 범인을 찾지 못할 수도 있고 찾았다 해도 이미 왕궁에 없을 가능성도 있다. 그런 상황에서 용의자마저 풀어준다면 사건이 미궁에 빠질 가능성도 있다. 진철은 그가 살인을 하지 않았기를 바랐지만 가장 유력한 용의자를 풀어주는 것은 다른 문제였다.

물론 당장 수돌이를 풀어줄 방법은 있었다. 임금님이 명을 내렸으니 풀어주지 않을 수도 없었다. 하지만 진짜 범인도 찾아야 했다. 진철은 그 이후로도 한참을 고민하다 늦게야 마음의 결정을 내렸다. 일단 수돌이부터 만나보기로 했다.

감옥은 큰 용길의 서쪽, 우가의 창고들이 있는 곳에서 조금 떨어져 북문 가까이 있었는데 그 인근에는 집도 거의 없었다. 서쪽으로는 큰 동산이 바로 맞닿아 있고 동쪽은 양가가 아직 거기까지 집을 짓지 않아 빈터로 남아 있었다. 감옥도 옛날 진철이 왕성에서 갇혀있었던 것과는 비교가 되지 않을 만큼 컸다. 얼마나 많은 사람이 죄를 지어야 그 안을 다 채울까 걱정이 들 정도였다. 감옥을 지키는 군사들은 진철이 부여대안이 아니라 수돌이를 찾자 놀라는 기색이었다.

수돌이는 몸이 야위어지기는 했지만 그 외는 평소와 마찬가지였다. 제법 큰 키에 단단한 몸매를 가진 그는 눈매가 보통이 아니었는데 감옥에서 그 눈빛이 더 날카로워진 느낌이 들었다. 정중하면서도 담담한 말투나 절제된 예의바른 행동은 그대로였다.

"그동안 고생이 많지는 않았는가?"

"죄송합니다, 나리. 나리한테 사실을 다 말씀드리고 떠나고 싶었지만 사정이 여의치 않았습니다. 그 점은 용서해 주십시오."

"그건 그렇고 살인에 대해서 하고 싶은 말을 해보게."

"여러 사람의 입을 통해 아시겠지만 제가 다롱이와 함께 동산에 올라 간 것은 맞습니다. 그리고 어두워지자 동산을 내려가 집으로 돌아가서 저녁을 먹고 잠자리에 든 것도 맞습니다."

"그렇다면 자네는 범인이 아니라는 것인가?"

"범인이 아니라고 말하지는 않았습니다."

"그렇다면 자네가 범인이 되는 것 아닌가"

"꼭 그렇게 단정 지을 수는 없습니다. 하지만 나리께 말씀드리지 못하는 것이 있습니다. 용서해 주십시오."

"하지만 자네를 풀어주려면 죄가 없어야 하는데 살인자를 풀어줄 수는 없지 않는가?"

"저를 풀어주는 것이 결코 나리에게 해가 되지는 않을 겁니다. 그리고 저는 저대로 나가서 해야 할 일이 있습니다. 뭔지는 말씀드릴 수 없습니다만."

3. 잔칫날의 죽음

"일이라고? 하지만 이야기해주지는 못한다고?"

"예. 나리는 이미 우가의 사리로서 여러 가지 큰일을 많이 하시고 계십니다. 자질구레한 일들은 아예 신경을 못 쓰시지요. 우리 같은 사람이 손에 피를 묻히더라도 그런 일을 해야 하는 법입니다."

"손에 피를 묻히면 살인자가 되는 것인데 풀어 달라는 것인가?"

"어떤 일은 소상히 아시는 것보다 모르시는 게 더 나을 수도 있습니다. 나중에 결국 그 일이 그렇게 돌아갔다는 게 이해가 되면 좋을 때도 있다는 말입니다. 나리는 총명한 분이시니 잘 아실 겁니다."

"물론 그럴 때도 있겠지. 그런다고 자네를 풀어줄 수는 없네. 이제껏 자네를 그렇게 좋게 보았는데 오늘 보니 자넨 의외로 속에 감추고 있는 게 너무 많아. 자넨 나쁜 사람이야. 살인을 하고도 무작정 풀어달라니, 이거야 원."

"죄송합니다. 나리."

"그래, 풀어주면 우리 집으로 돌아올 텐가?"

"그렇잖아도 나리에게 부탁드리려고 했습니다. 저는 부여 무내의 집으로 돌아가야 합니다."

"그럼, 지금은 자네가 왜 그 집으로 갔는지 말해줄 수 있는가?"

"그것은 지금도 말씀드릴 수 없습니다. 죄송합니다. 나리는 옛날부터 샛별공주님과 막역한 사이라고 들었습니다. 공주님을 아끼는 마음이 있다면 저를 풀어주십시오."

"이 일이 샛별공주하고 무슨 연관이 있는가?"

"공주님을 지켜야 한다는 것만 아시면 됩니다. 나중에 일이 끝나면 저를 이해하실 겁니다. 저를 풀어주십시오."

"내 말은 들은 척도 안 하는군. 그것에도 입을 옹차게 다물겠단 말이로군. 좋네. 다 좋다 치고. 내가 풀어주면 부여무내가 살인을 한 자네를 받아주겠는가? 그의 성격에 오히려 자네 목을 치려고 할 텐데."

"풀려나는 것은 죄가 없어서 그런 것이 아니겠습니까?"

"그럼, 자네는 살인범이 아니라는 건가?"

"아주 미묘한 부분이 있습니다. 제가 확실히 살인범이라고 또 확실히 아니라고 이야기할 수 없는 문제가 있습니다. 하지만 일단 풀려나려면 죄가 없어야 되지 않습니까?"

"살인범인지 아닌지도 헷갈리는데 어떻게 죄가 없도록 해서 풀어 줄 수 있는가? 자네가 살인범이 아니라면 진짜 살인범이 있어야 하지 않겠는가?"

"지금 당장은 진짜 살인범을 잡아오지 않아도 저를 풀어줄 수는 있지 않습니까?"

"하지만 어떻게 자네를 풀어달란 말인가?"

"그건 나리도 알고 계시지 않습니까?"

"참, 자네는 고집불통이구먼. 그럼 한 가지만 물어보겠네.

3. 잔칫날의 죽음

이건 정확하게 이야기해 줘야 하네. 그날 해가 지고 나서 다롱이와 같이 내려왔는가? 아니면 다롱이를 두고 혼자만 동산에서 내려 왔는가?"

"다롱이랑 같이 내려왔습니다."

"알아낸 것이 있습니까?"

칠성이는 수돌이에게 다녀왔다는 이야기를 듣자 새로운 것을 잔뜩 기대하는 눈치였다.

"수돌이가 의미심장한 말을 하기는 했네. 그는 자기가 살인범인지 아닌지 단정짓기가 어렵다고 했지."

"하지만 그가 다롱이와 함께 내려왔다면 범인이 아니라는 말이지 않습니까? 수돌이는 거짓말을 할 성격이 아닙니다."

"그러니 문제일세. 차라리 거짓말로 범인이 아니라고 했더라면 일이 마무리되어 마음이라도 편할 텐데. 현장으로 가보세. 다롱이는 숨을 쉬지 못해 죽을 만큼 명치를 정확하게 타격 당했네. 그리고 범인은 오른손으로 다롱이의 입을 눌렀네. 일단 오른손으로 입을 막은 상태에서 왼손으로 명치를 그렇게 정확하게 타격할 수 없다네. 그럼 먼저 타격을 하고 뒤로 돌아가 입을 막았을까? 그것도 불가능하네. 입가에 침이 흐른 자국이 보이는데 죽기 전에 손을 막았다면 침이 흐르지 않았겠지. 그리고 명치를 맞아 그대로 주저앉아 죽었는데 새삼 입을 막을 필요가 뭐 있겠나? 왼쪽 손목에 손가락 자국이 멍으로 남아 있었네. 그렇다면 범인은 오른손으로 그녀의 입을 막고 왼손으로는 그녀의 왼쪽 손목을 쥐어 제압했네. 그리고 범인은 명치를 정확하게 타격했네. 명치를 맞은 후에 몸이 오그라들며 스르르 주저앉자 그때 입에서 손을 놓은 것일세."

"그럼 나리 말씀은 범인이 한 명 더 있다는 말입니까?"

"처음 현장에서 그런 생각이 얼핏 들었네. 두 명이라면 상황에 잘 맞아 떨어지겠다고. 하지만 한 명이라고 가정해도 그렇게 복잡했는데 두 명까지는 고민해 보지 못했다네. 뜻밖에 오늘 수돌이가 그걸 깨우쳐 주더군."

"그럼 수돌이가 범인이라는 말입니까?"

"그렇다네. 다롱이는 수돌이가 있었기 때문에 안심하고 있었다네. 그런데 수돌이가 뒤에서 갑자기 제압하자 본능적으로 반항을 했겠지. 그게 많지 않은 저항의 흔적일세. 하지만 곧 명치를 얻어맞고 그대로 주저앉고 만 걸세."

"그럼 수돌이는 잠자리에 들었다가 다시 나온 것이 확실하네요. 다롱이랑 같이 동산에서 내려왔다가 집에 들어가서 다시 나온 후에 동산에서 다롱이를 만난 것이네요."

"아마 미리 약조한 장소에서 다롱이를 만나 같이 동산으로 올라갔겠지. 다롱이 혼자서 올라가기는 쉽지 않았을 테니. 다른 범인도 그 뒤를 따라 올라 갔을 테고."

"참, 열 길 물속은 알아도 한 길 사람 속은 모른다더니 수돌이에게 딱 맞는 말이군요. 수돌이가 범인이라니! 이제 어째

3. 잔칫날의 죽음

야 합니까?"

"다른 범인을 잡아야지. 그래서 일단은 수돌이를 풀어주어야 하네."

"예? 수돌이를 풀어준다고요? 그는 범인이지 않습니까?"

"우리가 수돌이를 잘못 본 것도 있지만 잘 본 것도 있다네. 그 중 하나는 목숨이 끊어져도 수돌이가 공범을 이야기하지는 않을 거라는 점일세. 그러니 수돌이를 풀어주고 자네가 그 뒤를 밟아야 하네. 반드시 공범을 만날 테니 그때 그를 잡아들이는 걸세."

"알겠습니다. 열심히 해보겠습니다."

칠성이를 보내고 토물부에 있는 진서를 찾아갔다. 둘은 가마골에서 태어나 함께 자랐고 어려운 일이 있을 때마다 함께 헤쳐 나왔기 때문에 서로의 마음을 가장 잘 아는 죽마고우였다. 탐라에서 왜로 들어온 후 전쟁터를 누빌 때는 가장 믿을 수 있는 전우였다. 진철의 목숨을 살린 적도 여러 번이었다. 하지만 아라가 백제에 항복한 후 왕궁으로 와서는 흙을 빚고 그걸 굽는 데만 모든 정성을 바치고 있었다.

진철은 그에게 즈믄한의 자리를 주고 싶어 했지만 진서가 거절하면서 결국 그 뜻을 접을 수밖에 없었다. 그 마음을 이해 못하는 것은 아니었다. 오 년 전 우도에서 꽃단이와 결혼한 그는 딸 하나와 아들 둘을 얻었는데 그 가정을 온전히 지키고 싶은 것이었다. 진철도 그런 삶을 살고 싶기도 했다. 하지만 이미 길은 달라져버렸다. 그 대신 진철은 힘든 일이 있거나 마음이 쓸쓸할 때는 진서를 찾아가 함께 이야기를 나누거나 술잔을 기울였다.

"오늘은 어쩐 일로 이런 누추한 곳을 찾아주셨는가?"

"그냥 지나가다 들렀네. 요즘 물부에 일이 많은데 도와주러 가는가?"

"내가 직접 갈 수는 없고 다른 사람을 보냈네. 내 손은 아무래도 흙을 너무 좋아해서 큰일이라네."

"오늘 진성이가 임금님을 위해 새로 구운 물건들을 바치고 왔다더군. 왕실에 사용할 새 그릇들이 마음에 들었다고 하던데 그건 자네 솜씨겠지?"

"그냥 마음 가는 대로 손을 놀렸을 뿐이네. 하지만 우리 금왕께서 등극하셨는데 좋은 선물은 하나 해야지. 안 그러면 마음이 개운치 않았을 걸세."

"그런데 물부에 이틀 전에 온 사내가 있을 텐데 혹시 들어보았는가?"

"아, 자네가 보냈다는 그 친구? 아버지에게 쇠를 다루는 기술을 배웠다고 했다지?"

"왜? 기술이 아니던가?"

"열심히 한다고 들었네. 하지만 기술은 별로인 모양이야. 칼은 아예 두드리지도 못하고 풀무질을 시켜서 하고 있다더군."

3. 잔칫날의 죽음

"그래? 말한 것과는 다르군. 마치 쇠돌이처럼 잘할 수 있다고 큰소리를 치더니."

"자네도 알다시피 기술이란 손으로 직접 다뤄보면서 제대로 배워야 하는 것이네. 그래도 시키는 것은 한 눈 팔지 않고 열심히 한다고 사람들이 좋아하더군. 이 바쁜 때 일손 하나 더는 게 어딘가?"

"그렇다면 잘된 일이군. 앞으로 잘 지켜봐주게. 두둑한 배짱 하나는 마음에 들었네."

"그리 함세."

저녁에 수돌이는 풀려나 부여무내의 집으로 돌아갔다. 다음날 하루 종일 왕궁에는 수돌이에 대한 이야기로 가득했다. 부여대안은 수돌이와 다롱이가 동산으로 같이 올라간 것만 보고 수돌이를 범인으로 몰아 감옥에 감금했다. 하지만 그날 저녁 수돌이는 어두워졌을 때 집에 들어와 저녁을 먹고 잠자리에 들었다. 이건 부여무내의 다른 하인들이 확실하게 본 것이다. 다롱이는 늦은 해시에 변을 당했다. 그때는 수돌이가 이미 다롱이와 헤어졌을 때이므로 범인이 아니다. 수돌이는 죄가 없이 감옥에 갇혔다. 다만, 사람들은 용본왕의 장례를 치르러 가야 했고 또 돌아와 바로 아라를 세워야 했기 때문에 수돌이를 미처 생각하지 못하고 잊고 있었다. 우가의 사리인 진철 나리가 이를 생각해 내고 감옥에 찾아가 수돌이를 만나 본 뒤 임금님께 이야기해서 풀어주었다. 진짜 범인은 지금 찾고 있는데 백제군사가 다롱이를 욕보이고 죽였을 가능성이 있다.

 이야기는 꼬리에 꼬리를 물고 얼마나 사실과 다르게 왜곡되어 퍼져 나갈지 아무도 몰랐다. 그것이 소문이 살아가는 법이었으니 소문 치고 믿을 것 없다는 말도 그래서 생겨난 것이다.

 부여무내는 이전에 하인들의 이야기를 듣고 수돌이가 범인이 아니라는 것을 알고 있었지만 다른 일에 바쁘다 보니 깜빡 잊고 있었다고 미안해했다. 수돌이는 감옥에 갇혀 있다 보니 더 열심히 일해야겠다는 생각이 많이 들었다고 했다.

 구월 십삼일에는 백제 군사가 탄 배가 담로도를 출발해 혈문으로 향했다는 소식이 들려왔다. 예상한 일이었고 막을 도리도 없었다. 수상전을 벌일 만한 배가 없는 탓이었다. 만약 백제 대군이 몰려온다면 큰일이었다. 아직 전세가 너무 불리한 탓이다. 오가는 것과 군사를 정비하는 것을 감안해도 한 달 남짓이면 백제 대군이 왜로 들어올 수 있었다. 모두들 근구수가 아직 산동반도에서 돌아오지 않았기를, 백제가 고구려와의 싸움에 전력을 기울이기를 바랄 수밖에 없었다.

 그렇다고 마냥 기다릴 수만은 없었다. 빨리 가을걷이를 마치고 전쟁을 준비해야 했다. 금왕은 왕궁에 있는 군사들을 보내어 들판의 수확에 힘을 보태라고 했다. 출운에는 쇠를 잘

3. 잔칫날의 죽음

다루는 쇠돌이를 모아서 가마를 더 만들게 하고 기존의 여덟 개의 가마에서 밤낮없이 쇠돌을 녹여서 쇳물을 뽑도록 했다. 더 많은 사람들이 쇠를 두드려 칼과 창, 화살촉 등을 만들었다.

많은 군사들이 탈 큰 배는 월국의 각록에서 만들도록 했다. 각록은 사슴의 뿔이라는 뜻을 가진 이름인데 원주민은 쓰누가라고 불렀다. 그곳 사람들은 용본왕이 처음에 왕관을 쓰고 나타나자 금관의 장식이 사슴뿔과 같다며 임금님께서 이곳에 오셨으니 그것을 기념해 지명을 각록으로 하겠다고 했다. 지명에서도 알 수 있듯이 그곳은 아라에 대한 자부심이 대단했으며 뱃사람은 동해의 거친 파도를 뚫고 항해를 하는 사람들이었기에 배를 만드는 데는 일가견이 있었다. 백제 대군이 몰려오기 전에 최대한 빨리 만드는 것이 관건이었다. 배를 만들 수 있는 나무를 구할 사람을 각지에 보냈다. 진명은 축자에 되돌아가서 배를 만들어 오기로 했다. 비파호의 오명읍에서도 배를 만들기로 했다.

구월 십사일에는 부여대현의 백일잔치가 열렸다. 점심때부터 벌써 제법 많은 사람이 모였다. 양가의 사리까지 모든 사리들이 참석했고 임금님과 김지 좌보도 자리를 함께 했다. 이 축하의 자리는 저녁때까지 이어질 것이고 더 많은 사람들이 왔다 갈 것이었다. 개중에는 해가 어두워져야 나설 사람도 있을 법했다. 어쨌든 축하의 자리는 길게 이어질 것이고 그만큼 축복을 받을 것이었다.

　부여대현은 앞선 형제들이 그랬던 것처럼 통통하게 살이 오른 몸집을 자랑하고 있었다. 그를 보고 있자니 원화가 빨리 사내아이를 하나 더 낳으면 좋겠다는 바람이 생겼다. 이제 작은 애가 돌이 되어가니 아이를 가질 때도 된 것 같았다. 하지만 그건 하늘이 점지하는 것이지 뜻대로 되는 건 아니었다. 샛별공주는 부기가 빠지면서 아리따운 모습을 되찾아가고 있었다.

　진철은 즐거운 시간을 보내다 신시가 되자 해야 할 일이 있다며 일찍 돌아왔다. 오후에 잠깐 들른 칠성이는 수돌이가 별다른 낌새 없이 하인 역할을 잘하고 있다고 했다. 진철은 칠성이에게 임금님이 그를 풀어주라고 한 것을 말할까 하는 생각도 들었다. 그것까지 알아야 칠성이가 처신을 잘 할 것이었다. 하지만 임금님의 비밀 전갈을 함부로 발설할 수는 없었다.

　진철 자신은 범인을 잡아야 할지 말아야 할지 아직 가름이 되지 않았다. 임금님이 수돌이에게 그토록 관심을 가지는 것을 보면 분명 그가 알지 못하는 다른 것이 있었다. 만약 수돌이의 행보가 임금님의 지시에 의한 것이라면? 그래서 임금님이 풀어주라고 한 것이라면? 다롱이에게 다른 사람이 모르는 비밀이 존재한다면?

　진철의 마음 한구석에는 수돌이가 범인이 아니기를 바라는

3. 잔칫날의 죽음

마음도 있었다. 말을 험하게 했지만 수돌이는 사실 충직한 하인이었다. 어쩌다 칠성이가 자신을 도와주게 되었지만 그를 제외하고는 가장 믿을 수 있었다.

하지만 공과 사는 엄격히 구별되어야 하는 법이다. 비록 수돌이에게 다른 사연이 있다 하더라도 일단 살인은 살인이었다. 그리고 진철에게는 다른 범인이 누구일지에 대한 강한 호기심이 있었다. 그 범인이 잡혀야 사건의 전모가 밝혀질 것이다. 그때까지는 수돌이에 대한 사적인 감정은 접어두어야 했다.

원화와 함께 잠자리에 들었지만 자시가 되도록 이런저런 생각에 잠이 들지 못하고 있었다. 샛별공주의 넷째 아들도 아른거리고 수돌이와 칠성이도 아른거렸다. 수돌이 문제는 명확하게 방향을 정하기가 어려웠다. 그래서 더 생각나는 것이리라. 임금님도 아른거렸다. 수돌이 때문에 집에까지 찾아오고 또 비밀리에 전갈을 보내다니 무슨 내막이 있는지 궁금했다. 무명이마저 떠올랐다. 이름도 지어주지 못한 불쌍한 것.

베개를 안고서 자꾸만 궁싯거리고 있는데 바깥이 소란해지더니 대문이 열리는 소리, 웅성거리는 소리가 들렸다. 원화가 깨지 않게 살며시 방문을 열고 밖으로 나갔다. 마당에는 횃불을 든 부여무내의 하인이 와 있었다. 부여무내가 급히 와달라고 했다는 것이다. 허겁지겁 의관을 갖추고 따라 나섰다.

멀리서도 부여무내의 집이 대낮처럼 불이 훤하게 밝혀져 있는 것이 보였다. 잔칫집이라 해도 이렇게 늦게까지 불을 밝히는 것은 흔치 않는 일이었다. 혹시나 샛별공주에게 무슨 일이라도 생기지 않았을까 마음이 조급해졌다. 급히 발걸음을 재촉해 집 앞에 도착하니 부여무내가 나와 있었다.

"이 야심한 밤에 어쩐 일입니까?"

"이 좋은 날에 어찌 이리 안 좋은 일이 생기는지 모르겠네. 멀쩡하던 하인이 갑자기 죽음을 당했다네. 자네가 예전부터 이런 일을 해결하는데 능하다고 들어서 불렀네. 안으로 들어가 보세. 참, 아직 공주는 이 사실을 모르네. 혹시라도 아기에게 마가 꼈다고 걱정하면 안 되니 당분간은 비밀로 해주게. 시체는 자네가 보고 나면 바로 치우겠네."

"알겠습니다. 어디입니까?"

대문을 들어서서 바로 보이는 큰 집은 부여무내가 거처하는 곳이었다. 바깥채로 한 번씩 샛별공주가 나와 있기도 했다. 그 마루 앞에만 불을 많이 밝혀 놓아 뒤쪽에서는 보이지 않도록 해놓고 있었다. 대문의 좌우로 있는 대문채는 하인들이 거처하는 곳이었다. 대문채를 돌아서 큰 집의 좌우에 담장에 붙어서 길게 이어진 집은 창고와 하인들의 거처가 뒤섞여 있었다. 이를 지나서 큰 집의 뒤로 돌아가면 낮은 담장이 있고 작은 문을 열고 들어서면 부여무내의 집보다 조금 작은 안채가 있었다. 샛별공주가 거처하는 곳이었다. 마당 오른쪽에

3. 잔칫날의 죽음

연못이 있고 담장과 붙은 별채에는 작은 창고와 커다란 부엌, 여자 하인들이 자는 방이 연이어 있었다. 맞은편에도 크고 작은 창고와 여자 하인의 방이 있었다.

사건이 일어난 곳은 대문을 들어가서 왼쪽 담장 쪽이었다. 곡식과 여러 물건을 넣는 큰 창고가 세 칸 있고 안쪽으로 하인들이 거처하는 방이 두 칸 있었다. 그 두 칸은 바깥채의 우측에 있는 큰 방의 벽과 마주하고 있어서 바깥채에 가리고 안채와의 담장에 가려서 잘 보이지 않는 곳이었다. 그래도 바깥채를 돌아서 안채로 들어가도록 뚫려 있기 때문에 오늘 같은 잔칫날에는 많은 사람이 왔다 갔다 했을 것이었다. 두 칸 중에서도 대문과 가까운 곳이었는데 바깥채 방 앞의 작은 마루에서 내려다보이는 곳이었다.

그 방은 남자 하인이 두 명 지내고 있었다. 옆방도 마찬가지였고 대문채의 두 방에는 부부 하인들이 살림을 하고 있었다. 맞은편에도 두 방에 남자 하인이 세 명 있었고 안채의 여자 하인은 모두 아홉 명이었다.

죽은 하인은 한범이라고 했다. 횃불을 들게 하고 안으로 들어가자 방문에서 안쪽의 왼쪽 구석에 발을 방문으로 향하고 뻗어 있었다. 키가 약간 컸고 몸집은 그보다 더 커서 뚱뚱해 보였다. 옷은 일할 때 입었던 그대로였으며 손에 뭘 쥐고 있지도 않았다. 머리맡에는 정수리에서 흘러내린 피가 바닥에 흥건히 고여 있었다. 왼쪽 쇄골이 내려앉아 있고 두 치 정도 되는 멍이 깊게 들어 있었다.

 죽은 원인은 명확했다. 범인은 한범이가 방심하고 있을 때 막대나 칼집 같은 것으로 왼쪽 쇄골을 강타해 말도 못한 채 주저앉게 해놓고 다시 정수리에 일격을 가한 것이었다. 시간은 늦은 유시나 빠른 술시로 보였다. 좁은 방안에서 그렇게 힘을 실어 충격을 가할 수 있다면 범인은 힘이 강한 남자가 분명했다.

 방안의 살림은 단출했다. 옷을 개서 넣어두는 반닫이가 오른쪽 구석에 보이고 그 위에는 이불이 개어져 있었다. 그 옆에는 요강이 있고 방문 쪽 구석에는 작은 등잔대 위에 등잔이 놓여 있었다. 그 심지의 불이 방안을 비추고 있었지만 환하지는 않았다. 방문 왼쪽에는 고기와 구운 생선 등이 놓인 작은 소반이 있었다. 밤에 먹으려고 챙겨둔 것 같았다.

 방에서 나온 진철은 일단 남자 하인이 다 있는지 확인해 보았다. 한 명도 빠진 사람이 없자 다음은 대문채의 여자 하인을 시켜 안채의 여자 하인을 깨우지 않고 모두 확인하라고 했다. 여자 하인도 모두 있었다. 하인 중에 범인이 있다면 살인을 하거나 청탁을 하고 도망가지는 않은 것이었다. 밖으로 나와 빈터의 군사들에게 부여무내의 집에서 아무도 빠져 나가지 못하게 경계를 서게 했다. 군사들이 자리를 잡은 것을 보고 안으로 들어가 부여무내에게 시체를 치우게 했다. 그것이 끝나자 둘은 부여무내의 방으로 들어갔다.

3. 잔칫날의 죽음

"한범이는 어땠습니까?"

"그보다 착하고 성실한 사람은 없을 것이네. 그는 내가 시키는 어떤 어려운 일도 한 번을 마다하지 않고 잘해내었네. 어쩌면 하인 중에서 그는 내 오른팔이라고 할 수 있었는데 그런 충직한 하인을 죽이다니. 어떤 놈인지 잡히기만 하면 두고 두고 주리를 틀 것이네."

"아직 결혼을 하지 않은 것 같은데, 혼자 지냈습니까?"

"아니네. 보길이란 하인과 같이 지냈다네. 나이가 스무 살이 다 되어 결혼도 시켜야지 하고 있었는데 그만 변을 당하고 말았네. 결혼도 해보지 못하고 죽다니 불쌍한 인생일세."

"최근에 그가 달라진 점은 없었습니까?"

"그런 것은 없었네. 평소와 전혀 다를 바가 없었지. 내게는 사나흘에 한 번씩 집안일이나 들을 만한 것들을 이야기해주곤 했는데 별다른 기색을 내비치지 않았네."

"혹시 다른 하인이 다르게 행동하거나 낌새가 이상한 것은 없었습니까?"

"그런 것도 전혀 없었네. 사실을 말하자면 하인들의 일에는 크게 개의치 않았다네. 일만 잘하면 되지 세세하게 그걸 살펴볼 주인이 어디 있겠나?"

"그건 그렇습죠. 저도 그러려니 합니다. 그러니까 한범이만 특별히 일을 잘해서 약간 관심을 가졌다고 할까? 아니면 맘에 들었다고 할까? 그런 셈이군요. 아무튼 시간도 늦었고 낮

녹나무관의 비밀　111

의 일로 피곤하실 테니 오늘은 이만 하고 내일 하인들을 전부 만나보겠습니다."

"자네가 다시 와서 하인들을 불러 젖히면 공주가 무슨 일이 있는 줄 금세 알 텐데. 워낙 눈치가 빠른 사람이라서 말이야."

"그럼, 절에 가서 백일기도도 하고 좀 놀다 오시지요. 미시가 다하기 전에 끝내놓겠습니다. 나가고 들어오실 때는 군사도 잠깐 물려 놓도록 하겠습니다."

"그럼, 그리 하도록 하겠네."

구월 십오일이 밝자 부여무내는 일찌감치 아침을 들고 행차를 했다. 꽁무니가 아련해지자 진철은 다시 군사를 붙이고 집 안으로 들어갔다. 모두들 당황한 기색이 역력했다. 일단 안심하라고 한 다음 보길이부터 찾았다. 보길이는 보통 키에 약간 마른 체격을 갖고 있었다. 유순한 얼굴이 착한 인상을 주고 있었다.

"어제 일어난 일을 소상히 말해보게."

"어제는 하루 종일 바빴습니다. 오전은 음식을 장만하는데 수발을 드느라 바빴고 오후에는 음식을 나르고 새 상을 차리느라 정신이 없었습니다. 손님이 한둘도 아니고 계속 밀려와서 모두 혼쭐이 났을 겁니다. 그동안 백일잔치가 있었지만 어제가 제일 바빴습니다. 큰도련님은 전쟁 통에 백일 잔치를 제대로 하지도 못했고 그 아래 두 도련님은 지금과 같은 세월

3. 잔칫날의 죽음

이 아니었지요. 이제 임금님이 등극하시니 어찌나 많은 분이 찾아오시던지."

"손님들은 언제 돌아가셨나?"

"유시가 되자 한 분 두 분 나가시기 시작했습니다. 그래도 잔치는 계속되었지요. 유시가 얼마 남지 않았을 때부터 남으신 분들은, 그때도 많은 분이 남아 계셨는데, 저녁상을 챙겨 드렸습니다. 그 일은 술시가 조금 지날 때까지 했습니다. 그 후에도 두어 번 술상이 들어가고 술시가 얼마 남지 않았을 때 모두 돌아가셨습니다."

"그래서? 그 뒤의 일을 계속해서 말해보게"

"손님이 돌아가셔도 뒷일이 만만찮습니다. 치운 상이랑 그릇들을 안채에 갖고 가서 씻은 다음 몇 번을 닦아서 물기를 없앤 후 다시 창고에 넣어야 했지요. 다들 바빠서 저녁도 먹는 둥 마는 둥 서서 해결했습니다. 일이 다 끝났을 때는 해시가 되어 있었습니다. 피곤해서 얼른 몸을 눕혀야겠기에 방에 갔는데 방문을 열자 피비린내가 났습니다. 불을 켰는데 어제 나리가 보신 대로 그렇게 한범이가 죽어있었습니다. 저는 정말 깜짝 놀라서 말도 제대로 못하고 벌벌 떨고 있었습니다. 마침 소똥이가 그걸 보고 절 안아서 방에서 빼냈습니다. 소똥이는 대문채에서 지내는데 일을 마치고 가다가 절 본 거지요."

"해시가 되어서 방에 간 것은 확실한가?"

"확실합니다. 이미 많이 어두워진 뒤였으니 해시가 된지 제

녹나무관의 비밀

법 되었을 겁니다."

"밖으로 나와서는 어떻게 했는가?"

"저는 맥이 빠져서 그냥 바깥채 축담에 앉아 있었습니다. 소똥이가 거기 있으라고 한 것이 기억이 납니다. 그리고는 정신이 없었는데 나중에 하인 둘이 저를 채서 건너편 방에 재웠답니다. 눈을 떠 보니 아침이었습니다."

"좋아. 그럼 잘 생각해 보게. 이건 중요한 문제네. 순서대로 차근차근 이야기하면 될 거야. 어제 술시에 한 일을 말해 보게."

"아마 술시가 되었을 무렵은 부엌에 장작을 날라다 주고 있었을 겁니다. 부엌은 아궁이가 두 개 있고 마당에도 우물 건너편에 큰 솥이 걸려 있습니다. 안채와 북쪽 여자 하인 방에도 솥이 두 개 걸려 있습니다. 아궁이가 많으니 장작이 동이 날 지경이라 제법 날라야 했지요. 아궁이마다 불도 봐 줘야 했습니다. 여인네들이 손이 많이 가는 일을 하고 있다 보니 그렇습니다. 그리고 바깥채에 상을 한 번 물리고 새 상을 들였지요. 다시 아궁이에 불을 봐 줬는데 그걸 마친 때는 술시가 지나서였습니다."

"한범이를 마지막으로 본 건 언제인가?"

"한범이는 제가 장작을 나를 때, 그러니까 술시로 접어든 무렵이었습니다. 마당과 부엌에서 서성거리고 있었습니다."

"그럼 한범이는 그 바쁜 지경에도 일을 하지 않고 있었단

3. 잔칫날의 죽음

말인가?"

"한범이는 그런지는 꽤 오래됐습니다. 주인나리가 다른 일을 많이 시키다 보니 집안일에는 아예 손을 떼게 되었지요."

"그래? 주로 어떤 일을 시켰는가?"

"이곳저곳 주인나리의 심부름을 많이 다녔습니다. 어떤 때는 이틀이나 사흘을 자고 돌아온 적도 있지요."

이제 소똥이를 부를 차례였다. 그도 어제 하루 종일 바빠서 정신을 차릴 수 없었다고 했다. 일을 마치고 자러 가는데 마침 보길이가 방안에서 떨고 있기에 밖으로 데리고 나왔다고 했다.

"그 이야기를 좀 자세히 해보게."

"어제 해시가 좀 지나서 일을 마쳤습니다. 안채를 나와 바깥채를 끼고 오른쪽으로 돌아 보길이 방 쪽으로 갔습니다. 대개 안채에서 나올 때는 그렇게 나오고 들어갈 때는 반대로 들어가지 않습니까? 그렇게 보길이 방을 지나는데 문이 열려 있기에 쳐다보게 됐습니다. 그런데 보길이가 벌벌 떨고 있고 한범이가 대자로 뻗어 있었습니다. 어제 나리가 보신 그대로입니다. 아무도 손을 대지 않았으니까요. 저는 보길이를 그냥 두면 안 되겠다 싶어서 방으로 들어가 어깨를 안고 억지로 몸을 방문 쪽으로 밀었습니다. 처음에는 그냥 있었지만 힘을 주어 밀치자 발을 떼더군요. 그렇게 방에서 데리고 나와 진정하라고 축담에 앉혀두었습니다."

"정말 시체에 손을 대지 않은 게 맞나?"

"예, 틀림없습니다. 그 뒤에 그 방에 들어간 사람은 주인 나리 외에는 없습니다. 주인 나리가 들어가기 전까지는 보길이와 저만 알고 있었습니다."

"그 후에는 어떻게 했나?"

"일단 주인 나리를 깨워야겠다는 생각이 들었습니다. 주인 나리는 늦게까지 손님을 치르다 보니 피곤해서 금세 일어나시지는 못했습니다. 몇 번을 부르고 방문을 두드린 후에야 나오셨는데 바로 보길이 방으로 가셨습니다. 방에서 한범이를 이리저리 살펴보시더니 마당으로 나와서 나리께 연락을 하라고 하더군요. 그래서 제가 대문채의 다른 방에 사는 하인을 보냈습니다."

"그럼 주인 나리를 깨울 때 다른 사람이 들어갔을 수도 있지 않나?"

"마루에서 내려와 그쪽으로 갔을 때까지 아무도 없었습니다. 주인 나리가 방에 들어가 있을 때 옆방의 하인 둘이 낌새를 채고 나왔습니다. 그들도 방안을 쳐다보고는 얼어붙은 채로 있었습니다. 다른 하인들도 처음에는 다 그랬지요. 그러니 아무도 몰랐던 게 확실합니다."

"하지만 다른 사람이 보지 않을 때, 가령 자네가 주인 나리를 깨우고 있을 직후에 말일세. 누가 몰래 들어갔다 나왔을 수도 있지 않은가?"

3. 잔칫날의 죽음

"그것까지는 저도 알 수가 없습니다. 하지만 그런 간 큰 하인이 있다고는 믿기 어렵습니다."

"그렇다면 좋네. 이제 어제 술시에 자네가 무얼 했는지 말해 보게."

"저는 안채의 마당에서 고기를 삶았습니다. 잔칫상에 따뜻하게 계속 내보내고 일하는 우리 하인들도 먹여야 하니까 고기를 삶고 또 꺼내서 썰어야 했습니다. 혼자 불을 봐가면서 하는 일이라 다른 데는 눈 돌릴 틈이 없었습니다."

"그럼 한범이를 마지막으로 본 건 언제인가?"

"술시가 되었을 때 마당에서 부엌을 들락날락하며 일이 잘 되는지 보고 있었습니다. 하지만 그건 핑계고 아마 맛있는 걸 챙겨 먹으려고 그랬을 겁니다. 제가 고기를 썰면 와서 맛있는 것을 집어서 잽싸게 입에 넣곤 했습니다. 그러니까 그렇게 살이 붙었지요. 마지막으로 본 건 술시도 중반이 되었을 때 바깥채로 나가는 모습이었습니다."

"그 뒤로는 안채로 들어오지 않았다는 말이군?"

"제가 못 본 사이에 잠깐 왔다 갔을 수는 있겠지요. 바빠서 제 일에 신경 쓰느라 못 볼 수도 있습니다. 하여튼 저는 그때 마지막으로 봤습니다."

다음은 수돌이를 불렀다. 수돌이는 그제 저녁에 풀려나와 보길이 방 건너편의 안채 쪽 방에서 혼자 잤으며 어젯밤에는 정신을 잃은 보길이와 같이 잤다고 했다. 어제 오전에는 바쁜 일이 없어서 쉬엄쉬엄하다가 손님들이 오신 후 상을 물리면서 바빴다고 했다. 우물가에 자리를 잡았는데 물을 퍼 올려서 그릇을 씻고 다시 물기가 없도록 여러 번 닦아서 상을 내보낼 수 있도록 했다는 것이었다. 특히 술시가 지나서 저녁상을 물렸을 때는 허리 한번 펴지 못하고 계속 일을 했다고 했다. 한범이가 마당에 있는 것은 봤는데 언제 바깥채로 나갔는지는 보지 못했다고 했다.

여자 하인까지 포함해서 다른 하인들에게 전부 물어도 술시 중반 이후에 한범이를 안채에서 본 사람은 없었다. 그렇다면 한범이는 술시 중반에 바깥채로 나간 것이 분명했다.

다음은 저녁상을 들였을 때부터 마지막 상을 물릴 때까지 바깥채로 나간 하인을 확인해야 했다. 그 전에 상이 들어가고 나온 횟수를 먼저 확인했다. 저녁상은 총 아홉 번이 들어가고 저녁상을 물린 후 술상은 여덟 번이었다. 한 번에 두 사람씩 움직여야 했기 때문에 서른네 번이 들어가고 서른네 번을 물려야 했다.

보길이는 상을 한 번 들이고 한 번 물렸다. 보길이와 상을 같이 물린 대문채 하인은 여덟 번 들이고 열 번 물렸다. 보길이와 함께 상을 내간 보길이 옆방의 하인 하나는 열두 번을 들이고 여덟 번 물렸다. 다른 하인 하나는 네 번 들이고 여섯 번 물렸다. 수돌이와 소똥이, 수돌이와 함께 그릇을 씻은 수

3. 잔칫날의 죽음

돌이 옆방의 하인 하나는 나온 적이 없었다. 다른 하인은 네 번 들이고 두 번 물렸다. 여자 하인 둘이 다섯 번 들이고 일곱 번 물렸다.

　잔치는 정말 큰 잔치였다. 한 시진 동안에 많은 하인들이 많은 일을 해낸 것을 보니 진철은 이것도 하나의 전쟁이라는 생각이 들었다. 하인들이 정신없이 움직여서 다른 데 신경을 많이 못 쓸 수도 있겠다 싶었다. 한편으로 이런 데 숙달이 되어 있는 하인들이라면 크게 개의치 않고 상황을 파악해가며 일을 했을 수도 있었다.

　마지막으로 바깥채로 나온 하인들을 불러서 안채 쪽으로 돌아간 손님을 본 적이 있는지 물었다. 아무도 그걸 본 사람은 없었다. 대문채의 소똥이가 거처하는 방 옆에 마련된 변소에 다녀온 사람뿐이었다. 손님도 마음먹으면 한범이를 해칠 수 있겠지만 현재로서는 제외시켜야 했다. 부여무내도 변소만 다녀와서 마찬가지였다.

　다음은 오가며 바깥채에서 서로 본 하인들의 이름을 맞추게 했다. 그렇게 하면 상을 들이고 물린 순서도 대강 추측할 수 있을 것 같았다. 그러나 결과를 본 진철은 깜짝 놀랐다. 하인들은 자신들이 움직인 행로에다 누구와 누구 사이에 상을 들이거나 물렸는지 거의 정확히 기억하고 있었다. 상을 들일 때는 보길이방 앞으로 가고 상을 물릴 때는 수돌이 방 앞으로 돌아갔기 때문에 맞추기가 수월해서인지 얼마 되지 않아 상을 들이고 내간 모든 순서를 정확히 알아낼 수 있었다.

진철은 짧은 시간에 그들이 그렇게 할 수 있다는 데 감탄하지 않을 수 없었다. 그것은 하인들 모두가 가족 같았기 때문에 가능하다는 생각이 들었다. 이제 마지막이었다. 진철은 그렇게 상을 들이거나 내가는 도중에 상을 들이거나 내가는 하인이 아닌 다른 목적으로 바깥채로 나온 하인의 이름을 물었다. 진철의 칭찬에 신이 난 그들은 그것도 금세 정리할 수 있었다. 총 열한 명이었다. 남자 하인은 아홉 명, 여자 하인은 두 명이었다. 그들은 창고에서 물건을 꺼내 가거나 소피를 보러 나온 사람들이었다. 하지만 그렇지 않은 사람이 있었다. 그 이름을 본 순간 진철은 놀란 것을 감추려고 침을 꿀꺽 삼켜야 했다.

"이제 진실을 말해 보거라."

"정말 저는 안채에서 나간 적이 없습니다. 저와 같이 있던 하인에게 물어봐도 마찬가지로 대답할 것입니다."

"술시 중반에 네가 대문에서 보길이 방 쪽으로 들어오는 걸 본 하인이 두 명이고 그쪽에서 나간 것을 본 하인도 한 명이 있다. 너는 어디 갔다 왔고 보길이 방 앞은 왜 지나갔느냐?"

"그건 모함입니다, 나리. 저는 그 시각에 결코 안채에서 나가지 않았습니다."

수돌이는 의혹을 강하게 부인했다. 결국 수돌이와 같이 그릇을 씻었다고 하는 하인을 불렀다. 그런데 그도 수돌이가 그

3. 잔칫날의 죽음

시각에 한 번도 안채에서 나간 적이 없다고 했다. 해시 중반에 소피를 본다고 안채에서 나간 적이 있는데 그것도 오래 걸리지 않고 금방 돌아왔다는 것이었다. 진철은 어리둥절했지만 곧 둘이 미리 입을 맞췄을 수도 있다는 생각이 들었다.

보길이와 소똥이를 비롯해 안채의 여자 하인을 모두 불러서 먼저 해시에 수돌이가 안채에서 나간 것을 본 사람을 찾았다. 둘이 본 적이 있다고 했다. 다음은 술시에 안채에서 나간 것을 본 사람이 있냐고 물었다. 아무도 본적이 없었다. 술시에 수돌이가 계속 안채에서 일을 한 것을 본 사람은 둘이나 있었다.

진철은 바깥채에서 수돌이를 본 하인과 안채에서 계속 일을 했다는 하인을 따로 불러서 다시 사실을 확인했다. 모두 자기들 말이 틀림없는 사실이라고 대답했다. 그들을 같은 자리에 모아서 물어도 모두 자기가 본 것이 틀림없다며 뜻을 굽히지 않았다. 더 이상 도움이 되지 않아 하인들을 내보냈다. 그리고 소똥이를 불러 자기 집에 가서 칠성이를 데려오게 했다. 아침에 진철이 오는 것을 본 그는 집으로 돌아가 있었다.

"정말 어이없는 일이 생겼네. 수돌이를 두고 이렇게 진술이 엇갈리다니. 어제 자네는 수돌이를 본 적이 있는가?"

"어제는 잔치가 있고 많은 사람이 오가는 바람에 이 집 가까이는 있을 수가 없었습니다. 그래서 집 안은 볼 수 없었고 멀리서 대문 쪽만 봤습니다. 수돌이가 대문을 통해 들어가는 것은 확실히 봤습니다. 이미 어두워졌어도 잔치가 있어서 사방에 불을 환하게 밝히고 있었습니다. 열린 대문을 통해 집 안에서 사람들이 오가는 것도 보였습니다. 그러던 중 수돌이가 밖에서 안으로 들어가는 것을 본 것입니다."

"자네도 봤다고 하니 바깥채의 수돌이도 실제 인물이구먼. 그럼 수돌이가 둘이 되는데 여러 사람을 오래 속일 수는 없으니 안채에 있던 수돌이가 진짜고 자네가 본 수돌이는 가짜일세."

"안 그래도 수돌이가 언제 밖으로 나갔다 돌아가는 거지 하는 생각이 들었습니다. 나간 것을 본 기억이 없었으니까요. 그렇다면 누군가 수돌이로 변장해 안으로 들어가 한범이를 죽인 것이군요. 그가 동산에서 다롱이를 죽인 범인이기도 하구요. 그가 수돌이로 변장할 줄은 정말 몰랐습니다. 코앞에서 놓치다니 아쉽습니다."

"이미 지난 일이네. 그런데 그가 어디서 왔는지 봤는가?"

"마가가 살고 있는 뒤쪽 용길에서 왔는데 정확히 어디서 나왔는지는 모르겠습니다. 어느 순간 그쪽에서 대문으로 들어가는 걸 봤습니다."

"그럼 나가서도 그쪽으로 갔겠군. 거기서부터 범인의 행적을 쫓아야 하네."

"그런데 나오는 것은 보지 못했습니다. 술시부터 많은 사람들이 나오긴 했지만 그래도 하인과 손님의 옷차림을 구별 못할 정도는 아닙니다. 더구나 수돌이는 그 집에 있어야 하니 나오리라고는 생각도 하지 못했지요."

"그래? 집안에 있지는 않고 분명 나왔을 텐데 그새 다른 사람으로 변장했단 말인가? 정말 보통이 아니구먼. 그리고 어느 방향으로 사라졌는지도 모르게 된 것이 아닌가? 어디서부터 시작해야 할지 모르겠군."

"죄송합니다."

"그건 자네가 죄송해야 할 문제가 아니지. 저렇게 신출귀몰한데 누군들 속지 않겠나? 그러려니 하고 힘내게. 그나저나 수돌이는 한범이를 죽이지 않았다는 게 확실한데 그를 감옥에 가두어야 할지 아니면 그냥 두어야 할지 모르겠군. 감옥에 가두자니 죄가 없는 사람을 가두는 것이고 그냥 두면 또 둘이서 무슨 일을 벌일지 모르겠고."

"감옥에 가두는 게 좋을 것 같습니다."

"왜 그렇게 생각하는가?"

"두 번의 사건 모두 둘이 자유로울 때 일어났습니다. 수돌이가 감옥에 갇혀 있을 때는 아무 일도 없었습니다. 이번에도 수돌이가 풀려나자 일이 벌어졌습니다. 왜 진작 한범이를 죽이지 않았겠습니까? 수돌이가 필요했기 때문입니다. 그렇다면 수돌이를 감옥에 가두어야 조용해진다는 결론입니다."

"자네 말이 맞아서 수돌이를 감옥에 가두어 조용해진다면

녹나무관의 비밀

다른 범인을 잡을 기회도 없어지는 것이네. 우린 수돌이가 아닌 그를 잡길 원하는 데 말이야."

"그건 생각 못했네요. 어째 일이 요상합니다. 나리."

"그래. 정말 일이 요상하게 돌아가고 있네. 조금 시간을 두고 생각해 보세."

진철은 최후의 갈림길에 서 있었다. 법인을 잡는 데 치중할지 아니면 임금님의 명을 따를지 선택해야 했다. 그저께부터 그토록 고민하던 문제를 이제 끝을 내야 하는 것이다. 어쩌면 마음속으로는 이미 어느 길로 갈지 결정했는지도 모른다. 단지 미지의 길에 대한 막연한 두려움만 남아 있을 뿐. 그 두려움은 길을 가야만 사라지는 법이 아니던가!

"이 둘은 확실히 우리보다 몇 수를 앞서가고 있어. 우리는 한참을 뒤쳐져서 둘이 어쩌다 보여주는 꽁무니만 뒤쫓아서 움직이고 있는 형국일세. 우리가 알아낸 현재까지의 최종적 결론도 결국 수돌이가 알려주어서 알게 된 것이 아닌가?. 우린 그들의 의도대로만 움직이고 있는 셈이네. 그래서는 결코 그들을 따라잡을 수 없어."

"그럼 어찌하실 요량입니까?"

"우린 최대한 우리한테 유리한 대로 움직여야 하네. 방금 생각난 것인데 우린 수돌이를 감옥에 가두어야 하네."

"어째서 그렇습니까?"

"우리가 수돌이를 감옥에 가두지 않는다면 어찌해야 할까?

3. 잔칫날의 죽음

우선 우린 수돌이를 감시해야 하네. 그리고 누군지도 모르는 범인을 찾아다녀야 하지. 우리가 그에 대해 아는 것은 두 가지라네. 첫째는 그가 수돌이로 변장했을 때 모두 진짜 수돌이인 줄 알았으니까 그의 체격이 수돌이와 비슷할 것이라는 점이고 둘째는 그가 변장에 아주 능숙하다는 점이네. 수돌이와 비슷한 체격을 가진 사람은 왕궁 안에 수두룩하게 널려 있네. 그의 사촌형인 드팀전의 주인도 체격이 비슷한 것 같았네. 이제 그를 진짜 범인이라고 가정해 보세. 우리가 그를 감시한다 하더라도 그는 변장에 능해서 우릴 감쪽같이 속이고 원하는 일을 벌일 것이네. 결론으로 말하자면 우린 저들이 벌이는 일을 막을 수 없다는 것이네. 다음은 수돌이와 다른 범인이 이미 우리가 수돌이를 감시하고 있다는 걸 알고 있다는 점이네. 어제 일을 벌일 때 우리의 감시를 몰랐다면 범인이 그렇게 철저하게 수돌이로 변장하지는 않았을 것이네. 그냥 왔다 가더라도 얼굴을 들킬 염려가 없으니까. 그러나 범인은 우리의 눈을 속이기 위해 교묘하게 두 번이나 변장을 했네. 우리가 감시하고 있다는 것을 안 것이지. 그래서 앞으로 동산에서처럼 둘이 같이 일을 벌이지는 않을 것이네. 수돌이는 어제처럼 중심에서 벗어나 있고 뜻밖의 인물로 변장한 범인이 나타나 일을 벌인다는 것이지. 즉 수돌이를 철저히 감시하더라도 어제와 같은 일을 막지는 못한다는 것이네."

"그럼 수돌이를 감옥에 가두면요?"

"수돌이를 감옥에 가두더라도 범인은 벌일 일이 있다면 벌일 걸세. 우리가 누굴 감시하더라도 변장에 능한 그를 막을 방법은 없네. 가두든지 가두지 않든지 벌어질 일은 벌어지는데 우리가 애써서 수돌이를 감시하고 있을 필요가 뭐 있겠나? 감옥에 가두면 우리의 손을 덜게 되니 바로 우리에게 유리한 점이라네. 그래서 수돌이를 감옥에 가두어야 하네."

"수돌이를 감옥에 가두고 나면 저는 어째야 합니까?"

"이유는 말을 안 했지만 수돌이는 샛별공주를 걱정하고 있었네. 한범이가 죽은 것도 그렇고 그 집에는 우리가 모르는 뭔가 있네. 그러니 계속 그 집을 감시하도록 하게. 이번에는 진서까지 붙여 주겠네. 둘이 죽이 잘 맞으니 재미가 있을 것이네."

"그렇다면 이번엔 제대로 해보겠습니다. 나리"

4. 남문대장의 죽음

 부여무내는 수돌이를 감옥에 가뒀다는 소리를 듣고 불같이 화를 냈다. 살인자인 그를 풀어주어서 자신의 귀한 하인이 변을 당하게 했다는 것이다. 진철은 온 힘을 다해 그를 설득해야 했다. 수돌이는 범인이 아니다. 그는 안채에만 있었다. 범인은 수돌이처럼 변장을 하고 대문을 통해 들어와 한범이를 죽이고 다시 나갔다. 감옥에 가둔 것은 살인을 해서가 아니라 그를 보호하기 위해서다. 범인은 수돌이에게 원한이 있는 것 같다. 그래서 수돌이가 살인자인 것처럼 믿게 하려고 그렇게 변장한 것이다. 언제 수돌이도 죽일지 모른다. 그래서 감옥에 가두었다. 이제 범인을 잡기 위해 노력하겠다. 손님 중에는 범인을 본 사람이 있을 수 있다. 술시 중반에 돌아간 손님을 파악해야 한다. 하지만 이 일을 공개적으로 하면 부여무내의 체면도 말이 아니게 되고 샛별공주도 알아차리고 타격을 받을 수 있다. 그래서 조용히 범인을 추격하겠다. 손님 명단만 주면 된다. 그것도 천천히 주면 된다. 지금은 너무 바쁜 시기여서 여유가 생기면 그때 착수하겠다. 수돌이는 다롱이와 관련해 조사할 것이 있어서 감옥에 다시 가뒀다고 이야기하면 된다. 수돌이가 밤에 다시 나왔을 수도 있다. 한범이는 심부름을 보냈다고 하면 된다. 하인들에게도 이미 이야기했지만 다시 한 번 입막음을 해야 한다.

마음에 드는 소리로 눙치는 진철에게 결국 부여무내는 손을 들고 말았다. 그는 진철이 시키는 대로 하기로 했다. 그리고 긴 시간 대화를 나누면서 진철은 부여무내가 샛별공주를 아직도 깊이 사랑하고 있음을 알 수 있었다. 물론 그는 백제왕의 자리까지 내팽개치고 아라로 올 정도로 그녀를 사랑했다. 하지만 그건 벌써 육 년 전의 일이다. 그 이후의 긴 전쟁과 패배, 뒤이은 수모 속에서 사랑은 식어버렸을 수도 있었다. 하지만 진철은 그의 사랑이 지금도 여전히 활활 타오르는 용광로이며 당분간은 변치 않을 것이란 걸 확인할 수 있었다.

그것은 샛별공주에게는 행운이었다. 모든 명예를 벗어던지고 오로지 자신만을 사랑해 줄 남자를 얻은 것. 언제나 자신을 걱정해주고 함께 웃어주고 울어줄 수 있는 남자, 불같은 심장의 고동 소리를 오직 자신에게만 들려줄 남자, 자신이 시키면 하늘의 별과 달도 따다줄 남자, 그런 남자가 부여무내였다.

4. 남문대장의 죽음

　진철은 자신이 부여무내의 사랑에 십분의 일도 따라갈 수 없다는 것을 깨달았다. 자신은 기억을 회상하고 있을 뿐이었다. 그건 오래 전 사랑의 그림자이지 사랑은 아니었다. 사랑은 부여무내처럼 해야 했다. 그는 진심으로 두 사람이 영원한 사랑을 함께하기를 빌었다. 진심으로 빌었다.
　그동안 눈에 보이지 않던 것이 어렴풋이 보이기 시작했다. 수돌이는 샛별공주를 지켜야 한다고 했다. 그랬다. 샛별공주를 지켜야 했다. 부여무내는 샛별공주를 끔찍이 사랑하고 있다. 그런데 만약 샛별공주가 목숨을 잃는 일이 벌어진다면! 그녀가 아라인의 손에 목숨을 잃는다면! 백제가 이런 일을 꾸미고 있다면!
　하지만 누구에게서 공주를 지켜야 하는 것일까? 한범이가 죽었다. 그러나 한범이는 부여무내가 오른팔이라고 할 만큼 애지중지하던 하인이었다. 설마 그가 주인을 배신하고 백제의 편에 선 것일까? 그래서 죽임을 당한 것일까? 아니면 다른 죽음의 손이 공주 곁을 맴돌고 있을까? 가장 무서운 적은 보이지 않는 적이다. 이제 그 적을 찾아야 한다.
　아니면 부여무내는 샛별공주와 아이들을 데리고 아라를 떠나려고 하는 것일까? 부여무내는 아라가 백제에 복속될 때 함께 피눈물을 흘렸지만 요즘은 백제를 옹호하는 발언을 많이 했다. 한범이가 죽었다. 이것은 부여무내에게 백제로 가지 말라는 경고일까? 아니면 부여무내가 백제로 가지 않으려는 그를, 다른 사람을 시켜 죽여 버린 것일까? 가장 알 수 없는 것은 사람 마음이다. 이제 그 마음을 알아야 한다.

진철은 집에 들르지 않고 바로 진서를 찾아갔다.

"자네 도움이 필요해서 왔네."

"이제 구닥다리가 된 사람을 어디에 쓰려고 하는가? 이미 흙에 파묻혀서 날이 무디어졌는데."

"그래도 머리는 살아있겠지. 그것만 떼 주면 갖고 가겠네."

"그 정도로 상황이 안 좋은가? 무슨 일인지 앉아서 차분히 이야기해 주게."

"칠성이와 함께 샛별공주를 지켜줘야겠네. 부여무내도 감시해야 하고."

"둘이 무슨 일이라도 생긴 것인가?"

"두 사람의 관계는 아주 좋네. 부여무내는 지금도 공주를 끔찍이 사랑하고 있어. 솔직히 질투가 날 정도라네. 다른 문제가 있는데 아직 어찌된 일인지 정확히 모른다네. 가능성이 있는 첫 번째는 누가 공주를 죽이려 할지도 모른다는 것이네."

"누가? 뭣 땜에 그런 건가?"

"현재 생각하는 것은 아라인이 공주를 죽여서 부여무내가 백제로 돌아가게 하는 것이라네. 충분히 가능성이 있는 얘기지."

"그 성격이면 충분히 그럴 수 있지. 하지만 아라인 중에서 누가 공주를 죽이겠나?"

4. 남문대장의 죽음

"만약 백제가 뒤에서 조종한다면 어찌 되겠나?"

"그거야 가능하지. 그리고 두 번째는?"

"부여무내가 공주까지 데리고 백제로 가버릴 수도 있다는 거야."

"지금은 그게 어렵지 않을까? 이미 동생이 제칠지도를 가지고 후왕이 되었는데 자기가 설 자리가 어디 있겠나?"

"만약 아라가 또 다시 패한다면, 근구수가 대군을 이끌고 와서 아라가 또 다시 패한다면, 그래서 이제까지 받은 것보다 더한 수모를 겪어야 한다면, 그게 눈에 보인다면 그가 어찌 행동할까?"

"알겠네. 내가 나서도록 함세. 칠성이는 어디 있는가?"

"칠성이는 이미 그 집을 감시하고 있네. 자네는 오늘 밤부터 맡아주게."

진돌이도 만나봐야 했다. 드팀전의 주인인 그는 수돌이의 사촌형으로 함께 자랐고 체격도 비슷해서 수돌이로 변장하면 자세히 관찰하지 않는 한 알아내기 힘들 것이다. 현재로서는 한범이를 죽인 범인으로 가장 유력했다. 수돌이는 맡은 바 일도 잘하지만 강단이 있고 거짓말을 해대는 성격도 아니었다. 그 본성은 착하고 정이 많지만 더 큰 목적을 위해 꼭 해야 할 일이 생긴다면 주저하지 않을 것이다. 만약 진돌이도 수돌이와 같은 성격을 가졌다면?

이전과 마찬가지로 드팀전은 북적였다. 아라가 새롭게 일어섰으니 거기에 맞는 옷을 입으려는 사람이 많았기 때문인데 전에 다녀갔을 때보다 더 바쁜 것 같았다. 일하는 사람들이 분주히 움직이고 있었고 진돌이도 어지간히 바빠 보였다. 수돌이와 같은 키에다 몸집이나 풍기는 인상, 행동거지도 비슷했다. 수돌이를 하인으로 느껴지지 않게 만드는 정중하면서도 담담한 말투나 예의바른 행동도 닮아 있었다. 예상한대로 몸도 가벼워 가게 안에서도 날렵하게 움직였다. 얼핏 보기엔 여느 장사치와 다름없어 보이지만 오랜 숙련에서 나오는 절제된 움직임이 예사 사람이 아님을 알 수 있게 했다. 감정이 안으로 잘 갈무리되어 눈동자는 조용했는데 한 번씩 강한 눈빛이 빛을 발할 때는 수돌이보다 더 날카로운 것 같았다.

"자네가 수돌이의 사촌형이라고 들었네. 맞는가?"

"예, 그렇습니다. 수돌이 때문에 오셨습니까? 그는 풀려났다고 들었습니다."

"그는 다시 옥에 갇혔다네. 어두워졌을 때 돌아가긴 했지만 다시 나와서 살인을 했다네. 그리고 다롱이를 죽인 범인이 한 사람 더 있다는 것을 알았네. 혹시 자네는 다롱이가 죽던 날 밤, 그러니까 팔월 십사일 밤에 이 가게 밖을 나가지 않았는가?"

"그동안 여러 사람이 와서 물었는데 결코 나간 적이 없습니다. 그때도 한창 바쁠 때였습니다. 밤이 이슥해지면 녹초가 되는데 일어나기는커녕 바로 곯아떨어지기 바빴습니다. 그

4. 남문대장의 죽음

날도 밖으로 나갈 수가 없었습니다."

"그건 나중에 일하는 사람들에게 확인하겠네. 그리고 어제 저녁, 정확하게는 술시 중반부터 해시 사이에 무얼 했는가? 사실대로 말해 보게."

"보시다시피 지금은 한 달 전보다 더 바빠졌습니다. 그 때보다 더 늦게 자고 일찍 일어나도 일이 밀리는 지경입니다. 일하는 사람은 중간에 조금씩 쉬게 했지만 저는 쉴 틈이 없었습니다. 어제는 몸에 기운도 축 빠지고 눈도 감겨서 도저히 안 되겠기에 일찍 들어가서 쉬었습니다."

"몇 시에 들어가서 쉬었는가?"

"술시가 되기 전에 들어갔습니다. 저녁도 먹지 않고 그대로 뻗었는데 아침까지 푹 잤습니다."

"그것도 역시 확인해 보겠네."

일하는 사람들은 주인 말이 틀림없다고 했다. 팔월에는 바빠서 자기들도 눈을 감으면 바로 잠이 들었다고 했으며 밤에 일어나 나갈 수도 있겠지만 주인은 그럴 사람이 아니라고 했다. 어제는 방에 들어간 후 일하는 동안에는 나온 것을 본 적이 없고, 자기들이 잘 때는 나왔을지 모르지만, 아침에야 나왔다고 했다. 주인이 거짓말할 사람이 아니라는 것도 덧붙였다.

그가 범인이라면 용의주도한 사람이다. 팔월의 경우 밤에 혼자서 나갔다 돌아오면 누가 볼 사람이 없었다. 어제의 경우

녹나무관의 비밀

도 방에 들어가서 자는 것처럼 이부자리를 꾸며놓고 옆문을 통해 몰래 나왔다 돌아가면 다들 일하느라 전혀 눈치 채지 못할 것이었다. 그런 것을 감안해서 자러 들어갔다고 한 것이다. 만약 몰래 나올 수 없는 형편이라면 그런 핑계는 대지 않고 다른 구실을 댔을 것이다. 이 각이면 부여무내의 집에 갈 수 있는 거리이니 반 시진에다 늦어도 일 각이나 더하면 방에 돌아와 있을 수 있다. 그때까지는 다들 일하느라 바빠서 진돌이를 찾을 생각도 안 했을 것이다.

진돌이가 범인일 가능성이 농후했다. 하지만 추측이지 직접적인 증거가 없었다. 그를 감시한다면 혹시 꼬무니를 잡을 수도 있다. 그러나 변장을 하고 다닌다면 헛수고에 불과할 수도 있다. 감시할 여력이 있는 것도 아니었다. 둘 다 부여무내를 감시하라고 보냈기 때문에 직접 나서야 했는데 그 일만 하고 있을 수는 없었다. 우가에도 챙겨야 할 일이 꽤 있고 백제군이 쳐들어왔을 때를 대비하는 일이 더 급했다. 어쩔 수 없이 부여무내만 감시할 수밖에 없었다.

일주일이 지나도록 감시했지만 별다른 변화가 없었다. 부여무내의 집은 조용했다. 서서히 다롱이와 한범이를 죽인 범인이 다른 일을 획책하고 있지는 않은지 걱정이 되기 시작했다. 쓸데없이 부여무내의 집만 지키다가 다른 일이 벌어진다면? 하지만 역시 막을 도리가 없다는 게 문제였다. 자신의 능

4. 남문대장의 죽음

력으로 안 되는 것에 미련을 가질 필요가 없다. 진철은 애써 위안을 삼으려 했지만 한구석의 불안은 끝내 가시지 않았다.

구월 이십육일 한자리에 모였다. 진철은 끝내 가시지 않는 불안감을 조금이나마 들고 싶었다. 칠성이가 먼저 입을 열었다.

"제 의견은 두 사람이 계속 감시할 필요 없이 한 사람이 해도 충분하지 않을까 생각합니다. 십일이나 감시했지만 특별한 것이 없습니다."

"하지만 그게 범인이 노리는 것일 수도 있지 않는가?"

"그럴 수도 있겠습니다만 둘이 한다고 달라질 것이 없습니다. 이미 손님도 끊겨서 찾아오는 사람도 없습니다. 어제는 감옥에 있는 군사가 수돌이의 옷을 가져간 게 전부입니다. 미시에 북문 쪽에서 군사가 한 명 오기에 자세히 살펴봤더니 보따리를 하나 받아서 돌아가는 것이었습니다. 나중에 슬쩍 하인들에게 물어봤더니 수돌이가 갈아입을 옷이 필요하대서 두 벌을 싸 주었답니다. 긴장하고 있다가 그 소리를 들으니 실소가 나오더군요. 하루 종일 있어도 이러니 공들이는 게 아깝습니다."

"칠성이의 말도 틀린 것은 아니지만 조금만 더 지켜보세. 오늘은 색다른 일이 있었는데 그 의미를 모르겠네."

진철은 눈이 번쩍 뜨였다. 칠성이도 어느새 귀를 쫑긋 세우고 있었다.

녹나무관의 비밀

"오늘 사시 중반에 부여무내가 혼자서 집을 나섰네. 해길로 나가 조금 내려가다 큰용길에서 오른쪽으로 꺾기에 우가에 무슨 볼일이 있나보다 했네. 그런데 계속 걸어가는 것이 아닌가? 끝내는 큰동산 아래 감옥으로 들어가더군. 나는 동산에 몸을 숨기고 언제 나오나 기다렸다네. 오시가 넘어서 옥에서 나오더니 되돌아가기에 잠시 기다렸다가 옥을 지키는 군사에게 누굴 만났는지 물어보니 부여대안을 만났다고 하더군. 군사들을 물려서 이야기는 듣지 못했다고 하네. 무슨 이야기를 했는지는 모르지만 둘이 만난 것 자체가 의미가 있을 거라고 믿네."

"부여무내는 부여대안을 살려두자고 주장한 사람이네. 그래서 안부를 물으러 갔을 수 있네. 다음은 우리가 생각하는 것인지는 모르지만 둘이 비밀이야기를 나눴다고 가정할 수 있지. 엿들은 사람이라도 있었으면 좋으련만."

"지금 당장 이 일에 대해 명확하게 규정하는 것은 무리네. 다른 행동과 이야기를 덧붙여야 이번 일도 어떻게 된 것인지 알 수 있겠지."

"그럼 며칠 더 감시를 해보고 결정하세. 공주도 중요하지만 부여무내도 눈여겨 봐주게."

이제 가을도 그 풍성한 꼬리를 감추고 있었다. 들판은 수확을 끝냈고 이제 곧 말라버릴 움벼가 키 자랑을 하고 있었다.

4. 남문대장의 죽음

 벼를 심지 못하는 곳에는 보리나 밀이 제법 고개를 내밀었고 늦은 곳에는 막바지 파종이 한창이었다. 올해 가을은 큰 비바람이 계곡을 휩쓸지도 않았고 잦은 비가 들판을 물에 담그지도 않았다. 때문에 마음이 거득해진 사람들은 아라의 하느님이 내려준 복이라며 당산나무에 치성을 드렸다.
 전쟁 대비도 초반의 엇박자가 없어지고 손발이 척척 맞아가면서 무기와 배를 만드는 일이나 군사들의 훈련까지 본격적으로 추진되고 있었다. 물론 아직 제대로 물량이 나오지는 않았지만 몇 개월만 더 진행이 된다면 지난 전쟁에서 갖고 있던 만큼은 채울 수 있었다. 새벽부터 저녁까지 모두가 바빴다.
 구월 이십칠일의 새벽은 그런 활기 속에서 시작됐다. 모처럼 불안감이 사라진 진철은 새벽에 잡는 칼자루가 더 가벼웠고 깊은 뱃속에서 올라온 힘이 칼끝까지 더 잘 전해졌다. 칼날은 바람을 더 얇게 쪼개었고 두 발은 가볍게 앞뒤로 내딛어졌다. 이마에 송글송글 땀이 맺히자 칼을 내려놓고 우물로 씻으러 갔다.
 상쾌한 마음으로 되돌아온 진철에게 하인이 대문 밖에 모시러 온 군사가 기다리고 있다고 했다. 아침도 먹지 못하고 남문으로 가야했다. 남문을 지키는 군사는 대장을 포함해 모두 열다섯 명이었다. 근무는 두 명씩 섰는데 주간조 여덟 명, 야간조 여섯 명이었다. 주간조는 진시부터 유시까지 여섯 명이 계속 근무했고 야간조는 술시부터 묘시까지 네 명이 절반씩 나뉘어 섰다.

 진시가 되자 주간조 두 명은 근무하러 문루에 올라갔고 네 명은 문을 열고 오가는 사람을 검문할 준비를 했다. 문루에서 내려온 야간조 두 명은 막사로 들어갔다. 세수를 하고 잠을 자려던 한 명이 대장이 아직 일어나지 않는 것을 깨닫고 방문을 열었다가 죽어있는 것을 보고 내성문의 군사에게 보고했으며 진철이 불려온 것이었다.

 막사는 큰용길의 동쪽, 구가가 사는 집 쪽으로 남문과 거리를 두고 지어져 있었다. 성벽을 관리하고 보수하기 위해 집들과 성벽 사이는 마차가 다닐 만한 공간을 남겨두었는데 이 길이 있어서 성벽 위에서 근무하면 전망도 좋았고 감시도 편했다.

 막사도 일반 집과 별 차이가 없었는데 대문을 열고 들어가면 좌우로 별채가 두 동 있고 가운데 본채가 있었다. 본채는 대장이 거주하는 공간이었다. 대장은 근무를 서지 않지만 수시로 근무를 감독하고 수상한 사람이 있으면 붙잡아 취조하거나 별채에 있는 작은 옥에 가두었다. 그 일이 만만찮아서 어지간한 재주가 있어도 해내지 못했다.

 성벽 쪽에 기다랗게 지어진 별채 한쪽은 군사들이 자는 방이 네 칸, 창고와 무기고가 있고 그 옆에 변소가 있었다. 다른 별채는 방이 세 칸 있고 식당과 취조를 할 수 있는 공간,

4. 남문대장의 죽음

옥이 있었다. 그 별채에서 예닐곱 보 떨어져 본채 옆에 우물이 있었다. 대문은 평소에 열지 않는데 죄가 있다 싶은 사람을 안으로 끌고 가거나 옥에 있는 죄인을 감옥으로 압송할 때만 열었다.

군사들이 근무를 오갈 때는 본채 옆의 성벽 쪽으로 나있는 작은 쪽문을 이용했다. 문루를 오르내릴 때 훨씬 편리했다. 이 쪽문은 항상 열려 있는데 군사들이 가까이서 망을 보고 있으니 구태여 잠글 필요가 없었고 한밤중에 열고 닫는 소리에 사람이 깰 수도 있기 때문이었다. 하지만 낯선 사람이 들어오는 것을 알 수 있도록 담장이 꺾이는 구석자리에 큰 개를 한 마리 키우고 있었다. 남문에서 검문을 할 때도 종종 이용하곤 했다. 막사 뒤에는 마구간이 있었고 항상 서너 마리 이상은 키우고 있었다. 급한 일이 있으면 언제라도 끌고 나갈 수 있도록 관리했다.

대장은 방에서 잠을 자다가 그대로 변을 당했다. 범인은 잠자는 대장의 입을 왼손으로 누른 채 오른손으로 가슴 깊숙이 칼을 찔러 넣었다. 범행은 묘시가 되기 이전, 인시 중반부터 묘시 사이에 이루어졌다. 칼자루가 옷 위에 그대로 드러나 있었고 배 위로 걷혀져 있었는데 그렇게 하고 잤거나 범인이 걷었을 수도 있었다. 아마 범인은 대장이 잠을 깨지 않도록 천천히 방문을 열었고 방안에서도 한참을 조금씩 움직였을 것이다. 칼을 찌른 후에 뽑지 않았기 때문에 숨이 멈추는 시간이 더 오래 걸렸을 것이고 그만큼 오랫동안 방에 머물러 있었을 것이다. 그러나 범인이 남긴 흔적은 하나도 찾을 수가 없었다.

진철은 일단 대장의 주검을 발견한 군사를 불렀다. 그는 이름이 늡늡이라고 했다. 성격이 너글너글하고 활달하라고 아버지가 지은 이름이라고 했다. 이름답게 그는 웃음도 잘 짓고 대답도 시원시원하게 했다.

"자네들 근무는 어떻게 서는지부터 말해보게."

"저희는 두 명이 한 조로 근무를 서는데 야간조는 세 조가 있습니다. 밤에 두 조가 근무를 서고 한 조는 쉽니다. 쉰 조는 다음날 술시에 근무를 들어가고 전날 늦게 근무한 조가 쉬게 됩니다. 세 조가 돌아가면서 계속 근무를 서게 됩니다. 아침에 근무를 마쳤기 때문에 우리는 오늘 밤에 쉬게 됩니다."

"근무는 언제부터 하게 되었나?"

"저는 구월 구일부터 근무를 했습니다만 처음에 이 인원이 다 있었던 것은 아닙니다. 첫날에는 저와 주간조에 있는 두 명이 다음날 아침까지 근무했습니다. 그러니까 십일 새벽에 대장님이 교대할 인원 여섯 명을 데리고 오셨지요. 다음날 다섯 명이 와서 지금처럼 근무를 서고 있습니다."

"그럼, 자네들은 같은 고을 출신이 아니겠군?"

"그렇습니다. 그래도 저를 비롯해 축자에서 온 사람이 일곱 명입니다. 대장님과 두 명은 축자와 담로도 사이에 있는 큰

4. 남문대장의 죽음

섬인 덕도에서 왔습니다. 대장님은 그 덕도에서도 담로도와 마주하는 율국에서 살았었지요. 두 명은 월국, 나머지는 미장국, 미농국, 갑비국에서 왔습니다."

"서로 다른 곳에서 왔다면 갈등도 있을 텐데 사이는 좋은가?"

"같이 한 곳에 근무하는 사람들인데 사이가 좋은 것은 당연지사입니다. 새도 깃털이 같은 것끼리 모인다고 같은 고을이면 마음이 더 가기 마련이지만 여기는 근무시간이 정해져 있으니 그런 것에 얽매일 것도 없고 다른 일에 비하면 일이 아주 수월한데 다툴 일이 뭐 있겠습니까?"

"알겠네. 그럼 대장은 어땠나? 지휘관인데 같이 일하는 게 괜찮았는가?"

"그는 좋은 사람이었습니다. 낮에 근무하는 사람들도 잘 대해 주었지만 특히 야간조가 잠도 못 자고 고생한다고 잘 보살펴 주었습니다. 지난 십사일 잔치가 있었을 때, 우리 공주님이 넷째 아들을 낳아 백일잔치를 했을 때 말입니다. 보통 술시가 되어 야간조 두 명이 근무를 올라가고 나면 저녁을 먹습니다. 그날 저녁은 대장님이 꿩을 세 마리나 내놓으셔서 국을 끓였는데 정말 맛있게 먹었습니다. 떡이니 생선이니 여러 나물까지 아주 푸짐하게 장만해주셔서 맛있게 먹었습니다. 또 자기는 술도 마시지 않으면서 막걸리를 동이로 주시기에 모두 나누어 먹었습니다. 저희 조는 축시부터 근무를 서야 하니까 먹으면 안 되는데 대장님이 괜찮다며 자기가 선다고 자꾸 먹으라고 하는 게 아니겠습니까? 얼떨결에 몇 잔이나 마시게 됐는데 정말 축시에 우리랑 같이 근무를 나오시는 게 아니겠습니까? 한사코 들어가시라고 했는데도 걱정 말라며 기어코 문루로 올라오셨지요. 우리는 정말 미안해서 어쩔 줄을 몰라 했습니다. 그런데도 대장님은 오히려 자기가 감시를 하고 있을 테니 우리 보고 조금 앉아 있으라고 하더군요. 그래서 조금 앉아 쉬기도 했습니다."

"막걸리도 먹었으니 그럴 때 앉게 되면 눈이 감기기 마련이지."

"나리는 못 속이겠군요. 사실은 꾸벅꾸벅 졸다가 눈도 좀 붙였습니다. 밤에, 그것도 시간도 바꿔어가면서 근무를 서는 게 얼마나 피곤한지 나리는 모르실 겁니다. 그런데 막걸리까지 먹었으니까요. 예, 정말 있는 그대로 말씀드리자면 묘시는 거의 자다시피 했습니다. 정말 대장님이 고마웠습니다."

"하지만 그 한 번 갖고 좋은 사람이라고 할 수가 있는가?"

"그렇지 않습니다요. 지난 이십일일에도 그런 일이 또 있었습니다. 그때는 정말 귀한 돼지고기를 큰 덩어리로 갖고 왔었습니다. 우리가 야간에 쉬는 날이었기 때문에 막걸리도 배가 터지도록 먹었습니다. 우리 군사들은 모두 대장님을 정말 좋아했습니다. 대장님이 얼마나 좋은 사람인지 이제 나리가 알 수 없다는 게 아쉽습니다."

4. 남문대장의 죽음

"그렇다면 정말 좋은 사람이 틀림없겠군. 자 이제 어젯밤 근무를 나간 것부터 이야기해 주게."

"예. 저희는 축시부터 근무를 서야 했습니다. 그래서 자시가 끝나기 전에 일어나 군복을 입고 무기도 다 챙겼습니다. 그때가 축시가 되기 일 각 전이었습니다. 쪽문을 나가 문루로 올라갔습니다. 앞선 조는 특별한 일이 없었다면서 우리 보고 근무를 잘 서라고 하고 내려갔습니다. 우리는 축시부터 근무를 섰습니다. 그전부터 떠 있던 달이 솟으면서 희미한 빛을 비쳐 주었기 때문에 캄캄한 밤보다는 멀리 보여서 근무하기가 편했습니다. 근무는 주로 왕궁 밖에 움직임이 없나 감시하고 한 번씩 안도 살펴봅니다. 그래서 조금이나마 달이 나오면 훨씬 낫습니다. 하지만 어디에도 사람의 움직임은 없었습니다. 그렇게 근무를 마치고 내려왔습니다."

"정말 왕궁 안에서 아무런 움직임이 없었는가? 범인이 왔다 갔으니 분명 무슨 움직임이 있었을 텐데."

"왕궁 밖을 감시하는 것이 주된 임무인데 안쪽을 계속 쳐다볼 수는 없지 않습니까?"

"그럼 소리라도 들었을 것 아닌가? 사방이 고요했을 테니 범인이 내는 작은 소리도 크게 들렸을 거란 말일세."

"그런 소리는 듣지 못했습니다. 산짐승이나 들개가 우는 소리가 간간히 들려오곤 했습니다. 새가 날개를 푸드덕거리는 소리도 들렸습니다. 우리 개가 낑낑거리는 소리도 들렸지요."

"개가 낑낑거렸다고?"

"들개가 울부짖으면 우리 개도 낑낑거리곤 합니다. 참, 밤에 들개 소리도 없는데 개가 낑낑거린 것이 생각납니다. 근무 중간쯤이었으니 인시 중반 정도에 들은 것 같습니다. 들개 소리도 없이 낑낑거리는 것은 드문데 통 없지는 않습니다. 말을 못하니 개가 무엇 때문에 그러는지 어찌 알겠습니까?"

"그것 말고는 아무 소리도 못 들었다는 것이로군. 확실한가?"

"예, 확실합니다. 어제는 눈도 한번 끔벅이지 않고 초롱초롱하게 근무를 섰으니 확실합니다."

"문루에서 한 번도 내려오지 않고 근무를 섰는가?"

"두말하면 잔소리입니다. 근무시간에 자리를 이탈하면 얼마나 큰 벌을 받는지 아실 겁니다. 둘 다 한 번도 내려가지 않고 열심히 근무를 섰습니다."

"그럼 아침에 근무를 마쳤을 때를 이야기해 보게."

"묘시가 끝나기 전에 주간 근무조가 나왔습니다. 그들은 여섯 명인데 두 명은 문루에 서고 네 명은 문을 지킵니다. 먼저 문을 열어야 하는데 문루에 서는 군사도 같이 도와줍니다. 문을 열 때는 조심해야 합니다. 적병이 그 틈을 타고 밀고 들어올 수 있으니까 상황을 봐가면서 언제든지 닫을 준비를 하며 천천히 엽니다. 물론 야간조가 근무를 잘 서면 그런 일은 일

4. 남문대장의 죽음

어나지 않겠지요. 간혹 짐승이 안으로 들어올 때가 있습니다. 그럴 때는 그놈을 잡느라 애를 먹습니다. 문이 다 열리면 문루의 군사가 올라오고 우리는 근무를 인계한 다음 내려오게 됩니다. 오늘 아침에도 문루의 군사가 올라와서 진시부터 근무를 서고 우리는 내려와 무기고에 무기를 넣고 군복도 벗은 다음 우물에서 얼굴과 손발을 씻었습니다. 보통 아침을 먹고 자는 데 그냥 잘 때도 있습니다. 오늘 아침도 둘이 먹을까 말까 하는데 갑자기 대장님이 일어나시지 않은 것이 생각났습니다. 보통 문을 열 때면 군복까지 차려 입고 나오셔서 말없이 지켜보십니다. 길이나 들판에 주의할 만한 것이 없는지 살펴보시기도 합니다. 가을걷이가 한창일 때는 문을 열기도 전에 사람들이 밖으로 나가려고 모여드니 뒤로 물리고 줄을 세워서 질서를 잡느라 바쁩니다. 요즘은 날이 어둡고 밖으로 나가고자 하는 사람도 없으니 조금 늦게 나오실 때도 있습니다. 그런데 오늘 아침에는 아예 나오시지를 아니했습니다. 그래서 제가 대장님을 불렀는데 대꾸를 안 했습니다. 몇 번을 불러도 마찬가지기에 마루로 올라가 방문을 두드려도 응답이 없었습니다. 할 수 없이 방문을 열고 안을 봤더니 나리가 보신 것처럼 변을 당하셨더군요. 제가 놀라서 방문을 잡은 채로 주저앉았더니 제 동료도 달려왔는데 그는 저보다 더 놀라더군요. 한참을 말도 못하고 쳐다보고만 있다가 간신히 정신이 들어서 일단 방문을 닫고 동료에게 지키고 있으라 하고는 내

녹나무관의 비밀 145

성문으로 달려갔습니다. 임금님께 아뢰어야 되지 않습니까? 그곳 군사에게 이야기했더니 돌아가서 현장을 잘 지키고 있으라고 했습니다. 그리고 얼마 후 나리가 오신 겁니다."

같이 근무했던 동료를 불렀다. 그는 이름이 눙치라고 했다. 늡늡이보다 서너 살은 어려 보였다. 같이 축자에서 왔는데 늡늡이는 웅현에서 왔고 자기는 아구시에서 왔다고 했다. 둘 다 축자의 서쪽에 있는 도시로 그 사이에 화국이 있어서 일찍부터 아라의 영향을 받은 곳이었다. 군사를 모집할 때 지원했는데 육지로 간 사람도 있었지만 그는 바닷가에 살았기 때문에 네 명의 친구들과 같이 배를 타고 우좌로 갔다. 거기서 늡늡이를 만났는데 같은 배를 타고 이세까지 오게 됐으며 친구들과 더불어 정이 많이 들게 됐다는 것이다. 그 친구들은 지금도 같이 남문에서 근무를 서는데 한 명은 야간조, 세 명은 주간조에 있었다.

그의 답변은 늡늡이의 말과 큰 차이가 없었다. 그리고 같이 근무하는 늡늡이는 진정한 아라의 쇠뿔한이 되고 싶어 하는 사람이라면서 그의 말은 모두 신뢰할 수 있다고 했다.

"하지만 그도 속을 감추고 있는 사람인지 어찌 알겠나?"
"나리도 말을 해보셔서 아시겠지만 그런 성격은 속에 뭘 담고 있지를 못합니다. 마음 씀씀이나 행동하는 것이나 모두 배울 게 많습니다. 다음에 늡늡이 형님이 진짜 아라의 제일가는

4. 남문대장의 죽음

쇠뿔한이 되어서 나리처럼 되었으면 좋겠습니다."

"열심히 노력하면 언젠가는 그런 날도 오겠지. 자, 그런데 늠늠이는 새벽까지 근무를 서면서 움직이는 것은 보지 못했고 개가 낑낑대는 소리밖에 듣지 못했다고 하네. 자네는 듣거나 본 것이 없는가?"

"개가 낑낑대는 소리는 저도 들었습니다. 들개 여러 마리가 한꺼번에 울면 낑낑대곤 하는데 어제는 그런 일도 없는데 낑낑대더군요. 쥐가 왔다 갔다 하나 보다 생각했습니다. 그럴 때 개가 낑낑거리지 않습니까? 그 시각이 근무 중반쯤이었던 것은 맞는 것 같습니다. 그쯤에 들은 게 확실합니다. 그리고 두세 각 정도 있다가 얼핏 수돌이를 본 것 같았는데 자세히 보니 아무도 없었습니다."

"수돌이를 봤다고? 그게 정말인가?"

"아니, 봤다는 게 아니고 얼핏 그런 것 같았다는 겁니다. 나리도 아시겠지만 특히 밤에는 시선을 다른 곳으로 옮기다 보면 실제로는 없는데 뭔가 보이는 것 같은 착시가 일어나지 않습니까? 아마 그런 것이 아닌가 합니다."

"그래, 그럴 수도 있네. 하지만 또 반대로 밤에 시선을 옮기다 보면 실제 보고도 마치 잘못 본 것처럼 착시가 일어나기도 한다네. 그때 상황을 좀 자세히 말해 보게."

"그때는 묘시가 되어갈 때였던 것 같습니다. 저는 문루에서 계속 밖을 쳐다보고 있었습니다. 남문에서 뻗어나간 길과 가을걷이가 끝난 들판을 바라봤는데 희미하긴 해도 그믐달이 있어서 제법 떨어져있음에도 집중해서 쳐다보면 윤곽이 무엇인지 파악할 수 있습니다. 그럴 때는 누구도 성벽으로 접근하기가 쉽지 않습니다. 저라도 캄캄한 밤에 움직이지 조금이라도 달이 있으면 안 움직일 겁니다. 그렇게 보고 있다가 안을 한 번 둘러봐야겠다 싶어서 대여섯 걸음 옮겼습니다. 내성부터 눈에 들어왔는데 궁전은 윤곽이 뚜렷이 보였습니다. 내성은 더 많은 군사들이 지키고 있으니 놔두고 양가와 우가 사이의 용길을 한참을 바라보았습니다. 다음은 서문 쪽의 동산 부근을 살피다가 다시 정면의 용길로 눈길을 돌리는데 눈 밑에서 검은 형체가 용길을 가로질렀습니다. 그 형체를 확실히 보려고 눈을 그쪽으로 모으는데 수돌이라고 짐작이 되는 순간에 사라져버렸습니다. 웬일인가 싶어 자세히 쳐다보니 아무도 없었습니다. 밤에 근무를 서다보면 그런 일이 종종 있습니다. 사람들이 밤에 헛것을 보았다고 하는데 그런 착시가 사실은 비일비재합니다."

"그 검은 형체를 본 곳은 어디쯤인가? 눈 밑이라면 남문에서 가까운 곳이 아닌가?"

"예. 막사 옆에 곁집이 있고 그 곁집을 돌아들어가는 골목이 있는데 용길 건너편에도 역시 그쪽에 골목이 있습니다. 검은 형체는 용길의 한가운데에서 건너편 골목 쪽으로 약간 치우친 곳에 있었습니다. 하지만 자세히 살펴보니 아무것도 없

4. 남문대장의 죽음

었습니다."

"그런데 수돌이는 어찌 아는가?"

"구월 십삼일 오후 늦게 놀러왔었습니다. 아마 유시 중반쯤이었을 겁니다. 그는 아주 친근한 사람이었습니다. 처음 보는 사람과도 스스럼없이 잘 어울리면서 말도 사근사근하게 하고 재미있는 사람이었습니다. 더구나 그도 축자 사람이었습니다. 팔대라면 아라가 처음 화국을 세운 곳이 아닙니까? 우리도 그 인근이니 금세 친해졌습니다. 아, 처음에 찾아온 것은 우리 남문이 다른 곳보다는 아주 힘든 곳이라며 고생한다고 음식을 장만해 대접한다는 것이었습니다. 많은 음식을 장만해 왔더군요. 자기 주인이 부여무내인데 그가 싸준 음식이라고 하더군요. 저희는 술시부터 근무여서 배만 채우고 올라갔지만 나머지는 배불리 먹었습니다. 음식을 많이 싸와서 개한테도 챙겨줄 정도였습니다. 개가 수돌이가 가면 꼬리를 치고 좋아했습니다. 사람들도 얼마나 즐거웠는지 근무 도중에 웃음소리가 거기까지 들렸습니다. 힘든 근무에 시달리다 그런 대접을 받으니 얼마나 기분이 좋겠습니까? 술시 중간에 돌아갔으니 한 시진 정도 있다가 간 모양입니다. 돌아가기 전에 우리가 근무하는 곳까지 와서 깍듯이 인사를 하고 갔지요. 그런 사람은 참 드물 겁니다. 그 다음날도 대장님이 맛있게 차려주셔서 잘 먹었는데 그러고 보니 이틀 연달아 맛있는 걸 배불리 먹었네요."

녹나무관의 비밀   149

"수돌이가 아주 인상 깊었는가 보군. 그래서 수돌이가 보였겠지. 사실 수돌이는 지금 감옥에 갇혀 있네. 그러니 자네가 보고 싶어도 볼 수 없는 사람이라네."

"예? 죄가 없어서 풀려나지 않았습니까? 그래서 우리한테 놀러 올 수 있었는데. 다시 갇혔단 말입니까?"

"그렇다네. 다른 사건에 연루되어 있어서 지금 조사를 받고 있다네."

"그렇다면 제가 헛것을 본 것이 맞았군요."

"마지막으로 몇 가지만 더 묻겠네. 우물에서 씻고 났을 때 누가 먼저 대장이 일어나지 않은 걸 알았는가?"

"그야 늡늡이 형님이지요. 저야 어디 그런 머리가 돌아갑니까? 눈앞에 보이는 것도 잘 구별 못 하지 않습니까?"

"그건 경우가 다르지. 그래, 그걸 알고 나서 늡늡이가 어떻게 행동했는가?"

"처음에는 몇 번 부르더군요. 저도 그래서 알았지요. 나중에는 마루로 올라가 부르다가 나중에 방문을 열더니 사람이 말도 없이 그냥 주저앉아 있는 것이 아니겠습니까? 무슨 일인데 저러고 있나 싶어서 저도 다가가서 방안을 살펴봤습니다. 아이쿠, 대장님이 그렇게, 칼에 찔려서 죽어있는 것이 아니겠습니까? 저도 너무나 놀라서 얼어붙고 말았습니다. 나중에 형님이 저를 마루 끝에 앉혀 주었습니다."

"그럼 그때 방문은 열려 있었는가? 아니면 닫혀 있었는가?"

4. 남문대장의 죽음

"닫혀 있었습니다. 형님이 닫았습니다. 저는 무서워서 손도 못 댔습니다. 형님이 내성문에 갔다 올 테니 저보고 지키라고 하는데 닫힌 방문만 쳐다봐도 몸서리가 쳐졌습니다. 형님이 나가니 무서워서 쪽문에 가서 쳐다보고 있었습니다."

"늡늡이가 돌아와서 방에 들어가지는 않았는가?"

"아닙니다. 그 방에 뭐 하러 들어갑니까? 형님도 저보다야 의연하지만 그런 일은 처음인지 당황하신 것 같았습니다. 우리 둘 다 무서워서 벽채 앞에서 오금이 저린 채 본채를 쳐다보고만 있었습니다. 나리가 오시기에 살았다 싶었습니다."

"그럼, 두 사람은 씻고 나서 방안에 들어간 적이 없고 다른 사람도 들어가지 않은 것이 확실한가?"

"예, 확실합니다."

"지난밤에 근무를 서지 않은 야간조는 어떤가? 그들은 오늘 아침에 방에서 나온 적이 있는가?"

"아닙니다. 자고 있는 것 같습니다. 근무를 마치고 돌아왔을 때부터 한 번도 방에서 나온 것을 본 적이 없습니다."

"이제 진짜 마지막 질문이네. 어제 근무 중 문루에서 내려온 적이 있는가? 늡늡이가 내려가는 것을 본 적이 있는가?"

"근무 중인데 문루에서 내려가다니 말도 안 되는 소리입니다. 절대 그런 적이 없습니다. 그리고 둘 다 눈을 크게 뜨고 근무를 했는데 늡늡이 형님이 내려갔다는 것도 천부당만부당입니다요."

녹나무관의 비밀

한범이 사건이 아직 비밀에 붙여져 있다는 게 확인되어 마음이 놓였다. 부여무내가 입단속을 확실히 한 모양이었다. 눙치에게 수돌이로 분장한 살인범이 돌아다닌다는 것도 이야기할 필요는 없었다. 눙치는 헛것을 봤다고 믿지만 실제로 봤을 가능성이 많았다. 그는 수돌이 분장을 하고 어디 가서 무엇을 했을까? 그에게 시선을 돌리고 싶기도 했지만 발등의 불이 우선이었다. 이제 막사 안에 자고 있었던 군사를 만나봐야 했다. 쪽문과 가장 가까운 방에서 자는 사람을 찾으니 주간조의 나이가 많은 군사들이었다. 가장 나이가 많은 군사를 불렀다.

"밤에 자다가 이상한 소리를 듣지 못했는가?"

"아무 소리도 못 들었습니다. 사실은 밤에 잠을 깨는 일이 없습니다. 남문에서 여섯 시진을 교대하는 사람이 없이 계속 서 있다 보니 근무를 마치면 녹초가 됩니다. 처음에는 여섯 시진을 서 있는 것도 힘들었는데 이제 조금은 괜찮아진 것 같습니다. 하지만 아직도 잠자리에 들면 누가 업어 가도 모를 지경입니다. 아직 단련이 덜 되어서 그렇습니다. 우리 주간조 모두가 그럴 겁니다."

"그럼 어젯밤에 개가 낑낑대는 소리도 못 들었는가? 바로 옆이라서 충분히 들렸을 텐데."

"말씀드렸다시피 잠자리에 들면 바로 곯아떨어지고 새벽이 되어야 눈을 뜹니다. 아무 소리도 못 들었습니다."

4. 남문대장의 죽음

"그럼 오늘 눈을 뜨고 난 이후 일을 말해 보게."

"오늘도 눈을 뜨니 묘시 중반이었습니다. 잘 때면 항상 내일 아침에는 일찍 일어나야겠다고 생각하지만 그 이전에 눈을 떠 본적이 없습니다. 얼른 세수를 하고 허겁지겁 배를 채운 다음 군복을 입고 무기를 갖췄습니다. 진시가 되기 일 각 전에는 문을 열러 나가야 하기 때문에 눈코 뜰 새가 없습니다. 그때도 어둠살이 걷히지는 않았지만 그믐달이 있어서 행동하는 데는 지장이 없었습니다. 쪽문으로 나가 문으로 갔는데 근무자들은 이미 다 나와 있었습니다. 문을 열고 그때부터 근무를 시작했습니다."

"대장을 챙길 생각은 하지 않았는가?"

"대장은 근무조가 아니라서 우리 근무하고는 상관이 없지 않습니까? 처음 근무를 설 때는 지금보다 날도 밝았고 수확을 할 때라서 문을 열기도 전에 사람들이 몰리니 도와주려고 매일 나왔습니다. 하지만 지금은 날도 어둡고 수확을 할 때도 아니니 문을 열고나서 둘러보러 나오기도 합니다. 사실 나오면 나오는 것이지 우리 근무하고는 관련이 없으니 챙길 생각은 해보지도 않았습니다. 오늘도 나오기 바빴고 문을 열고나서 나오려느니 했습니다."

"오늘 아침에 가장 일찍 세수를 하러 나온 사람은 누구인가?"

"접니다. 그래도 근무자 중에서 가장 나이가 많다 보니 잘

해야겠다는 생각이 듭니다. 눈을 뜨면 같이 자는 동료부터 깨우고 다른 방의 근무자도 제가 깨웁니다. 그러고 나서 세수를 합니다. 밥도 제가 가장 먼저 먹고 군장도 가장 먼저 갖춥니다. 그런 다음 근무자들이 군장을 잘 갖추었는지 확인하고 밖으로 내보내지요."

"자네가 세수를 한 다음 쪽문을 나갈 때까지 누가 몰래 본채의 방으로 들어갈 수 있는가?"

"아무도 없습니다. 누가 어른거렸다면 제 눈에 아니면 다른 근무자 눈에 띄지 않을 수가 없습니다."

"야간조가 나오거나 하지는 않았는가?"

"아닙니다. 나오지 않았습니다."

다른 주간 근무자의 말도 같았다. 아무도 중간에 깨어서 밖으로 나간 적이 없고 소리를 들은 것도 없었다. 오히려 그들은 자기 주위에서 일어나는 상황에 대해 나이 많은 군사보다 더 관심이 적었다. 그들은 은근히 나이 많은 군사에게 기대고 있었으며 나이 많은 군사는 그들의 책임자가 되어 가고 있었다. 그건 근무 체계가 정립되는 데 좋기는 하겠지만 진철에게는 별로 도움이 되지 않았다.

간밤에 일찍 근무를 섰던 조는 근무를 마치고 돌아와서는 씻자마자 바로 잠자리에 들었다고 했다. 근무가 피곤하기 때문에 그렇게 잠들면 보통 해가 중천에 뜰 때까지 잔다고 했다. 자는 걸 깨워서인지 무슨 일이 벌어졌는지 둘 다 아무것

4. 남문대장의 죽음

도 몰랐다. 잠이 든 이후로 지금까지 잠을 깨거나 밖으로 나간 적도 없고 무슨 소리를 들은 적도 없다고 했다.

지난밤에 근무를 하지 않은 야간조는 부스스한 몰골로 방에서 나왔다. 그들은 근무가 없었기 때문에 미시가 되자 깨어나 왕궁 안을 구경을 하고 다녔다고 했다. 내성문 앞에도 가보고 감옥 인근까지 갔다가 우가의 여러 집들도 둘러본 다음 어두워지기 전에 시장에 도착해 저녁을 먹으며 술도 서너 잔 했다. 주간 근무자가 잘 때까지 기다린 다음 술과 안주를 사 들고 방으로 들어가 자시가 될 때까지 주거니 받거니 한 후 바로 잠을 잤다고 했다. 그들도 밤에 한 번도 일어나지 않았으며 역시 아무 소리도 듣지 못했다고 했다. 방안에 치우지 않은 술상이 있었다.

대장은 개가 낑낑댄 이후에 변을 당한 것이 확실했다. 시간상으로 확실하게 범인은 개가 낑낑댈 때나 그로부터 그리 오래되지 않았을 때 방안으로 들어갔다. 그러니 그때는 개가 잠들지 않고 깨어 있을 때다. 막사에서 같이 생활하지 않는 사람이 어슬렁거렸다면 낯선 냄새와 동작을 보고 틀림없이 개가 짖었을 것이다. 개는 그걸 위해서 존재하는 동물이다.

근무자들의 이야기가 전부 사실이라면 대장은 외부 침입자에게 살해당한 것이다. 그러나 개가 짖지 않았으므로 내부 소행일 가능성이 굉장히 높다. 그렇다면 그들 중에서 누군가 거짓말을 하고 있는 것이다. 진철은 이번 사건이 만만치 않다는 걸 알았다. 누군가 거짓말을 하고 있는 데도 그걸 알아낼 방법이 마땅찮았기 때문이다.

 범인이 혼자라면, 다른 사람이 다 자고 있을 시각에 홀로 깨어나 일을 저질렀다면, 그리고 다시 돌아가 잠이 들었다면, 아니면 잠이 든 척 하고 있었다면, 그리고 그 일에 대해서 입을 다물어 버린다면 다른 사람의 진술과 비교해서 거짓이라는 걸 밝혀낼 방도가 없었다.

 한 방을 쓰는 군사가 범인이 나가거나 들어오는 것을 보았다면 범인은 자기 범행이 탄로 날 것을 염려해 그를 협박해 입을 막아야 할 것이다. 죽이는 것은 자기에게 화살이 돌아오기 때문에 마지막 순간이 아니면 피할 것이다. 근무자 중에 누군가 협박을 당하고 있을 수 있다. 하지만 그는 자기 목숨이 위태롭기 때문에 안전이 보장되지 않으면 입을 열지 않을 것이다. 이를 가정하면 군사들을 한 명씩 따로 불러서 물어 볼 필요가 있다. 그러나 이는 신중해야 한다. 자칫 범인에게 먼저 질문을 하게 되면 범인이 입을 봉하려고 손을 쓸 수가 있고 달아나 버릴 수도 있다.

 근무를 선 늠늠이와 둥치 둘 중에서 하나가 내려와 일을 벌였다면, 둘이 짜고 범행을 한 것이면 역시 진술이 거짓임을 밝힐 방도가 없다. 만약 둘 다 다른 사람의 협박에 시달려 거짓말을 한 것이라면 이 역시도 둘 중 하나, 혹은 둘이 같

4. 남문대장의 죽음

이 입을 열지 않으면 알아낼 재간이 없고 역시 신중히 접근해야 한다.

그리고 범인이 외부인이라면. 가능성이 적기는 하지만 막사에 있는 사람만큼이나 개와 친한 사람이 있다면. 수돌이는 옥에 갇혀 있다. 수돌이로 변장할 수 있는 사람이 있다. 하지만 사람 눈은 속여도 개의 후각을 속일 수는 없다. 개에게서만큼은 그는 수돌이가 될 수 없다. 만약 다른 사람이 개와 아주 친한 사람이 있다면, 혹시 이전에 근무하던 백제군사가 몰래 되돌아와서 범행을 하고 돌아가 버렸다면, 스스로 먼저 입을 열지 않는 한 이는 추적하기가 거의 불가능한 일이 될 것이다. 범행을 부인하면 역시 거짓임을 밝혀낼 방도가 없다.

이제 유일한 단서는 칼이다. 칼 주인을 찾으면 그가 범인일 수 있고 아니면 그와 연관이 있는 사람이 범인일 것이다. 칼의 주인을 찾는 것도 쉽지는 않을 것이다. 범인이라면 특징이 없는, 아무나 사용할 수 있는, 지금도 여러 사람이 쓰는 칼을 골랐을 것이다. 칼자루를 보니 그렇다. 혹시 칼의 몸체에는 뭔가 있을 수 있다. 그걸 알려면 칼을 뽑아야 한다. 그전에 더 알아야 할 것은 없는가? 누구에게 더 물어볼 것은 없는가?

감옥에 있는 수돌이를 두 번이나 찾아가다니 어처구니가 없다는 생각이 들었다. 하지만 이번 사건에서 유일하게 거론되었으니 한범이 건과 같이해서 다그쳐봐야겠다는 생각이 들었다.

"남문의 막사에는 왜 찾아갔는가?"

"부여무내가 고생한다고 음식을 갖다 주라고 해서 다녀왔습니다."

"거짓말하지 말게. 이미 군사가 그 말을 끄집어 낼 때부터 거짓이란 걸 알았네. 군사들이야 속겠지만 나까지 속일 수는 없지. 부여무내는 거기만 음식을 내려줄 사람이 아니지. 날 속일 수 있다고 생각하지는 않았을 것이니 이제 진실을 말해 보게."

"제가 고생한다고 음식을 갖다 주었습니다."

"갖다 준 것 말고 그 이유를 말해 보게. 음식을 갖다 준 진짜 이유를."

"정말입니다. 그 외에는 다른 이유가 없습니다."

"또 입을 다물 모양이군. 좋네. 그럼 한범이를 살해한 자는 누구인가?"

"그건 제가 아니었습니까? 그래서 여기 갇혀 있는 것이 아닙니까?"

"자네는 지금 다롱이를 죽인 죄로 갇혀 있는 것이네. 자, 이제 함께 다롱이를 죽인 범인을 말해 보게. 그자가 한범이도 죽였어. 더 이상 마구잡이로 살인을 하고 다니는 것은 용납할 수 없네."

"나리가 알아내시면 할 수 없지만 제 입으로 말할 수는 없

4. 남문대장의 죽음

습니다."

"정녕 그렇게 입을 다물 것인가? 사람이 자꾸 죽어간단 말이네. 지난밤에도 그자가 큰용길을 지나쳤네. 언제까지 그렇게 돌아다닐 수 있다고 생각하는가? 자네에게 말은 못하지만 이미 우리는 많은 것을 알아냈네. 조만간 자네하고 가까운 그자를 여기로 데려올 것이네."

"그건 저하고 상관없는 일입니다."

"자네하고 상관이 없다고? 같이 다롱이를 죽였으면서도 상관이 없다고? 그렇게 부인하다가 자네 형 얼굴이라도 보면 어떡하려고 그러나? 그래도 모른 척하지는 않겠지."

"형 일은 형 일일 뿐이지요. 저는 제 할 일만 하면 됩니다."

"자네 할 일이라고? 샛별공주를 지키는 것? 그럼 자네를 풀어줄까? 가서 샛별공주를 지킬 수 있게."

"지금은 풀어주어도 그 집에 들어갈 수는 없겠지요. 부여무내가 절 받아주지를 않을 겁니다."

"몰래 숨어서 지켜주어도 되지. 그것도 좋은 방법이네."

"지금은 그게 중요한 게 아니지 않습니까? 제게 이렇게 찾아오신 걸 보면 남문을 지키던 대장이 목숨을 잃었군요. 그 범인을 잡아야 되지 않습니까?"

"그건 내가 알아서 할 일이네. 자네 참견은 필요 없네."

"대장을 죽인 범인을 찾기가 쉽지 않을 텐데요. 저 같으면 지금 왕궁에 없는 사람을 조사하겠습니다."

녹나무관의 비밀 159

"범인이 누군지 훤히 알고 있다는 소리군. 지금 왕궁에 없다고? 왕궁에 있는 공범을 도와주려고 엉뚱한 곳을 뒤지라고 하다니."

"정말입니다. 틀림없이 범인은 왕궁을 빠져나갔습니다. 그러니 지금 왕궁에 없는 사람 중에 행적이 불분명한 사람을 조사해야 합니다. 몇 명 되지도 않을 것이고 시간도 얼마 걸리지 않을 텐데 뭘 망설이십니까?"

"범인이 왕궁을 벗어났다는 말은 엉터리 주장이야. 이미 나는 범인이 어디에 있는지는 알고 있네. 단지 누군지를 모를 뿐이지."

"그렇게 해서는 절대 범인을 잡을 수 없습니다. 제 말대로 하십시오."

"더 이상 듣기 싫네. 혹시 자네 공범이 찾아오거든, 올 리도 없겠지만, 내가 곧 잡아들인다고 조심하라고 하게."

역시 예상한 대로 수돌이에게서는 얻은 게 없었다. 다그쳐도 말을 하지 않으리란 것은 알았지만 사촌형을 거론했을 때도 태연히 대꾸한 것은 의외였다. 수돌이로 변장한 범인으로 가장 유력한 자가 드팀전의 주인이었고, 사촌형을 들먹이면 어떤 식으로든지 방어를 할 줄 알았는데 예상 밖의 반응이라서 실망이었다.

이제 수돌이는 잊고 사건에 좀 더 집중해야 했지만 뒤이은 여건은 그렇지 않았다. 칼은 일반병사들이 많이 차고 다니는

4. 남문대장의 죽음

단도였다. 날을 날카롭게 벼르지도 않았고 다른 칼과 구별될 만한 특징도 없었다. 칼을 단서로 해서 범인을 추적하려던 것도 거의 무산되고 말았다. 시체를 섬으로 돌려보내며 혹시라도 원한을 산 일이 있는지 물어봐 달라고 한 자신이 씁쓸했다.

사건에 집중하고 싶어도 어디서부터 파고들어야 할지 갈피를 잡을 수 없었다. 사방이 꽉 막힌 느낌이었다. 다롱이를 살해한 범인 중 하나는 붙잡았고 대강의 체격을 알고 있는 다른 범인은 한범이까지 죽였다. 하지만 어디서부터 그를 추격해야 할지 막막하기만 했다. 남문대장을 살해한 범인은 아직 아무 윤곽이 드러나지 않았고 역시 어디서 누구부터 수사를 시작해야 할지 확신이 서지 않았다.

이럴 때는 기다리는 것이 상책이라는 것을 진철은 알고 있었다. 하지만 그런 상태로 일을 끌고 가버린 자신에 대해 자책이 생기는 것은 어쩔 수 없었다. 그것이 마음을 아프게 했다. 행동할 수 없는 자신, 남의 행동에만 의지할 수밖에 없는 자신, 그런 자신이 싫어졌다. 혹시나 이렇게 기다리는 것마저도 섣부른 판단이라면? 진철은 생각하기를 포기했다.

5. 연이은 살인

진철은 살인 사건은 잊고 우가의 사리로서의 본래 임무에 매달렸다. 왕궁 밖에서 군사들이 훈련을 받고 있는 곳을 찾아가 양가 사리에게 진척 상황을 알아보고 진오도 만나보고 왔다. 감옥에 있는 부여대안을 찾아가 백제에 대해, 예상 행보에 대해 오랫동안 이야기를 나누었다. 그리고 임금님을 찾아가 중양절 이후 이미 모은 만 명에다 만 오천의 군사를 더 모아서 모두 오 만 명이 되도록 하고 또 왕궁 내의 군사를 훈련시키게 해달라고 졸라서 승낙을 얻었다.

해가 떠 있는 대부분의 시간을 훈련장으로 바뀐 빈터에서 보냈다. 온한을 모아 오전에 집중적으로 칼을 다루는 법을 가르쳤고 오후에는 배운 것을 자기 부하들에게 가르치게 했다. 다른 집안에도 사람을 한 명씩 보내달라고 해서 훈련을 도우도록 했다. 즈믄한은 오후에 가르쳤다. 군사들의 실력이 하루가 다르게 늘어갔다. 임금님과 김지, 부여무내와 샛별공주가 구경을 하고 갔다.

원화가 몸이 상하겠다며 쉬어가면서 하라고 애원했다. 계속 졸라대자 즈믄한을 가르치는 시간을 조금 줄여서 일찍 집으로 들어갔다. 무슨 수를 써서라도 가족을 지켜줄 테니 사내아이를 하나 더 얻고 싶다는 이야기도 했다. 원화는 자신이 백제의 딸이고 아버지 부여치랑이 정정하게 살아계시니 가족은 자기가 지킬 수 있다고 했다. 그러면서도 아이를 갖는 것에는 동의했다.

짝눈이 다녀갔다. 고마움의 표시로 마실 것을 두고 갔다. 훈련을 받던 군사 중 실력이 뛰어났던 열한이 남문대장에 임명됐다. 출운에서 그동안 만들었던 무기를 보내왔다. 좋은 것은 다섯 집안에 나눠주고 나머지는 왕궁과 밖에서 훈련을 받는 군사들 중 온한 이상에게 배부했다. 배를 만든 것을 확인해 보니 각록에서는 열두 척을 만들었다는 연락을 받았고 축자와 오명읍에서도 열다섯 척은 만들었을 거라고 했다. 근구수가 오백 척으로 쳐들어왔었는데 그 정도는 없는 것과 하등 다를 바가 없었다. 배를 만드는 것은 시간이 걸리니 어쩔 수 없지만, 백제가 언제 쳐들어올지 모르니 한 척이라도 빨리 만들어야 했다. 마음 쓴다고 될 일이 아니었으므로 일단은 지켜보기로 했다.

그렇게 시간을 보내는 사이 어느덧 시월 십오일이 되었다.

5. 연이은 살인

한가위는 간단하게 지냈다. 마음 편히 한가위를 즐길 수는 없었다. 모두들 말을 하지는 않았지만 마음속으로는 알고 있었다. 담로도를 떠난 배가 백제의 서울에 도착하고 백제 근초고왕이 바로 대군을 보냈으면 이제 그 군대가 도착할 때가 되어 간다는 것을. 그 시일이 내일, 모레라 해도 크게 놀랍지는 않았다. 그렇다고 거기에 너무 주눅 들 필요는 없었다. 배가 적으면 땅에서 싸우면 되고 제대로 구실은 못하겠지만 그래도 오만이라는 군사가 있으니 자신감도 붙어 있었다. 마음 편히 한가위를 즐기지는 못해도 그렇다고 잠시나마 먹고 떠들며 웃는, 긴장을 풀 기회를 놓치지는 않았다.

오후가 되어 거나함에서 깨어나 정신을 차렸을 때 진서가 돌아왔다. 알맞은 귀환이었다. 칠성이와 함께 부여무내를 감시하던 그는 구월 이십팔일 남문이 열리자마자 축자로 떠났었다. 진돌이와 수돌이의 지난 행적을 조사하는 게 목적이었다.

"고생 많았네. 잘 다녀왔는가?"

"고생은 뭔 고생. 재미있었네. 여기도 다 잘 지냈는가? 칠성이는 한 건 올렸는지 모르겠네."

"잘 있었네. 칠성이는 자네가 가고 난 뒤 얼마 지나지 않아 철수시켰다네. 부여무내는 조용했네. 아직까지도 별 탈이 없으니 괜히 헛고생만 시킨 것 아닌지 모르겠어. 자네에게도 미안할 따름이네."

"그렇게 지켜봤기 때문에 무사하다고 생각하고 잊어버리게. 빨리 잊어버리는 것이 도를 얻는 비결이라고 하더군."

"그리함세. 그래, 갔던 일은 어떻던가?"

"이번에 화국과 웅습국을 다녀왔네. 거기에서 아라의 위대함을 깨달을 수 있었다네. 화국이야 아라의 불을 상징하는 곳이 아닌가? 우리 아라는 불을 피워서 음식을 만들고 토기를 굽고 쇠를 두드렸지. 그래서 토기도 불꽃무늬가 들어간 것으로 만들었지 않은가? 화국이라니! 얼마나 아라다운 이름인가? 그곳의 팔대는 원주민이 야쓰시로라고 부르던 곳이더군. 제법 큰 도시가 유명해를 바라보고 있었지. 그곳의 한가운데에 진명 형님이 있었네. 왕궁과는 비교가 되지 않지만 꽤 큰 집이었네. 참, 배는 열다섯 척을 만들었다고 하더군. 아마 지금쯤 두 척은 더 만들었겠지."

"생각보다는 많이 만들었군. 역시 축자는 축자야. 각록보다 더 많이 만들겠는 걸. 부족하지만 그거라도 위안을 삼아야겠네."

"진명 형님과 즐거운 시간을 보내고 찾아간 목적을 말했네. 그러자 사람을 불러 물어보라고 했네. 잠시 후 안내인이 왔더군. 수돌이와 진돌이의 집은 그리 멀지 않은 곳에 있었네. 도시에서 조금 떨어진 외곽에 집이 스무 채가 안 되게 모여 있는 곳이던데 바닷가에 있더군. 둘 다 어머니가 살아 있었네. 진돌이 아버지는 배를 타고 나갔다 돌아오지 못했고 수돌이

5. 연이은 살인

아버지는 지난 전쟁 때 희생되고 말았다고 하더군. 그때는 마음 아파했지만 아들 이야기를 하자 화색이 돌았네. 아들들이 왕궁에 가 있다고 긍지가 대단했다네. 둘 다 잘 지낸다고 하니 기뻐하더군. 차마 그곳을 찾아간 목적은 이야기를 못하고 팔대에 다른 일이 있어서 왔는데 둘이 안부를 전하라고 해서 찾았다고 했네. 그러자 술술 이야기를 해주었지. 지금은 그 둘보다 내가 그들의 어린 시절에 대해 아는 게 더 많을 거야. 어릴 때부터 바다를 놀이터로 삼아 자랐고 여느 애들과 다를 바가 없었다네. 그냥 어부로 살아갈 인생이었던 거지. 그런데 그만 전쟁이 터지고 말았다네. 진돌이가 열여덟 살, 수돌이는 열일곱 살 때였지. 둘 다 전쟁터로 나갔는데 어머니들은 완전히 잃은 줄 알았다고 했네. 그런데 수돌이 아버지는 죽었지만 둘은 살아 돌아왔다네. 검은새라는 사람이 둘을 데리고 왔다고 했네."

"검은새라면 혹시 흑오를 말하는 것인가?"

"그렇다네. 처음에는 누군지 생각조차 못했는데 나중에 알아보니 그가 틀림없더군."

"아, 흑오가 왜에 와 있었다니. 나는 왜 그 생각을 못했을까?"

"흑오는 그 둘의 즈믄한이었네. 예전 요서의 바람돌이였을 때는 한창 피가 끓는 시절이었고 그때 실력으로 치자면 골한이 되어야 하지만 이미 서른일곱이나 되었으니 배려해 준 것이었네. 하지만 원숙한 그는 부하들 지휘를 잘해서 몇 명 잃지 않고 돌아올 수 있었다더군. 아무튼 어머니들 말로는 둘 다 그 검은새에게 배운다고 또 다시 집을 떠났다고 했네. 그리고 한 일 년 있다가 돌아와 왕궁으로 갔다고 하더군."

"일단 흑오는 두고 둘에 대해서 이야기해 보세. 그러니까 그 둘은 어린 시절 마음에 큰 상처를 남길만한 일은 겪지 않았다는 것 아닌가?"

"상처라면 진돌이가 아버지를 잃었으니 그게 상처가 될 수 있겠지. 하지만 이미 열다섯이나 되어 세상 물정을 알 나이에 그랬으니 그게 큰 상처가 되지는 않았을 걸세. 어릴 때부터 바다에 나가서 죽은 사람을 많이 봐왔을 터라 우리가 느끼는 만큼 충격이 크지 않을 수도 있네."

"그럼 전쟁에 대해서는 이야기를 하지 않았다던가? 자네나 나나 전쟁을 겪었으니 그게 얼마나 참혹하고 사람 목숨도 얼마나 쉽게 끊기는지 봐왔지 않는가? 그들도 그런 감정을 가졌을 텐데."

"그 부대는 다른 부대와 달리 희생자가 적었다고 하지만 그런 감정은 충분히 느낄 수 있었겠지. 하지만 그걸 어머니에게 말할 사내는 없네. 그건 가슴에 안고 가는 것이지 다른 사람에게 말하는 것은 아니지 않는가? 자네나 나나 마찬가지지."

"그렇다면 특별히 살인을 저지를만한 그런 계기는 없었다는 것이군. 그런데도 왜 그렇게 사람을 죽이고 다니는지 참

5. 연이은 살인

모를 노릇이야. 하긴 아직 범행이 완전히 밝혀진 것은 아니니 둘을 범인으로 지목하는 것은 맞지 않지만 그래도 현재로서는 가장 유력한 용의자이지. 그래서 자네가 축자까지 갔다 왔는데 동기가 될 만한 특별한 것은 없고 오히려 흑오와 연관이 지어지다니. 흑오에게 배웠다면 더더욱 죄 없는 목숨을 앗아가는 일은 하지 않을 터인데 정말 난감하군. 이제 다른 용의자를 찾아야 하는가? 어차피 그른 일이고 흑오에 대한 이야기나 해보게."

"처음에 검은새라고 할 때는 흑오가 떠오르지는 않았지. 하지만 몇 번 들으니 흑오가 생각이 나더군. 인상착의를 말해주니 그가 틀림없다고 하는 것이 아닌가? 어디 사느냐고 물으니 모른다고 하더군. 아들들이 따라갔다가 돌아왔을 뿐이니 모르는 것이 당연하겠더군. 그래서 다시 진명 형님을 찾아갔네. 형님은 알고 계시더군. 웅습국의 아구누마라는 곳으로 가라고 했네. 화국이 있던 팔대에서 바닷가를 따라 조금만 내려가면 위북이란 곳이 있네. 그 일대가 진정 임금님이 처음 다스린 위북국이 있던 자리지. 그리고 축자의 제일 남쪽에는 대우반도가 있고 그 서쪽으로 살마반도가 있네. 살마반도의 남쪽 끝부분은 마치 쇠스랑처럼 땅이 좁다랗게 이어지다 양쪽으로 뻗어서 나와 있다네. 그 한 끝은 대우반도로 향하고 있고 다른 끝은 바다를 향하고 있지. 그렇게 바다로 다시 튀어

나온 부분을 야간반도라고 하는데 원주민들은 누마반도라고 한다네. 그렇게 부르는 이유가 야간반도의 끝에 늪이 있기 때문인데 늪을 누마라고 하기 때문에 반도의 이름도 누마가 된 것이지. 원주민은 늪을 누마라고 부른다네. 그리고 야간반도를 따라 바닷가를 올라가면 살마반도의 북단에는 아구시가 있다네. 이 아구시의 아구와 야간반도 즉 누마반도의 누마를 합치면 아구누마이지. 바로 우리 아라가 축자에서 처음으로 신라라는 명칭을 쓴 곳이라네. 살마반도와 대우반도가 있는 축자의 제일 남쪽이라네."

"그럼, 자네는 그 남쪽까지 갔다 왔다는 것인가?"

"그렇다네. 그래서 이번 여행이 즐거웠네."

"전에 근구수가 쳐들어왔을 때는 자네랑 그곳을 그냥 스쳐지나갔었지. 그때 잠깐 듣기는 했지만 아직 가보지는 못했는데 아쉽군. 다음에 꼭 가봐야겠네."

"그리 하게. 이번에 가서 얼마나 재미있었는지 모르네. 그곳은 바로 용본왕이 생전에 세운 웅습국이 있던 곳이란 말이지. 웅습국을 새로 세운 나라라서 신라라고 부르다가 그게 나중에 축자 전체를 부르는 명칭이 되었지. 아무튼 웅습국에서는 용본왕을 아주 높여 부르더군. 원주민은 웅습을 쿠마소라고 부른다네. 쿠마는 힘이 세고 크다는 뜻을 가진 말로 뒷말과 연결해서 쓴다네. 우리 선조는 옛날부터 곰을 웅(雄)으로 적으면서 크다는 뜻으로 새겼다는 것을 자네도 알겠지. 다음은 소인데 그냥 우리말로 밭에서 일하는 소라는 말이네. 즉 웅습은 쿠마소로 읽고 큰 소라는 뜻이니 웅습국은 큰 소의 나라가 되는 것이지. 이것은 용본왕의 이름에서도 나타난다네. 그들은 돌아가신 임금님을 소나가시지, 우시기아리시지간기, 쓰누가아라시도 등으로 부르더군. 소나가시지에서 소는 앞서 이야기한 것처럼 그냥 소를 말하는 것이네. 다음의 글자 나는 라와 같은 의미라네. 신라가 새 나라이듯이 라는 나라를 나타낸다네. 그러니 소나는 소나라가 되는 것이지. 그래서 소나가시지는 소나라의 가시지라는 뜻이네. 다음은 우시기아리시지간기를 보겠네. 우시는 원주민들의 용어로 소라는 뜻이네. 그리고 기는 성을 뜻하는 말이라네. 큰 성을 쌓는 것은 나라가 할 일이니 우시기는 소의 성, 즉 소의 나라를 뜻한다네. 아리는 아라의 변음으로서 같은 말이고 간기는 왕을 가리키는 순 우리말이지. 그래서 우시기아리시지간기는 소의 나라, 아라의 시지왕이라는 뜻이네. 마지막으로 쓰누가아라시도를 보세. 쓰누가는 한자로 각록이라고 적는데 용본왕의 금관을 따서 지은 지명이지. 그래서 그곳을 기념하는 이름인 셈이네. 쓰누가아라시도는 이름 그대로 쓰누가의 아라의 시도를 말한다네. 세 이름을 비교해 보면 소나라나 쓰누가는 지역을 나타내는 말이고 왕의 이름으로는 가시지, 시지, 시도 등이 있는데 원주민들이 왕을 그렇게 부른 것이라네."

"그런데 왕의 이름을 그렇게 여러 가지로 부르면 어떡하는가? 더구나 이제는 돌아가셨으니 용본왕으로만 불러야지 다른 이름은 아니 되네."

"원주민이 그렇게 부른 것이니 그냥 넘어가게. 그렇게라도 기억하겠다는 것이 고마워서 나는 좋았다네. 그래서 웅습국을 좋아하게 됐다니까. 그들은 소와 관련된 임금님의 일화도 만들었다네. 처음 임금님이 나라에 있을 때 크고 누른 소에 쟁기를 지워서 밭을 갈러 가는데 갑자기 소를 잃어 버렸다네. 발자국을 따라 가보니 여러 사람이 모인 곳이 나타났는데 소가 그 안으로 들어간 거지. 그때 한 노인이 나타나 사람들이 소를 이미 잡아먹었는데 소 값으로 어떤 물건을 원하느냐고 하거든 재물은 싫다하고 제사지내는 신을 얻고 싶다고 하라는 것이었네. 노인의 말을 따라 했더니 흰 옥을 얻었다네. 항상 옆에 두었더니 옥이 처녀로 변했지. 임금님이 크게 기뻐하며 결혼했다네. 나중에 부인이 갑자기 사라졌다네. 어디로 갔느냐고 물으니 동쪽으로 갔다고 했다는 거야. 물론 이건 소나라를 얻은 것을 비유한 것이고 부인이 도망 간 것은 우리 아라가 백제에 나라를 빼앗긴 것을 나타내는 것이라고 하더군. 담로도는 동쪽에 있으니 말일세. 정말 재미있지 않은가? 임금님이 나라를 얻었다가 빼앗긴 것을 나중에도 기억하기 쉽게 이런 이야기를 만들다니 웅습은 정말 재미있는 곳이라네."

"자네 정말로 웅습에 푹 빠졌구먼. 하라는 흑오 이야기는 없고 온통 웅습만 늘어놓다니."

5. 연이은 살인

"잠깐만 있어보게. 조금 있다가 다 해주겠네. 이번 이야기가 정말 재미있는 것이란 말일세. 대신에 이번 이야기는 비밀로 해야 하네. 자칫하면 임금님께 누가 될 수도 있다네. 그들이 왜 김지 좌보를 좋아하게 됐는지 모르지만 이야기의 주인공이 임금님이 아니라 좌보라서 그렇다네. 비밀로 해야 하는 이유를 알겠지! 이 이야기는 좌보를 하늘의 해로 만든 무기를 가진 사람으로 비유했다네. 그래서 이름이 천일창(天日槍)이지. 이제 이야기를 해 보겠네. 신라에 늪 하나가 있어서 아구노마(阿具奴摩)라 하는데 원주민은 아구누마로 부른다네. 아까 웅습국에서 이야기했던 바로 그곳이지. 나라 이름이 신라로 바뀌었을 뿐이네. 그 늪 근처에 신분이 천한 여인이 낮잠을 자고 있었다네. 그때 무지개와 같은 햇빛이 그녀의 음부를 비추었지. 신분이 천한 남자가 이를 보고 여자의 동태를 살폈는데 이윽고 그 여인이 붉은 구슬을 낳았다네. 천한 남자가 애원해서 그 구슬을 받아내어 허리에 차고 다녔다네. 이 남자가 산골짜기에 밭이 있어서 인부들 먹일 음식을 한 마리 소에다 싣고 가다가 나라의 왕자인 천일창을 만났다네. 천일창이 음식을 소에 싣고 가는 것은 소를 잡아먹으려고 그런 것이라며 옥에 가두려고 하니까 남자가 차고 있던 구슬을 왕자에게 바치며 용서를 구했다네. 남자를 용서하고 옥을 곁에 두었더니 그 구슬이 아름다운 여인으로 변하는 것이 아닌가! 그녀와 혼인을 해 정실로 맞이했다네. 그녀는 맛있는 음식을 장만해 남편을 먹였지. 그런데 왕자가 아내를 나무라자 당신 아내가 되지 않겠다고 하고는 작은 배를 타고 난파(難波)로 가버렸다네. 난파는 원주민이 나니하라고 하는 곳으로 우치강이 대판만으로 흘러드는 하류에 있는 곳이라네. 이 이야기도 용본왕이 웅습국을 얻었다가 빼앗긴 것과 같은 맥락인데 일단 주인공이 김지 좌보로 바뀌었고 보물을 얻는 과정만 조금 달리한 거라네. 정말 재미있지 않나? 아무튼 이 이야기는 절대 임금님 귀에 들어가면 안 되니 입밖으로 내지 않도록 하게. 나야 자네니까 이야기하는 것이지 다른 사람에게는 입도 벙긋하지 않을 참이네."

"그래, 이야기가 재미있지만 다른 사람에게는 이야기하면 안 되겠군. 이제 본래 해야 할 이야기를 들려주게."

"하하, 미안하네. 이제 흑오 이야기를 함세. 흑오는 누마반도라는 명칭이 생기게 한 바로 그 늪 가까이에 살고 있었다네. 별이와 아들 꾀돌이와 함께 살고 있더군. 흑오와 별이를 본 게 우리가 다사성에 있을 때였으니 그게 십육 년 전이고 꾀돌이가 벌써 열여섯 살이 되었더군. 정말 세월은 빨리 흐른다 싶었네. 그때는 우리가 꼬마였는데 말일세. 이제 흑오도 사십둘, 별이는 서른여덟이 되었다네. 오랜만에 만나 많은 이야기를 나누었지. 이야기를 나누다 보니 꾀돌이를 왕궁에 데려와야겠다는 생각이 들었었네. 그걸 이야기하니 아직 가르치는 게 있어서 그게 끝나면 보내주겠다고 했네. 자네가 최고인 건

5. 연이은 살인

알지만 이제 슬슬 나이가 들어가고 있지 않은가? 아직 아이들은 나이가 어리니 꾀돌이가 있으면 좋을 걸세. 흑오에게 배웠다면 그 솜씨는 말하지 않아도 알겠고."

"꾀돌이만 부를 게 아니라 다음에 전부 오라고 해야겠네. 같이 옛이야기도 하면서 세월을 보내면 좋지 않겠나?"

"그 얘기도 했었는데 이제 흑오는 조용히 살고 싶다더군. 앞으로도 칼에 묻힌 피를 씻으며 살고 싶다고 했네. 그 말의 의미를 알기에 그렇게 하라고 했네."

"그렇다면 잘했네. 그런 뜻을 가졌다면 왕궁도 불편할 뿐이지. 내가 자주 보러 가야겠구먼."

"또 이야기가 다른 곳으로 흘렀네그려. 흑오에게 진돌이와 수돌이에 대해 물었네. 전쟁터를 다니면서 둘이 정말 요령 있게 싸우는 것이 마음에 들었다고 했네. 그래서 끝난 뒤 팔대에 찾아가서 양해를 구하고 누마에서 훈련을 시켰다고 하더군. 성격이 차분하고 집념이 강해서 가르치는 족족 배워나갔다고 했네. 이미 전쟁을 통해 실전 감각을 익혔으니 가르치는 이상으로 배울 수 있었을 걸세. 아무튼 대성을 하겠다 싶었는데 조금 배우다 떠나버렸다고 하더군. 그게 일 년이라고 하니까 아직 절반도 가르치지 못했다고 했네. 정말 칼을 쓰는 것은 오랜 숙련이 필요한 게 틀림없는 것 같아. 왕궁에서 벌어진 일을 이야기하니까 그 둘이 함부로 칼을 쓰지는 않을 거라고 하면서 곡절을 잘 살펴보라고 했네. 적어도 자기 손에서 떠날 때까지는 사람 됨됨이가 괜찮았었다고 하더군. 하지만 사람은 변할 수 있고, 어떨 때는 너무나 쉽게 변하기 때문에 자기도 장담할 수 없다며 주의를 기울이라고 했네. 끝말은 그렇게 했지만 전반적으로 그 둘을 신뢰하는 것 같았네. 말과는 달리 눈에는 걱정하는 빛이 가득했네. 자네도 그렇게 생각하겠지만 둘 다 무턱대고 살인을 할 사람은 아니네. 축자에서 돌아오면서 내린 결론이라네."

"그 결론이 맘에 들기도 하고 안 들기도 한다네. 진돌이나 수돌이가 흑오에게 배울 때의 마음가짐을 지금도 가지고 있다면 둘이 범인이 아닐 수도 있지. 마음에는 들지만 너무 섣부른 짐작이지. 만약 살인을 했다면 단순한 살인이 아니라 우리가 알지 못하는 내막으로 일을 처리했을 수도 있네. 아라를 위한다는 그런 명분이 깔려 있을 수도 있다는 거지. 이 역시 맘에 들지만 알 수는 없지. 맘에 들지 않는 것은 다시 다른 범인을 찾아야 하거나 살인의 진짜 동기를 알아내야 한다는 거네. 다른 범인을 찾는 것은 지금 불가능할 것 같고 또 수돌이가 저렇게 입을 봉하고 있으니 동기인들 어찌 알 수 있겠나? 맘에 들지 않는 부분일세."

"새로운 범인을 찾는 것은 어렵겠지. 그때도 겨우 밝혀낸 것이 그뿐인데 지금은 시간도 흘렀으니 포기하는 것이 낫다는 생각이 들 거네. 죽은 자들이 그렇게 목숨을 잃어야 될 만큼 무슨 잘못을 저지르고 있었다면 지금 그것을 알아내는 것도 쉬운 일이 아니네. 죽은 자의 입에서 그걸 알아내는 것은 불가능하고 산 자의 입에서 알아내야 하는데 처음에 알아본 바로는 그런 것들이 밝혀지지 않았으니 지금은 더 어려울 걸세. 수돌이가 입을 열지 않는다면 그냥 포기하는 것이 낫다는 생각이 드는군.”

"그렇다고 그렇게 쉽게 포기할 수는 없네. 시간이 지나다보면 엉뚱한 곳에서 실마리가 잡히기도 한다네. 그러니 좀 기다려 보세. 수돌이 이야기를 하니까 그가 한 말이 떠오르는군. 그 말을 들어야 할지, 그냥 묻어야 할지, 헷갈리기는 하지만.”

"그가 무슨 말을 했는가?”

"그는 남문대장을 죽인 자가 왕궁 안에 없으니 밖으로 나갔다가 돌아오지 않고 있는 사람을 찾으라고 하더군. 그 일도 보통 일이 아니거니와 수돌이 말을 믿어야 할지도 의심스러워서 그동안 무시하고 있었다네.”

"다른 방법이 없으면 그거라도 써 보세. 어쩌면 진짜 범인이 걸릴 수도 있지 않은가?”

진서의 권유에도 불구하고 진철은 선뜻 나서지 못했다. 그렇게 크게 일을 벌여서 건지는 게 없으면 너무 큰 부담이었다. 남문대장을 죽인 범인이 왕궁 안에 없다는 것을 믿기도 어려웠다. 진철은 남문을 지키는 군사 중의 누군가가 거짓말을 하고 있다고 믿고 있었고 그 거짓말이 들통나는 일이 일어나기를 내심 기대하고 있었다. 기다리면 될 일에 굳이 다른 일을 벌여서 초를 칠 필요는 없을 것이었다.

진서는 그렇게 생각하지 않았다. 축자에 다녀오면서 그는 수돌이를 나쁘게 보지 않았고 그의 말이 거짓이라고 생각하지도 않았다. 왕궁에서 벗어나 돌아오지 않고 있다면 이미 그가 죽었는데도 모르고 있거나, 백제의 세작이 되어 염탐을 하러 돌아다닐 수도 있다고 주장했다. 수돌이가 시키는 대로 해 보면 범인을 잡을 기회도 생기고 그렇지 않더라도 왕궁에 없는 사람에 대한 확실한 정보라도 얻게 될 거라며 자기와 칠성이가 하게 해달라고 졸랐다.

시월 십팔일이 되자 성화에 못 이겨 결국 군사를 덧붙여 조사하게 했다. 구월 이십칠일 이후로 지금까지 왕궁 밖으로 나간 사람 중 아직까지 돌아오지 않은 사람을 찾는 것이었다. 당초 생각한 것만큼 그렇게 일이 오래 걸리지는 않았다. 다음 날 오후에 다섯 명이 성을 떠나 있는 것이 확인되었다. 다섯 명의 군사에게 입고 간 옷과 인상착의 등을 알아본 후 그들이 떠나고자 한 행선지로 가서 행적을 확인하고 언제 돌아올 것인지 알아보라고 했다.

시월 이십일 다섯 명의 군사가 출발했다. 그 다음날 한 명이 돌아왔다. 자기가 가는 도중에 이미 대상자가 왕궁으로 돌아왔으며 틀림없음을 확인했다고 보고했다. 이십삼일 세 명의 군사가 돌아왔다. 한 명은 대상자를 직접 데리고 왔고 두 명

5. 연이은 살인

은 대상자가 행선지에 있는 게 맞고 며칠 더 있다가 돌아온다는 말을 했다고 보고했다.

나머지 한 명은 시월 이십오일 오전에 돌아왔다. 오시가 되어갈 무렵이었다. 그의 대상자는 열이레 아침 일찍 떠났는데 이레 후 돌아올 예정이었다. 걸어서 사흘거리에 있는 친척이 돌아가실 때가 다 됐다며 마지막으로 병문안이라도 다녀오겠다고 떠났다. 군사는 늦게 출발하게 되어 이십이일 밤이 되어서야 친척집이 있다는 마을에 도착했다. 그날은 밖에서 자고 다음날 친척을 찾았다. 그런데 자기는 아프지도 않고 하급군사도 이 년 전 자기가 왕궁에 들어갔을 때 보고 그 뒤로는 보지 못했다는 것이었다. 군사는 인근에서 계속 그를 본 사람이 있는지 탐문하다가 소득이 없어서 돌아왔다고 했다.

진철은 칠성이를 데리고 군사와 함께 대상자의 집으로 찾아갔다. 자그만 그 집은 남문과 드팀전의 중간에 있었는데 거기는 하급군사들과 원주민이 섞여 사는 곳이었다. 일행이 들어서자 부인이 맞아주었는데 어린 아들 둘을 데리고 살고 있었다. 그녀는 남편이 하급군사로 근무하고 있지만 착하고 거짓말을 하지 않는 성격이므로 잘못 알아본 것이라며 그럴 리가 없다고 부인했다. 군사가 나서서 친척집에 다녀온 것을 상세히 설명하자 도착하기 전에 무슨 불상사가 생겨 목숨을 잃은 것은 아닌지 걱정이 태산이었다. 그러던 중에 새로 임명된 남문대장이 들어섰다. 그는 훈련을 받을 때 아주 성실히 했기 때문에 인상이 남아있었다.

"자네가 여긴 어쩐 일인가?"

"나리를 만나러 왔습니다. 긴히 드릴 말씀이 있습니다."

"그래, 무슨 일인가?"

"오전에 남문에서 오가는 사람을 검문하고 있는데 구시읍에서 왔다는 한 젊은이가 길가에 사람이 죽어있는 걸 봤다며 저에게 조치를 하라고 했습니다. 당장 그와 같이 말을 타고 현장으로 갔습니다. 그곳은 말을 타고 이 각 정도 간 곳이었는데 길가의 숲속에 시체가 있었습니다. 다시 돌아와 젊은이를 보내고 어찌해야 하나 생각해 보니 마침 나리가 왕궁에서 나갔다가 돌아오지 않은 사람을 조사한다는 것이 생각이 나서 찾아왔습니다."

"그게 정말인가? 마침 잘 왔네. 그렇잖아도 이 집의 주인이 나간 지 여드레가 되었는데 행방이 묘연해 걱정하고 있던 참이라네. 같이 가 보세."

진철은 부인도 데리고 함께 그곳으로 갔다. 나라분지의 넓은 들판을 가로지르며 뻗어있는 길은 늪이나 숲을 만나면 돌아가도록 되어 있는데 그 숲은 꽤 넓어서 언덕을 오른쪽으로 조금 돌아서 나있었다. 길 오른쪽에는 숲의 몇 배나 되는 큰 동산이 있었는데 거기는 가팔라 올라가기 힘들어 보였다. 대신 왼쪽 언덕의 숲은 사람들이 그 그늘에서 많이 쉬어 가는지 조금만 들어가자 그루터기와 엉덩이를 붙일만한 돌, 굵은 나

5. 연이은 살인

뭇가지가 반질거렸다.

시체는 안으로 들어가서 언덕을 넘어선 동쪽 편의 큰 소나무 아래에 있었다. 얼굴은 겁에 질린 채 굳어 있었고 목에는 힘을 주어 손으로 누른 자국이 시퍼렇게 멍이 들어 있었다. 키 높이의 머리가 닿았던 소나무는 강한 몸부림에 껍질이 떨어져 나갔고 머리카락 몇 가락이 틈새에 엉켜 붙어 있었다. 사인은 목이 졸린 질식사였다. 힘이 좋은 살인자는 죽은 사람을 칼로 위협했는지는 모르겠지만 어쨌든 거기까지 데리고 온 다음 나무에 밀어붙이며 목을 조른 후 숨이 끊어지자 나무 밑에 둔 채로 돌아간 것이었다. 살인이 일어난 시간은 어제 미시 중반으로 보였다. 부인은 옷이랑 얼굴이 남편이 맞다며 한정 없이 눈물을 쏟았다.

"자, 잠시 눈물을 그치고 내 말을 들어보게. 저 사람이 남편이 확실한가?"

"예, 확실합니다."

"그렇다면 그는 집으로 돌아오고 있던 참이로군. 이레 만에 돌아온다고 했으니 날짜가 딱 맞아떨어지는구먼. 혹시 그가 다른 사람에게 원한을 살만한 일을 한 적이 있는가?"

"아뇨. 그이는 그런 사람이 아닙니다요. 하급군사로 있으면서 눈치 보고 사는 사람인데 다른 사람에게 해를 끼칠 일이 뭐 있겠습니까? 그는 착하고 다른 사람과의 관계도 원만한 사람이었습니다. 절대 그럴 일이 없습니다."

"남편이 그렇게 착하고 어진 사람이었다면 당연히 가족에게도 잘 대해 주었겠지. 남편은 책임감 있는 사람이었는가?"

"예. 그가 고생고생하면서 살아온 것이 모두 우리 가족을 위해서였지요. 그는 남이 보기에는 허접해 보일지 몰라도 가족에게만은 알뜰살뜰했습니다. 아들 둘이 자라는 걸 얼마나 흐뭇해했는지 나리는 모를 것입니다. 그는 가족을 위해 모든 걸 희생할 수 있는 사람이었습니다."

"자, 그럼 다시 묻겠네. 남편이 친척집에 가지 않은 것은 확실하게 밝혀졌네. 친척은 아프지도 않았고 남편을 본지도 이 년이나 됐다고 했네. 그것도 여기 왕궁에 찾아왔었다고 하더군. 자네도 이미 그 친척의 얼굴을 알고 있을 것이네. 그가 남편이 찾아오지 않았다고 했으니 남편은 말만 그렇게 하고 다른 곳으로 간 것이지. 자, 남편이 간 곳은 어디인가?"

"아, 이건 남편이 절대 알려서는 안 되는 비밀이라고 했는데. 아, 이걸 이야기해도 될지 모르겠네요. 하긴 이미 죽은 사람이니 그까짓 것이 무슨 소용이 있겠습니까? 말 못할 사연을 가슴에 안고 있었는데, 죽은 몸 맘이라도 편하게 하늘나라에 가게 해주는 것도 도리겠지요. 그는 나라에서 주는 돈으로 우리 식구가 넉넉지 않다는 걸 항상 고민했었습니다. 아이들은 커서 열 살 또 여덟 살이 됐는데 받는 것은 고만고만했지요. 그러다 그만 나쁜 사람의 꾐에 빠져들고 만 것입니다. 그는 남편에게 많은 돈을 약속했다고 합니다. 며칠 전에 다달이

5. 연이은 살인

받는 돈의 절반이나 들고 왔더군요. 제가 놀라서 어디서 나온 것이냐고 하니까 그 사람이 주었다고 하는 것이었습니다. 저는 남편이 나쁜 짓을 하게 될까봐 다시 돌려주라고 했습니다. 그러나 남편은 나쁜 일은 아니고 그냥 심부름만 하면 된다며 쓰라고 했지요. 제가 몇 번을 다그쳐도 걱정 말라고 하기에 저도 그 말에 따를 수밖에 없었습니다. 그걸 받아서 며칠 동안 잘 먹고 한 것이 그만 남편의 목숨 값이 되어 버렸네요. 그런데 남편 목숨이 그 돈밖에 안 되다니, 겨우 그 푼돈에 남편을 앗아가다니 이건 정말 너무 한 것 아닌가요, 나리?"

"그건 정말 안 된 일이네. 어찌 돈으로 목숨을 대신 하겠는가? 억만금을 주어도 목숨보다 가치 있는 것은 없다네. 사람이 너무 착해서 가족에게 도움이 되고자 한 것을 교묘히 이용한 놈이 나쁘지 당신 남편이 나쁜 것은 아니라네."

"하지만 돈이 원수가 아니겠습니까? 돈이 걱정이지 그보다 더한 걱정이 어디 있습니까?"

"사람들은 저마다 걱정이 있네. 이 세상에 걱정 없는 사람은 없고 걱정이 있는 것이야말로 살아있다는 증거라네. 나라고 어찌 걱정이 없겠는가? 단지 먹고사는 문제가 아닐 뿐이지. 물론 세상의 많은 사람에게는 먹고사는 것이 제일 큰 문제이지. 그러니 남편도 그렇게 꾐에 빠져 든 것이고. 자, 이제 남편의 행선지를 말해 보게."

"남편은 구시읍을 지나서 대판으로 간다고 했습니다. 거기

녹나무관의 비밀

가서 담로도에서 온 사람과 만날 예정이라고 하더군요. 그리고 내게는 자기의 행적이 밝혀지면 안 되니 친척집에 갔다고 하라는 것이었습니다. 남편이 떠난 후 저는 너무 걱정이 되어서 밤잠을 이룰 수가 없었습니다. 제발 무사히 살아만 돌아오게 해달라고 하늘에 빌고 또 빌었습니다. 그런데 이렇게 무참히 가버릴 줄 누가 알았겠습니까? 참으로 어이없는 죽음입니다."

"남편이 갈 때 무얼 들고 가지는 않았는가? 사람을 만나러 갈 때 준비해 간 것이 있는지 물어보는 것일세."

"아뇨. 그냥 옷가지와 먹을 것만 챙겨서 나갔습니다. 말만 전해주면 된다고 하더군요."

"이제 마지막일세. 남편을 꾐에 빠뜨린 그 사람은 누구인가?"

"그 사람이 누군지 알면 제가 먼저 달려가서 남편을 살려내라고 하고 싶습니다. 하지만 누군지는 모릅니다. 남편은 제가 알면 나중에 위험해진다며 모르는 게 상책이라고 했습니다. 정말 누군지 모릅니다."

"남편이 말은 하지 않았지만 그래도 대충이나마 짐작 가는 사람은 있을 것 아닌가?"

"짐작 가는 사람이라고요? 그런 사람이 음, 있지는 않습니다. 정말 누군지 모르겠습니다."

5. 연이은 살인

 언덕을 돌아가며 훑어봐도 더 이상 나오는 것이 없었다. 길가로 나오자 건너편 동산과 맞닿은 곳에 최근에 생긴 말 발자국이 여러 개 보였다. 고삐를 두를 수 있는 나무가 옆에 서 있었고 고삐를 맨 흔적도 보였다. 그냥 지나가던 길손이 잠시 쉬어 간 것인지, 말을 타고 온 자가 일을 저지를 동안 말을 매어둔 것인지 알 수는 없었지만 흔적은 엊그저께 생긴 게 분명했다. 나중에 차차 밝혀낼 수 있을 것이란 기대를 가지며 왕궁으로 돌아왔다. 부인은 집으로 돌려보낸 다음 남문의 막사로 들어갔다. 남문대장에게 물어볼 것이 있었다.

 "구시읍에서 왔다는 그 젊은이는 지금 어디 있는가? 처음 시체를 발견한 친구 말일세."

 "나리, 아까는 거짓말을 했습니다. 저는 부인이 있는 데서 그런 말을 해도 될지 분간이 가지 않아서 그랬습니다. 구시읍에서 왔다는 친구는 거짓이었습니다. 사실 저 혼자 알게 되었습니다."

 "그래? 그렇다면 어떻게 알았는지 말해 주게."

 "그게 참 묘한 일입니다. 제가 오전에 남문 경비를 잘 서고 있는지 두 번이나 확인한 다음 남문과 서문 사이의 성벽 아래에 손볼 곳은 없는지 확인하느라 넓은 길을 걸어갔습니다. 시장 옆을 걸어가고 있는데 시장에서 올라갈 수 있는 동산이 있지 않습니까? 남문과 서문 사이에 있는 동산 말입니다. 그 동산은 시장 옆으로 길게 뻗어 나와 성벽 앞에서 멈추지요. 그러니 제가 가던 길에서 동산으로 바로 올라갈 수 있다는 말입니다. 동산이 시작되는 그 지점에 이르렀는데 남문대장 하고 누가 부르는 것이 아니겠습니까? 어딘지 두리번거리는데 또 불렀습니다. 이번에는 확실했습니다. 동산을 조금 올라간 곳이었습니다. 그리로 올라가니 누가 나무 뒤에서 그 자리에 서라고 했습니다. 속으로 어이가 없었지만 어찌하는지 볼 요량으로 시키는 대로 했습니다. 그러자 아까 본 장소에 시체가 있으니 확인하라고 했습니다. 저는 어느 나무 뒤에 숨어서 말을 하는지 이곳저곳을 기웃거렸습니다. 그러다 말이 끊어졌는데 시장 쪽을 보니 누가 동산을 내려가고 있었습니다. 눈을 크게 뜨고 보니 드팀전 주인이었는데 금세 사라져 버려서 확실한지는 모르겠습니다. 뒷모습은 영판 그 사람처럼 보였습니다."

"자네가 드팀전 주인은 어떻게 아는가?"

"남문대장이 되면서 옷을 새로 맞춰야 했습니다. 그래서 그 집에 갔었습니다."

"음, 드팀전 주인이라니. 자네가 성벽을 따라 걸어갈 때 만난 사람은 있었는가?"

"없었습니다. 웬일로 낮인데도 조용했습니다. 제가 동산으로 올라갈 때도 아무도 없었지요. 그런데 제가 그쪽으로 갈 줄은 어떻게 알았는지 정말 꿈같은 일입니다. 참 묘한 일도 다 있네요."

5. 연이은 살인

"그래 그 뒤는 어떻게 했는가?"

"바로 돌아와 말을 끌고 현장에 갔다 왔습니다. 저 혼자 가지 않고 근무자 중 한 명을 데리고 갔습니다. 둘이 같이 가서 보았습니다."

"그럼 그 군사가 자네 말을 확인해 주겠군."

군사가 하는 말은 대장과 일치했다. 그는 대장이 성벽을 점검하러 간다고 근무자들에게 이야기하고 떠난 후 이 각 정도 지나서 헐레벌떡 달려와 자기를 지목하기에 함께 말을 타고 나가서 시체를 확인한 후 돌아왔다고 했다. 그 부분은 사실이 틀림없어 보였다.

칠성이와 함께 집으로 돌아온 진철은 고민에 휩싸였다. 남문대장이 한 말 중에 동산에 올라간 부분은 아무리 믿으려고 해도 믿을 수가 없었다. 그게 사실이라면 이건 확실히 진돌이가 일을 벌이고 그대로 두면 아무도 모를까봐 위치를 알려준 것이다. 자기가 저지르지 않았다면 시체가 있는 곳을 모를 테니 진돌이가 위치를 알려주었다면 그가 살인자인 것이다. 그런데 자기 범행을 다른 사람에게 알려줄 필요가 있을까? 살인에 대해 모를수록 자신이 안전한데 다른 사람에게 그걸 떠벌일 사람은 없었다.

그 말이 사실이라고 해도 문제가 있었다. 그 말만 믿고 진돌이를 잡아들였는데 완강히 부인한다면 그 말이 사실임을 어떻게 증명할 수 있는가? 오로지 진술은 남문대장의 말밖에 없다. 그 진술이 사실임을 확인해 줄 증언이나 증인이 없다면 진돌이를 가둘 증거가 없는 것이다. 반면 진돌이는 이미 만반의 준비를 해두었을 것이다. 저번 한범이 사건처럼 이번에도 일하는 사람들의 증언은 별 소용이 없을 게 뻔했다. 드팀전은 동산에 거의 붙어있는데 열심히 일하는 사람들이 눈치 채지 못하도록 잠깐 나갔다 오는 것이야 손바닥을 뒤집는 것과 같으리라.

남문대장이 동산에 오른 부분만 거짓말을 했을 수도 있다. 어떤 경로를 통해 이미 시체가 그 숲에 있는 걸 알고 있는데 동산에 올라가서 알아낸 것처럼 거짓말을 하는 것이다. 왜 거짓말을 해야 할까? 첫째는 진돌이를 모함하기 위한 것일 수 있다. 다른 사람에게 시체가 있는 곳을 알았는데도 진돌이에게 의혹을 돌리기 위해 거짓말을 할 가능성이 있다. 둘째는 진돌이와 짜고 사실을 거짓으로 만드는 것이다. 실제 진돌이한테 듣고 시체가 있는 곳을 알았는데도 허황된 이야기로 오히려 진돌이에게 의심이 가지 않게 하는 책략일 수 있다. 셋째로 가능성이 낮기는 하지만 남문대장이 직접 하급군사를 죽였을 수 있다. 그가 그 군사를 꾀었다면 돌아오는 시기도 정확히 알고 있었을 것이다. 하지만 변장의 능수가 아니면 부하들에게 들키지 않고 다녀오기란 거의 불가능할 것이다.

칠성이를 보내 남문대장이 어제 남문 밖으로 나간 적이 있는지 근무자에게 확인했는데 그런 일은 없다고 했다. 짐작한

대로였다. 이제 남문대장도 그 범주에 포함해서 하급군사에게 돈을 주면서 꾐에 빠뜨린 그 사람을 찾아야 했다. 그 사람은 동료이든지 상관이든지 아니면 다른 곳에서 일하는 사람일 수도 있다. 어쨌든 하급군사와 자주 만날 기회가 있는 사람이다. 그런 기회가 주어지지 않으면 하급군사를 설득하는 것은 불가능할 것이기 때문이다.

집으로 찾아가서 이야기를 나누었을 수도 있다. 너무나 잘 아는 사람이라서 부인이 눈치 채지 못했다면 그보다 더 자연스러운 일은 없을 것이었다. 그런데 부인은 정말 남편을 꾐에 빠뜨린 사람을 몰랐을까? 그녀가 아주 당당하게 대답을 했기 때문에 남편을 사주한 자가 누군지 모르는 것이 확실해 보였다. 그러나 그것도 거짓말이라면? 부인이 알고 있다면? 만약 그녀가 알고 있다면 그녀도 목숨이 위태로운 것이 아닌가?

진철은 허겁지겁 방문을 열고 나가면서 칠성이를 불렀다. 칠성이도 부랴부랴 입은 옷 그대로 나왔다. 다시 칼을 챙기고 급히 옷을 갖춰 입은 뒤 대문을 나섰다. 그때 짝눈이가 달려오는 것이 보였다. 그는 숨이 차 헐떡이면서도 사람이 죽었으니 빨리 가보자고 했다. 하급군사의 부인이었다. 이미 늦은 것을 알았지만 셋이서 숨이 목에 차도록 열심히 달려갔다. 그 와중에도 밀려오는 자책감을 떨쳐 버리려 애썼다.

집밖에서 기웃거리며 구경하던 사람들을 뒤로 물린 후 안으로 들어갔다. 부인은 본채의 부엌에서 변을 당했다. 부엌에는 아궁이가 두 개 있는데 가까이 붙어있어서 한 자리에 앉아서 불을 땔 수 있었다. 그러나 부엌방은 사람이 자지 않는지 아궁이가 싸늘했고 큰방의 아궁이는 그때까지도 따뜻하게 온기가 남아 있었다. 부엌방의 방문 왼쪽으로는 그릇을 놓아두는 살강이 있었고 그 왼쪽의 구석진 자리에는 땔감이 쌓여 있었다.

부인은 아궁이 앞에 앉은 채 고개를 앞으로 숙이고 죽어 있었다. 뒤통수의 얻어맞은 자리가 푹 꺼져 있었고 피를 흘렸지만 많은 양은 아니었다. 정확한 솜씨로 급소를 때려 단숨에 목숨을 앗았는데 충격에 목뼈가 부러져 있었다. 얼굴에 놀란 기색이 없고 몸이 굳어지지도 않았다. 그건 죽을 때까지도 무슨 일이 일어나는지 몰랐다는 증거였다. 남편을 잃고 멍하니 앉아 있다가 누가 왔는지도 모른 채 변을 당한 것이다.

아이들은 방에서 저녁을 먹고 있다가 무슨 소리가 나기에 나가 보니 누가 마당에서 담을 넘어가는 것을 봤는데 어스름이 내릴 때였으므로 누군지는 모르겠다고 했다. 엄마를 찾았는데 대답이 없기에 부엌에 들어가 보니 앉아 있었고 아무리 흔들어도 반응이 없어서 붙들고 울고 있는데 어른들이 와서 떼어놓았다고 했다. 아이들은 어려서 담을 넘어간 사람의 덩치가 얼마나 되는지 알지 못했다. 심지어 남자인지 여자인지도 구별 못했다. 그냥 자기들보다 큰 어른이라고만 대답할 뿐이었다.

5. 연이은 살인

　제일 먼저 부엌으로 들어온 사람은 옆집에 사는 군사였다. 그는 아이들이 우는 소리를 듣고 나왔다가 현장을 보고는 즉시 이웃 사람을 불러 아이들을 떼어놓고 아무도 현장에 들어가지 못하도록 조치했다. 그의 말로는 아이들이 손을 댄 것 외는 다른 출입은 없었다고 했다. 범인을 보지는 못했는데 자기가 지나갈 때는 골목에 아무도 없었다고 했다. 아이들은 일단 옆집에서 재우겠다고 했다.
　범인이 나와서 골목길을 안으로 들어가 다른 곳으로 빠져나갔다면, 어스름이 질 때였으므로 범인과 마주치지 않으면 집 안에서는 누가 지나갔는지 알 수 없을 것이었다. 모여 있던 사람들 중에는 골목에서 다른 사람과 마주친 사람이 없었다. 만약 가까운 시장으로 나갔다면 누가 봤을 수도 있었다. 트여 있는 공간이라서 멀리서라도 움직임을 알아챌 가능성이 있었다. 하지만 그 시각에 그 골목에서 시장으로 들어오는 것을 본 사람이 없었다.
　모여 있던 사람을 차례로 불러서 물어 봐도 대답은 별 다를 게 없었고 도움이 되지 않았다. 진돌이도 그 자리에 와 있었다. 그도 시장이 소란하기에 나왔다가 사건이 일어난 것을 보고 다른 사람들과 섞여 구경하고 있다고 했다. 모인 사람들의 심문이 끝나갈 무렵 의외로 남문대장이 들어섰다. 그는 드팀전의 주인을 감시하고자 시장에 와 있는 것이라고 했다. 드팀전의 주인을 계속 감시했는데 진돌이가 가게에서 나와 사람들이 모인 곳으로 가기에 자기도 따라왔다고 했다. 짝눈은 그 동안 열심히 일한 대가로 물부에서 잠시 시간을 내주어서 시장에 와서 저녁을 먹었다고 했다. 밥을 먹으면서 얼핏 건장한 사내가 골목에서 나오는 것을 봤지만 어두워서 그 사람이 누군지는 알아 볼 수 없었다. 아주 잠깐 드팀전 쪽으로 가는 것만 봤다. 밥을 다 먹을 때쯤 사람이 웅성거리기에 나가 보니 그 지경이 되어 있었다. 그래서 우가로 달려갔다고 했다. 자세히 캐물었지만 더는 아는 게 없었다.

심문이 끝나자 밤이 깊었기에 모두 돌아가게 했다. 하루 사이에 남편과 부인이 모두 저 세상으로 가버리고 아이들만 남다니 안타까운 일이었다. 진철은 다른 사건은 덮어두고라도 이 사건은 꼭 해결하고 싶었다. 일단은 짝눈이 범인이 움직이는 것을 봤으니 다행이었다. 짝눈이 드팀전을 이야기했을 때 반사적으로 진돌이가 떠올랐지만 내색하지는 않았다. 그러나 속에서는 또 그라는 아찔함이 있었다.

모든 사건은 점점 진돌이를 중심으로 일어나고 있었다. 남문대장이 죽었을 때 남문을 지키던 군사들 중 한 명이 범인이라고 생각했지만 오늘 두 사람의 죽음이 진돌이와 엮이고 보니 그것마저도 진돌이와 연관이 있는 것 아닌가 하는 생각이 들었다. 그러나 사건마다 진돌이가 범인이라고 잘라 말할 수 있는 명쾌함이 없었다. 대부분의 정황은 진돌이가 범인임을 보여주고 있었다. 특히 오늘 사건은 그랬다. 그러나 심증

5. 연이은 살인

은 있지만 물증은 없는 것이다. 그러니 그를 감옥에 가둘 수가 없었다.

그럼 내일은 어찌해야 할까? 일단 칠성이를 시켜서 진돌이를 감시하게 할 수 있다. 진서도 함께하라고 할 수 있다. 수돌이를 찾아가 네 말이 맞았다고 이야기해 줄 수 있다. 그러나 수돌이가 본래 한 말과는 달랐다. 수돌이는 왕궁에 없는 사람이 범인이라고 했다. 그럼 범인은 그 하급군사가 되어야 한다. 그가 남문대장을 죽이고 백제에 그걸 보고하고 온 것일까? 부인이 받은 돈은 그 대가일까? 그만한 일의 대가치고는 너무 적지만 한꺼번에 주면 부인이 놀랄까봐 나머지는 다른 곳에 숨겨둔 것일까?

하급군사가 남문대장을 죽였다면 그는 왜 죽임을 당했을까? 돈까지 주고 일을 시켰다면 그 일은 꼭 필요한 것이었다. 그리고 성공했다. 지금 남문대장을 죽인 범인을 찾는 것은 어느 사건보다 어려운 미궁에 빠져있다. 하급군사가 범인이라는 것을 알 방법도 없는데 무엇 때문에 이렇게 일찍 입을 봉했을까? 그렇다면 그가 남문대장을 죽이지 않은 것은 아닐까? 그는 그냥 백제에 정보를 전달해 준 심부름꾼에 불과했을 수도 있다. 그의 입을 봉해서 무엇을 얻었을까? 그는 친척집에 가지 않고 대판에 갔다 왔다. 그가 살아있다면 대판에 갖다 준 정보가 무엇인지 알려졌을까? 그 정보는 그렇게 중요했을까? 아니면 그가 자기에게 돈을 준 사람이 누군지 밝혀지는

녹나무관의 비밀

것이 두려웠을까?

그랬다. 이 일은 수돌이가 한 말과는 달랐다. 그 하급군사는 백제에 정보를 넘기는 사람이 누군지 알려질까 두려워하는 바로 그 사주자에게 목숨을 잃었다. 몇 푼의 돈에 목숨을 잃게 됐지만 그는 그렇게 큰 죄를 짓지 않았다. 죄는 바로 그 사주자에게 있다. 그 사주자를 찾아서 아이들에게 정의가 살아있음을 보여주어야 한다. 남편과 함께 부인까지 살해한 그 사주자를 찾아야 한다.

수돌이는 거짓말을 했다. 왕궁을 비운 자는 남문대장을 살해한 자가 아니었다. 물론 알아낸 것도 있다. 하급군사가 백제에 정보를 넘겼고 그걸 사주한 사람이 있다는 것을 알아냈다. 그건 아라로서는 큰 소득이다. 하지만 그게 다는 아니다. 소득은 소득이고 거짓말은 거짓말이다. 수돌이는 구월 열닷새에 옥에 갇혔다. 진철이 그를 찾아가 왕궁에 없는 자가 범인이라는 소리를 들은 것은 구월 스무이레였다. 하급군사는 시월 열이레에 왕궁을 나섰다. 수돌이는 하급군사가 언제 정보를 주러 갈 것인지 알 수 없었다. 따라서 수돌이는 정확한 사실을 이야기한 것이 아니다. 그건 거짓말이다. 수돌이의 거짓말은 누굴 위한 것이었을까?

수돌이가 한 말로 인해 득을 봤다고 생각되는 사람은 없다. 그럼 그로 인해 가장 해를 입은 사람은 누구일까? 그건 진돌이였다. 일단 오늘 두 사람의 살인 혐의가 추가되었다. 그는 가장 유력한 용의자이다. 그렇다면 수돌이는 왜 진돌이를 이런 처지로 몰아넣었을까? 수돌이가 진돌이를 배신할 리는 없다고 믿었다. 함께 자랐고 전쟁터를 같이 누볐고 한 사람에게 배운 다음 왕궁으로 왔다. 그러니 진돌이에게 해가 갈 일을 입 밖으로 내뱉는 일은 절대 하지 않을 것이다. 그런데 수돌이 말을 따라 왕궁에 없는 사람을 추적한 결과 하급군사가 죽고 용의자는 진돌이가 되었다. 수돌이는 진돌이를 배신하고 감옥에 잡아넣으려 했을까? 무엇이 수돌이와 진돌이를 갈라놓았을까?

수돌이가 진돌이를 배신하지 않았다면 왜 이렇게 일을 몰고 갔을까? 이건 자신을 속이기 위해 둘에서 친 거대한 책략일까? 진돌이에게 대부분의 혐의가 몰려 있지만 그건 하나의 연극일 뿐일까? 이 수면 아래 눈에 보이지 않는 뭔가가 있는데 나중에 둘은 사라지고 엉뚱한 사람이 나타나 범인이 되는 것은 아닐까?

진돌이에 대해서는 무엇이든 확실한 것이 없었다. 누구에게나 걱정이 있다. 지금 진철에게는 진돌이가 가장 큰 걱정이었다. 그를 둘러싼 안개 속에 가려진 사실들. 그것이 어떤 식으로 흘러갈지, 어떤 결말로 항해를 할지 알 수 없었다. 그런 걱정은 점차 분노가 되어 갔다. 자기 자신이 어떤 영향력도 행사할 수 없다는 것에 화가 치솟아 올랐다. 또 진돌이의 그런 행동이 새롭게 다시 선 나라, 아라의 권위를 무너뜨리고 있다는 사실도 마찬가지였다. 아무 일도 없었다면 그 분노는 진철을 온통 살인 사건에만 매달리게 했을 터였다. 그러나 그는 아쉬운 마음으로 진서와 칠성이에게 진돌이를 감시하라고 할 수밖에 없었다.

시월 이십육일의 아침은 비와 함께 시작되었다. 오랜만에 내리는 겨울비는 밭에 심어 놓은 보리나 밀이 잘 자라도록 충분한 습기를 보태줄 것이다. 겨울에 이렇게 간간히 비를 뿌려준다면 가을의 풍성한 수확만큼이나 내년 봄에도 좋은 시절이 돌아올 수 있다. 채소들도 잘 자라서 사람들이 건강하게 겨울을 날 수 있게 해줄 것이고 어쩌면 비대신 그 귀한 눈이라도 내려 사람들이 환호를 지르게 할 수 있다.

진철은 생각이 꼬리에 꼬리를 물어서 늦게야 잠이 들었지만 항상 눈을 뜨는 그 시각에 잠에서 깨어났다. 새벽에 빗소리를 들으니 몸은 나른했지만 기분은 좋았다. 눈을 감은 채 빗소리를 들으며 잠시나마 행복한 상상을 했다. 비가 오니 오늘은 훈련을 할 수 없어 군사들의 막사에는 잔치가 벌어질 것이다. 나라분지의 곳곳에 주둔해 있는 병사들은 비가 달갑지 않을 수도 있다. 중양절이 지나고 바로 도착한 만 오천 명은 이곳에서 생활한 지 오래 되어서 아무 걱정이 없었지만 뒤늦게 도착한 이만 명 중에는 빗물이 흐를 도랑도 제대로 파놓지 않은 군사가 있을 것이다. 바닥에 스며든 빗물에 놀라 잠

5. 연이은 살인

을 깼을 병사가 가련하게 느껴졌다.

그래도 오늘은 좋은 날이다. 그동안의 고된 훈련으로 피로가 쌓일 대로 쌓인 몸을 푹 쉬게 하는 하루가 될 것이다. 훈련도 좋지만 몸이란 그렇게 한 번씩 쉬어주지 않으면 고장이 나기 마련이다. 쉴 때는 푹 쉬는 것이 좋다. 이렇게 겨울비가 오니 막사에서 빈둥거리는 것 말고는 할 일이 없다는 것이 몸에는 더 좋은 보약이다.

진철도 오랜만에 내리는 비를 바라보며 감상에 젖고 싶었다. 창문을 열고 바깥을 쳐다보았다. 아무도 얼씬거리지 않는 마당 한가운데는 잘 다듬어진 댓 그루의 소나무가 푸름을 자랑하고 있었다. 그 밑의 들쭉날쭉한 바위들도 자기 목소리를 힘차게 내고 있었고 꽃이 지고 말라버린 여러 종류의 꽃대와 잎사귀가 아직은 한 자리를 차지해도 되는 것처럼 버티고 있었다.

오른쪽에는 하인들이 자는 방과 창고가 이어져 있는 기다란 건물이 본채의 처마에서 벗어난 곳에 비껴서 지어져 있었다. 그 건물이 끝나는 곳을 돌아서 담장이 대문채와 연결되어 있고 대문채의 양쪽 담장 밑에는 반 아름이 되어가는 벚나무들이 잎이 떨어진 앙상한 가지에 물방울을 맺으며 운치를 더하고 있었다. 마당 왼쪽에도 기다란 건물이 있고 본채 뒤쪽에 안채와 함께 별채도 두 동이 지어져 있다.

담장 너머는 골목길이 있다. 동에서 서로 난 해길을 따라 임금님의 집무실을 비롯해 대부분의 집들이 서향으로 지어졌다. 구획된 집터 위에 어느 방향이나 집을 지을 수 있고 남향으로 짓는 것이 북풍을 막아 주어서 더 따뜻하게 생활할 수 있지만 사람들은 약속이라도 한 듯이 모두 서향으로 집을 지었다. 동산이나 성벽 옆의 몇 집만 남향이었다. 진철의 집도 서향으로 지어졌는데 해길과 큰용길이 만나는 구획의 왼쪽 편 앞쪽에 있었다. 즉 집은 해길가에 지어졌으며 서문을 바라보고 있고 집 앞에는 골목길이 있어서 안쪽 구역으로 계속 이어져 있었다.

진철은 본채의 오른쪽 방에서 생활했다. 그 방은 비록 북풍이 몰아치기는 하지만 그 북풍이야말로 그의 정신을 일깨워 주었고 새벽이면 일어나 칼을 휘두르게 하는 원동력이었다. 진철은 그런 서늘함이 좋았다. 그래서 겨울비가 내리는 쌀쌀함 속에서도 방문을 열어놓고 비를 감상할 수 있었다.

어느덧 어둠이 물러가고 서서히 사물이 눈에 보이기 시작했다. 비는 내리지만 빗소리도 서서히 멀어졌다. 벌써 감상이 다한 모양이었다. 나이가 든 탓이라고 생각하며 창문을 닫으려고 몸을 일으키는데 벚나무 둥치에서 뭔가 이상한 것이 시선을 끌었다. 그것은 거기에 어울리지 않는 것이었다. 그건 쇠붙이였다. 그 뾰족한 끝은 빗속에서도 시퍼렇게 날이 서 있었다. 그리고 그건 점점 더 커지고 있었다. 그것도 아주 빠른 속도였다.

5. 연이은 살인

진철은 배를 힘을 주는 동시에 있는 힘껏 허리를 뒤로 젖혔다. 몸이 거의 직각으로 뒤로 젖혀졌다고 생각될 때 화살이 윙윙 울면서 아슬아슬하게 얼굴 위를 지나갔다. 즉시 오른팔을 뻗어 바닥을 찾으며 왼쪽 다리와 팔을 들어서 몸을 오른쪽으로 비틀었다. 그 사이에 다시 화살 한 대가 찰나 전에 진철의 몸이 있던 공간을 찢으며 지나갔다. 오른손으로 바닥을 짚고 힘을 주며 치켜든 왼팔을 틀어지는 몸과 함께 공중으로 치켜 올렸다. 얼굴 아래서 화살이 우는 소리가 들렸다. 탄력을 더하도록 먼저 치고나간 왼발을 쭉 뻗으며 오른쪽 다리도 공중으로 뻗어 올렸다. 다리 사이를 관통한 화살이 등 뒤를 지나갔다. 공중에 뜬 몸과 왼쪽 다리를 벽이 막아주는 안전한 곳으로 내리며 마지막으로 남은 오른쪽 다리를 접어서 당겼다. 이제 안심이라고 생각하는 그 순간 허벅지가 화끈했다.

화살이 벽에 꽂히는 소리를 듣고 칠성이가 방으로 뛰어왔다. 다른 하인들도 밖으로 나왔다. 하지만 그때는 이미 담장 아래가 고요했다. 화살을 날린 장본인은 벌써 담을 넘어 사라져 버렸고 담장과 벚나무 사이에 몸을 웅크리고 숨었던 흔적만 남아 있었다. 발자국이 커서 체격이 우람한 남자로 생각되었다.

하지만 진철은 그런 것을 나중에 알게 되었다. 화살은 뒤쪽 허벅지에 맞았는데 큰 핏줄이나 뼈를 상하지는 않았고 근육을 찢고 지나갔다. 그나마 다행이었다. 하지만 독을 뽑아내는 데도 시간이 걸리고 찢어진 근육이 다시 붙어서 제 역할을 하려면 얼마나 오래 걸릴지 몰랐다. 당분간은 방에 누워 있을 수밖에 없었다. 범행자를 찾으려고 칠성이와 진서가 눈에 불을 켜고 다녔지만 어디로 갔는지 행방이 묘연했다. 하루 종일 헤매다 돌아온 둘은 말은 않지만 진돌이를 의심하는 것 같았다. 달리 의심할 만한 사람이 없었다. 진돌이에게는 역시 그렇게 될 수밖에 없는, 항상 용의자가 될 수밖에 없는 뭔가가 있는 것 같았다. 하지 말라고 해도 듣지 않을 것이므로 진철은 애써 웃으며 진돌이를 잘 감시하라고 했다.

6. 백제대왕의 침입

　십일월이 되자 백제 군사들이 육지를 기웃거리기 시작했다. 십일월 이일 백제는 서너 척의 군선으로 대판만의 야마토강 하류에 병사들을 상륙시켜 어민 백오십여 명을 붙잡아갔다. 저번 전쟁에도 그런 일 없이 평온하게 어업으로 생계를 유지했던 그들은 아닌 밤중에 홍두깨 격이 되고 말았다. 그 소식은 삼일이 지나서야 왕궁에 도착했다. 사람들은 백제의 의도를 놓고 설왕설래했다. 어떤 사람은 일손이 필요해서 잡아간 것이라고 했고 어떤 사람은 야마토강 하류에서 뭔가 일을 꾸미기 위해서라고 했다. 아라가 어떻게 해야 할지에 대해서도 의견이 갈렸다. 지켜보자는 쪽과 당장 군대를 파견해야 한다는 쪽이었다.
　진철은 진성을 시켜 김지 좌보를 찾아가게 했다. 직접 가고 싶었지만 그럴 수가 없었다. 이제 사건이 일어난 지 여드레나 되어 독은 다 빠지고 근육도 붙은 느낌이 들었지만 원화가 자리에서 일어나 앉지도 못하게 했다. 왕궁의 의원이 한 달은 지나서 앉아야 된다고 이야기한 까닭이다. 진철도 근육이 그렇게 쉽게 붙고 회복이 되지는 않는다는 걸 알고 있었다. 하지만 계속 누워만 있자니 너무 힘들었다. 원화는 지금이 겨울이라서 다행이지 여름이면 어쩔 뻔했냐면서 그냥 참으라고 했다.

  진철은 백제가 저지른 일을 듣고 빨리 군사를 보내야 한다고 생각했다. 아라가 선 지 얼마 되지 않았는데 이럴 때 백성의 목숨을 보호한다는 것을 확실히 보여줘야 했다. 아무런 조치를 취하지 않고 있으면 백성들은 나라를 원망할 테고 그런 분위기가 확산되면 군사들도 나라를 위해 싸우려 들지 않을 것이다. 그건 백제 대군이 쳐들어올 때 전혀 도움이 되지 않는다. 그는 진성을 시켜 빨리 군사를 보내라고 권했다. 나라 분지의 군사 중 훈련 성적이 좋은 부대를 이삼천 명이라도 보내면 백제가 얼씬대지는 못할 것이었다.

  다음날 군사들이 출발했다. 하지만 그 군사들이 도착하기도 전에 일이 또 벌어졌다. 십일월 삼일 다시 백제가 와서 저번과 똑 같은 구역에 남아있던 사람 삼사십 명을 잡아갔다는 연락이 왔다. 앞서 잡아간 사람이 많아서 인원은 많지 않았지만 야마토강 하류의 양쪽은 아예 사람이 없어져 버렸다. 간신히 몸을 피한 몇 명은 그곳을 떠나려고 했다. 군사들이 강 양

6. 백제대왕의 침입

쪽에 자리를 잡고 방어에 들어가자 그들도 안심하고 남아서 생업을 재개할 수 있었다.

이제 사람들은 백제가 그 하류에 뭔가 준비하고 있다는 말을 믿기 시작했다. 일손이 필요하면 다른 곳에도 사람이 많이 있는데 굳이 다녀간 장소에 되돌아올 이유가 없었다. 설마 그렇게 하지는 않겠지만 만약 침류가 담로도에 있는 군사를 모두 이끌고 와서 야마토강 일대를 침범하면 어떻게 백성을 지킬 것인가 하는 문제가 대두됐다. 이미 두 번이나 그렇게 했는데 한 번 더 하는 것은 쉽게 짐작되는 일이었다. 곧 백제대군이 쳐들어올 것이라는 말이 떠돌았다. 백제가 그곳에 배를 대기 위해 미리 방해가 되는 주민을 없앴다는 것이었다. 대군이 몰려왔을 때 주민이 얼마나 방해가 되는지는 모르겠지만 그 말은 많은 사람들에게 설득력이 있었다. 당장 백제대군이 야마토강에 상륙할 것에 대비해야 했다.

십일월 칠일의 날이 밝자 진성이 찾아왔다. 임금님이 다섯 집안의 사리를 전부 불러 모았는데 자기가 대신 갈 테니 전하고 싶은 말이 있느냐고 했다. 진철은 침류가 군사를 모두 이끌고 오지는 않을 테니 군사는 이미 보낸 것으로 충분한 만큼 훈련에 매진하라는 말을 전하라고 했다. 그리고 백제가 그렇게 하는 것은 곧 백제 대군이 도착하면 승기를 잡기 위한 심리전이니 거기에 휘둘리지 말고 평소대로 전쟁 준비를 착실히 하면 된다. 그래도 염려스러우면 비파호의 오명읍에서 만든 배를 두 척 정도 우치강을 타고 내려와 야마토강의 하류에 대기시키면 된다. 바다에 나가서 백제 군사가 오는지 확인할 수 있다. 그러면 방어할 시간을 벌 수 있고 배에 군사까지 있으니 함부로 못할 것이라고 전하게 했다.

다음날이 되자 이틀 전 백제가 다시 우치강 하류에 상륙해 사람들을 잡아갔다는 연락이 왔다. 이미 두 번이나 그런 일이 있었던 터라 사람들이 준비를 하고 있어서 인원은 얼마 되지 않았다고 했다. 오명읍에 사람을 보내 빨리 배를 띄우라고 했고 군사 이천 명을 보내 그곳도 방어하게 했다. 배는 야마토강과 우치강 하류에 한 척씩 대기하게 했다. 그 사이 백제가 또 일을 저지르면 어쩔 수 없겠지만 그 후로는 잠잠했다.

이제 백제 대군이 오면 과연 어디에 배를 댈 것인지에 관심이 쏠렸다. 처음에는 야마토강이었지만 우치강에도 상륙할 수 있었다. 양쪽 강에 다 상륙할 수 있다는 주장도 있었다. 하지만 양쪽 다 상륙하는 것은 백제가 선택하지 않을 것이라는 견해가 많았다. 한쪽을 먼저 제압하고 나머지를 제압하면 적은 군사로도 방어가 가능하기 때문에 백제가 선택할 리가 없기 때문이다. 오히려 그렇게 해주면 아라로서는 고마운 일이었다. 양쪽 다 상륙하는 견해는 사라졌지만 어느 강인지를 놓고는 의견이 팽팽하게 맞섰다.

임금님은 백제대군이 아직 오지도 않았는데 사람들이 너무 성급해 한다며 차분하게 대응할 것을 주문했다. 어느 강에

6. 백제대왕의 침입

상륙하든 대응할 수 있도록 준비하는 것이 중요하지 강 자체가 큰 의미가 있는 것은 아니었다. 어차피 배가 모자라 바다에 나가서 싸울 형편은 되지 않으니 어디에 상륙하든 육지에서 싸우면 되고 중간에 병력을 배치해 상륙하는 쪽으로 이동시켜도 될 일이었다. 임금님은 그 문제를 가지고 자꾸 논쟁을 하는 것은 백제에 도움만 될 뿐이라며 자제하도록 당부했다.

논쟁으로 편이 갈리는 것도 큰일이지만 진짜 걱정은 사람들의 불안감이었다. 의견이 분분해지는 것은 모두 마음에 걱정이 앞서기 때문이다. 백제대군이 와도 싸워서 이길 자신이 있으면 그까짓 것이 뭐라고 하고 말 텐데 저번 전쟁의 후유증인지 모두 속으로 전쟁에 대한 두려움을 갖고 있는 것이다. 싸워보지도 않고 질 것을 걱정하는 것만큼 전쟁에서 나쁜 것은 없다. 일당백의 정신으로 사기가 충천해 있어야 전쟁에서 승리할 수 있는 것이다. 빨리 사기를 올려야 했다.

임금님이 지금은 군사들의 훈련이 중요하니 거기에 집중하라고 명령했다. 배가 이미 육십 척은 만들어졌으니 조금만 더 있으면 바다에서도 백제에 맞설 수 있을 것이다. 그 이전에 이미 우리는 오만의 군대를 가지고 있으니 적군이 상륙하면 방어 태세를 갖추기 전에 제압해 버리면 된다. 한반도에서 나는 쇠보다 더 좋은 출운의 쇠로 무기를 만들었으니 무기도 우리가 강하다. 그러니 두려워하지 말고 싸울 준비를 하라. 나중에 군사를 어디에 배치해서 적을 상대할 것인가는 직접 결

녹나무관의 비밀   205

정할 테니 지금은 훈련에 모든 신경을 쏟아라. 임금님이 그렇게 명을 내리자 사람들의 들뜬 분위기가 가라앉고 서서히 자신감을 회복하게 되었다.

사건이 일어난 지 보름이 되는 십일월 십일일 진철은 기어코 상반신을 일으켰다. 누워있는 것에 신물이 나기도 했지만 상황도 상황인지라 빨리 몸을 가다듬어야 했다. 의원은 한 달이라고 했지만 그동안 누워서 조금씩 움직여 본 바로는 괜찮았다. 근육이 다시 터지지만 않으면 조금씩 움직여 주는 것이 나았다. 앉은 자세로 일 각 정도 있으니 통증이 심해서 다시 누웠다. 그렇게 앉았다가 누웠다가를 반복했다. 점점 버티는 시간이 늘었다. 내일이면 제대로 앉을 수 있을 것 같고 모레면 일어서는 것도 큰 문제가 아닐 것 같았다. 일어서서 며칠이면 천천히 걸어갈 수 있을 것이다.

진철이 앉는다는 소리를 듣고 진서가 찾아왔다. 칠성이도 따라 들어왔다.

"아니, 벌써 이렇게 몸을 움직여도 되는가?"

"처음에는 힘들었지만 이제 제법 앉아 있을 수 있네. 근육이 터지지만 않으면 되는데 아직까지는 괜찮네. 그런데 어쩐 일인가? 지금 둘 다 오면 진돌이는 어떻게 하는가?"

"아, 안 그래도 그 이야기를 하러 왔네. 진돌이는 우리 나름대로 적의하게 감시를 하고 있지만 밤낮없이 감시하지는 않

6. 백제대왕의 침입

았다네. 이제껏 감시해 본 바로는 이렇다 할 움직임이 아예 없었네. 그래서 우리끼리 그 마저도 그만두어야 할까 고민 중이라네. 또 지금 백제와의 전쟁에 힘을 쏟아야 하니, 억울하게 죽은 영혼에는 미안한 일이지만 계속 그러고 있을 형편이 되지 않았네. 우선 급한 일부터 해야 하지 않겠나?"

"그 말도 맞는 말이지만 감시를 그만둔다니 아쉽군."

"뭘 그리 아쉬울 것도 없다네. 애초에 자네를 해하려고 한 것은 진돌이가 아니었으니 말일세."

"그게 무슨 말인가? 자네 둘이 처음에 진돌이를 의심하지 않았는가?"

"처음에는 우리도 그렇게 의심을 했다네. 벌어지는 사건마다 항상 용의자로 지목이 되니까 이번에도 우선적으로 진돌이부터 떠오르더군. 하지만 그는 범인이 아니라네. 그날 비가 오다 보니 벚나무 아래에 발자국이 남았네. 그런데 그 발자국 크기가 진돌이 것보다 가운뎃손가락 한 마디 정도는 더 컸다네. 그 시간에 집에 있었는지 확인하러 가서 신발 크기도 재봤다네. 일단 자네를 해하려 한 것은 진돌이가 아니라네. 진돌이보다 발이 크니 키도 클 것이고 발자국이 눌린 자국으로 봐서는 덩치도 좋지 않을까 생각한다네. 그런 사람이 많아서 탈이지만."

"혹시 발이 작은 사람이 큰 신발을 신고 왔을 수도 있지 않은가?"

"그럴 수도 있지만 그건 아니었네. 힘이 실린 것을 보면 알 수 있지 않는가! 여러 개의 발자국이 있었는데 자국마다 힘이 실린 것이 또렷했다네. 그래서 자기 신발을 신었다는 걸 알 수 있었지."

"그렇군. 그건 언제 알았는가?"

"발자국은 그날 바로 조사했지만 진돌이를 찾아 간 것은 다음날이라네. 자네에게 알리면 회복에 방해가 될까봐 일부러 이야기하지 않았네."

"그래도 그건 너무 서운한 처사로군."

"그럴 줄 알고 좋은 소식도 갖고 왔네. 좋은 소식인지 나쁜 소식인지 모르지만. 대문을 나서서 오른쪽을 보면 골목이 계속 이어져 북문 인근으로 연결이 되지. 거기서 오른쪽으로 자네 집과 나란히 자네 동생의 집이 있고 그 옆으로 우가의 집안사람 집들이 이어져 있지. 왼쪽은 물부와 토물부의 집들이 이어져 있는데 그쪽은 집터가 조금 낮아서 골목에서 내려갈 때는 돌로 만든 층층대를 서너 개 밟고 내려가도록 되어 있지 않은가? 그런데 동산 쪽으로 골목을 조금 들어가서 우가가 살고 있는 집의 어린 여자 하인이 처마 끝에서 서문을 바라보고 있는데 웬 덩치가 큰 사람이 빗속을 뛰어오는 것을 봤다네. 그래서 어디로 가는 사람일까 생각했는데 집 앞을 지나고 대문채에 잠깐 가렸다가 다시 보였는데 거기서 똑바로 가지 않고 아래 골목길로 층층대를 내려갔다는군. 시간을 보니 자네

6. 백제대왕의 침입

가 당한 것과 맞아 떨어졌다네."

"그래도 본 사람이 있다니 다행이로군."

"그 길을 따라 내려가 보니 물부와 토물부가 구분되는 곳이더군. 샛길을 지나면 다시 골목이 있고 그 아래는 집도 있지만 물부와 토물부의 창고가 많이 있는 곳이고 그 다음은 작은 용길이 있지. 물론 그 아래는 곡물부와 잡물부가 자리를 잡고 있고. 일단 그 여자 하인이 본 것까지는 확실하다네. 어린 아이가 거짓말을 할 리도 없지 않은가? 그런데 그 이후로는 행방이 묘연하다네. 아무도 본 사람이 없네. 물론 새벽의 이른 시간이라 방에서 나온 사람이 드물기는 할 테지만 통 없지는 않을 텐데 더 이상 추적을 할 수 없었네."

"그럼, 우리 우가의 내부 소행일 수도 있겠군."

"아니, 무슨 그런 소리를 하는가? 우가에서 어느 누가 감히 집안의 제일가는 사리를 해할 생각을 한단 말인가? 그건 당치도 않은 말이네. 그곳에서 다시 샛길로 해서 북문 쪽으로 갔거나 아니면 해길로 빠져나갔을 것이네. 괜히 죄 없는 우가사람을 들먹이지 말게."

"그건 그렇게 역정을 낼 일은 아니네. 거기서 사라졌으니 인근에 있는 사람일 수도 있지 않은가? 조금 더 알아봐야 하겠지만."

"우리가 모두 알아봤다네. 하지만 모두 자기 일을 하고 있었거나 방에서 색시와 있었다네. 그건 확실하네."

"덩치 이야기가 나와서 하는 말인데 짝눈이가 생각나는군."

"안 그래도 그 말이 나올 줄 알았네. 하지만 그는 새벽에 일찍 일어나서 불을 피우고 풀무를 돌려야 한다네. 그게 그의 일이지. 쇠돌이들이 일을 시작하려면 센 불이 있어야 하지 않겠나? 짝눈이는 여섯 개의 불가마를 보고 있더군. 새벽부터 일어나서 그 여섯 개의 가마에 전부 불을 붙여서 활활 피워 놓아야 한다네. 그때는 눈코 뜰 새가 없다고 하더군. 또 하필이면 그날은 지붕에 물이 새서, 겨울비에 물이 새다니 흔한 일은 아니지만, 지붕에 올라가서 비를 맞으며 물이 새는 곳을 고쳤다더군. 그래서 두 개의 가마는 불을 늦게 피웠는데 내가 갔을 때도 가마 옆에 아직 물기가 남아 있었네. 그래서 그날은 더 열심히 풀무질을 해야 했다더군. 그가 열심히 하는 건 짝눈이와 같이 있는 물부 사람들이 모두 증언해 준 것이라네. 그렇게 열심히 하니까 물부에서 좋아하겠지. 전에 하급군사의 부인이 변을 당했을 때도 좀 쉬라고 시간을 내어 주었다고 하지 않았는가? 그게 다 지가 알아서 열심히 하니까 그런 것일세."

"그렇게 열심히 하니 내 체면이 조금은 서겠군. 그런데 자네가 그런 것이나 조사하고 다니면 진돌이 감시는 누가 했는가? 나는 이만하면 괜찮으니 엉뚱한 곳에 시간 보내지 말고 그를 감시했어야지."

"그게 아까도 진돌이에 대해 이야기했는데. 음, 그보다는

6. 백제대왕의 침입

자네에게 이 이야기를 해두는 게 좋겠군. 처음에 자네가 변을 당했을 때 임금님과 김지, 부여무내 부부와 다른 집안사람들까지 많은 사람이 다녀가지 않았는가? 그때 임금님과 김지께서 나가시면서 내게 자네에게 해를 가한 사람을 꼭 찾아내라고 명을 내렸다네. 난 그 명에 따라야 했지. 아직까지 범인을 밝혀내지는 못했지만 전쟁 준비를 하는 틈틈이 알아보고는 있다네. 그러니 내게 너무 뭐라 하지 말게. 그리고 진돌이 이야기는 칠성이 자네가 하게."

"예, 나리. 진서 나리가 명을 수행하시느라 진돌이 감시는 거의 제가 했습니다. 처음 이틀은 같이 한 적도 있지만 그때도 계속 집에 있었고 제가 혼자 감시할 때도 계속 집에 있었습니다. 그래서 감시를 좀 늦추어 불시에 가 보곤 했는데 역시 마찬가지였습니다. 지금은 철수를 고민하고 있습니다. 아무런 움직임도 없으니 나리가 허락해 주신다면 그렇게 하겠습니다."

"물론 지금 전쟁에 대비하느라 모두 바쁘기 짝이 없는 줄 아네. 내가 이러고 있으니 진성이를 도와주고 싶겠지. 나도 빨리 일어나 조금이라도 도움을 주고 싶다네. 그 준비도 물론 중요하지만 그보다 더 중요한 게 진돌이를 감시하는 것이네. 이번 하급군사 부부의 죽음을 보게. 백제의 마수가 어디까지 뻗쳐 있는지 모르네. 그러니 동생을 도와주는 것도 중요하지만 진돌이를 감시해 백제의 위협으로부터 우리 군사와 백성을 안전하게 지키는 것이 더 중요한 문제란 말일세. 나도 처음 누워 있을 때는 이런 것까지 생각하지 못했네. 자네들이 진돌이가 내게 해코지를 했다고 의심하는 것 같아서 감시하라고 했었지. 그런데 누워서 생각해 보니 남문대장의 죽음을 제외하고는 모두 그의 짓이었네. 다롱이는 수돌이와 같이 저질렀고, 한범이는 수돌로 변장해 죽였고, 하급군사 부부도 그가 죽인 게 틀림없네. 그런데 어찌 그를 감시하지 않을 수 있단 말인가?"

 십일월 보름이 밝았다. 진철은 이제 혼자서 걷는 연습을 했다. 의원도 깜짝 놀랄만한 속도였다. 날마다 새벽에 꾸준히 몸을 단련해 온 덕을 보고 있었다. 원화가 몸에 좋은 것을 정성을 들여 고아 먹여준 덕분이기도 했다. 이 각 정도 자리에 앉아 있을 수 있자 진철은 일어서는 연습을 시작했다. 서기만 하면 걷는 것은 큰 문제가 아니었다. 진서와 칠성이가 돌아간 후 나흘간의 고투 끝에 드디어 스스로 일어설 수 있게 되었다. 처음에는 벽을 짚고 일어설 수밖에 없었다. 그것도 온몸의 근육이 덜덜 떨리며 고통의 비명을 지르는 동안 억지로 일으키는 몸이었다. 몇 번을 반복하자 서서히 다리에 힘이 들어가기 시작하면서 혼자 일어설 수 있게 되었다. 하지만 아직도 상당히 조심스러웠다. 혹시라도 무리하다 덧나기라도 하면 이제까지의 노력이 모두 헛고생이 될 수 있었다. 상처를 입은

6. 백제대왕의 침입

오른쪽 다리 대신 왼쪽 다리에 최대한 힘을 주면서 움직이도록 계속 주의를 기울였다.

조심스레 자리에서 일어난 진철은 방안에서 한 발자국이 안 되게, 거의 발을 약간 앞으로 끈다는 느낌으로 걸어봤다. 오른쪽 다리에 힘을 주자 허벅지에서 발뒤꿈치까지 순식간에 통증이 전달되며 전체가 욱신거렸다. 몇 번을 걷다가 자리에서 쉬면서 통증이 가라앉기를 기다린 후 다시 일어나 걷는 연습을 했다. 고통이 따랐지만 이겨내야 했다. 많은 일들이 기다리고 있었다. 김지와 함께 백제대군에 맞서 싸우는 일, 아라 최고의 무사답게 임금님을 호위하며 안전하게 지켜내는 일, 진돌이에게서 물증을 잡아내 옥에 가두는 일도 있었다. 그러자면 빨리 몸을 맘대로 사용할 수 있어야 했다.

오후가 되자 간신히 한 발자국 정도로 걸을 수 있게 되었다. 다행이었다. 진철은 이렇게나마 걸을 수 있게 된 것이 스스로에게 고맙기도 하고 대견스럽기도 했다. 주저앉고 싶어 하는 몸을 힘들게 이끌며 스스로를 채찍질해 온 결과였다. 이제 조금만 더 노력해서 밖으로 나가서 걸을 수만 있다면 거의 몸이 회복되는 것이다. 이럴 때일수록 더 조심해야 했다. 처음 시작하는 마음으로.

진철이 그렇게 자신을 자제해가며 방안을 왔다 갔다 하고 있을 때 진성이 헐레벌떡 방문을 열고 뛰어들었다. 그는 급하게 다가가다 놀라서 손바닥을 휘젓는 진철을 보고는 그제야 상황을 깨닫고 재빨리 멈춰 섰다. 그렇지 않았더라면 둘이 함께 방안에 나뒹굴었을지 모를 일이다.

"왜 그리 호들갑을 떠느냐?"

"드디어 백제군이 도착했습니다. 많은 배가 혈문을 통과했다는 전갈이 왔습니다."

"그래? 드디어 전쟁이 시작되는구나. 그런데 그 이야기는 어디서 들었느냐?"

"지금 내성에 다녀오는 길입니다. 오시가 끝날 무렵 불러서 갔는데 다른 집안까지 모두 나와 있었습니다. 사람들이 다 모이자 임금님이 하관에서 온 군사에게 이야기를 하게 했습니다. 그는 혈문을 지키는 군사였는데 너무 많은 배가 오기에 그냥 보낼 수밖에 없었다고 합니다. 배는 백 척이라고 하며 아직 배 위에 누가 탔는지는 파악을 하지 못했다고 했습니다."

"백 척이라고? 그건 너무 적은 것이 아닌가? 적어도 사백 척은 되어야 하는데. 근구수는 전에 왜로 쳐들어올 때도 오백 척을 이끌고 왔고 담로도에 백 척을 두었으니 배가 하나도 늘지 않았다고 해도 사백 척은 와야 정상이 아닌가?"

"그렇잖아도 사람들이 그 군사에게 정말 백 척밖에 안 되냐고 여러 번 물었습니다. 다들 예상한 것보다 너무 적으니 믿기가 어려웠던 모양입니다. 군사를 내보내고 회의를 시작했는데 그 문제부터 이야기했습니다. 당장은 백제 군사가 더 올

6. 백제대왕의 침입

것인지 아닌지에 대한 것이었지요. 백 척이면 더 와야 정상인데 그렇다고 나누어 오는 것도 이상하지 않습니까? 의견이 분분했는데 일단 혈문에서 다시 소식이 오기를 기다려 보기로 했습니다. 다음은 배에 누가 타고 있는지에 대한 것이었는데 대체로 근구수가 아닌 것으로 의견이 좁혀졌습니다. 지금은 배가 더 늘었을 것이니 사백 척보다 많아야 하는데 백 척만 온 것을 보면 근구수는 아니라고 봅니다. 일단 누가 타고 있는 지는 금세 연락이 올 것입니다. 혈문의 군사가 사람을 보내어 뇌호내해를 지나갈 때 고깃배로 위장하고서 누가 탔는지 살펴보라고 했답니다. 곧 소식이 오겠지요."

"그건 잘한 일이군. 그런데 회의에 모인 사람들이 너무 우왕좌왕하지 않던가? 배가 들어왔다고 당장 쳐들어올 것도 아닌데 조금 여유를 가지고 침착하게 대비를 논의해야 하는데."

"안 그래도 너무 소란스러워서 임금님이 당부를 할 정도였습니다. 예전에 강 하류의 사람들을 잡아갈 때도 의견이 분분했다는 소문이 있었는데 오늘 보고 그게 사실인 줄 알았습니다. 나중에 임금님이 나서서야 조용해졌지요. 임금님은 백 척이면 담로도에 있는 걸 보태도 이백 척인데 그렇게 호들갑 떨 일이 아니라고 했습니다. 그동안 군대를 모으고 열심히 훈련을 해왔으니 충분히 감당할 수 있다고 했습니다. 그제야 조용해지면서 안심하는 눈치였습니다. 또 임금님은 야마토강과 우치강 하류에 있는 군사들은 철수시키고 배 두 척도 우치강 상류로 옮기라고 했습니다. 적은 군사로 있어봤자 물고기 밥이 되거나 도망칠 수밖에 없다는 것이었습니다. 철수하는 군사는 생구에 모이게 했습니다. 생구산 아래 나라분지에 있는데 원주민이 이코마라고 부르는 곳이지요. 거기는 대판만이 멀지 않아서 나중에 우리 군사가 지나갈 때 합류하면 되니까요."

"임금님이 나서니 뭔가 해결책이 보이는군. 역시 임금님이야. 혹시 내게 일이 생기면 앞으로 네가 임금님을 잘 모셔야 해."

"무슨 그런 마른하늘에 날벼락 같은 소리를 하십니까? 아직도 정정하신데 그런 이야기는 하는 게 아니지요."

"이번과 같은 일이 또 어찌 일어나지 않는다고 장담할 수 있느냐? 또 전쟁터에서 죽을 수도 있는 것이고. 인명은 재천이니 내게 일이 생기면 그렇게 하라는 것이다. 그래, 전쟁 준비는 어떻게 한다던가?"

"오늘은 그까지만 하고 헤어졌습니다. 내일이나 모레 의논하려나 봅니다. 그나저나 전쟁이 빨리 끝나야 물자가 모자라지는 않을 텐데. 생전 처음 해보는 일이라서 잘 해낼지 걱정이 앞섭니다. 더구나 이런 한가한 것을 걱정이라고 하고 있으니 좀 한심스럽기도 합니다. 전쟁에서는 찰나의 순간에 목숨이 왔다 갔다 하는데 그에 비하면 식은 죽 먹기가 아니겠습니까?"

6. 백제대왕의 침입

"아니지. 항상 그런 마음을 갖고 살아야 한다. 걱정하지 않는 순간에 실수가 나오는 법이 아니더냐? 그러니 항상 걱정하고 또 걱정해야 하느니라. 물자를 잘 조달해서 군사들이 배불리 먹고 전투에서 힘을 발휘해야 전쟁에서 이길 수 있지 않느냐? 그러니 어떻게 하면 잘할까 고민도 많이 하고 걱정도 많이 하거라."

다음날은 주방탄을 지난 배가 뇌호내해를 들어서서 통과하고 있다는 전갈이 왔다. 혈문에서는 더 이상 소식이 없는 것으로 봐서 이번에는 백 척만 들어온 것이 확실해 보인다는 말도 덧붙었다. 마음이 급해졌지만 정작 몸은 움직이기가 더 힘들었다. 어제 진성이 가고 나서 열심히 한 것이 무리였는지 일어서는 것도 여의치 않았다. 원화가 오늘은 제발 누워있으라고 했다. 빨리 걸어야 조금이라도 도움이 될 텐데 이러고 있다가 전쟁에도 참여를 못하면 큰일이었다.

저번 전쟁 때 즈믄한으로 참여하면서 데리고 있던 군사들이, 많이 죽거나 다쳐서 회복을 못하고 있지만, 절반이 훨씬 넘게 왕궁에 들어와 있고 그들은 다시 진철과 함께하고 싶어 했다. 진철 자신도 그랬다. 임금님을 호위하는 군사이니 오천 명이라도 대장은 골한이 되겠지만 그런 쇠뿔한의 지위에 연연하는 것이 아니라 아라 최고의 칼잡이로서 임금님을 지키는 최후의 보루가 되고 싶은 것이다. 그럴 일은 없겠지만 혹시 전쟁에 지게 되더라도 아라를 위해 최후의 한 사람까지 포기하지 않고 끝까지 싸우는 모습을 보여주고 싶었다. 아라는 그만한 가치가 있는 나라라는 것. 나중에 다시 부활시켜야 할 나라라는 걸 알려 줄 수 있고 후세에 그렇게라도 전해 주고 싶었다.

십일월 십칠일이 되자 배들이 담로도로 들어가고 그 주인공이 백제대왕임이 확인되었다. 근구수도 아니고 나이가 연로한 근초고가 직접 왜에까지 오다니 그건 정말 의외였다. 더구나 백 척밖에 안 되는 배를 몰고 오다니 정말 전쟁을 하러 온 것이 맞는지 의아하기까지 했다. 사람들은 이번 전쟁은 이길 수 있다는 조심스러운 기대를 가지기 시작했다. 아무리 중양절 이후에 급조한 군사라고 해도 이백 척의 배에 탄 군사쯤이야 충분히 상대할 수 있다고 생각하는 것이다. 그건 사기를 올리는 좋은 일이기는 하지만 그렇다고 해도 전쟁을 쉽게 생각해서는 안 되었다. 더구나 근구수가 언제 뒤를 따라 올지 모르는 일이다.

이튿날 김지를 만나러 갔다. 조금씩 몸을 움직여 마당으로 내려서자 며칠을 방안에서 연습한 만큼 충분히 걸을 수 있었다. 하지만 오래 걸어가는 것은 무리여서 부축을 받아 말을 타고 갔다. 내성에서도 역시 부축을 받아 방으로 들어갔다. 좌보는 그렇게라도 호전된 것이 다행이라며 반가워했다.

"이번에 근구수가 오지 않은 것을 다들 다행이라고 하던데 저는 잘 모르겠습니다. 언제라도 그가 왜로 올 수 있지 않습

6. 백제대왕의 침입

니까? 지금 적은 병력이 왔다고 너무 기뻐하면서 마치 승리라도 한 것처럼 우쭐대는 것은 상황을 너무 안이하게 보는 것 같습니다. 좀 더 냉정하게 보이지 않는 위협에도 대비해야 바람직한 것이 아니겠습니까?"

"그건 그렇지만 미래를 너무 두려워할 필요는 없네. 우선 근초고만 오는 바람에 군사들의 사기가 많이 올랐네. 긴장이 너무 풀리면 안 좋은 일도 생기지만 전쟁을 해보지 않은 병사가 많은 지금으로서는 두려움보다는 자신감이 더 중요하지. 그러니 그들이 마음껏 떠들도록 놔두게. 당장의 싸움에서는 그게 더 낫다네. 근구수는 근구수가 왔을 때 걱정하자구."

"알겠습니다. 그런데 이번에는 부여무내가 위축되지 않아야 할 텐데 어떻습니까? 제가 이런 신세이다 보니 최근에 그를 보지 못해서 그럽니다."

"이번에는 그가 위축된다 해도 괜찮을 것 같네. 그가 위축되지도 않을 것이지만. 그의 할아버지인 백제대왕이 직접 칠지도를 만들어 그에게 선사했지만 이미 연로해서 싸움터에 직접 나올 수 있을지 의문이고 또 그에게서 칠지도에 든 권위, 앞으로 백제대왕이 될 사람이라는 후왕의 자격을 직접 박탈한 사람이 아닌가? 그래서 그가 위축되지 않으리라 예상하고 있다네. 그리고 이제 저들이 모두 이백 척의 배로 우리를 쳐들어 올 것인데 그러면 아무리 많아도 병력이 삼 만을 넘지는 않겠지. 우리는 아직 정예병에는 훨씬 못 미치지만 그래도 오만의 병력이 있으니 숫자로는 저들을 압도할 수 있지 않은가? 아직 저들은 우리 군사 중 누가 정예병인지 알지 못한다네. 그래서 처음에는 신중하게 그걸 알아보려 할 거야. 그때 우리는 기세를 몰아서 한꺼번에 저들을 덮칠 계획이네. 그래서 이번 작전에는 군사들의 자신감, 사기가 중요하다네. 결전의 그날까지는 군사들이 더 자신감을 얻어야 한다는 거지. 그러니 놔두어도 된다는 거네."

"알겠습니다. 이제 이해가 되었습니다. 그런데 저들을 덮치려면 어디에 있는지 알아야 하지 않습니까? 야마토강으로 올 것인지 우치강으로 올 것인지 아직 모르는 형편이니 군사를 어디에 대기시키느냐 하는 것도 쉽지 않을 것입니다."

"그건 그렇게 어려운 문제가 아니라네. 자네가 저들의 입장이 되었다고 치세. 만약 자네가 군사를 데리고 상륙한다면 가장 우선시되는 일이 무엇인가? 그렇다네. 바로 임금님을 사로잡는 것이지. 그래야 전쟁이 끝이 나니까. 그렇다면 우리 왕궁으로 가장 빨리 올 수 있는 방법이 무엇인가? 전에 임금님이 행차했듯이 배를 타고 야마토강에 와서 생구산과 암교산 사이의 협곡을 지나 나라분지를 따라 왕궁으로 오는 것이라네. 하지만 이 길은 너무 큰 위험이 도사리고 있지. 우선 야마토강을 배를 타고 온다고 치세. 양쪽에서 군사들이 불화살을 쏘면 어떻게 방어하겠나? 아무리 막아낸다고 해도 많은 배가 불타는 것은 어쩔 수 없을 것이네. 그리고 상륙을 하게 되면

6. 백제대왕의 침입

제대로 진영을 갖추기도 전에 우리 군사들에게 많은 피해를 볼 것이고 또한 요행히 협곡으로 진입했다 하더라도 우리 군사가 미리 매복해 있다가 돌을 굴리고 화살을 쏘면 몇이나 살아서 나오겠는가? 그러니 저들은 절대 그 길을 선택할 수가 없네. 저들은 우리를 속이려고 마치 그리로 쳐들어올 것처럼 우리 백성을 잡아갔지만 그건 다 눈속임이지. 그쪽으로 상륙하려면 당연히 강 옆에서 우리 편이 되어서 연락을 해주고 불화살을 쏠 사람이 없어야 하지. 그래서 백성들을 잡아간 것은 우리에게 그쪽으로 상륙할 테니 군사를 그쪽으로 배치해서 대비해달라고 요청한 것이나 마찬가지라네. 그건 저들의 희망이지. 이제 우치강을 보세. 우치강을 따라서 배를 타고 올라가는 것은 역시 같은 위험이 있네. 하지만 저들이 밤에 몰래 배를 하류에 댄 다음 진영을 갖춘 후 육지로 온다고 해보세. 생구산의 북쪽은 그렇게 높지 않은 산이라 구릉과 비슷하고 생구에서 대판으로 넘어가는 고개는 가히 고개라 할 수 없을 지경이니 우리 군사가 작전을 하기에도 무리가 있지. 그러니 그 길로 오면 대판이나 나라분지의 들판에서 싸우지 않는 한 왕궁에서 싸워야 한다는 것이네. 저들이 큰 피해 없이 왕궁까지 도달할 수 있는 길이라네. 그러니 저들은 우치강의 하류에 상륙할 것이 틀림없어. 야마토강의 백성은 그렇게 잡아가더니 왜 우치강은 한 번 건드려 보고 말았겠나? 우치강으로 상륙하지 않을 것이라는 믿음을 주기 위해서 그런 것이 아니겠는가? 하지만 우리가 그런 유인작전에 속아서는 안 되지."

"듣고 보니 정말 혜안입니다. 감탄이 절로 나오게 되는군요."

"내일이면 군사가 출발할 것이네. 내가 직접 쇠뿔한의 총대장이 되어 지휘하지. 사흘이면 우치강 하류에 도착해 매복을 끝내려고 하네. 이번 전쟁에는 자네가 없어서 아쉽군. 아라 최고의 칼잡이가 있어야 마음이 든든할 텐데."

"송구스럽습니다만 그 일로 해서 간청드릴 것이 있습니다. 지금 왕궁에 거주하며 임금님을 지키는 군사들이 오천인데 저들을 제게 주시겠습니까? 제가 끝까지 임금님을 호위하겠습니다."

"그건 이미 그렇게 생각하고 있었네. 자네야말로 최후의 보루로서 가장 합당한 사람이지. 뒤가 든든하면 전쟁터에서도 더 힘이 날 것이고. 내일 출정식을 하면서 자네 집으로 통지를 하려고 했는데 오늘 미리 이야기하게 되었구먼."

"황송합니다. 그리고 말을 타고 서 있는 것은 괜찮으니 내일은 저도 나오겠습니다. 저를 위한 자리이기도 한데 빠지면 안 되지요."

"그건 그렇게 하게. 골한이 된 걸 축하하네. 앞으로 맡은 바 임무를 잘 해 주시게."

"예. 알겠습니다."

6. 백제대왕의 침입

　십일월 이십일일 밤이 깊어지자 담로도에서 이백 척의 배가 출발했다. 별을 길잡이로 삼고 달빛을 햇빛으로 삼아 빠르게 풍랑을 헤치며 우치강 하류로 향했다. 인시가 끝나기 전에 도착한 그들은 서둘러 배에서 내렸다. 적군이 쳐들어오면 가장 위험한 순간이었다. 차가운 바닷물도 마다않고 아랫도리를 적시면서 한시라도 빨리 뭍으로 올라가 대열을 정비하고자 안간힘을 썼다. 한 시진이 지나고 날이 밝아오자 전부 배에서 내려 대열을 정비할 수 있었다. 대열이 갖추어지자 즉시 행군을 시작했다. 일찍 내린 병사들은 추위에 바들바들 떨고 있다가 출발을 하고 추위가 가시기 시작하자 그제야 말문을 열었다.

　오시가 되기 전에 그들이 도착한 곳은 서궁시(西宮市)였다. 그곳은 조그마하고 조용한 도시였다. 사람도 많지 않았고 군사가 들이치는 것을 본 그들은 재빨리 도망가 버렸다. 몇 번의 교훈이 있었던 터라 그러려니 생각했다. 더 이상 진군하지 않고 거기서 밤을 새기로 했다. 백제대왕은 연로한 탓인지 한꺼번에 많이 이동하는 걸 좋아하지 않았다. 그건 좋은 점도 있었다. 군사들을 무리하게 진군시켜 막상 싸움이 벌어졌을 때 힘을 제대로 발휘하지 못하는 것보다 여기서 싸울 준비를 철저히 하고 나서는 것이 더 나았다. 무기도 점검하고 식량도 챙기고 부대별로 맡은 바 임무도 잘 확인하는 시간이 있어야 했다. 그것이 끝나자 군사들은 잘 자리를 마련한 후 교대로 지친 몸을 쉬기로 했다. 아직 해가 떨어지려면 한참이나 남았지만 잠을 못자고 새벽 강물에 시달린 몸은 금세 곯아떨어졌다.

그들이 휴식을 취하던 그때 많은 군사들이 사방에서 그들을 에워싸고 돌격해왔다. 인근에 아라 군사가 없다는 것을 확인하고 휴식에 들어갔던 터라 그들은 당황하지 않을 수 없었다. 더구나 아라 군사의 숫자가 이쪽보다 훨씬 많았다. 아직 사람들만 배치했을 뿐 실질적인 방어막을 갖추지 못한 백제 군사들은 상대방과 육탄전을 벌여야 했는데 병사의 수에서 열세인 까닭에 금세 밀리기 시작했다. 싸울 채비를 완전히 갖춘 후 전쟁이 시작되었더라면 그나마 나았을 테지만 휴식을 취하다 얼떨결에 싸워야하는 군사들은 이미 준비가 되어 있는 아라 군사의 상대가 되지 못했다. 어디에 숨어 있었는지 모르지만 건물 곳곳에 매복해 있던 군사들마저 뛰쳐나와 뒤를 공격하자 백제 군사들은 전의를 상실하고 말았다.

채 한 시진도 지나지 않아 백제 군사들은 대왕과 침류를 에워싸고 보호하려 했으나 양쪽에서 밀려오는 대군에 빌려 양쪽으로 흩어지고 말았고 몇 번 그렇게 되자 근초고와 침류마저 갈라지게 되었다. 이미 저항해봤자 의미가 없는 싸움이었다. 더 이상 버틸 수 없다는 것을 안 침류는 마침내 칼을 던지고 항복을 선언하면서 병사들에게도 항복하라고 큰 소리로 외쳤다. 서서히 그 목소리가 전달되며 싸움이 멈춰지고 마침

6. 백제대왕의 침입

내 일순간 전쟁터가 고요해졌다. 이제 어떤 상황이 펼쳐질 것인지 모두가 눈동자만 굴리고 있었고 그중 몇몇은 김지 좌보를 쳐다보며 어떤 처분을 내릴지 궁금해 하고 있었다.

바로 그때 아라의 군사 중 대장 하나가 몇 명의 군사를 데리고 마치 질풍처럼 근초고를 향해 달려가더니 당황해서 어쩔 줄 모르는 그의 목을 치고 말았다. 그를 호위하던 군사들이 다시 칼을 들고 싸우려 했으나 함께 따라온 아라 군사들에게 역시 목숨을 잃거나 해를 당하고 말았다. 너무나 순식간에 벌어진 일이라 미처 손을 쓸 사이도 없이 일이 끝나버렸고 사람들이 경악에 차서 말을 더듬으며 뱉기 시작할 때는 그 대장이 근초고의 죽음을 확인한 후 다시 자기 자리로 돌아갈 때였다. 그는 원래 나왔던 방향으로 몇 걸음 당당하게 걸어가더니 자기가 모시는 사람 앞에 무릎을 꿇었다. 그 사람은 바로 부여무내였다.

"네가 어찌? 전구신 네가 어찌 할아버지를?"

부여무내는 너무나 기막힌 상황에 말이 나오지 않는 듯했다. 아무리 작은 전쟁이라 할지라도 아주 특별한 경우가 아니면 적의 수장은 살려두는 것이 예의였다. 더구나 전구신은 부여무내가 백제를 등지고 아라로 넘어올 때 함께 한 장수로 그의 오른팔이라 할 정도로 총애를 받음과 동시에 아라편이 된 백제 군사들에게도 신망이 두터웠다. 그러니 그는 당초에 백제의 녹을 먹었던 사람인데 이제 백제대왕을 해치다니 더더

녹나무관의 비밀

욱 말이 되지 않았다.

"네, 네가 어찌 이런 일을 벌였느냐?"

"저는 제가 할 도리를 다했습니다. 대왕께서는 백제를 영도하시며 많은 업적을 남기셨고 왕손께 특별히 칠지도를 만들어 주시며 나중에 백제의 대왕이 될 후왕으로 삼으셨지요. 그러나 대왕께서는 그 약속을 저버렸습니다. 물론 왕손께서 아라의 공주와 결혼하시며 대왕께서 바라던 아라의 땅을 차지하지는 못했습니다. 처음에는 그랬습니다. 하지만 왕손께서 그렇게 하시면서 백제가 아라와 다툴 일이 없고 나중에 백제의 대왕이 되시면 예전에 요서와 진평의 두 군을 차지할 때처럼 아라의 힘을 빌려 훨씬 더 넓은 영토를 개척할 수 있지 않습니까? 그런데 대왕께서는 눈앞의 작은 땅을 탐내며 왕손께서 갖고 계셨던 그런 원대한 꿈을 묵살해 버렸습니다. 그건 백제대왕으로서의 위엄에 전혀 걸맞지 않은 행동이었지요. 물론 그 때문에 우리 모두가 대왕 대신 왕손과 함께하게 되었습니다만 그런 행동은 비난받아야 하고 그에 맞는 책임도 따라야 합니다. 그래서 제가 할 일을 한 것입니다."

"하지만 네게도 백제의 피가 흐르고 있지 않느냐? 어찌 백제의 대왕을 더구나 항복을 한 사람을 해할 수 있단 말이냐?"

"저는 제 일을 해야 했지만 대왕이 다른 욕을 보게 할 수는 없었습니다. 이번의 이 작은 전쟁에서 저는 백제가 이기지 못하리라는 걸 예상하고 있었습니다. 그러니 백제대왕도 항복

6. 백제대왕의 침입

을 하게 되겠지요. 만약 백제의 샌님인 근구수가 나중에 왜로 군사를 이끌고 온다면 그때 대왕의 처지는 어찌 되겠습니까? 자신을 두고 아라와 백제가 서로 물밑협상을 벌이고 몸값을 저울질하면서 줄다리기를 하는 걸 보면 대왕의 마음은 오죽이나 답답하고 그 욕된 마음은 얼마나 치욕적이겠습니까? 이왕 보내드릴 것이면 그런 욕된 것을 보지 않도록 깨끗이 보내드리는 편이 낫습니다. 그래서 시기를 맞춘 것이지요."

"열린 입이라고 말을 잘도 내뱉는구나. 그러나 네가 백제의 대왕을 살해한 죄는 어떻게 해도 갚을 길이 없다. 그러니 네 스스로 목숨을 거두어라."

전구신이 칼을 집어 들자 모두가 황급히 그쪽으로 달려갔다. 진오가 전구신이 칼을 빼지 못하도록 칼집을 잡았고 김지 좌보가 부여무내에게 큰 소리로 외쳤다.

"그를 살려두시오. 그의 목숨을 해하면 아니 되오."

"무엇 때문에 아라의 대부께서 이 몸에게 그런 말을 하시오? 당신은 여기에 참견할 일이 없지 않소?"

"그렇지 않소이다. 잠깐 내 말을 들어보시구려. 전구신은 충신이오. 지금 당신도 들어서 알겠지만 백제에 대한 대단한 충절을 갖고 있소. 솔직히 나도 그런 인물이 아라에 있었으면 좋겠다고 생각하오. 그가 한 행동은 백제대왕을 죽음으로 몰아넣은 것이 틀림없지만 그건 충의에서 나온 것이오. 그러니 그 충심을 헤아려 주어야 하오. 더구나 지금은 이번 전쟁을 빨리 마무리하고 한반도로 진격해야 하오. 나중에 백제의 대군과 맞붙게 될 때 저런 충신이 없다면 누가 당신의 뒤를 지켜줄 것이오? 어찌 그의 충정을 몰라준단 말이오?"

"충정이든 다른 것이든 상관이 없소. 그는 이미 살인을 저질렀소. 그건 명백히 자기 목숨으로 갚아야 하오."

"그가 사람의 목숨을 빼앗은 것은 틀림없소. 그것도 백제 대왕을. 하지만 그건 전쟁 도중에 일어난 것이니 살인이라 할 수 없소. 우리가 전쟁터를 모두 정리하고 그 이후에 일어난 일이라면 모르지만 아직 대치가 끝난 것도 아니지 않소! 그러니 그건 살인이라고 할 수 없소이다. 또한 장수는 장수요. 앞으로 일어날 전쟁에서 장수의 역할이 무엇보다 중요하오. 그는 누구도 갖추지 못한 충절과 대범함을 갖추었으니 그보다 뛰어난 장수가 어디 있겠소? 그러니 그를 해하지 마시오. 만약 그를 해한다면 나도 가만있지 않겠소."

부여무내는 김지가 그렇게까지 강하게 나오자 두 눈에 쌍심지를 세우고 그를 노려봤다. 한참을 그러고 있던 그는 마지막 결심을 내리기 위해서인지 옆에 있는 자신의 부하들을 둘러보았다. 그들은 모두 전구신과 같은 처지였고 전구신을 아끼는 김지에게 내심 동조하고 있었다. 그들이 어떻게 생각하는지를 알게 된 부여무내는 그제야 자기가 얼마나 과격했는지를 깨달은 듯 조금 수그러들었다.

"좋소. 내가 그에게 자복하라고 한 명은 거두겠소. 다만 왕

6. 백제대왕의 침입

궁에 돌아가면 그는 한 달은 감옥에 갇혀있어야 하오. 그건 대장의 허락 없이 자기 마음대로 행동한 장수에 대한 처벌이오. 이건 누구도 막지 못하오."

"그건 군율에 따르는 것이니 그렇게 하시오. 당연히 우린 거기에 대해서는 왈가불가하지 않겠소. 그리고 침류는 우리에게 맡겨 주시오. 그를 왕궁으로 데려가려고 하오."

"그건 당신들이 알아서 하시오. 나는 다만 한 가지 청만 하겠소. 비록 할아버지는 내게 아주 불편한 존재지만 그래도 피로 이어진 존속관계에 있으니 그 시체는 내가 수습하게 해주시오. 그게 장손으로서의 마지막 도리이지 싶소."

아라 군사들은 백제 군사들의 무장을 모두 압수한 후 자기 동료들의 시체를 수습하고 부상자들을 따로 모아 치료를 했다. 그 다음 백제 군사들에게 자기 동료들의 시체를 수습하도록 했다. 그 시체들은 담로도에 가서 묻어주어야 할 몇몇을 제외하고는 모두 갈 곳이 없었으므로 인근의 산에 묻어주도록 했다. 얼마 되지는 않지만 같은 신세인 아라 군사들도 따로 묻어주었다. 그 일은 밤이 늦을 때까지 계속되었고 마침내 전쟁터가 모두 마무리되자 들판에 자리를 마련해 자도록 했다.

십일월 이십삼일 아침이 되자 포로가 된 백제 군사들을 배가 있는 곳으로 보냈다. 그들을 담로도에 내리고 담로도에 있는 각종 무기는 전부 왕궁으로 가져오도록 시켰다. 그곳에 잡혀 간 백성들도 모두 자기 집으로 돌려보내게 했다. 그 일은 진오가 책임지게 했으며 그는 즉시 출발했다. 담로도에 내린 백제 군사들은 입에 풀칠할 것은 섬 안의 논밭과 인근 바다에서 해결할 수 있겠지만 본주로 쳐들어와서 버틸 만큼 많은 식량은 마련하지 못할 것이고 그러니 아라를 넘보는 일은 생기지 않을 것이었다. 나중에 한반도로 출발할 때는 그들을 시켜 노를 젓게 할 수도 있었다.

김지는 침류를 데리고 왕궁으로 출발했다. 부여무내는 근초고의 시체를 챙겼고 아라 군사들도 묻어줄 곳이 있는 동료들의 시체를 챙겨서 출발했다. 백제군에게 뺏은 것을 말에 많이 지웠지만 그래도 병사들 개개인이 들거나 지고가야 할 것도 많았다. 그렇더라도 행복한 발걸음이었다. 전쟁에서의 승리만큼 값진 것이 어디 있으랴! 목숨을 부지해 돌아갈 수 있는 것만큼 자랑스러운 일이 어디 있으랴! 짐은 무거웠지만 발걸음은 가벼운 아침이었다.

진철도 군사들과 함께 출발했다. 그는 자기가 전쟁터에 있어야 도움이 된다며 임금님을 설득해 예전에 거느리던 병사 위주로 이천 명을 뽑아 좌보의 뒤를 따라 나왔었다. 다른 곳이면 불가능하지만 이번에는 우치강 하류라서 가까우니만큼 전쟁의 상황을 보면서 필요하면 잽싸게 돌아와 왕궁을 방어할 테니 그게 더 낫다는 말을 몇 번이나 올린 다음에야 허락

6. 백제대왕의 침입

을 얻었다. 전쟁에 직접 참여하지는 않았지만 나중에는 병사들을 보내고 자신도 말을 탄 채로 몇 명을 쫓아가기도 했다. 그렇게 들러리 역할밖에 하지 않았음에도 불구하고 오랜만에 맛보는 전쟁의 승리는 달콤했다. 진철은 자신이 영영 전쟁터를 떠나지 못할 것이라는 예감을 갖고 있었는데 그게 실제로 현실이 될 것이라는 걸 다시 깨달을 수 있었다. 그가 있어야 할 곳은 바로 그곳이었다.

7. 짝눈이의 행방불명

이틀째 해가 질 무렵 왕궁으로 돌아온 진철은 이제 혼자 말에서 내릴 수 있었다. 상처는 딱지가 진 부분이 가려웠지만 몸을 쓰는 데는 불편함이 거의 없었다. 마음 놓고 원하는 곳을 다닐 수 있게 된 것이 기뻤다. 물론 큰 희생 없이 전쟁을 이기고 돌아온 것이 더 큰 기쁨이지만 소소한 몸의 회복도 즐거움을 안겨주었다. 오랜만에 따뜻한 물에 몸을 씻고 나니 그보다 더한 행복이 없는 것 같았다. 오랜 부상과 긴 여정 속에 피곤했던 몸이 나른해지면서 그냥 눈이 감겼다. 단잠을 곤하게 자고 눈을 뜨니 날이 밝은지 오래였다. 맛있게 한 술 뜨고 나서 내성으로 들어갔다.

그럭저럭 사람들이 다 모였다. 임금님은 침류를 어떻게 할 것인지 물었다. 사람들은 그가 담로도에 있으면서 다스릴 때 아라 사람들을 왕궁에서 그대로 살게 해줬으며 그것이 오랫동안 지켜오고 있는 전쟁의 법칙이므로 이제 담로도에 보내서 지내게 해주자고 했다. 무기를 전부 압수했고 배도 아라의 차지가 되어 야마토강과 우치강에 분산해 두기로 했으므로 지금 그를 보낸다 해도 아라에는 하나의 위협도 되지 못했다. 다음날 그를 보내기로 했으며 일단은 내성에서 재우기로 했다. 부여무내는 동생인 그를 자기 집에서 재우고 싶어하지는 않았다.

의논이 끝나자 사람들은 임금님이 마련해준 음식을 먹으며 축배를 들었다. 모두가 유쾌한 자리였다. 중양절에 있었던 아라의 부활에 이어 나라가 제대로 섰다는 느낌을 받을 수 있었다. 비록 작은 전쟁이긴 해도 승리는 승리였다. 모두들 임금님의 덕을 칭송했으며 임금님은 임금님대로 여러 장군들이 도와준 덕분이라고 고마워했다. 흥겨운 자리를 마치고 늦게야 모두 돌아갔다.

다음날은 이십육일이었다. 모두가 바쁜 하루였다. 임금님은 침류를 담로도로 돌려보내야 했다. 그를 인솔해 갈 군사로 왕궁을 지키는 즈믄한이 선택되었다. 십여 명의 군사들과 함께 그는 야마토강을 따라 출발했다. 김지는 서궁시에서 돌아온 후 나라분지의 들판에 다시 흩어진 군사들을 격려하러 갔다. 임금님이 특별히 그들을 위로하라고 한 까닭이었다. 내성에서는 열다섯 살인 진언만이 조용한 하루를 보내고 있었다. 용본왕이 왜의 원주민과 결혼해 낳은 아들인 그는 샛별공주와도 열두 살이나 차이가 나는 늦둥이였다. 김지와는 열다섯 살이나 차이가 나는데다 아직 어리다고 생각하니까 아무도 회의에 부르지 않았고 스스로 배다른 아들임을 알고 참석하려고 하지도 않았다.

부여무내도 바쁜 하루를 보냈다. 그는 동생은 안중에도 없고 자기 할아버지의 시체를 처리하는데 모든 신경을 쏟고 있었다. 이미 어제 내성으로 들어가기 전에 염하는 자를 불러 응급조치를 하도록 시켜놓았었다. 겨울이지만 이미 사흘이 된 시신은 부패가 상당히 진행되고 있었다. 응급조치를 하지 않았으면 집 안의 사람들이 모두 부여무내를 원망할 판국이었다. 다행히 염하는 자가 와서 조치를 하고 나자 제법 나아졌고 부여무내도 내성에 돌아온 후 만족해했었다.

오늘은 본격적인 조치를 하는 날이었다. 염하는 자는 소금으로 채우다시피 한 관을 두 개 가져왔다. 부여무내가 왜 두 개나 가져왔냐고 묻자 그는 귀하신 분이기 때문에 먼저 오동나무 관에 넣어서 진물을 모두 뺀 다음 녹나무로 만든 좋은 관에 안치할 것이라고 말했다. 오동나무관의 소금은 진물이 나오면 그 물기를 빨아들여 보통 고여서 흐르는 것을 막고 녹나무관의 소금은 잘 처리된 시신이 오랫동안 썩지 않고 그대로 보존되게 하는 역할이라고 했다. 이렇게 관을 두 개나 쓰는 것은 특별히 주문하거나 아니면 아주 귀인인 경우에 하고 있다며 어제 부여무내의 집을 보고 보통 사람이 아닌 것을 알았기 때문에 관을 두 개나 준비했다고 했다. 부여무내는 염하는 자의 재치에 감탄하면서 칭찬을 했다.

염하는 자와 그가 데리고 온 일꾼은 소달구지에서 낑낑 거리며 관을 내려 근초고의 시신이 있는 창고 안에 놓았다. 어제는 조치를 하고 난 직후라 냄새가 크게 나지 않았지만 오늘은 다시 고약한 냄새가 피어올랐고 조치를 하느라 뿌린 약재까지 더해져 문을 열자 밖에서도 코를 찔렀다. 다행히 부여무내가 창고 안의 근초고의 시신이 어떤지 확인을 마치자 염하는 자는 일꾼과 둘이 문을 닫고 작업을 할 테니 밖에서 쉬고 있으라고 했다. 창고 문을 닫고 조금 지나자 냄새는 사라졌지만 코끝에 머무는 미미한 향이 강한 충격을 회상시키면서 인상을 쓰게 만들었다. 창고 안의 둘은 어떻게 그걸 참으며 일을 하는지 모를 지경이었다.

이각이나 지났을까 창고 문이 열리며 둘이 초주검이 된 얼굴로 나왔다. 다시 훅 끼쳐오는 냄새에 둘의 고충이 이해가 되면서 그래도 장하다는 생각이 들었다. 잠시 냄새가 빠지기를 기다린 후 부여무내에게 안으로 들어가 시체를 확인하라고 했다. 창고 한 가운데는 녹나무관이 있고 그 옆의 오동나무관 안에 얼굴만 내어놓은 근초고의 시신이 들어있었다. 부여무내가 고개를 끄덕이자 둘은 관 옆에 꺼내놓았던 소금을 다시 채워 시체를 모두 덮은 다음 관의 뚜껑을 닫았다. 그런 다음 그 누구도 함부로 손대지 못하도록 나무못을 박아 뚜껑

7. 짝눈이의 행방불명

을 관에 고정시켰다. 염하는 자는 이미 배어있는 것에서 조금은 나더라도 이제부터는 창고 안에 이전과 같은 큰 냄새가 나지는 않는다며 안심을 시켜주고 돌아갔다.

진철도 바쁜 시간을 보냈다. 진성과 함께 이번에 우가의 물자가 얼마나 축이 났는지, 군사들에게 빼앗은 물건은 얼마나 되는지 또 담로도에서 가져온 무기와 식량은 얼마인지 알아보고 남는 것을 나눠주고 모자라는 것을 채울 방안을 의논했다. 그것을 마치자 이미 해가 중천을 넘어가 있었다. 다음은 군사들이 훈련하는 것을 지켜봤다. 어제 하루를 푹 쉰 군사들은 그 어느 때보다 활기가 넘쳤으며 무엇 때문에 그런 것인지 아는 진철도 마음이 즐거웠다.

그때 내성에서 군사가 달려와 임금님이 급히 찾는다고 했다. 얼른 그를 쫓아갔다. 임금님과 김지 좌보가 집무실에서 기다리고 있었다. 먼저 운을 뗀 사람은 좌보였다.

"이번에 조금 고민되는 일이 있어서 의논을 하다가 자네가 마침 앞에 있다기에 의논을 하고자 불렀네. 이번에 근초고의 시체를 부여무내가 수습해 온 것은 알고 있겠지?"

"예, 나리. 어제와 오늘 염하는 자를 불러서 시체를 처리한다고 들었습니다."

"처음에는 우리도 근초고의 시체를 두고 이런 문제가 생길지 짐작을 못했네. 그래서 서궁시에서 그가 수습한다고 할 때 쾌히 허락을 했었지. 그때는 또 전구신의 문제도 걸려 있어서 반대할만한 입장도 아니었네만. 그런데 오늘 그가 그 시체를 구시읍에 묻겠다고 연락을 했다네. 거기 좋은 언덕에 담로도가 있는 방향으로 묻겠다는 거야. 생전에 마지막으로 거처한 곳이 그곳이니 그렇게 하는 것이 마지막 도리라고 하면서. 이미 날짜까지 통보했네. 오는 십이월 팔일 출발이라네."

"시체를 묻는 것은 당연한 것인데 문제될 것이 없지 않습니까?"

"그게 그렇지 않다네. 그가 백제대왕의 장손인 것은 확실하지. 그 핏줄을 가지고 태어났으니까. 그러나 지금은 백제대왕이 그의 지위를 박탈하고 이미 가문에서 제명을 시킨 사람이 아닌가! 그러니 엄밀히 말하면 그는 그 시체를 묻을 자격이 없는 사람이라네. 오히려 그 자격은 아침에 담로도로 보낸 침류에게 있지. 더 엄밀히 말하면 지금은 왜에 없는 근구수한테 있는 것이고."

"듣고 보니 그게 맞는 말씀입니다. 저는 그런 생각은 아예 해보지도 못했습니다."

"그것만이 아니라네. 이번에 근초고만 왜로 온 것을 모두 의아하게 생각하고 있네. 분명히 근구수와 같이 와야 하는데 아마 성격이 급한 그가 자기만 와도 아라를 이길 수 있을 거라고 지레짐작하고 온 것이겠지. 하지만 그 소식을 접한 근구수는 그렇지 않을 거란 말일세. 이미 아라와 많이 싸워봤으니 아버지 혼자서는 안 된다는 걸 알겠지. 그러니 남은 대군을 모두

7. 짝눈이의 행방불명

몰고 왜로 올 것은 불 보듯 뻔한 일이라네. 만약 그가 도착했다고 치세. 그는 분명 시체를 찾게 될 것이라네. 그의 입장에서는 백제의 도성으로 시체를 가져가고 싶겠지. 누군들 그러고 싶지 않겠는가? 그런데 이미 땅에 묻어버렸다면 그걸 다시 파헤쳐서 들고 가야 하는데 달가운 일은 아니겠지. 자, 이제 시체의 중요성을 알겠지? 잘만 하면 우리는 시체를 돌려주는 것만으로도 근구수를 백제로 돌려보낼 수 있다는 거지. 거기다 침류까지 딸려 보내면 얼마나 좋은가!"

"그럼 우리는 부여무내가 시체를 묻지 못하도록 해야겠군요?"

"그렇지. 바로 그거라네. 하지만 그는 워낙 고집불통이라서 우리가 말로는 어찌 해볼 도리가 없네. 그래서 자네를 부른 것이라네. 무슨 좋은 수가 없겠는가?"

"저도 부여무내랑 말을 섞는 것 자체가 너무 불편하기만 한데 무슨 뾰족한 수가 있겠습니까? 더구나 이 일에 대해서는 지금 처음 듣는 것이라 조금 당황스럽습니다."

"그래도 이 일에는 자네가 제일 적임자라는 생각이 드는군. 자네는 우리 여동생과 친한 사이라고 들었는데 그게 맞는가?"

"예, 폐하. 샛별공주는 예전에 몇 번 얼굴을 봤습니다."

"부여무내가 다른 건 몰라도 우리 여동생은 끔찍이 아낀다는 말을 들었다네. 그러니 자네가 우리 여동생에게 말을 해서

녹나무관의 비밀

부여무내가 장사를 치르지 않도록 해주게. 여동생까지 끌어들이는 게 짐으로서도 영 달갑지 않지만 지금 아라의 형편이나 앞으로의 상황을 봤을 때는 그게 싸우지 않고 나라를 지키는 방편이라네. 여동생이 우리 말을 잘 들으면 좋지만 그 고집을 자네도 알고 있으리라 믿네. 그래서 자네에게 부탁을 하는 것이라네. 아직 며칠 여유가 있으니 집에 가서 그 문제에 대해 생각해 봐주게. 하지만 시간이란 것은 금세 흘러가는 법이니 행동도 빨라야 할 것이야. 자네가 좋은 결과를 만들 것이라 믿네. 이만 돌아가 보게."

무거운 짐을 지게 된 진철은 힘없는 걸음으로 집으로 돌아왔다. 샛별공주를 찾아갈 거리부터 만들어야 하는데 얼른 떠오르는 게 없었다. 부여무내를 위문하러 가야 하나, 집에서 잔치라도 해야 하나 하는 생각이 들었지만 마땅해 보이지 않았다. 답답한 마음으로 안절부절못하고 있을 때 진서가 찾아왔다.

"그 몸으로 고집을 부려서 가더니만 용케 살아온 것을 보니 이번에는 허수아비랑 전쟁을 한 모양이군. 그래도 살아 돌아오니 얼굴을 보고 좋긴 좋구먼."

"걱정을 해줘서 고맙네."

"그런데 왜 표정이 그 모양인가? 이건 마치 전쟁에 지고 온 장수가 죽음을 앞둔 표정이 아닌가! 그새 무슨 안 좋은 일이

7. 짝눈이의 행방불명

라도 생긴 것인가?"

"아니, 아니라네. 내가 좀 기운이 없어서 그랬네."

"그렇게 고집을 부리니까 이런 결과가 오는 걸세. 이번 전쟁에는 가는 게 아니었네. 그냥 집에서 쉬는 게 맞았다니까"

"그래도 간 것은 잘 되었네. 그래, 진돌이는 잘 감시하고 있었겠지?"

"그게 좀 어려운 일이었네. 그저께 밤에, 그러니까 자네가 돌아온 날 밤에 칠성이가 감시를 하고 있었다네. 그런데 술시가 끝날 무렵 진돌이가 밖으로 나가는 걸 확인하고는 미행을 했다네. 그는 시장으로 나와 근처에서 머뭇거리다가 예전 하급군사가 살았던 그 골목으로 들어갔다네. 그리고 오른쪽으로 다시 왼쪽으로 몇 번 골목 안을 이리저리 꺾더니만 어느새 사라져 버렸다는 거야. 바짝 붙어서 따라갈 수가 없는데다 어둡기도 하니까 작정하고 숨어버리면 놓칠 수밖에 없는 것이지. 찾는다는 사실을 들키지 않고 찾느라 조심스럽게 행동을 하니 뭔 일이 되겠나? 버젓이 찾아다녀도 못 찾을 판인데. 근처를 몇 번을 돌아도 없기에 오시가 가까워질 때까지 찾다가 돌아왔다더군."

"그것 참 아쉬운 일이군, 그런데 그렇게 되면 이미 미행이 붙었다는 걸 알고 있었다는 이야기가 아닌가? 감시하는 걸 들켰다는 이야기가 되는데."

"감시하는 걸 들키지는 않았겠지만 미행은 들통이 난 것 같네. 그러니 골목을 그렇게 돌아가며 골탕을 먹이다 사라진 것이지. 자, 그 이야기는 여기서 끝내고 어제 내가 본 것을 이야기함세. 숨어서 감시를 하고 있는데 술시도 중반이나 되었을 무렵에 진돌이가 집을 나서는 것이 아닌가! 이번에는 동산 옆으로 난 골목길을 따라 해길 쪽으로 가더군. 그를 따라 가니까 해길을 건너서 작은 용길로 들어갔다네. 그때는 서문에서 볼까봐 그런지 제법 한참을 그쪽을 보고 있더니만 몸을 숙이고 종종걸음으로 해길을 건너더군. 작은 용길을 지나서도 한참을 가더니 왼쪽으로 꺾어서 성벽 쪽으로 갔다네. 성벽과 제일 가까운 곳의 구획된 여러 집 가운데 제일 구석진 집으로 들어갔는데 그 집은 염하는 사람의 집이었네."

"염하는 사람이라고? 그자는 부여무내의 집에 갔다 왔었네. 오늘도 다녀왔고."

"그렇다고 하더군. 아무튼 어제 진돌이는 그 집에서 이각 정도 머물다가 다시 집으로 돌아갔다네. 내가 본 것은 그게 전부일세."

"염하는 자를 만나다니 그건 무엇 때문이었을까? 무슨 일인지 물어봤는가?"

"오늘 낮에 들렀다네. 그래서 염하는 집인 줄도 알았지. 친한 사이라서 그냥 한 번씩 들러서 차를 마시고 가곤 한다더군. 어제도 그 때문에 왔었고. 그런데 차를 마시러 갈 것이면 서문군사에게 들키지 않으려고 그렇게 종종걸음을 칠 이유

7. 짝눈이의 행방불명

가 없지 않은가? 그 염하는 자도 분명 뭔가 숨기고 있다는 느낌을 받았다네."

"그럼 그자도 감시를 해야겠군. 누구에게 그 일을 시켜야 할까?"

"나도 그가 미심쩍기는 하지만 그렇다고 감시까지 할 필요는 없을 것 같네. 그것 말고 다른 일이 더 급하다네. 자네가 물부로 보낸 그 짝눈이 말일세. 그가 행방불명이 되었다네."

"그 친구는 일을 잘하고 있었는데 갑자기 무슨 소린가?"

"그저께 낮에, 자네가 돌아오기 전에 어떤 하인 하나가 물부에 들러서 자기 주인이 전할 말이 있다면서 짝눈이를 찾았다네. 그리곤 짝눈이를 만나서 둘이서 이야기를 조금 하더니 그 하인은 돌아가고 그는 일을 계속 했다네. 어두워져서 일을 마치고 저녁을 먹은 후 잠깐 다녀올 데가 있다면서 짝눈이가 바깥으로 나갔다네. 사람들은 낮에 그 일인가 보다 했지만 무슨 일인지는 구태여 물어보지 않았고 금세 들어오겠거니 했다더군. 그런데 아침이 되어서야 그가 돌아오지 않은 것을 알았다는 거야. 올 때처럼 그렇게 훌쩍 떠나버렸나 했지만 옷가지라도 챙겨가야지 몸만 나섰는데 그건 아니어서 반나절을 더 기다리다 쇠돌이가 자네에게 이야기하려고 왔었네. 그런데 자넨 어제 내성에 가 있었으니 만나지 못하고 칠성이에게 전해달라고 하고는 돌아갔다네. 칠성이도 처음에는 대수롭지 않게 생각하다가 전에 짝눈이가 시장에 간 일이 생각이

나서 거기서 몇 군데 물어보고 혹시 왕궁 밖으로 나갔나 싶어서 남문에도 가보았지만 모두 본 적이 없다고 대답했다더군. 그래서 동문부터 착착 남은 문에도 다 찾아가봤지만 모두 본 적이 없다고 했다는 걸세. 밖으로 나가지 않았으면 왕궁 안에 있어야 하는데 어디에도 찾을 길이 없었다네. 혹시 그곳에도 들렀는가 싶어서 자네가 데리고 있는 군사들에게도 이미 물어봤다네. 그런데 행방을 전혀 찾을 수가 없다네."

"그 하인은 뭐라고 하던가? 짝눈이를 찾아온 하인 말일세."

"이런 경우를 두고 엎친 데 덮친 격이라고 하는 것 같네. 그 하인도 오리무중이네. 물부에서는 키가 조금 크고 날렵했다는 것만 기억하지 다른 것은 아무 것도 모르더군. 널리고 널린 게 그런 하인인데 어디 가서 찾겠나! 그래도 칠성이는 그 하인이라도 찾아본다고 왕궁을 구석구석 돌아다니고 있다네. 오늘은 마치고 돌아올 걸세."

"그럼 진돌이는 누가 감시하는가? 자네가 여기 있으면 감시할 사람이 없지 않는가?"

"진돌이는 낮에는 상관없다네. 그동안 몇 번 지켜봤지만 낮에는 움직이는 일이 없이 자기 본업에 충실하다네. 밤에도 전혀 나돌지 않다가 이번에 이틀 연속 나가는 것이 확인됐다네. 그러니 지금은 괜찮네. 사실 둘이서 감시하는데 밤을 꼬박 지새워야 하니 낮에까지 쉬지 않고 계속 감시하기에는 무리라네. 애초부터 몇 명 더 있었으면 모르지만 지금은 이 정도로

7. 짝눈이의 행방불명

만족하게. 그래도 감시는 그런대로 해왔지 않는가?"

"가만히 있다가 밤에 이틀 연속 움직였으면 낮에도 움직일 수 있다는 생각도 드네. 그래서 하는 말이라네. 아, 머리가 아프군. 무슨 일이 이렇게 한꺼번에 몰아닥쳐서 정신을 없게 만드는지 모르겠네. 아직 살인범도 잡지 못했는데 연이어 골치 아픈 일들이 터지다니. 잠깐 좀 쉬고 머리를 정리해야겠네. 그만 돌아가게."

진서가 돌아가자 다시 임금님의 명이 떠올랐다. 제일 큰일은 그 일이었다. 그것부터 해결해야 했다. 그렇다고 무턱대고 샛별공주를 찾아갈 수도 없는 처지인지라 어려움이 앞섰다. 부여무내를 위문하러 가는 것은 집 안으로 들어갈 수 있지만 샛별공주를 만나지 못하고 나올 가능성도 있었다. 집에서 잔치라도 하면 좋으련만 딱히 구실이 없었다. 전쟁에 승리했으니 임금님께 부탁해 잔치라도 열까 했지만 그건 이미 어제 열린 것이었다. 마음먹은 것이 없던 예전에는 아무 생각 없이 찾아갈 수 있었는데 목적이 생기자 시작부터 가로막혔.

일단 부여무내는 싫기는 하지만 한범이 일로 만날 수 있었다. 진척도 없이 부여무내를 만나야 하는 게 싫었고 꾀어야 할 사람을 앞에 두고 말을 해야 한다는 사실이 싫었지만 꼭 만나야 한다면 그렇게라도 해야 했다. 그 다음은 샛별공주를 만나러 가야 하는데 어떤 구실을 붙여야 할지 난감했다. 그냥 인사만 하기에는 시간이 부족했다. 제법 오래 이야기를 나누면서 설득을 시켜야 하는데 그러면 분명한 목적이 있어야 했다. 아무리 생각해도 부여무내를 만난 다음 안채를 방문할 방도가 없었다.

고민에 고민을 거듭한 끝에 결국 임금님에게 하늘에 제를 지내도록 부탁해야겠다고 마음먹었다. 임금님의 집무실 뒤에 있는, 왕궁에서 제일 높은 곳에 있고, 왕궁에서 제일 큰 집인 신단(神壇)은 남북으로 기다랗게 뻗어 있는데 그 안에 들어가서 북쪽을 향해 제를 지낼 수 있도록 되어 있었다. 해마다 봄과 가을이면 두 번 그곳에서 제를 지냈다. 전쟁을 나가거나 혼인을 하는 등 나라의 큰 일이 있을 때도 그곳에서 제를 지낸 후 점을 쳤다. 점은 제를 지낼 때 잡은 소의 발굽을 이용했다. 소의 머리는 제사상에 올리고 발굽은 제가 끝난 후 옆에 피운 불에 구웠다. 살갗이 다 타고 남은 발굽을 꺼내서 그 안의 뼈가 붙어있으면 길한 것으로, 떨어져 있으면 흉한 것으로 보았다. 얼마 전 전쟁을 나갈 때도 거기서 점을 쳤는데 길한 것으로 나왔었다. 그 길한 점에 따라 전쟁에 승리했으니 사람들을 모아 거기서 하늘에 감사의 제를 지내는 것은 누가 뭐라 할 사람이 없을 것이고 샛별공주와 이야기할 틈도 만들 수 있었다. 그건 임금님과 김지가 부여무내를 조금만 잡아주면 되는 일이었다.

다음날 일찍 임금님을 방문해 동짓달의 마지막인 이십구일에 제를 지내달라고 부탁했다. 임금님은 흔쾌히 그렇게 하

7. 짝눈이의 행방불명

자고 했다. 부여무내도 자신이 알아서 붙들어 놓을 테니 걱정 말라고 했다. 진철은 흐뭇한 마음으로 내성을 나왔다. 다음은 행방불명된 짝눈이를 찾아야 했다. 벌써 사흘째 아무 연락이 없었다. 필시 무슨 일이 생겼으리라 생각하고 칠성이를 불렀다.

"그래 그 하인은 찾았는가?"

"아무리 찾아봐도 없습니다. 제가 왕궁 안에 하인을 부리는 집을 모두 찾아다녔습니다. 그런데 그런 심부름을 한 하인이 한 명도 없었습니다."

"그렇다면 그 하인은 변장을 한 것이 틀림없겠군. 그리고 변장에 관해서라면 당연히 진돌이가 아니겠는가! 그가 무엇 때문에 짝눈이를 찾아갔을까? 그리고 무엇 때문에 짝눈이를 죽였을까? 지금까지 전혀 소식이 없는 것을 보면 그럴 가능성이 아주 높지. 물론 확신할 수는 없지만 가능성만 놓고 볼 때는 말일세. 여기에 대해 자네는 어찌 생각하는가?"

"저는 입이 열 개라도 할 말이 없습니다. 그날 밤 제가 미행을 좀 잘했더라면 그가 짝눈이를 만나는 것까지 확인할 수 있었을 텐데. 잘하면 범행을 직접 목격할 수도 있었지 않습니까? 그런데도 그런 기회를 놓치고 말다니 정말 죄송합니다. 나리."

"그건 이미 지난 일이니 더 이상 마음 두지 말게. 사건 해결이 우선이지. 하인을 찾는 것 말고 또 어디를 가보았는가?"

"어제 늦도록 다녀도 하인을 찾을 수 없자 저도 그 하인이 진돌이가 변장한 것이라는 생각이 들었습니다. 그래서 예전에 동산에서 죽은 다롱이가 생각나더군요. 오늘 날이 밝자마자 남문 쪽의 작은 동산과 북문 쪽의 큰 동산을 올라가 샅샅이 뒤져 봤습니다. 어디에도 짝눈이는 찾을 수 없었습니다. 그 대신 큰 동산에서 이상한 걸 봤습니다. 이번 사건하고 관련이 있는지는 모르겠지만 말입니다. 물부와 토물부의 창고가 있는 작은 용길을 계속 북쪽으로 가면 동산으로 올라갈 수 있지 않습니까? 그 동산을 올라서 능선을 조금 가다보면 다시 표고가 높아지고 그 다음에는 낮아졌다가 나중에 다시 조금 급하게 높아지면서 꼭대기가 되지요. 그러니까 꼭대기로 올라가기 전 표고가 낮은 곳에서 왼쪽으로 조금 내려간 곳에 네모반듯하게 터를 잡아놓은 곳이 있더군요. 거기는 숲이 우거져 사람 눈에 잘 띄지 않는 곳이고 성벽에서도 보이지 않는 곳이었습니다. 거기에 관을 하나 묻고도 남을 만큼 넓게 땅을 골라 놓았는데 누가 그랬는지는 모르지만 하루나 이틀 전에 한 솜씨였습니다. 그리고 관 뚜껑을 고정시킬 때 쓰는 큰 나무못이 몇 개 떨어져 있었습니다."

"그럼 염하는 자와 연관이 있겠군. 그런 못은 그 자가 아니면 누가 들고 다니겠나?"

"나무못이 그 용도로만 쓰이지는 않겠지만 그 자리가 꼭 무덤 자리처럼 보여서 그 생각부터 들더군요. 큰 반닫이를 만들

7. 짝눈이의 행방불명

때도 쓰는 것이긴 했습니다. 하지만 염하는 자가 그런 걸 많이 쓰기는 합니다."

"염하는 자라? 진돌이가 그 집에 다녀간 것을 진서가 미행했다네. 진돌이와 염하는 자가 뭔가 꾸미고 있는 것은 틀림이 없어. 그런 와중에 짝눈이가 행방불명이 됐으니 그건 짝눈이와 관련이 된 것이 분명할 텐데. 혹시 땅을 파헤쳐 보지는 않았는가? 거기에 짝눈이를 묻었을 수도 있지 않는가?"

"그렇지는 않았습니다. 조금 파헤쳐 보니 높은 곳의 흙을 밀어서 낮은 곳으로 골라 놓기만 했더군요. 맨땅이 그냥 나오는 걸 보니 아직 파헤치지는 않은 땅이었습니다. 나중에 거기를 파서 묻을 수도 있겠지요. 특별한 목적을 가지고 찾지 않는 이상 그냥 동산의 능선을 따라 걷기만 하면 그런 곳이 있다는 것도 모를 것입니다."

"그렇다면 거기도 눈 여겨 봐야겠군. 하루에 한 번씩이라도 혹시 파헤치지는 않았는지 확인을 하는 것이 좋겠군."

"그건 제가 아침 일찍 올라가서 확인하겠습니다. 그런데 이 참에 염하는 자도 감시를 하실 겁니까?"

"이제 그렇게 해야겠네. 어제 진서는 필요 없다고 했지만 이제 짝눈이를 찾아간 하인이 진돌이가 거의 확실하고 또 그가 밤에 몰래 염하는 자와도 만났으니 같이 감시를 해야겠네. 일단 오늘 밤은 내가 지켜보도록 하지. 내일 밤은 왕궁 안에 군사가 많으니 그 중 하나를 시켜도 되겠지."

녹나무관의 비밀

"그럼 저는 진서 나리와 같이 진돌이를 감시하겠습니다."

 칠성이가 나가고 얼마 지나지 않아 자기 휘하의 군사가 찾아왔다. 그 군사는 축자에서부터 함께 지냈는데 아주 성실하고 맡은 바 임무에 충실했지만 융통성은 다소 부족한 친구였다. 그러나 명을 내리면 그 일이 끝날 때까지는 절대 한눈을 팔 사람이 아니었고 그런 면에 더해서 입도 아주 무거웠다. 대체로 그런 사람은 남의 일에 왈가불가하지 않기 때문에 친구가 적고 또 남의 말을 옮기는 법이 없었으나 이번에는 예외였다.

"나리, 제 동생이 꾸지람을 들은 것 때문에 찾아왔습니다."

"동생이 꾸지람을? 자네 동생은 어디 있는가?"

"동생은 아닙니다. 친동생은 아니라는 말입니다. 축자에서 같이 자란 동생입니다. 성격도 저와 비슷하고 하는 것도 잘 맞아서 동생을 하기로 했습니다. 저보다 두 살 아래입니다."

"그래, 그 동생은 어디 있는가?"

"남문을 지키고 있습니다. 낮에 남문을 지킬 때 가면 볼 수 있습니다."

"동생이 꾸지람을 들었다고 한 것 같은데?"

"예, 동생이 남문대장한테 꾸지람을 들었습니다. 그게 나리 댁에 있는 사람과 관련이 있어서 찾아왔습니다. 칠성이라는 사람입니다."

"도무지 알아듣지 못하겠군. 천천히 일어난 일을 말해 보

7. 짝눈이의 행방불명

게."

"죄송합니다. 말을 많이 안 해 봐서 그렇습니다. 동생이 남문대장한테 꾸지람을 들었습니다. 칠성이 나리가 찾아왔다가 돌아가고 나서 그랬습니다. 칠성이 나리께 말을 하려다가 꾸지람을 들었습니다."

"무슨 말을 하려 했는가?"

"짝눈이가 왕궁 밖으로 나간 것을 말하다가 그랬습니다."

"짝눈이가 왕궁 밖으로 나갔다고? 그게 언제인가?"

"상달 이십사일입니다. 나리."

"시월 이십사일이면 그건 한 달도 더 된 일이 아닌가?"

"예, 그렇습니다. 나리."

"그런데 왜 꾸지람을 했는가?"

"칠성이 나리가 짝눈이를 찾았습니다. 왕궁 밖으로 나간 것을 본 적이 있냐고 물었습니다. 동생이 본 것을 말하려 했는데 남문대장이 못하게 했습니다. 나중에 꾸지람을 했습니다."

"그러니까 칠성이가 가서 짝눈이가 왕궁 밖으로 나간 것을 본 적이 있냐고 물었고, 자네 동생이 상달 이십사일에 본 것을 말하려고 했는데 그 때문에 꾸지람을 들었다는 것이 맞는가?"

"예, 나리."

"그러면 내가 어떻게 해주어야 하는가?"

녹나무관의 비밀

"제가 이야기를 해서 됐습니다."

"내게 그 이야기를 해주러 왔다는 것인가?"

"그렇습니다. 나리."

"또 다른 말을 할 것이 있는가?"

"예. 나간 시각이 늦은 오시였고 신시가 되었을 때 들어왔다고 했습니다. 그게 전부입니다."

"그게 전부라. 그런데 왜 동생이 직접 오지는 않았는가?"

"지금 동생은 근무를 서고 있습니다. 밤에는 오면 안 됩니다. 남문대장이 알면 큰일 난답니다. 꾸지람을 들었는데 말하면 안 된답니다."

"그래서 자네가 대신 말하는 것이군. 그럼 이 이야기는 아무에게도 하면 안 되겠군. 특히 남문대장한테는."

"예, 그렇습니다. 나리."

"알았으니 이만 돌아가게."

군사가 돌아가자 난데없는 순진한 이야기에 진철은 어이가 없어서 헛웃음을 웃었다. 짝눈이가 행방불명된 지가 사흘밖에 되지 않았는데 한 달 전의 일을 이야기하려고 하다니 남문대장이 꾸지람을 할 수 밖에 없었다. 오래된 일이라도 전하려고 하는 열정은 높이 사야겠지만 이건 경우가 아니었다. 말을 하려는 자나 그걸 전하러 온 자나 둘 다 세상과 동떨어진 사람이었다. 그러니 형제지간이 될 수 있었으리라. 참 난형난제였다.

7. 짝눈이의 행방불명

 하룻밤을 새워야 한다고 생각하니 해야 할 것들이 많았다. 눈에 띄지 않는 색깔의 옷도 있어야 했고 얼굴과 머리를 감출 두건도 준비해야 했다. 저녁도 든든하게 챙겨 먹어야 했다. 원화는 이게 무슨 난리냐면서 투덜거렸다. 밤에 나다니는 것이 마음에 들지 않는 모양인데다 몸도 아직 완전히 회복되지 않았다며 걱정이 태산이었다. 그래도 나가지 않을 수는 없었다. 어두워지고 나서 골목에 다니는 발길이 끊어지자 하인들 몰래 담을 넘었다. 준비를 단단히 하고 나선 만큼 의욕만 충만했다. 염하는 자의 집은 우가의 구역 중 가장 구석진 곳, 성벽과 동산이 맞닿는 곳에 있었다. 대문은 성벽 옆으로 난 골목으로 나 있었고 그 옆의 담장에는 밖에까지 가지를 드리운 감나무가 몇 그루나 있었다. 진철은 그 중 집안이 잘 보이는 곳의 큰 나무를 골랐다. 담장을 올라가 나무에 옮겨 탄 다음 큰 가지에 엉덩이를 붙이고 다른 가지에 발바닥을 붙이고 힘을 지탱하자 편안해졌다. 이제 기다리기만 하면 되었다.
 하지만 이미 호롱불마저 꺼진 염하는 자의 집은 조용하기만 했다. 술시가 지나고 해시가 되어도 방에서는 기척조차 없었다. 슬슬 몸이 뒤틀리며 근육이 아픈 소리를 냈고 특히 오른쪽 허벅지의 상처에서 통증이 나타나기 시작했다. 여러 번 자세를 바꿔가며 조금이라도 편한 자세를 취하려고 노력했으나 자시가 되자 도저히 버틸 수가 없었다. 잘못하면 허벅지의 상처가 도질 수도 있었다. 결국 나무에서 내려와 땅을 밟고 서 있어야 했다. 처음에는 살 것 같았지만 그것도 축시가 되자 서 있기조차 힘들었다. 결국 포기하고 집으로 돌아갈 수밖에 없었다.

그나마 축시가 될 때까지 버틴 것을 위안으로 삼아야 했다. 그때까지 움직임이 없다가 축시가 지나서 나온다는 것은 상상하기 힘들었다. 염하는 자도 그대로 계속 잠이 들어 있기를 바라며 진철도 눈을 감았다. 눈꺼풀이 닿자마자 꿈나라로 가 버렸다.

뜨이지 않는 눈꺼풀을 억지로 밀어내며 자리에서 일어났다. 아침이 되자 칠성이가 동산에는 아무 것도 바뀐 게 없다고 보고를 했다. 어젯밤 일을 이야기하자 군사들을 보내는 것이 낫겠다고 했다. 어차피 몸이 버티지 못할 것이므로 아무리 생각해도 그게 나아 보였다. 거기에 한 술 더 떠서 칠성이는 무슨 일이 생기면 연락도 할 겸 네 명을 붙이는 것이 좋겠다고 했다. 진서나 자기는 이미 오랫동안 그런 일을 하면서 숙달이 되어 있으므로 급하면 급하게 일을 처리할 능력이 있지만 군사들은 처음인 만큼 상황이 갑자기 바뀌면 허둥대다가 놓칠 것이 다분하다는 것이었다. 듣고 보니 그것도 맞는 이야기였다. 진철은 두 명씩을 배치하기로 했고 군사들이 훈련하는 곳으로 가서 은밀하게 그 일을 지시했다.

진철이 해길로 돌아오는데 염하는 자가 소달구지를 끌고

7. 짝눈이의 행방불명

올라오는 것이 보였다. 달구지에는 허름한 옷을 입은 일꾼 하나가 앉아서 고개를 숙이고 있었다. 그는 태연히 그 곁을 지나쳤지만 염하는 자가 어디로 가는지 자꾸 뒤돌아보게 되었다. 나중에 그가 부여무내의 집 앞에 멈추는 것이 보였다. 그럼 거기로 들어가는 것이 확실했다. 아직도 근초고의 시체를 처리하는 것이 완전히 끝나지 않았을 것이다. 그는 염하는 자를 감시도 할 겸 부여무내의 집 안을 살펴보려 했으나 막상 그걸 볼 수 있는 곳이 없다는 사실에 놀랐다. 그러자 전에 칠성이가 대문만 살핀 것이 떠올랐다. 아쉽지만 포기하고 돌아서야 했다.

집으로 돌아오던 그는 진성을 찾아갔다. 동생은 오랜만의 방문에 놀라워했다. 그는 부여무내가 근초고의 시체를 염하느라 고생하고 있으니 그를 위로할만한 선물을 달라고 했다. 진성은 공물을 사용하는 것에 대해, 그것도 우가의 이름으로 그렇게 하는 것에 난감해했지만 결국 진철의 설득과 반 우격다짐에 술과 음식을 장만해 보내기로 했다. 집으로 돌아온 진철은 집안일을 하는 하인에게 진성이 보낸 물건을 두 시진 후에 부여무내의 집에 가져다주고 그 집의 하인에게서 오늘 염하는 자가 한 일을 소상히 알아오라고 했다. 하인은 마침 그 집에도 친한 사람이 있다고 했다. 하인들의 세계는 하인들의 세계대로 또 그렇게 서로 연결이 되어 있는 것 같았다.

방으로 들어가려 하는데 칠성이가 달려왔다. 평소와 다르게 많이 상기된 얼굴이었다. 같이 방으로 들어가자마자 급한 말이 튀어나왔다.

"나리. 아무래도 짝눈이를 다시 생각해 봐야겠습니다."

"아니 그게 무슨 소린가?"

"짝눈이가 사라지고 나서 떠오른 것이 있습니다. 전에 진돌이와 수돌이 때문에 진서 나리를 축자로 보내셨지 않습니까? 그들이 살아온 과정을 보고 어떤 사람인지 알아본다고 말입니다. 저도 짝눈이가 어떤 사람인지 알아보는 것이 필요하지 않을까 하는 생각이 떠올랐습니다. 전에 짝눈이는 자기가 이세에서 살다가 군사를 따라 왔다고 했습니다. 아버지가 아직 거기 살고 있다고도 했지요. 물부로 오기 전에 그는 왕궁의 군사로 있었습니다. 그래서 나리 휘하의 그 부대에 가서 짝눈이가 이세에 대해 이야기한 것을 모두 물어봤습니다. 같은 부대에 있던 친구들이 이야기해 준 것이 많은 도움이 되었습니다. 그의 아버지가 살고 있는 곳을 확실히 알게 되었으니까요. 그래도 제가 갈 수는 없어서 아는 사람을 보냈습니다. 그가 오늘 돌아왔습니다."

"그래서? 짝눈이에 대해서 뭐라고 그러던가?"

"그가 아버지라고 했던 사람은 짝눈이가 이야기한 그곳에 살고 있었습니다. 하지만 그는 짝눈이의 아버지는 아니었지요. 그는 그런 이름을 가진 자식도 없고 짝눈이가 말한 그 나이 또래의 자식도 없었습니다. 그에게는 덩치가 작은 아들이

7. 짝눈이의 행방불명

하나 있었고 사오 년 전 잠깐 집을 떠난 적이 있는데 그만 병이 들어 돌아와서 앓다가 죽었다고 합니다. 그 외에는 아들이 없고 딸이 셋이나 있다고 했습니다. 그래서 거칠산 아래서 쇠를 두드리던 집안인지 물어봤더니 거칠산 아래에서 산 것은 맞지만 쇠는 구경도 해본 적이 없는 집안이고 대대로 고기를 잡는 어부였답니다. 짝눈이 거짓말을 한 것은 확실한데 자기가 아버지라고 주장했던 사람을 아는 것을 보면 분명히 인근에 연고가 있을 것 같아서 수소문을 하고 다녔답니다. 그렇게 몇 고을을 다니다 짝눈이의 진짜 집을 찾을 수 있었지요. 제법 떨어진 마을인데 어머니가 홀로 살고 있었습니다. 이름은 짝눈이가 맞았습니다. 나이는 서른이 가까웠고 어릴 때부터 말썽을 많이 피웠답니다. 오륙 년 전 웬 불한당을 따라 집을 나가버렸는데 한동안 소식이 없다가 올해 여름에 집에 돌아왔답니다. 그러다 또 집을 나갔는데 속이 후련했답니다. 아무 것도 하지 않고 놀기만 하니 밥해 주기도 아까울 지경이었답니다. 그 집안은 대대로 농사를 짓던 집안이고 짝눈이도 어릴 때 농사를 조금 지어본 것 말고는 다른 걸 해본 적이 없답니다."

"그럼, 짝눈이가 내게 했던 말은 거짓부렁이구먼."

"예, 그렇습니다. 그런데 나리께 거짓말을 하면서 접근한 것이 이상하지 않습니까? 그가 군사를 따라 온 것이나 물부에 가고 싶어 한 것은 필시 이유가 있을 것입니다."

"그렇군. 내가 눈이 짧았네. 난 그가 착한 젊은이인줄만 알았는데 본바탕이 그럴 줄이야 어떻게 짐작했겠는가?"

"나리야 그가 하는 말을 믿을 수밖에 없는 입장이었지 않습니까? 그건 나리가 마음이 고운 사람이라서 그렇습니다. 그보다 짝눈이가 그렇게 거짓말을 해대며 나리 앞에 나타난 것이 이상합니다. 속셈이 있지 않고서야 그렇게 행동할 리가 없습니다. 설마 그가 나리를? 설마?"

"대체 무슨 말을 하려는 건가?"

"나리를 해치려던 놈이 바로 짝눈이 아닐까 하는 것입니다. 그렇지 않으면 나리에게 접근할 리가 없지요. 이제 분명합니다. 그놈이 틀림없습니다."

"하지만 그는 작업장에서 일을 했다는 확실한 증거가 있었다네. 물부의 사람들도 그가 일을 했다고 증언했었지. 진서가 하는 이야기를 자네도 같이 듣지 않았는가?"

"거기에 분명 속임수가 있습니다. 진서 나리가 한 말을 다시 생각해 봐야 합니다. 진서 나리는 그가 일찍 일어나서 여섯 개의 불가마에 불을 피우고 풀무질을 해야 한다고 했습니다. 그런데 그 날은 지붕에 물이 새서 두 개는 불을 늦게 피웠는데 아직 물기가 남아 있는 것도 봤고. 그가 열심히 하는 걸 물부 사람들이 모두 증언했다고도 했습니다. 참, 겨울비에 물이 새는 건 흔한 일은 아니라고 했던 것도 생각납니다. 겨울비에 물이 새다니 흔한 일은 아니지요. 겨울비에 왜 물이 샜

7. 짝눈이의 행방불명

는지. 이런! 현장에 한번 가봐야 되겠습니다."

허둥지둥 뛰쳐나가는 칠성이를 따라 진철도 얼른 몸을 움직였다. 칠성이는 신발을 신자마자 한걸음에 짝눈이가 일하던 작업장으로 달려갔다. 진철도 무심코 몇 걸음을 힘껏 뛰다가 허벅지가 통증을 호소하자 잠시 쉬었다가 천천히 속도를 더하며 빠른 걸음을 옮겼다. 뛰는 것은 아직 무리인 모양이었다. 진철이 도착하자 이미 칠성이는 사다리를 타고 지붕으로 올라가는 중이었다. 잠시 후 지붕에서 내려온 칠성이는 작업장 안에서 일하고 있는 사람을 전부 모이게 했다.

"지난달 이십육일에 제가 모시는 분이자 우리 우가의 사리이신 진철 나리께서 변을 당했습니다. 범인은 나리의 목숨을 앗으려 했지만 나리께서 재치로 상처만 입으시고 지금은 이렇게 많이 회복이 되었습니다. 오늘은 그날 아침에 있었던 일을 물어보고자 왔습니다. 숨기거나 더하는 것 없이 그냥 알고 계시는 그대로, 자기가 아는 사실만 말해주시면 됩니다. 좀 전에 제가 이리로 뛰어와서 사다리를 찾으니 없다고 했습니다. 저는 안쪽으로 두 칸이나 들어가서 사다리를 구해 왔습니다. 그렇다면 여기는 평소에 사다리를 쓸 일이 거의 없는 곳입니다. 맞습니까?"

"그렇소. 여기는 사다리를 쓸 일이 거의 전무하오."

"좋습니다. 자 그렇다면 비 오는 그날도 여기 사다리가 있었을까요? 평소 이 작업장에서 사다리를 갖추고 있었습니까?"

"아니오. 우리는 사다리를 갖고 있는 게 없소이다."

"그럼 그날도 사다리가 여기 없었습니다. 누군가 필요하다면 빌려와서 사용해야 했습니다. 자, 다른 걸 묻겠습니다. 올해는 유달리 큰 바람과 비가 적어서 농사가 풍년이었지요. 가을비가 많이 오지도 않았습니다. 올해 여름이나 가을에 지붕이 샌 적이 있습니까?"

"아니, 그때는 없었소. 사실 우리도 당시 짝눈이가 지붕에서 물이 샜다고 하기에 조금 의아해 하기는 했소. 하지만 워낙 열심히 하는 친구의 말이라 그 말을 믿었던 것뿐이오."

"알겠습니다. 이제 짝눈이의 작업에 대해 물어보겠습니다. 그는 불가마 여섯 개에 불을 피운다고 했습니다. 거기에 모두 불을 활활 피우려면 시간이 얼마나 걸립니까?"

"그것은 반 시진은 넘게 걸려야 하오."

"그렇다면 짝눈이는 여러분보다 반 시진은 일찍 일어나서 작업을 준비해야 되겠군요?"

"그렇소. 우리는 그 정도 늦게 나와서 작업을 하게 되오. 우리 일은 풀무질보다는 훨씬 힘이 드는 일이오."

"그건 알겠습니다. 그러니까 그날도 짝눈이보다 반 시진은 늦게 나왔습니다. 그렇다면 여러분 중에는 물이 새는 걸 고치러 짝눈이가 지붕에 올라간 걸 본 사람이 아무도 없습니다. 혹시 본 사람이 있습니까?"

7. 짝눈이의 행방불명

"아무도 보지 않았다고 하오."

"그런데 그날은 비가 와서 제대로 불을 피우기가 쉽지 않았을 것입니다. 아주 숙련된 여러분이 피웠다면 모르지만 짝눈이는 그렇지 않으니까요. 그래서 그날은 바로 작업을 못하고 짝눈이가 열심히 불을 피우는 걸 본 다음에 일을 시작했을 겁니다. 제 말이 맞습니까?"

"모두 그랬다고 하오."

"알겠습니다. 이제 일 하셔도 좋습니다."

사람들은 모두 언제쯤 짝눈이가 돌아올 수 있는지 물었다. 그들은 그와 같이 열심히 해주는 조력자가 필요했다. 이제 전쟁이 끝나 일을 다소 천천히 해도 되지만 한 번 길들인 편안함은 양보하기 어려운 모양이었다. 찾는 즉시 돌려보내 주겠다는 약속을 한 후 사다리를 들고 빌려 온 집으로 갔다. 그 집에서는 이전에는 한 번도 빌려준 적이 없다고 했다. 집으로 돌아온 둘은 다시 방으로 들어갔다.

"제 짐작이 맞았습니다. 그때는 짝눈이가 있으니까 그가 말하는 것이 맞았다고 해주었다가 지금은 그가 없으니까 사실을 말해 준 것입니다. 그래서 그의 거짓말이 드러나게 됐지요. 지붕은 고친 흔적이 없이 세월의 때가 묻은 그대로였습니다. 그러니 그는 가마 옆에 물을 끼얹어 놓고 나리한테 왔다가 다시 돌아가서 열심히 가마의 불을 피운 겁니다. 이제 그가 범인임이 확실해졌습니다."

"불한당과 다를 바 없는 그런 놈을 내가 직접 들였다니 믿기지가 않는군. 내가 스스로 목숨을 파는 행위를 했다니 얼마나 어리석은 인간인가?"

"그건 나리가 어리석은 것이 아니라 그 놈의 천성이 잘못된 것이지요. 이제 빨리 그 놈을 찾아서 죗값을 치르게 만들어야 합니다. 진돌이가 왔다 간 후 사라진 걸 보면 틀림없이 어디 숨어있을 것입니다. 아마 제가 이세로 사람을 보낸 것을 진돌이가 알아차린 것일 수 있습니다. 그가 그 이야기를 해주자 조만간 거짓말이 탄로 날 것을 알고 밤에 조용히 사라져버린 것입니다. 아마 그를 찾아가겠지요. 그리고 그가 정해 준 안전한 곳에 숨어 있을 겁니다. 짐작컨대 염하는 자를 포함해서 그들은 모두 한통속입니다."

"그건 그런 것 같네. 그런데 자네 말을 들으니 짝눈이 그 놈을 찾는 게 쉽지 않겠구먼. 어디 골방에 숨겨놓고 있으면 우리가 어찌 알고 찾겠는가?"

"그렇습니다. 쉽지가 않을 것입니다. 이럴 때 방이라도 한번 붙여보면 어떻습니까? 짝눈이 얼굴을 그려서 보는 사람은 알려달라고 하는 겁니다. 혹시 그가 숨어있는 것을 아는 사람도 있을 수 있지 않습니까? 지금은 그러려니 하고 넘어가지만 방을 보면 알려 줄 수도 있을 것입니다."

"하지만 그건 안 될 말이네. 아라의 왕궁 안에서 그런 일이 일어났다는 것을 모두에게 알리란 말인가? 여기는 존엄한 곳

7. 짝눈이의 행방불명

이네. 그러니 임금님의 권위가 그대로 살아 있어야 하네. 그런 방을 붙이면 그건 임금님의 권위를 훼손하는 것이고 내 체면도 말이 아니게 되네. 어쨌든 이 일은 우리끼리 알아서 해결해야 하네. 그러니 그 생각은 일찌감치 접어두게나."

"제가 거기까지는 생각을 못했습니다. 하지만 몇몇은 이미 무슨 일이 일어났는지 알고 있지 않습니까?"

"살인사건이 몇 건이나 일어났지. 여러 사람이 죽음을 목격했네. 하지만 지금 우리가 사는 이 세상은 전쟁의 시대가 아닌가? 전쟁이 일어나면 얼마나 많은 사람이 죽는가? 늘 죽음을 보며 살아가는 사람들이라네. 이미 죽음에 익숙해 있다는 것이지. 그리고 죽음은 이러나저러나 똑같은 죽음일 뿐이라네. 전쟁터에서 죽으나, 병들어 죽으나, 칼에 찔려 죽으나 죽음 자체는 같다는 것이지. 그러니 살인이 몇 번이나 있어도 사람들이 아무런 동요 없이 자기 일을 충실히 다하는 거라네. 이제 이런 이야기는 그만하세. 어서 저들을 잡을 방도를 생각해야 하네."

"진서 나리와 제가 진돌이를 감시하고 군사들이 염하는 자를 감시하면 조만간 좋은 결과가 나오겠지요. 짝눈이까지 한꺼번에 소탕할 수 있을 겁니다. 그때는 정말 두 다리를 쭉 뻗고 잘 수 있을 것 같습니다."

"자네 노력으로 짝눈이의 거짓말이 밝혀지듯이 앞으로 하나하나 베일이 벗겨지면 그런 날도 찾아오겠지. 그런데 그동안 우리는 짝눈이가 한 말은 모두 참말로 믿고 있었는데 우리의 추리가 잘못된 것은 없는가? 그것도 한번 생각해 봐야겠네."

"혹시 뭔가 떠오르는 것이 있으면 나리께 찾아오겠습니다."

칠성이가 가고 나서 하인이 돌아왔다. 하인은 친한 사람이랑 둘이서 재미있게 이야기를 나눴다고 했다. 염하는 자는 이번이 세 번째 방문인데 처음에는 응급처치만 했고 두 번째는 관을 두 개나 갖고 와서 그 중 오동나무관에 부여무내가 수습한 시체를 안치했으며 오늘은 녹나무관에 정식으로 시체를 안치했다는 것이었다.

"나리. 오늘은 지난번처럼 그렇게 시간이 많이 걸리지는 않았다고 합니다. 염하는 자가 도착해서 마당에 달구지를 끌고 들어오자 잠시 후 부여무내가 나왔습니다. 그리고는 창고 문을 열었는데 냄새가 나기는 했지만 저번처럼 고약하게 나지는 않았답니다. 부여무내가 염하는 자를 따라 안으로 들어갔습니다. 염하는 자는 쇠지렛대를 이용해 오동나무관의 뚜껑을 열었습니다. 그때는 냄새가 훅하고 올라오더랍니다. 소금을 걷어내자 이제 생전의 얼굴이라고는 도저히 알 수 없는 고인의 얼굴이 보였답니다. 살가죽만 뼈에 붙어 있는 해골처럼 보였답니다. 그러고 나서 염하는 자가 이제 최종으로 고인의 시체를 처리하고 녹나무관으로 옮길 텐데 냄새도 나는데다 병균이 옮으면 왕궁에 큰일이 일어날 수 있으니 창고 밖으로

7. 짝눈이의 행방불명

나가달라고 했답니다. 그래서 모두 밖으로 나왔는데 이 각 정도 지나자 문이 열리며 안으로 들어오라고 했답니다. 이번에는 녹나무관이 열려 있고 냄새도 없었으며 그 안에 고인의 얼굴이 보였는데 마치 뼈만 있는 것처럼 보였답니다. 조금 전보다 훨씬 더 말랐다는 느낌이 들었다고 합니다. 그건 사실 뼈만 있어야 하기 때문에 그런 건데 그 하인은 그것까지는 몰랐던 모양입니다. 몸에는 뼈만 남은 것이 보이지 않도록 온통 헝겊이 둘러져있었는데 얼굴에도 헝겊을 두르고 나서 소금을 가득 채웠답니다. 그리고는 관과 뚜껑이 맞닿는 부분에 밀랍을 칠한 후 뚜껑을 닫고 나무못을 쳤답니다. 관과 뚜껑은 안팎으로 모두 여러 번 옻을 먹여서 까만데다가 밀랍도 여러 번 발라서 반질반질했답니다. 역시 귀한 사람의 관다웠고 오동나무관을 달구지에 싣고 염하는 자가 돌아가려 하자 부여무내가 아주 흡족해하면서 좋은 술과 음식을 푸짐하게 싸서 따로 내어주었답니다. 값은 얼마나 치렀는지는 모르지만 그 하인의 말로는 상당했을 거라고 합니다. 염하는 자가 부여무내에게 몇 번이나 고개를 숙이며 고맙다고 했답니다. 그건 아주 후하게 쳐준 것이 아니겠습니까? 대문을 나서는 그와 일꾼이 입을 다물지 못하고 계속 벙글거리며 달구지를 끌고 돌아갔다고 했습니다."

녹나무관의 비밀

8. 백제대왕의 장례

십일월 동짓달의 마지막 날이 밝았다. 지난 사흘 동안 벌어진 여러 가지 일들에 시달린 진철은 어젯밤에는 일찌감치 잠자리에 들었으며 그동안 부족했던 수면을 충분히 보충할 수 있었다. 어둠이 채 가시기도 전에 상쾌한 마음으로 칼을 잡았다. 그동안 칼을 잡고 동작을 취해 보기는 했지만 제대로 휘둘러보지는 못했다. 오늘은 마음껏 휘둘러볼 참이었다. 어제 급한 뜀박질에 아우성을 치던 근육도 밤사이 부드러워져서 오히려 더 상태가 좋아진 것 같았다. 천천히 다리 동작을 취하면서 근육이 버틸 수 있을지 확인했다. 어제보다 더 깊숙이 자세를 낮추어도 크게 무리가 없음을 확인한 후 본격적으로 칼을 휘두르기 시작했다. 그동안 쉬고 있던 근육에 힘이 들어가기까지는 시간이 걸렸지만 일각이 지나고 또 일각이 지나자 온몸에 땀방울이 솟기 시작하면서 구석구석의 근육에도 힘이 들어가는 것이 느껴졌다. 기분 좋은 움직임이 연속적으로 이어지며 점점 더 몸이 가벼워졌다. 반 시진을 훨씬 넘기며 제대로 몸을 푼 후에야 칼을 놓고 가쁜 숨을 진정시켰다. 찬물에 땀방울을 씻어내자 시원해졌다. 하늘에 제를 지낼 준비로는 완벽한 것 같았다.

칠성이는 동산에 아무런 변화가 없다고 했고 염하는 자를 감시하던 군사도 밤새 아무런 움직임이 없었다고 했다. 나중에 찾아온 진서도 진돌이가 조용히 있었다고 전했다. 모두를 보내고 나서 조용히 생각을 가다듬어 보려고 하는데 어제 마주친 염하는 자의 모습이 자꾸 떠올랐다. 염하는 자는 소달구지를 끌고 해길의 낮은 오르막을 오르고 있었다. 그는 고삐를 한 손에 말아서 쥐고 소를 따라 걸었고 소는 그 길이 익숙하고 또 달구지도 가벼운 듯 별로 힘을 들이지 않고 경사진 길을 오르고 있었다. 달구지 위에는 허름한 옷을 입은 일꾼 하나가 앉아서 고개를 숙이고 있었다. 진철은 해길을 따라 걸어 내려오고 있었고 달구지는 올라가고 있었으며 어느 순간에 그렇게 스치게 되었다. 그 후 몇 발짝을 떼고 나서 달구지가 어디로 가는지 보느라고 뒤돌아봤다. 그리고 고개를 들고 자기를 쳐다보는 일꾼과 순간적으로 눈이 마주쳤다. 일꾼은 다시 고개를 숙였고 여러 걸음을 더 간 후 다시 쳐다보자 멀어지는 달구지가 처음 본 것과 하나도 다를 바 없이 해길을 올라가고 있었다.

8. 백제대왕의 장례

그 눈빛. 고개를 들고 진철을 바라보던 그 일꾼의 눈빛. 좋아하는, 잘 되기를 바라는, 동정하는, 안타까워하는, 무시하는, 업신여기는, 거리를 두는, 측은하게 바라보던 그 눈빛. 순식간에 눈에 들어왔다 순식간에 사라져버린 그 눈빛. 그와 똑같은 눈빛의 주인공. 상복을 찾으러 갔을 때의 그 눈빛. 하급군사의 집에서 죽임을 당한 부인을 두고 심문을 했을 때의 그 눈빛. 드팀전의 그 주인이야말로 이 모든 사건의 주범이 아니던가?

그는 무슨 일로 부여무내의 집으로 갔을까? 혹시 그가 샛별공주를 해칠 목적으로? 그러나 수돌이는 더 이상 그녀를 보호해야 한다는 말이 없었다. 도대체 왜 그는 염하는 자와 같이 갔을까? 단순히 일손을 덜어주기 위해? 염하는 자와 진돌이는 어떤 관계일까? 그리고 짝눈이와는? 그 세 사람은 어떤 사이일까? 짝눈이는 지금 어디에 숨어 있을까? 짝눈이는 우가의 사리인 나를 죽이려고 했다. 그렇게 해서 그가 얻는 것은 무엇인가? 짝눈이는 거짓말을 했다. 그렇다면 짝눈이가 한 말이나 행동 중에서 다시 짚어봐야 할 것은 무엇인가?

짝눈이는 하급군사의 부인이 살해됐을 때 시장에 있었고 그 시각에 건장한 사내가 드팀전 쪽으로 가는 것을 봤다. 과연 그건 참말일까? 그들은 같은 편인데 왜 진돌이에게 불리한 증언을 했을까? 마치 수돌이가 진돌이에게 불리한 말을 한 것처럼. 그리고 짝눈이는 한 달 전에 왕궁을 나갔다 왔다. 그는 무엇 때문에 왕궁 밖으로 갔을까? 그것도 한 달 전에? 그 날짜는 언제였는가? 말을 제대로 못하던 그 군사가 알려준 날짜는? 시월상달 스무나흘, 늦은 오시부터 신시가 될 때까지. 그 날은 무슨 일이 있었던가? 그날은? 그날은!

진철은 저도 모르게 벌떡 자리에서 일어섰다. 멈춰선 그 자세로 되돌아온 충격이 가해지자 온몸이 부르르 떨리며 간담이 서늘해졌다. 어리석은 자신의 머리를 한없이 탓하기 이전에 너무 오래 전, 전쟁이 일어나 상황이 많이 바뀌기 이전에 있었던 일이라고 치부하고 싶었다. 빤한 변명이어서 그렇게 말할 수 없다는 걸 알고 있으면서도 그렇게 말하고 싶었다. 아, 왜 그 이야기를 들었을 때 눈치 채지 못했던가? 남문의 군사나 어제 말을 전하러 온 군사는 대수롭지 않게 생각할 수 있어도 자신은 그렇지 않아야 하는 것 아닌가?

햇곡식을 신에게 드리기 가장 좋은 달이라서 상달이라고 한 시월의 스무나흘은 바로 하급군사가 살해당한 날이었다. 시각은 미시 중반. 짝눈이 왕궁을 나간 시각이 늦은 오시였고 신시가 되었을 때 들어왔으니 이보다 더 잘 맞아떨어지는 경우가 어디 있단 말인가? 왜 진돌이가 변장을 하고 나가서 아무도 못 알아볼 것이라고만 생각하고 같은 편이 있을 것이라고는 생각하지 못했는가?

진철이 진돌이에게 눈이 팔려 있는 사이 짝눈이는 왕궁을 나가 집으로 돌아오고 있는 하급군사를 살해했다. 하급군사

8. 백제대왕의 장례

를 꾀는 것은 가까이 있는 진돌이가 맡았을 것이다. 짝눈이도 일을 벌이기 전에 진돌이와 같이 하급군사를 만났을 수도 있다. 그렇지 않더라도 인상착의를 알면 대판에서 돌아오는 그를 가려내는 것은 식은 죽 먹기였을 것이고 진돌이의 전갈이라고 하면서 그를 사람이 없는 안으로 데리고 가는 것도 여반장이었을 것이다. 목적을 달성하는 것도 짧은 시간에 쉽게 끝냈을 것이다. 그리고 유유히 돌아왔을 것이다.

그렇다면 하급군사의 부인을 죽인 자는? 그 역시도 짝눈이일 것이다. 진돌이는 인근 사람들이 척보면 알기 때문에 혹시라도 눈에 띌까봐 과감한 행동을 할 수는 없었을 것이다. 그러니 짝눈이가 일을 저지른 게 확실했다. 만약 짝눈이가 아니라면 그건 염하는 자가 될 것이다. 그동안의 관계를 보면 염하는 자도 충분히 그럴 가능성이 있다. 아직 염하는 자의 솜씨를 보지는 않았으나 둘에 크게 뒤처지지는 않을 것이다. 그래도 짝눈이가 일을 저질렀을 가능성이 더 높았다. 현장에서 우가로 달려와 진철이를 데려간 것은 그였다. 범인이 현장 주변을 어슬렁거리는 것은 얼마나 자연스러운가? 그리고 틀림없이 짝눈이는 그 근처에 숨어 있을 것이다. 우가는 알아보는 사람이 많을 것이기 때문에 염하는 자가 데리고 있지는 않을 것이다. 나중에 시간을 내어서 시장 근처를 샅샅이 뒤져보면 짝눈이를 붙잡거나 최소한 그가 숨어 있던 흔적이라도 확인할 수 있으리라.

거기서 더 이상 생각의 끈을 잇지 못하고 방에서 나와야 했다. 이미 진시가 되어 있었다. 빨리 제를 지내러 가야 했다. 옷을 차려입는 것도 시간이 걸리고 정오에 제를 올리기 전에 미리 정해진 자리를 지키고 있어야 했다. 우가의 사리로서 제물로 빠짐없이 잘 차려졌는지 확인하는 것도 그의 임무였다. 제물로 소머리와 함께 갖가지 음식이 차려졌고 청동거울 아홉 개를 올렸다. 말에 입히는 갑옷도 올렸다. 마갑이라 불리는 그 말 갑옷은 전쟁의 승패를 좌우할 만큼 중요한 것이었다. 왜에는 말이 많지 않았다. 원래 말이 없던 곳이어서 한반도에서 싣고 와야 했기 때문에 임금님을 위시해 골한까지나 탈 수 있을 정도였다. 그 귀한 말을 키우고 관리하는 마구간은 생구에 있었다. 생구라는 말 자체가 망아지가 태어났다는 말이었다.

정오가 되기 전에 모두 신단에 모였다. 원주민은 제단을 신이 있는 울타리 안이라고 해서 신리(神籬) 즉 히모로기라고 불렀다. 제는 천신에게 올리는데 그 천신은 하늘로 간 용본왕을 비롯해 모두 임금님의 조상신이었다. 그래서 제의 이름을 천신제라 했고 임금님이 직접 제를 관장하게 되는데 제를 관장하는 임금님을 따로 천군(天君) 또는 단군(檀君)이라 불렀다. 제단에는 신선한 산에서 베어온 큰 나무와 작은 나무로 솟대를 세웠는데 이를 신목(神木)이라고 했다. 그리고 단군은 신목을 세울 때 박달나무를 사용했기 때문에 붙여진 이름이었다.
 해가 하늘 가운데 위치하자 임금님이 신목 앞의 제물이 차려진 곳으로 가서 차고 있던 칼을 풀어 상 위에 놓았다. 그 칼의 이름은 초치검이었다. 아라의 임금님이 차는 칼이자 아라의 신비로운 보물인 그 칼은 용본왕이 출운의 안래에서 나는 사철로 만든 칼로 머리가 여덟 개, 꼬리가 여덟 개인 뱀을 죽이고 얻은 것이라는 이야기가 전해지고 있었다. 임금님이 물러서자 신을 맞이하는 행사가 시작되었다. 붉은 치마와 흰 두루마기를 입고 오른손에는 수많은 작은 방울이 달린 방울대를 들고 왼손에는 흔히 삐주기나무라고 부르는 빗죽이나무를 든 무녀가 나와서 양손을 하늘로 쳐들고 손목을 마구 흔들며 춤을 추었다. 하늘에서 신이 내려와 신목에 깃들기를 기원하는 것이었다. 일각 정도 지나고 마침내 신을 영접하게 되자 춤을 멈춘 무녀가 물러났다.
 임금님이 앞으로 나와서 엎드려 절을 했다. 임금님이 입고 있는 옷의 양 어깨에 삼족오와 섬여의 문양이 선명했다. 삼족오는 해 속에 살고 있는 세 발 달린 까마귀로 낮을 다스리는 천신을 상징했고 섬여는 달에 사는 두꺼비로 밤을 다스리는 천신을 상징했다. 임금님이 제를 올릴 때 입는 옷에 삼족오와 섬여를 장식한 것은 낮과 밤을 연이어 천신이 아라의 임금님을 지켜주고 아라가 부강해지도록 함께한다는 뜻이었다. 그토록 천신이 보살펴준다면 아라가 어찌 열두 마리의 용과 함께 하늘을 날지 않으랴. 진철은 축문을 다 읽고 임금님이 아홉 번 절을 올릴 때까지 용을 타고 하늘을 노니는 자신을 생각했다.

　임금님이 물러나자 다음은 김지가 앞으로 나와서 역시 차고 있던 칼을 풀어서 상 위에 놓았다. 그 칼은 십악검(十握劍)이었다. 열 방향에 있는 적들을 모조리 물리칠 수 있는 칼이라는 뜻이었다. 한반도에서 나는 쇠로 만든 칼로 대대로 아라의 임금님에게 이어져 왔으나 용본왕이 초치검을 얻으면서 지금의 임금님에게 주었고 용본왕이 죽자 다시 김지에게로 물려졌다. 좌보도 아홉 번 절을 하고 물러섰다.

　다음은 부여무내가 앞으로 나왔다. 그도 칼을 풀어서 상 위에 놓았다. 바로 일곱 개의 가지가 있는 칠지도였다. 백제의 근초고대왕이 만들어서 부여무내에게 준 그 칼은 길이가 석 자 사 치였고 양쪽 날에 낫처럼 굴곡진 가지가 세 개씩 뻗어 나와 있었다. 칼등에는 앞면에 서른넷, 뒷면에 스물일곱 등 총 육십네 글자가 금으로 상감되어 있는데 매일 정성을 다해 닦는지 금빛이 반짝거리며 멋진 자태를 뽐내고 있었다. 글자의 내용은 태화사년 오월십일일 정오에 백련철로 만들었으며 백제의 황태자인 샌님이 후왕이 되었으니 받들라고 했다. 금으로 글자를 새긴 그 귀한 칼은 백병이 오더라도 피하지 않고 맞서 싸울 수 있는 칼이 아닐 수 없었다.

　그 귀한 세 자루의 칼이 상 위에 놓여 있는 것을 보며 진철

8. 백제대왕의 장례

은 가슴이 벅차올랐다. 이 칼들이야말로 진정한 아라의 영웅이고 영혼이었다. 비록 고난의 시기가 있었지만 이 칼들이 있으므로 해서 아라가 다시 일어설 수 있었고 오늘의 이 평화로움도 누릴 수 있는 것이다. 이 칼들에는 용의 그 거대한 몸체와 입에서 뿜어내는 그 활활 타오르는 화염과 하늘을 가르며 날아오르는 그 힘찬 용오름까지 모두 녹아 있었다. 아쉽게도 칠지도는 아직 그 속에 내재된 용의 권위를 한 번도 드러낸 적이 없었다. 그 칼보다는 침류가 들고 있는 칠지도가 더 영험을 드러냈다. 지금은 아니지만 그 동생 칠지도는 아라를 지배했었다. 이제 부여무내가 들고 있는 그 형 칠지도가 영험을 드러낼 차례였다. 앞으로의 싸움에 가장 필요한 것이었다.

그렇게 넋을 놓고 있을 때 어느덧 부여무내가 일어나 뒤로 물러섰다. 이제 제를 마쳐야 했다. 모두 아홉 번 절을 했으며 무녀가 다시 나와서 천신을 하늘로 되돌려 보낸 후 제를 마쳤다. 이제 헤어질 시간이었다. 나란히 서 있던 임금님과 김지가 부여무내와 함께 앞서 걸어가자 진철은 얼른 샛별공주가 있는 곳으로 갔다. 그녀는 사리들과 같이 있다가 진철이 다가가자 반가운 얼굴로 맞이했다. 사람들이 임금님을 따라 먼저 내려가기를 기다리며 가벼운 이야기를 나누다가 둘이 걸어갈 수 있게 되자 어려운 이야기를 꺼냈다.

"이번에 백제대왕의 시신을 가져왔는데 불편하지는 않으셨는지요?"

"우리야 손을 댈 수 있나요? 염하는 자가 와서 다 해주어서 별 불편은 없었답니다. 안채까지 고약한 냄새 때문에 좀 혼이 나기는 했지요. 그나마 저는 괜찮았답니다. 저 사람과 하인들은 직접 창고에 들어가 보고 하는 바람에 제대로 혼쭐이 났다고 하더군요. 그래도 해야 할 일이니 참을 수밖에 더 있나요?"

"그렇게 되었다니 다행입니다. 그런데 그 시신을 땅에 묻는 것은 괜찮을까요? 백제 땅으로 돌려보내서 묻게 해야 한다는 주장도 있습니다."

"그렇게 말하는 사람도 있다고 하더군요. 그것도 틀린 말은 아니지요. 대왕 자신도 그걸 더 좋아하지 않겠습니까? 여우도 죽을 때 머리를 자기가 살던 굴 쪽으로 둔다고 하는데 누구나 고향 땅에 묻히고 싶어 하는 것은 당연지사입니다. 하지만 어디에 묻을 것인가 하는 것은 결국 살아있는 사람의 선택입니다. 그리고 그 결정권은 지금 저 사람이 쥐고 있지요. 그러니 그가 바라는 대로 일이 이루어질 겁니다."

"물을 떠난 물고기가 물을 그리워하듯이 우리도 고향에 대한 그리움을 품고 살아가지 않습니까? 대왕이 이미 고인이 되었는데 죽어서 그런 그리움을 안아야 한다면 그건 너무 가혹하지 않겠습니까?"

"어쩌면 그건 형벌이라고 할 수도 있겠지요. 하지만 그가 저 사람에게 한 짓을 보면 약간은 벌을 받아도 되지 않을까요? 무엇 때문에 백제의 신하였던 전구신이 대왕의 목을 쳤겠

8. 백제대왕의 장례

습니까? 그는 그렇게 생각하지 않겠지만 생전에 잘못한 것이 있었습니다. 그래서 그렇게 된 겁니다. 그러니 죽어서 죗값을 치르는 게 당연할 수도 있지요."

"그렇게 생각할 수도 있지만 그래도 죽음에 이르러서는 다들 용서해 주는 것이 예의가 아니겠습니까? 어떤 사유든 그가 이렇게 왜에 왔고 또 목숨이 다한 것은 그 스스로 죗값을 치른 것이 아닐까요?"

"만약 대왕에게 그런 마음이 조금이라도 있다면 용서가 되겠지요. 하지만 대왕도 자신이 이렇게 왜에까지 와서 허망하게 목숨을 잃을 줄은 몰랐을 겁니다. 자신의 죄에 대한 것은 아예 생각조차 하지 않았겠지요. 그러니 벌을 받는 것은 당연한 것 아닐까요?"

"조금 더 현실적으로 볼까요? 왜에서 백제대왕이 죽었다는 소식을 들으면 근구수가 대군을 내어 쳐들어 올 것입니다. 아버지가 왜로 떠났다는 소식을 듣고 이미 오고 있는지도 모르지요. 사실 백제대왕에 관한 문제에서 정당한 권리는 그가 갖고 있지요. 그러니 그가 올 때까지라도 시신을 묻지 않고 있으면 어떻습니까?"

"왜 그렇게 이 문제를 잡고 늘어지는지 의아했더니 이제 본심을 드러내는군요. 결국 대왕의 시신을 두고 근구수와 협상을 하겠다는 게 아닙니까? 백제대군이 오면 아직 아라가 미약해서 전쟁은 하나마나 결과가 뻔하고 시신을 돌려주는 것으로 근구수를 돌려보내려는 것이 아닙니까? 빨리 아버지를 묻어야 하니 전쟁을 하고 있을 여유가 없겠지요. 나쁜 사람이군요, 당신은. 참, 당신을 욕해서 미안해요. 당신은 그런 생각을 할 사람이 아니지요. 보나마나 오빠들이 당신에게 이렇게 하라고 시켰겠네요."

"아, 아닙니다. 그건 제가 나라를 생각해서 한 말입니다."

"거짓말 말아요. 당신이 어떤 사람인지는 당신 부인보다 제가 더 잘 알겁니다. 다사성에서부터 당신을 봐 왔으니까요. 뭐 그렇다고 오빠들에게 화풀이는 하지 않을 테니 걱정 말아요. 다만 이건 알아주셔야 해요. 저 사람은 이제까지 있었던 자신의 과거를 완전히 묻으려는 겁니다. 저 사람의 인생은 꽃길이 준비되어 있었지만 절 본 순간부터 가시밭길로 변했지요. 그의 선택은 저였지만 그 와중에도 자신의 피를 완전히 바꿀 수는 없었습니다. 그래서 자기 아버지를 볼 때마다 뒤로 물러서곤 했지요. 그 때문에 아라가 힘든 시기를 보내야 했습니다. 이제 아라가 다시 선 지금 저 사람은 자기 때문에 예전의 일이 반복되는 일은 절대로 없어야 한다고 마음먹었답니다. 그런 수모와 비웃음은 두 번 다시 당할 것은 아니지요. 저를 사랑하는 만큼이나 저 사람의 의지는 확고합니다. 이제 백제와의 인연을 모두 지우고 오로지 아라의 편이 되어 근구수가 오더라도 굴하지 않고 떳떳하게 싸울 결심을 한 것입니다. 그 의지를 대왕의 시신을 땅에 묻는 것으로 보여주려 하

8. 백제대왕의 장례

는 것입니다."

"그런 깊은 뜻이 있는 줄은 몰랐습니다. 제가 부끄러워지는군요. 괜히 마마께 언짢음만 더했습니다."

"돌아가시면 오빠들에게 전해 주세요. 전쟁에서 이기든 지든 상관없이 아라의 사내답게 끝까지 싸우라고요. 싸워보지도 않고 질 생각부터 하는 것은 용의 정신이 아니잖아요."

"예. 그리고 저도 반성하겠습니다."

"한 가지만 덧붙일게요. 대왕의 시신을 여기에 묻는 것은 아라를 위한 것이기도 하답니다. 저 사람이 분명히 자기 아버지가 반대할 것임을 알고 있음에도 그렇게 하는 것은 더 이상 그의 시선을 두려워하지 않는다는 것을 보여주는 것이지요. 자기 뜻대로 살아간다는 것을 천명하는 것입니다. 그건 근구수의 화를 돋울 게 뻔합니다. 나중에 근구수가 와서 시신을 묻었다는 것을 알고 노발대발하다가 전쟁 중에 엉뚱한 작전이라도 쓰면 우리에게는 이득이지요. 그리고 큰아들에게 노여워할 수는 있지만 자기 손으로 죽이지는 못하겠지요. 우리가 전쟁에 지더라도 불똥은 모두 저 사람에게 가고 아라 사람들은 큰 화를 입지 않을 테니 다행이 아닙니까? 저 사람도 해를 크게 입지는 않을 겁니다. 마지막으로 좋은 곳에 큰 무덤을 만들고 있으면 그 성의를 생각해서라도 근구수가 함부로 대하지는 않겠지요. 이렇게 아라에 좋은 일이 많은데 못하게 하는 것은 말이 되지 않잖아요? 오빠들에게 일러 주세요. 다른 걱정 말고 전쟁터에서 화끈하게 싸울 준비나 하라고요."

진철은 샛별공주에게 오히려 설득을 당하고 말았다. 임금님을 뵐 면목은 없어졌지만 샛별공주의 말이 맞았다. 승리든 패배든 그건 나중 일이고 지금은 싸울 생각만 해야 했다. 하늘을 날고 있는 용의 가호를 받는 사내들이 물러설 생각부터 한다는 것은 수치가 아닌가! 전쟁터에서 마음껏 싸우다 죽는 것은 아라의 쇠뿔한으로서 최고의 명예가 아닌가! 이미 죽은 자의 시체를 두고 연연하는 것은 수치 중의 수치였다. 수많은 생명을 놓고 고민하는 최고결정권자로서 임금님은 하나의 패라도 더 갖고 싶겠지만 지금은 패로서 승부를 볼 것이 아니라 칼로써, 피로써 승부를 봐야했다. 그것이 진정한 아라의 정신이자 아라인의 자존심이었다.

내성을 나온 진철은 군사들이 있는 곳으로 갔다. 즈믄한을 모두 모은 그는 해가 지기 전에 하급군사와 시장이 있는 왕궁의 남서쪽 일대를 모두 차단하고 짝눈이를 찾으라고 했다. 짝눈이의 인상착의와 입고 나간 옷차림 등도 자세히 설명해 주면서 짝눈이와 같이 있었던 군사들을 활용하라고 했다. 너무 많은 병사를 데리고 가면 사람들이 불안해 할 수 있으니 똑똑한 군사를 골라서 조금만 데리고 가되 수색은 철저하게 하라고 지시했다. 혹시나 짝눈이가 도망을 칠 수도 있으므로 경계도 잘해야 했다. 자신은 더 급한 일이 있어서 함께하지 못한

8. 백제대왕의 장례

다고 양해를 구했다. 짝눈이를 보면서 자신의 어리석음을 되새기는 것도 싫었다. 남문으로 가서 짝눈이가 왕궁 밖으로 나간 것을 본 군사를 만나 정확한 사실을 확인하려고 생각했던 것도 미뤘다. 그건 짝눈이를 잡고 나서 해도 되었다.

돌아와 동생 집으로 갔다. 진성과 함께 다시 전쟁 물자를 점검해야 했다. 며칠 전에는 전쟁이 끝난 후 있는 숫자대로 물자를 확인만 한 것이고 이제 더 큰 전쟁에 대비해 얼마나 더 많은 물자를 준비해야 할지 확인해야 했다. 전쟁의 승패는 많은 것에 좌우되지만 물자의 보급은 군사들의 사기에 직접적으로 영향을 주기 때문에 군사들의 숫자에 못지않게 중요했다. 무엇이 모자라는지 파악하고 부족한 부분을 빨리 채워야 했다.

진성은 이제야 처음으로 형님이 우가의 사리로서의 본래 임무를 충실히 하는 것 같다고 말했다. 그의 웃음소리에도 아랑곳 않고 진철은 물자 파악에만 정신을 쏟았다. 백제군에게 빼앗고 담로도에 있는 걸 갖고 왔기 때문에 무기는 풍족했다. 군사들에게 좋은 것을 지급하고 급하게 만든 것은 출운으로 가져가 새로 만들면 되었다. 문제는 입을 것과 먹을 것이었다. 전쟁이 일어나면 밤을 새워야 하는 일도 비일비재한데 따뜻하게 입힐 의복이 부족했고 먹을 것도 오랫동안 전쟁을 할 경우에 대비해 더 많이 비축해야 했다. 개개의 품목별로 필요한 양을 모두 적었다. 진성을 시켜서 임금님께 아뢰고 지역마다 분담을 주어서 거두어야 했다.

그 일을 마치고나니 해가 뉘엿뉘엿했다. 집으로 돌아와 쉬고 있는데 칠성이가 군사 하나를 데리고 들어왔다. 염하는 자를 감시하는 군사 중 하나였다.

"마치고 오는데 이 자가 나리를 뵈러 왔다기에 같이 들어왔습니다. 나리께 오늘 있었던 일을 상세히 보고 드리게."

"낮에는 숨을 곳이 없어서 저희는 근무조에게 말을 하고 성벽 위의 성가퀴에 숨어서 감시를 했습니다. 대문과 감나무에 가려서 마당이 일부 안 보이긴 했지만 감시를 하는 데는 지장이 없었습니다. 나리도 보셨겠지만 본채가 있고 오른쪽 별채는 광과 아랫방, 변소가 있습니다. 왼쪽 별채는 관을 만들고 재어 두는 넓은 건물입니다. 대문채는 낮고 담장보다 조금 높은 대문이 달려 있습니다. 우리는 성벽을 왔다 갔다 하면서 염하는 자가 무슨 행동을 하는지 지켜봤습니다. 어제는 주로 작업을 하는 곳에 있기는 했지만 본채며 다른 별채며 부산하게 움직였습니다. 오늘도 미시까지는 그렇게 하더군요. 그런데 신시가 되자 왼쪽 별채에 들어가 한 시진이나 있어도 나올 생각을 않는 겁니다. 필시 무슨 일이 있다 싶어서 노을이 지기 전에 제가 성벽을 내려와 그 집으로 갔습니다. 그 안에서 무엇을 하는지 엿볼 수 있는 기회라도 잡으려고 그랬습니다. 감시 중에 그러면 안 된다는 걸 알지만 들키지만 않으면 오히려 도움이 되는 것 아니겠습니까? 그냥 지나가던 길인 척하

8. 백제대왕의 장례

고 안으로 들어가서 사람을 불렀습니다. 하지만 염하는 자는 못 들었는지 나오지를 않았습니다. 저는 문을 열고 안을 들여다봤습니다. 아직 낮이었지만 갑자기 어두운 곳을 보니까 처음에는 잘 보이지 않았습니다. 조금 기다리자 서서히 보이기 시작했고 곧 앞에 있는 것들이 눈에 들어왔습니다. 그런데 제 앞에 기다랗게 관이 놓여 있고 놀랍게도 그 안에 시체가 들어 있었습니다. 제가 헛것을 본 것은 절대 아닙니다. 누워 있는 걸 보니 얼굴은 죽은 지 오래 되어 거죽이 삐쩍 말라 있고 옷을 입혀 놓았는데 속을 어떻게 했는지는 몰라도 본래 몸집대로였습니다. 키 크고 덩치가 있어 보이는 사람이었습니다. 지금은 이렇게 말을 할 수 있지만 그때는 너무 놀라서 얼어붙어 있었습니다. 그때 안쪽에서 염하는 사람이 급하게 걸어오더니 재빨리 관의 뚜껑을 닫고는 어떻게 왔냐고 물었습니다. 두 눈에 경계하는 빛이 가득했습니다. 저는 정신을 차리고 태연하게 짝눈이를 찾고 있는데 안을 봐야겠다고 했습니다. 그는 놀라서 저를 가로막으려고 하는 것 같더니 곧 자신의 처지를 깨달았는지 옆으로 비켜섰습니다. 안을 둘러보자 관을 재어 놓는 곳이 있고 바닥에는 통나무와 다른 재료들이 여기저기 널려 있었습니다. 톱이랑 다른 공구들도 마구 흩어 놓은 그곳은 음침한 기운이 감돌고 언제라도 귀신이 나올 것 같은 불길한 기운이 가득했습니다. 안에는 자르던 나무가 톱이 낀 채로 있었는데 아마 나무를 자르는 데 열중해서 제 목소리를 듣

녹나무관의 비밀

지 못했던 것 같습니다. 아무튼 저는 불쾌한 그 공간에서 빨리 나오고 싶어서 훑어보는 시늉만 하고는 나왔습니다. 본래 짝눈이를 찾으러 간 것도 아니었고 또 찾아간 목적을 충분히 달성했기 때문에 오래 있을 이유가 없었습니다. 그런데 관 속의 시체는 대체 어찌된 일일까요?"

"시체를 본 것은 확실한 것인가? 자네도 말했다시피 밝은 곳에 있다가 어두운 곳을 보면 처음에 안 보이기도 하지만 다른 것으로 착각할 수도 있다네."

"아닙니다. 제가 틀림없이 봤습니다. 그때는 이미 눈이 적응이 되어서 안에서도 잘 보일 때입니다. 분명히 남자의 시체가 관 속에 있었습니다."

"그런데 그걸 본 이후로 얼마나 시간이 지났는가?"

"그 집에서 나온 후 성벽으로 올라갔다가 다른 군사에게 염하는 자를 잘 지켜보라고 하고는 이리로 왔습니다. 그러니 시간이 그리 많이 흐르지는 않았습니다. 시간이 흘렀다 해도 계속 지켜보고 있었으니 다른 곳으로 옮겨서 감추지는 못했을 것입니다. 혹시라도 그럴까 싶어서 다른 군사가 눈에 불을 켜고 지켜보고 있습니다."

"음, 알겠네. 고생했네. 이 일에 대해서는 우리가 조사를 해 보고 필요하면 따로 알려줌세. 그리고 이미 자네 얼굴이 알려졌으니 감시를 할 때 조심하게. 이제는 그렇게 접근해서는 안 된다는 걸 알고 있겠지?"

8. 백제대왕의 장례

"예, 알고 있습니다. 이만 물러가겠습니다."

군사가 물러가고 나서 당장 시체를 확인하러 가야 하는데 둘 다 머뭇거렸다. 시체가 없어지지는 않을 것이므로 우선은 상황을 좀 더 파악하고 가야 하는데 누구의 시체인지 짐작조차 할 수 없었기 때문이다. 짝눈이 말고는 행방불명된 사람도 없었고 최근에 죽은 사람도 없었다. 오래 전에 죽은 사람이라면 시월 이십오일 발견된 하급군사와 그날 죽임을 당한 그의 부인, 구월 이십칠일의 남문대장, 구월 십사일의 한범이, 팔월 십오일의 다롱이가 알고 있는 전부였다. 그 시체들은 모두 주인이나 식구들이 챙겨가지 않았는가! 진철은 시체를 찾아가지 않고 있다는 소리를 들어본 적이 없었다. 만약 그랬다면 분명히 자신한테 연락이 왔을 터였다.

그 시체에 대해 고민하며 염하는 자를 찾아갈까 망설이고 있는데 즈믄한이 찾아왔다. 짝눈이를 찾으라는 지시를 받은 군사 중 최고 책임자였다. 그는 큰용길과 해길을 경계로 해서 왕궁 서남쪽을 모두 뒤졌는데 짝눈이를 찾지 못했다고 했다. 많은 군사를 동원해 물샐틈없이 지키면서 집집마다 빠짐없이 훑었는데 어디서도 짝눈이가 있었던 흔적조차 발견할 수 없었다는 것이다. 염하는 자의 집에 시체가 있다는 것보다 짝눈이를 찾지 못했다는 게 더 이해하기 힘든 일이었다. 분명 거기 어딘가에 있을 거라고 믿고 있었는데 짐작이 완전히 빗나가 버렸다. 짝눈이는 사라져 버렸고 웬 시체만 나오다니 답답하기 이를 데 없었다. 즈믄한은 짝눈이를 못 찾은 게 마치 자기 잘못이라도 되는 것처럼 미안해하면서 돌아갔다.

그런 와중에 진서가 찾아왔다. 그는 오늘 진돌이를 감시하고 있었는데 여유가 있는 태도로 들어섰다. 목소리도 기분 좋은 감정이 느껴지는 흥분된 상태였다.

"칠성이도 있었군. 잘 되었네. 그런데 왜 그리 울상인가?"

"좀 전에 군사가 와서 짝눈이를 찾지 못했다는 이야기를 들려주고 갔습니다. 그래서 마음이 심란합니다."

"그래? 거기가 아니면 다른 곳에 숨어 있겠지. 어딘가에 있으면 찾지 못할 리가 있겠나? 단지 찾는데 시간이 걸릴 뿐이지. 그래, 모든 일에는 시간이 필요한 법이라네. 그렇게 시간을 들이며 끈기 있게 감시를 했더니 드디어 놈들의 꼬리를 잡았네. 그동안 감시한 것이 오늘에야 효과를 보게 되는군."

"그건 또 무슨 말인가?"

"오늘 짝눈이를 찾는다고 난리법석을 떠는 것을 보면서도 진돌이는 꼼짝도 않고 있더군. 그래서 나는 짝눈이가 그쪽에 숨어 있지는 않을 거라고 생각했네. 만약 그랬다면 짝눈이를 탈출시키기 위해 필시 혼란을 주었겠지 그렇다면 그는 어디 있을까 생각해 봤네. 틀림없이 왕궁 안에 있고 진돌이 쪽에 없다면 당연히 염하는 자 쪽이지. 군사들의 수색이 끝나면 분명히 그쪽으로 갈 거라고 믿고 기다렸네. 과연 군사들이 철수한 후 어둠살이 내리며 사물을 분간하기 어렵게 되자 진돌이

8. 백제대왕의 장례

가 집을 나서더군. 가는 길은 보지 않아도 알겠더군. 전에도 한 번 따라가 본 적이 있으니까. 진돌이는 열린 대문으로 들어가 염하는 자를 부르더니 대문을 닫고 같이 왼쪽의 별채로 들어갔다네. 나는 그때까지 감시하고 있던 군사 두 명과 야간 조로 나온 두 명까지 보태서 별채를 잘 지키라고 하고는 이리로 왔다네. 자 이제 저들을 감옥에 넣으러 가볼까?"

"잠깐. 먼저 이야기를 좀 하고 가세. 자네가 말하는 저들은 누구를 말하는 것인가?"

"그야 당연히 진돌이와 짝눈이 그리고 염하는 자이지. 세상에서 제일 숨기 쉽고 남들이 손대지 않을 곳이 어디인가? 바로 관 속이라네. 짝눈이는 그 별채에 있는 관 속에 숨어 있을 걸세. 그렇지 않으면 죽었거나. 군사들이 말하길 오늘 거기 관 속에 시체가 있었다고 하더군. 둘이 짝눈이를 죽였거나 셋이 다른 사람을 죽였겠지. 아, 오래된 시체였다고? 물론 그렇다고 들었네. 하지만 특별히 조제한 약이 있으면 며칠 만에도 그렇게 보이지. 그리고 그 약은 염하는 자가 지니는 것이 아닌가?"

"그럼 자네는 짝눈이가 그 별채에 있다는 것인가?"

"두말하면 잔소리지. 살아있거나 죽어있거나 그 별채에 있는 것은 틀림이 없네. 자, 이제 그의 상태를 확인하러 가세나."

진서의 독촉에 따라 빠른 걸음으로 염하는 자의 집으로 갔다. 군사들은 둘이 별채로 들어간 뒤 아무도 나오지 않았다고 했다. 군사들에게 단단히 지키라고 하고 담을 넘어간 세 사람은 별채의 문에다 바짝 귀를 대고 안에서 나는 소리를 들으려 애썼다. 뭔가 가는 소리, 나무가 부딪히는 소리가 이따금 들리긴 했지만 상황을 파악하기는 어려웠다. 문틈으로 새어나오는 불빛을 그림자가 가리기도 했으나 어떤 움직임인지도 알 수 없었다. 문을 살며시 열어보니 아니나 다를까 잠겨 있었다. 밖에서 뿐만 아니라 안에서도 잠그게 되어 있었다. 그들이 억지로 문을 부수고 들어서려 하는데 안에서 사람 목소리가 들렸다. 정확하게 알아들을 수는 없었지만 이야기는 그치지 않고 계속 되었고 잠시 후 안에서 빗장을 여는 소리가 들렸다.

문을 열고 나오려던 사람은 염하는 자였다. 그는 세 개의 칼날이 동시에 자기 목을 겨누자 깜짝 놀라서 말도 얼버무리며 제대로 내뱉지 못했다. 안쪽에 있던 진돌이가 이상한 상황을 눈치 채고 문 쪽으로 다가왔다. 그리고 셋의 얼굴을 보더니 웃음을 지었다. 그의 목에도 곧 칼날이 겨누어졌다. 그는 무기가 없다는 것을 보여주려고 두 손바닥을 펴 보이며 사람들이 들어오도록 비켜주었다. 진서와 칠성이가 둘을 감시하는 사이 진철은 안을 살펴보았다.

군사가 말한 관은 바닥의 정면에 군사가 본 그대로 있었다. 별채의 바닥 한가운데에 좁은 면이 문을 향해 놓여 있었다.

8. 백제대왕의 장례

뚜껑이 닫혀 있었고 전체가 옻칠을 하지 않아 나무 본래의 색깔이었다. 오른쪽으로 대여섯 걸음 떨어져 벽과의 중간에 못 미치는 곳에 옻칠을 해 새까맣게 반들거리는 관이 놓여 있었다. 방향은 앞의 관과 나란했고 역시 뚜껑이 덮여 있었다. 관이 있는 곳부터 문 쪽으로의 공간은 옻칠을 하는 공간이었다. 옻칠을 하고 말리는 판자들이 널려 있었고 옻을 담는 통도 보였다. 안쪽 벽면과 옻칠을 하는 반대편 공간은 다 만들어진 관을 두는 곳이었다. 두 개 혹은 서너 개씩 쌓은, 옻칠을 했거나 하지 않은 관들이 꺼내기 좋게 일정한 간격을 두고 놓여 있었다. 반대편 공간은 관을 만드는 공간이었다. 허리 높이가 되는 커다란 작업대 두 개가 중앙에 있고 통나무를 올릴 수 있는 도르래도 설치되어 있었다. 작업대 위에는 두께에 따라 나무를 고정시킬 수 있는 장치가 있고 두 작업대 모두 작업을 하던 나무와 톱이 그대로 있었다. 안쪽에는 굵은 통나무와 그보다 지름이 작은 여러 종류의 나무들이 널려 있었다. 그쪽에는 어디에도 사람이 숨어 있을 만한 공간이 보이지 않았다.

관 속이 아니면 사람이 숨을 곳이 없었다. 진철은 염하는 자를 시켜 안쪽부터 관을 하나하나 열어보게 했다. 처음에는 관 속에서 짝눈이를 발견할 것 같은 짜릿함이 있었으나 점차로 무디어져 갔고 절반도 열어보기 전에 흥미가 가셔버렸다. 서른 개에 가까운 관들을 열어봤는데 모두 비어있었다. 이제 열어보지 않은 관은 두 개밖에 남지 않았다. 염하는 자에게 옻

녹나무관의 비밀

칠을 한 관을 열게 했으나 그건 이미 나무못으로 완전 고정이 되어 있기 때문에 시간이 걸린다며 다른 관부터 먼저 열겠다고 했다. 손으로 뚜껑을 열어보니 꿈쩍도 하지 않았다. 옻칠을 하지 않은 관부터 열게 했다. 그 관의 뚜껑은 고정이 되어 있지 않아서 바로 열렸다.

관 속에는 군사가 본대로 시체가 들어 있었다. 그것도 한 구가 아니라 두 구였다. 한 구는 군사가 본 그대로였고 그 옆에는 역시 오래되어 거죽이 비쩍 말라붙은 여자의 시체가 들어 있었다. 머리맡에서 보니 왼쪽에는 여자, 오른쪽에는 남자 시체가 있었다. 세 사람이 놀라서 쳐다보고만 있는데 진돌이가 앞으로 나섰다.

"많이 놀라지 않으시면 좋겠습니다. 나리, 제가 그 시체에 대해 말씀드리겠습니다."

"그래, 말해보게. 단, 말을 잘해야 할 거야. 내가 충분히 납득이 가지 않는다면 자네들이 살인자가 될 테니까."

"그렇지 않습니다만 일단 설명부터 드리겠습니다. 들으시다 조금 언짢은 소리가 나오더라도 이해해 주십시오. 이 시체는 억울하게 죽음을 당한 부부의 것입니다. 지난 시월 이십오일 일어난 일을 나리도 아실 겁니다."

"그럼 이 시체들이 그 하급군사 부부란 말인가?"

"예, 그렇습니다. 이 부부는 화가산시에서 왔는데 원주민이 와카야마시라고 부르는 곳입니다. 나라분지의 맨 남쪽에

8. 백제대왕의 장례

있는 갈성시에서 곤고산 동쪽의 고개를 넘어 남쪽으로 가면 요시노강과 만나는데 그 강의 하류에 있는 마을로 담로도가 서쪽으로 바라다 보이는 곳입니다. 아마 담로도와 자주 접하는 곳이다 보니 그쪽과 손이 닿은 모양입니다. 어쨌거나 부부가 한꺼번에 죽어 버려서 아이들만 남았는데 화가산에도 특별히 연고가 없었습니다. 변이 생긴 날 밤에 아이들은 옆집에서 잤는데 그 집도 하급군사의 집입니다. 그래서 둘이 잘 아는 사인데 돌아가도 기댈 곳이 없다는 이야기를 자주 했답니다. 그러니 시체를 수습해갈 사람이 없었습니다. 그래서 제가 이리로 가져와 곰이에게 맡겼습니다. 이 염하는 친구 이름이 곰이입니다. 아이들은 옆집에서 키울 형편이 되지 않아서 제가 데리고 있습니다. 제가 생각하기에는 우가에서 일손이 많이 필요하니까 거두는 게 좋지 않을까 합니다. 나리가 좋은 결정을 내려주시면 고맙겠습니다."

"내 자네에게 묻고 싶은 게 많네만 그건 차차 이야기하겠네. 자네는 틀림없이 왕궁 밖에서 숨진 하급군사와 그 부인의 시체를 가져다 준 것이 맞는가?"

"예, 틀림없습니다."

"자, 그럼 곰이 자네는 왜 지금까지 이렇게 시체를 갖고 있는가? 진작 묻었어야 되는 것 아닌가?"

"나리. 비록 생기가 없는 몸이기는 하지만 저는 제게 들어온 몸을 허투루 하지 않습니다. 저는 생전의 귀천에 관계없이 그 영혼이 평온하게 쉴 수 있도록 해야 하지요. 물론 죄를 지은 몸도 있습니다. 그러나 죄를 미워하지 사람은 미워하지 말라고 했습니다. 생전에는 어땠을지 몰라도 여기에 오거나 아니면 제가 찾아가는 몸은 그 하나하나를 소중히 다뤄야 하고 존중해야 합니다. 이 가여운 몸도 마찬가지입니다. 이 사내는 형편이 어려워 그만 죄를 지었다고 들었습니다. 목구멍이 포도청이라고 가난하면 빗나간 생각도 하게 되지요. 그게 다 가족을 먹여 살리려고 하다 보니 그런 것이지 본성부터 비틀어진 것은 아닙니다. 만약 이 둘을 왕궁 밖의 들판에 그냥 묻어 버리고 나중에 아이들이 커서 찾을 때 모르겠다고 하면 그 아이들의 마음은 어떨 것이며 과연 아라를 위해 나서겠습니까? 저는 이런 몸일수록 더 소중히 다루고 잘 보존해서 나중에 아이들이 컸을 때 어른들이 해놓은 걸 보고 진정한 아라인이 되기를 바랍니다. 그래서 제가 늘 하는 것이지만 나중에 아이들이 어른이 되어서 부모를 좋은 곳으로 모실 때 얼굴을 보고 옛날을 회상할 수 있도록 썩지 않는 상태로 만들어 관에 넣은 것입니다. 틈이 날 때마다 약을 써서 한 달이 넘게 부지런히 했더니 이렇게 좋은 상태가 되었습니다. 이제 미리 닦아놓은 장소에 가서 묻기만 하면 됩니다. 사실 이렇게 애를 쓴 것은 그 장소가 왕궁 안인 까닭도 있습니다. 왕궁은 아라의 용이신 임금님이 계시는 곳이니 그 안은 어느 한 곳이라도 나쁜 기운이 스며들게 하면 안 되지요. 그래서 왕궁 안에 묻는 몸은 이

8. 백제대왕의 장례

처럼 다 처리를 해서 묻습니다."

"그 장소가 어디인가?"

"집 옆으로 동산을 올라가면 감옥이 있는 뒤쪽의 남쪽을 향한 나지막한 곳입니다. 얼마 전 제가 가서 이 관을 묻을 만큼 터를 골라두었습니다."

"그런데 이 둘은 확실히 진돌이가 건네준 것이 틀림없는가?"

"아, 혹시 바뀌었을까봐 그러시는 겁니까? 그런 일은 없습니다. 그리고 지금도 생전의 얼굴 윤곽이 남아있습니다. 못 미더우시면 아이들을 불러서 얼굴을 확인시켜도 됩니다. 틀림없는 그 몸입니다."

"알겠네. 자, 그럼 이 옻칠을 한 관에는 무엇이 들었는가? 아까부터 그게 제일 궁금했다네. 자네 말대로 이 안에는 어떤 몸이 있는가?"

"그건 제가 감히 이야기할 수 없습니다요, 나리. 저는 입을 열지 않기로 맹세했습니다. 진돌이에게 물어보십시오."

"진돌이 자네는 대답을 해줄 수 있는가? 이 안에는 누가 있는지?"

"나리. 그건 말할 수 없습니다. 이건 정말 비밀입니다. 다른 사람이 혹시라도 알면 나라에 큰 변고가 생깁니다. 그러니 절대 열면 안 됩니다. 나리도 그냥 모른 체하고 돌아가십시오. 그게 훨씬 낫습니다."

녹나무관의 비밀

"그런 말도 안 되는 소리로 날 속일 수 있다고 생각하는가? 비밀이라고 하니 더 속을 보고 싶구먼. 곰이, 당장 뚜껑을 열어라. 그렇지 않으면 넌 내일부터 영영 여기로 돌아올 수 없을 것이야."

"나리, 정말 사정합니다. 제발 이 관만은 열지 말아 주십시오. 나리는 필시 후회할 것입니다. 제 말이 틀림없습니다. 그러니 그냥 돌아가십시오."

"흥, 내가 너희 속셈을 모를 줄 알고? 그동안 요리조리 잘도 빠져나갔지만 이번에는 어림도 없지. 이제 너희 셋이 일을 꾸미는 것도 오늘이 마지막이로군. 그 잘난 상판대기를 보게 어서 저 관을 열란 말이다."

"셋이라니 누구를 말하는 것입니까?"

"정말로 네가 내게 묻는 것이냐? 그렇게라도 발뺌을 하겠다면 내가 일러주지. 물부에서 풀무질을 하다 얼마 전 네 놈이 데려가면서 행방불명이 된 것처럼 꾸민 그 거짓말쟁이를 말하는 것이 아니면 도대체 누구를 말하는 것이겠느냐?"

"아닙니다. 이 관 속에는 그가 있지 않습니다. 맹세합니다, 나리."

"그렇다면 뚜껑을 열어서 보여주면 될 것이 아니냐? 왜 그런 거짓말로 얼렁뚱땅 넘어가려고 기를 쓰느냐?"

"정말 나리 고집도 보통이 아니군요. 이렇게도 제 말을 믿지 않다니 나중에 정말 후회하실 것입니다. 꼭 보시겠다면 어

8. 백제대왕의 장례

쩔 수 없지만 그 대신 나리에게만 보여드리겠습니다. 다른 사람은 전부 물리고 문도 닫아 주십시오."

진철은 진서와 칠성이를 밖으로 내보내고 문을 닫았다. 곰이는 도구를 가져와 금세 뚜껑을 열었다. 고약한 냄새가 코를 찔렀다. 인상을 찌푸리며 안을 들여다보자 건장한 사내의 시체가 들어 있었다. 얼굴은 낯익었다. 고개를 숙여서 자세히 살펴보던 그는 놀라서 얼굴을 들었다.

소한보다는 덜하지만 그래도 찬바람이 휘몰아치는 가운데 장례 행렬이 출발했다. 십이월 팔일의 이른 아침이었다. 맨 앞에는 호위하는 군사들이 서고 임금님과 김지가 말을 타고 갔다. 그 다음에 옻칠이 반들반들한 관이 얹힌 소달구지를 염하는 자가 끌고 가고 그 뒤로 부여무내와 샛별공주가 상복을 입은 채로 말을 타고 갔다. 그 다음은 오가의 사리들과 그 휘하의 사람들, 부여무내를 따라온 백제군사들이 서고 그 뒤로 다시 호위하는 군사들이 있었다. 모두 걸음을 빨리 했다. 해가 지기 전에 구시읍까지 도착해야 했다. 일찍 출발했다 해도 저번에 축자에 갈 때는 이틀이 걸린 거리이니만큼 부지런히 걷지 않으면 마지막을 어둠 속에 움직여야 했는데 그건 정말 싫은 일이었다. 구시읍에 도착하면 거기서 밤을 샌 후 다음날 묘지에 나가 볼 계획이었다.

진철은 진서와 나란히 걸어갔다. 진서는 길을 걸어가면서도 기대를 안고 곁눈질로 진철을 쳐다봤다. 이제 그 눈길에 익숙해진 진철은 모른 체하고 앞만 보고 걸었다. 진서는 곰이 집에서 나온 후로 진철에게 관 속에 무엇이 있었냐고 여러 번 물었었다. 진철은 자기가 본 것을 이야기할 수가 없었다. 그저 보지 말아야 할 것을 봤기 때문에 후회한다는 말만 되풀이했다. 그럴수록 진서는 더 알고 싶어지는 모양이었다. 이유도 말하지 않은 채 수돌이를 풀어주고 진돌이 감시를 그만두라고 하자 성을 내면서 속 시원히 말하라고 안달했었다.

말할 수 없는 진철도 답답하기만 했다. 진돌이 말을 듣지 않고 왜 그렇게 보챘는지 후회막급이었다. 자신에게 부아가 치밀기도 했다. 특히 진철이 입을 열까봐 진돌이가 은근히 감시하는 것을 볼 때마다 더욱 그랬다. 자신이 감시의 대상이 되었다는 것에, 그것도 진철이 알아차릴 수 있도록 공공연히 감시하는 것에 대해 정말 뭐라 말할 수 없는 감정이 치솟았다. 감시하던 대상에게서 감시를 받는다는 이상야릇하고 거북한 느낌과 함께 비애와 노여움, 불만, 자기 비하 등이 응어리져 있었다. 몇 발짝 뒤에서 주의를 흩트리지 않고 따라오는 진돌이나 계속 말을 하라고 곁눈질을 하는 진서나 그래도 참을 수밖에 없는 한심한 자신까지 모두가 미웠다.

그래도 해는 높이 솟았다가 기울었고 그 해가 산 밑으로 떨어지기 전에 구시읍에 도착할 수 있었다. 침류는 이미 도착해 행렬이 오기를 기다리고 있었다. 하룻밤을 지낼 곳은 미리 준

8. 백제대왕의 장례

비되어 있었고 본채와 안채, 별채까지 임금님을 비롯해 방에 들어갈 수 있는 사람은 들어가고 호위 군사를 제외한 나머지는 바깥에서 하룻밤을 묵어야 했다. 진철은 진서를 불러들여 진돌이와 같이 잤다. 어색한 분위기에 말도 못하고 몸만 뒤척이다 선잠에서 깨어나야 했다.

　아침을 들고 나서 행렬이 다시 차려지고 무덤이 있는 곳으로 출발했다. 반 시진을 걸어서 간 곳은 동쪽의 산에서부터 시작된 사면이 서쪽으로 완만하게 펼쳐지는 자락이었다. 거기서부터 크고 작은 구릉과 숲들이 여기 저기 흩어진 채 드넓은 들판을 형성하고 있었고 사이사이로 물길이 지나는 인근에는 농사를 짓는 전답이 형성되어 있었다. 무덤은 그 구릉 중의 하나를 이용해 만들었다. 들판 전체를 바라볼 수 있는 높다란 곳에 위치했으며 원형으로 되어 있었다.

　그 정상에는 담로도를 쳐다보는 서쪽 방향으로 흙을 파내어 관을 넣을 수 있도록 해놓았다. 많은 사람들이 작업을 했지만 워낙 짧은 시간이다 보니 깊이도 얕았고 크기도 작았다. 하지만 옻칠한 나무를 둘러 만든 무덤방은 나무판자 자체도 정성을 다한 것이거니와 방을 만들 때도 정성을 기울인 장인의 솜씨를 느끼게 했다. 무덤방과 흙을 파낸 사이의 공간은 고운 흙으로 채워 놓은 것이 보였다. 바닥을 매끈하게 닦은 후 물이 잘 빠지도록 잔자갈을 곱게 깔았으며 한가운데는 관을 받칠 큰 돌을 사각으로 널어놓았다. 백제대왕의 묘답게 꼼꼼하게 준비한 것을 보니 그래도 정성을 다했음이 느껴졌다. 정상 인근에는 관을 넣은 후 무덤방의 뚜껑을 덮을 판자들과 그 후에 무덤을 밀봉할 아주 고운 입자의 흙도 상당량 준비되어 있었다.

　오시가 지나자 염하는 자의 지시에 따라 여덟 명의 건장한 일꾼들이 관을 메고 무덤으로 올라왔다. 그들은 그런 일을 많이 해봤는지 비탈면을 올라가기 전에 무거운 관을 메고도 가파른 경사를 일사분란하게 올라갔다. 앞뒤로 끈 길이를 달리하며 관의 수평을 잘 유지하는 게 신기했다. 한 걸음 한 걸음 경사를 올라온 그들은 일각이 지나자 마침내 관을 무덤 안에 놓았다. 옻칠을 한 새까만 관은 무덤방에 비해서는 커 보였다. 전쟁터에서의 갑작스런 죽음에다 무덤을 만든 시간도 짧아서 무덤방에 넣을 유물이 많지 않은 게 다행이었다. 머리맡의 관과 판자 사이에는 우가에서 특별히 만든 다양한 그릇들을 놓았다. 하늘에 가서 신으로 살면서 사용할 물건이었다. 관과 가까운 곳에는 왕관과 평소 사용하던 칼, 갑옷과 말에 입히는 갑옷 등을 놓았고 관의 양쪽 옆에는 차고 다녔거나, 차지 않고 갖고만 있었던 여러 개의 칼들을 놓았다. 발쪽의 공간에는 타고 다니던 말의 안장과 재갈 등 말에 필요한 물건과 그 외에도 평소 좋아하던 물건을 놓았다.

　물건이 다 정돈되고 정오가 되자 제를 지냈다. 관을 들고 올 수 있도록 서쪽방향으로 파낸 바닥의 무덤방 바깥에 고운 흙

8. 백제대왕의 장례

을 채운 다음 그 위에 간단하게 술과 음식을 차렸다. 부여무내가 나서서 잔에 술을 따르고 절을 아홉 번 했다. 그의 얼굴은 비장하면서도 한편으로 슬퍼 보이기도 했다. 맨 처음 자신을 알아주고 칠지도를 만들어 후왕으로 임명해 준 사람이었는데 결과적으로 자신으로 인해 저 세상으로 가게 된 것은 어찌되었든 아쉬운 일이 아닐 수 없었다. 할아버지를 보내는 마지막 애정은 그만큼 회한으로 가득 차 있었다. 한편으로는 자신의 주장으로 할아버지를 이렇게 왜에 묻게 되었으니 앞으로 일어날 일에 대한 책임도 모두 져야 했다. 이 일로 아버지가 얼마나 비난을 할지 짐작이 되는 터라 마음을 굳게 먹어야 했는데 그것이 얼굴에 드러난 것이다.

다음은 침류 차례였다. 침류는 아직도 이 상황에 대해 못마땅해 하는 것 같았다. 입으로 말을 뱉지는 않았지만 할아버지를 이렇게 묻는 것에 대해 지금도 반대한다는 속마음이 얼굴에 그대로 드러났다. 하지만 이미 형이 일을 전부 저질러 놓았으니 어쩔 도리가 없어서 체념하는 눈빛도 보였다. 어찌 됐건 할아버지가 하늘에서 잘살아가기를 비는 수밖에 없었다. 뒤를 이어서 다른 여러 장수들도 나와서 백제대왕을 마지막으로 보내주었다.

진철은 무덤 속에 놓인 관을 쳐다보면서 염하는 자의 집에 있던 관과 비슷하다는 느낌이 들었다. 달구지에 실려 있을 때는 그렇게 눈길이 가지 않았는데 무덤 안에 가만히 놓여 있으니 작은 부분까지 확인할 수 있었다. 자세히 쳐다보니 나뭇결이 드러난 모양이나 나무못을 박은 위치가 조금 다르기는 했으나 그냥 보면 별 차이를 느끼지 못할 정도로 비슷했다. 둘 다 염하는 자가 엄청난 정성을 들여 만들었고 옻칠을 하면서도 어느 구석 하나 조금의 빈틈도 없이 꼼꼼하게 작업했다는 것을 알 수 있었다. 정말 귀인에게 잘 어울리는 물건이었다. 그러다 우가의 구석진 곳에 있던 관 속의 인물이 떠오르자 절로 한숨이 나왔다.

 십일월 십육일 산동반도에서 한성으로 돌아온 근구수는 자기 아버지가 왜로 갔다는 소리를 듣고 미처 여장을 풀기도 전에 바로 군사를 모아서 출발했다. 거센 겨울 파도를 헤치며 남으로 또 동으로 나아간 배는 대마도와 중도, 대도를 거쳐 십이월 팔일 혈문을 지났으며 이틀 뒤 담로도에 도착했다. 같은 날 백제 깃발을 단 배가 혈문을 통과했다는 소식이 왕궁에 전해졌다. 근초고가 올 때와는 달리 수를 헤아릴 수 없이 많은 배가 지나갔다는 것이다. 어떤 사람은 사백 척, 어떤 사람은 오백 척이라고 했고 칠백 척이라고 하는 사람도 있다고 했다. 이튿날 뇌호내해에서도 연락이 왔고 배는 오백 척이 넘는 것으로 확인되었다. 이백 척을 뺏었는데도 오백 척이라니 대단한 병력이고 위세였다. 산동반도까지 차지할 수 있었던 백제의 힘이 느껴졌다.

임금님은 즉시 골한들을 모이게 했다. 밤 늦게 내성에 모인 그들은 백제대군을 어떻게 방어할 것인지 의논했다. 대체로 이번에는 야마토강으로 들어올 것이란 의견이 많았다. 군사가 많아서 거칠 것이 없으니 최단 거리로 쳐들어온다는 것이다. 김지도 거기에 힘을 실으면서 예상 경로는 일단락되었다. 다음은 어디서, 어떻게 방어할 것인가를 의논해야 했는데 의견이 갈렸다. 부여무내는 근구수가 구시읍에서 배를 내릴 테니 미리 기다리고 있다가 습격하자고 했다. 우리 군사가 적으므로 적이 정돈되지 않았을 때 치지 않으면 기회가 없다는 것이다. 구시읍에 내리지 않을 것이란 의견도 있었다. 강을 따라 내륙 깊숙이 들어와야 하므로 화공에 당할 까봐 하구에서 내려 이동할 것이란 주장이었다. 군사가 적으니 왕궁에서 싸우자는 의견도 있었다. 식량만 버텨준다면 그것도 좋은 의견이었지만 대여섯 달을 먹을 만큼의 양식이 준비되어 있지 않았다. 과감하게 이백 척의 배로 담로도로 쳐들어가자는 말도 나왔다. 그래도 서서히 구시읍과 하구의 두 가지를 놓고 의견이 양분되었으며 서로가 팽팽하게 맞서자 결국 임금님이 나섰다.

"모두의 의견을 잘 들었소. 서로의 주장이 나름 일리가 있으나 적을 맞이해 내부의 분란이 너무 커지면 되지 않으니 이쯤에서 정리하는 게 나을 것 같소이다. 작전으로 따지자면 담로도로 쳐들어가는 게 가장 나아 보이오. 적이 방심하고 있을 때 기습을 하면 상당한 전과를 올릴 수 있을 것이오. 그렇더라도 적이 너무 대군이라 그게 얼마나 타격을 줄지 모르고 잘못하면 우리 군사 대다수가 수장되는 일이 일어날 수 있소이다. 그건 무엇보다 피해야 하니 위험부담이 너무 큰 담로도 작전은 제외합시다. 더구나 구시읍에서 싸우는 경우도 상황은 담로도와 크게 차이가 나지 않으리라 생각하오. 저들은 거의 칠백 척에 달하는 병력이 있소. 얼마 전에 삼만 명이 왔었는데 전쟁 때 줄어서 이 만이라고 쳐도 새로 온 군사가 칠 만은 넘을 것이오. 이번 전쟁에 사활을 걸 터이니 아무리 적어도 구만이 넘게 쳐들어 올 것이오. 우리는 오만의 군사인데 왕궁도 지켜야 하니 한 명이 두 명을 상대해야 하는 셈이오. 더구나 이번에 온 적군은 발해만과 산동반도에서 계속 싸움을 하던 자들이오. 무기를 제대로 휘둘러보지도 못한 우리 군사와는 비교가 되지 않는 군사들이니 저들 하나에 우리 군사 둘이 붙어도 비슷할지 모르겠소이다. 그러면 우리 군사 하나가 넷을 상대하는 꼴인데 처음에는 약간의 타격을 줄 수 있을지 모르나 본격적인 전쟁이 벌어지면 우리 군사는 모두 스스로 목을 내놓은 것처럼 참살을 당하게 될 것이오. 그야말로 하룻강아지 범 무서운 줄 모르고 덤비는 꼴이 아니오. 이전부터 내가 계속 경계해 오던 게 이것이었소. 아직 우리 아라는 나라를 되찾은 지 얼마 되지 않았소이다. 미처 힘을 비축하지 못했다는 말이오. 모두가 싸우고 싶은 열정은 알지만, 과인도

8. 백제대왕의 장례

싸우고 싶은 마음이 꿀떡같지만 지금은 경거망동을 할 때가 아니오. 이런 말을 하면 모두가 가당치 않다고 할 것이나 저들이 쳐들어오게 놔두시오. 저들이 왕궁을 둘러싸고 나면 내가 직접 근구수를 만나 보겠소. 그리고 가능하면 피를 흘리지 않고 이번 전쟁을 마무리하겠소이다."

"하지만 전하. 근구수는 이미 자기 아버지가 아라와의 전쟁에서 죽었고 무덤까지 왜에 썼다는 걸 알고 있습니다. 결코 가만히 있지 않을 것입니다. 더구나 군사까지 많으니 우리의 청을 들어주지도 않을 것입니다. 그런데 어찌 피를 흘리지 않고 마무리가 되겠습니까? 죽기 살기로 싸우는 수밖에 없습니다."

"그 말도 틀리지는 않으나 아무리 난다 긴다 하는 사람이 많아도 이번 대군을 당해낼 수는 없소이다. 짐에게는 백성이 가장 소중한 사람이오. 그들의 피를 결코 헛되이 뿌릴 수 없소이다."

"그럼 나라를 바치겠다는 말씀입니까? 세운 지가 얼마 되지도 않는 나라를?"

"물론 얼마 되지도 않는 나라를 내 손으로 다시 허무는 것은 누구보다 내 가슴이 아프오. 하지만 백성을 생각해 보시오. 백성은 애꿎은 싸움에 목숨만 잃게 되오. 그건 절대 있어서는 안 될 일이오."

"백성은 원래 그런 것입니다. 그리고 나라를 바친다고 과연 저들이 우리를 그냥 두고 가겠습니까?"

"백성만 있으면 나라는 다음에 다시 세울 수 있소이다. 그러나 백성이 없으면 나라를 세우고 싶어도 세울 수가 없는 법이오. 그러니 이 문제를 가지고 더 이상 왈가불가하지 마시오. 그리고 근구수가 오면 내가 직접 상대하겠소이다. 내게 비책이 있으니 아무런 걱정 마시오."

임금님의 비책이 있다는 말을 모두가 믿지 못했으나 명을 계속 거부하고 있을 수도 없었다. 결국 반쯤은 분노와 절망으로, 반쯤은 걱정과 미련으로 물러나야 했다. 임금님은 왕궁에 골한들과 수행하는 군사들 몇 명만 들이고 나머지는 모두 서문 앞의 넓은 들에 머무르게 했다. 다음날 새벽부터 이동을 시작한 군사들은 정오가 되기 전에 모두 자기 자리를 잡았다. 진철은 따로 받은 임금님의 명에 따라 부여대안과 전구신을 감옥에서 풀어서 집으로 데리고 왔다. 그들이 마음 편하게 머물도록 대접하는 것이 자신에게 내려진 임무였다. 이미 부여대안과는 깊은 정을 나누었던 사이라 편했고 전구신과도 곧 친해지게 되었다. 전구신은 부여무내에게 미안하다며 자꾸 찾아가고 싶어했다. 진철은 부여무내가 이번 일로 화가 많이 나 있으므로 근구수가 오고 나면 그때 찾아가라고 했다. 무덤에서의 그의 비장한 눈빛을 봤을 때 그는 전구신을 단칼에 베려고 할 수도 있었다. 아직 만남은 시기상조였다.

십이월 심삼일 새벽에 근구수가 구시읍에 상륙했다는 소

8. 백제대왕의 장례

식이 들렸고 다음날 오시가 되자 백제대군이 남문 앞의 들판을 차지했다. 임금님은 남문을 계속 열어두고 있었고 백제 군사가 다 도착하자 진철에게 눈짓을 했다. 진철은 백기를 들고 부여대안과 함께 근구수를 만나러 갔다. 전에도 전쟁터에서 많이 본 적이 있지만 가까이서 보니 그는 더 장대한 사람이었다. 말을 해보니 생각보다는 점잖고 담이 컸으며 식견도 있었다. 진철이 임금님의 명을 전할 때도 귀를 기울여 들었으며 부여대안이 아라 왕궁의 형편과 진철이 전달한 아라의 요청에 대해 말할 때도 고개를 끄덕이거나 되물어보면서 상세히 상대를 파악했다. 긴 이야기가 끝나자 놀랍게도 근구수는 고작 오십 명의 군사만 데리고 왕궁으로 들어가겠다고 했다. 대범하기도 했지만 부여대안에 대한 깊은 신뢰를 보여주는 것이기도 했다. 그는 부여대안이 전하는, 확인이 되지도 않는 정보를 그대로 믿고 행동했다. 놀라운 일이었다.

근구수는 침류를 데리고 곧 진철과 부여대안을 따라 왕궁으로 들어섰고 임금님은 김지와 함께 남문 앞에 나와서 기다리고 있다가 근구수와 함께 안으로 들어갔다. 그들은 내성으로 가서 집무실로 올라갔다. 임금님과 근구수의 긴 이야기가 끝나자 침류와 부여대안까지 불려 들어가서 다시 한참 이야기를 나누었다. 마지막으로 부여무내를 찾았지만 그는 임금님의 결정이 끝난 후 대문을 걸어 잠그고 집에 틀어박힌 채 나오지를 않고 있었다. 근구수와 임금님이 부여무내의 집으로 가서 하인들에게 문을 열라고 한 후 안으로 들어갔다. 잠시 후 임금님도 나오고 제법 시간이 지난 후 근구수도 밖으로 나왔다.

해길을 내려오자 큰용길에는 근구수에게 바치는 물건이 산더미처럼 쌓여 있었다. 아라 군사들이 사용하던 무기와 갑옷, 돈으로 사용되는 덩이쇠, 진귀한 그릇들과 장신구, 군사들을 먹일 식량까지 어마어마한 양이 쌓여 있었다. 근구수가 그 물건들을 둘러보고 나자 백제 군사들이 들어와 가져나가기 시작했다. 많은 양이었지만 더 많은 군사들이 움직이자 얼마 지나지 않아 물건은 모두 밖으로 옮겨지고 염하는 자가 고삐를 잡고 있는 쇠달구지만 남게 되었다. 그 위에는 진철이 본 그 관이 놓여 있었다. 근구수가 다가오자 염하는 자가 올라가서 뚜껑을 열었다. 안을 들여다 본 그는 만족해하며 고개를 끄덕였다. 뚜껑이 닫히고 밀봉하는 작업이 바로 이루어졌다. 그 일이 끝나자 염하는 자가 고삐를 백제 군사에게 넘겼다.

마지막으로 임금님이 왕관을 벗어 근구수에게 건넸다. 그리고 그 앞에 무릎을 꿇었다. 근구수는 부여대안을 불렀다. 그리고 무릎을 꿇은 부여대안의 머리에 받아든 왕관을 씌워주었다. 근구수는 둘 다 일어서게 하고 마지막 당부의 말을 한 후 되돌아섰다. 기다리던 말 위에 올라 탄 그는 남문을 나가 이미 철수하는 군사들을 따라 구시읍으로 향했다. 모두 근구수가 사라져 보이지 않을 때까지 남문 밖으로 나가 쳐다보았다.

9. 녹나무관의 비밀

 일상은 모두 예전으로 돌아갔다. 잠깐 꿈을 꾸었다 깨어난 것처럼 달라진 것은 크게 없었다. 가장 큰 변화라면 부여무내의 칩거였다. 그는 도통 밖으로 나오지 않으려고 했고 간간히 샛별공주가 나다니며 대신 말을 전하거나 일을 처리해 주었다. 그는 전구신도 만나지 않으려고 했다. 그 때문인지 예전에 살던 백제 군사들이 머무는 곳에서도 전구신은 환영받지 못했다. 입장이 난처해진 전구신은 결국 부여무내의 집 옆에 있는, 아라를 감시하는 백제 군사의 집에 머물게 되었다.
 서문 밖에 있던 군사들과 왕궁을 지키던 군사들은 모두 뿔뿔이 흩어져 고향으로 돌아갔다. 예전에 왕궁을 지키다 담로도로 추방되었던 백제 군사들 대부분이 돌아왔고 부족한 군사는 침류가 새로 보내 주었다. 목숨을 잃은 하급군사의 아이들은 드팀전에 그대로 남겨두고 진돌이와 수돌이도 어느

새 사라져버렸다. 주인을 잃은 사람들이 하소연을 하자 가장 나이가 많은 사람을 드팀전의 주인으로 삼고 아이들도 돌보게 했다. 아이들에게는 부모를 묻은 곳을 가르쳐주었다. 아이들은 틈나면 그곳에 들렀다. 처음에는 걱정했으나 왕궁 안에 무덤이 있다는 것을 오히려 자랑스럽게 생각했기에 안심할 수 있었다.

근구수는 담로도에 들르지도 않고 바로 한반도로 돌아갔다. 대왕의 즉위식을 성대하게 거행하고자 빨리 돌아갔다는 소문이 돌았다. 진철은 고구려 때문인 줄 알았다. 고구려가 틈만 나면 백제를 쳐들어왔고 벌써 오랫동안 왕이 자리에 없었기 때문에 언제 쳐들어올지 몰랐다. 근구수에게 그런 압박이 있었던 것도 이번에 피를 하나도 흘리지 않고 잘 마무리할 수 있었던 요인의 하나였다. 어쨌거나 이번 일은 상황을 잘 판단한 임금님 덕분이었다. 백성을 아낄 줄 아는 그는 역시 성군이었다.

오랜만에 진서를 찾아갔다. 근구수가 쳐들어 온 이후로 그와 만나지를 못했다. 그도 진철의 집에 손님이 와 있다는 소식을 듣고 아예 찾아오지를 않았다. 그래서인지 서먹한 느낌이 들었다. 그동안 부여대안과 전구신이랑 워낙 친해졌기 때문이었다. 그 덕분에 부여대안이 전처럼 어렵게 느껴지지도 않았고 전구신도 별 부담 없이 만날 수 있었다. 그렇더라도 그들은 언젠가 상황이 바뀌면 칼을 맞대야 할 처지였다. 운

9. 녹나무관의 비밀

명이란 그럴 수밖에 없는 것이다. 그래도 진서와는 그런 일이 생기지는 않을 것이다. 그것이 친구였다. 그는 기다렸다는 듯이 웃음을 띠며 맞이했다.

"이번에 재미있는 이야기를 들었네. 자네를 만날 수도 없고 토기도 열심히 구워봤자 백제에 뺏길 뿐이니 요즘 나는 원주민들이 하는 재미있는 이야기를 모으는데 취미를 붙였다네. 이 사람들은 정말 이야기꾼들일세. 얼마나 이야기를 재미있게 꾸미는지 같은 이야기를 몇 번이고 들어도 지겹지가 않다네. 이번에도 용본왕에 관한 이야기인데 한반도에서 근초고와 전쟁을 한 내용이라네. 그들이 하늘에서 일어났다고 하면 그건 한반도라고 생각하면 되네."

"그들은 한반도에서 일어난 일을 모를 텐데 어찌 그런 것까지도 이야기로 꾸몄단 말인가?"

"그러니 그들을 이야기꾼이라고 하는 걸세. 흘려들은 것만 가지고도 뼈와 살을 붙여서 재미있게 만든다니까. 자 한번 들어보라고. 하늘에 사는 이장락존과 이장염존이 해의 신인 천조대신과 달의 신인 월독존, 천하를 다스리는 소잔오존을 낳았다네. 소잔오존은 용맹했지만 천하를 다스리지 않고 항상 소리 내어 울었지. 이유를 물어보니 어머니가 사는 근국으로 가고 싶다고 했네. 그래서 허락했더니 가기 전에 누나인 천조대신을 만나려고 하늘로 갔다네. 여기서 천조대신은 누나로 나오지만 사실은 남자이고 근초고를 말하는 것이라네. 그리고 소잔오존은 용본왕이지. 천조대신은 소잔오존이 온다는 소리를 듣고 결코 좋은 뜻으로 오는 것이 아닐 것이다 하고는 상투머리를 하고, 옷을 잡아매어 바지모양으로 하고, 많은 옥구슬을 꿴 것을 머리와 팔뚝에 감고, 등에 천 개의 화살, 오백 개의 화살을 꽂은 통을 짊어지고, 팔에는 위엄 있게 활팔찌를 메고, 활의 끝을 세우고, 칼자루를 잡고, 허벅지가 땅속으로 들어갈 정도로 힘차게 밟고, 흙을 눈처럼 차서 헤치며 어찌 하늘을 엿보는가 하고는 책망해 물었다네. 그러자 소잔오존은 사심이 없고 근국으로 가기 전에 만나러 왔을 뿐이라고 했지. 천조대신이 무엇으로 그 진의를 표시하겠는가 하고 묻자 대답하기를 아이를 낳는 것으로 징표를 삼되 여자를 낳으면 마음이 검고 남자를 낳으면 마음이 깨끗한 것으로 하자고 했다네. 천조대신이 먼저 십악검을 세 토막으로 분질러, 천진명정(天眞名井)의 물을 끼얹어, 어금니로 씹어, 안개와 같이 뿜어내어 세 여신을 낳았다네. 다음은 소잔오존이 천조대신의 옥구슬을 털어, 어금니로 씹어, 안개와 같이 뿜어내어 다섯 남신을 낳았지. 그러자 천조대신이 다섯 남신은 자기 물건에서 나왔다며 데려가고 세 여신은 소잔오존의 물건에서 나왔다며 그에게 주었다네. 그래서 이 이야기를 성스러운 구슬의 맹약이라고 한다네. 또 이들이 천안하(天安河)를 사이에 두고 만났기 때문에 천안하의 맹약이라고도 하지. 이 이야기에서 소잔오존이 울었다는 것은 처음에 한반도를 빼앗겨 왜에 있었던 것을 가리킨다네. 그리고 육 년 전에 우리가 이를 다시 회복했는데 이를 하늘에 올라간 것으로, 그해 겨울에 백제가 쳐들어온 것을 천조대신이 싸울 준비를 하고 나왔다고 한 것이네. 맹약을 했다는 것은 싸움을 했다는 것이고 우리가 이듬해 왜로 쫓겨 오듯이 결국 용본왕이 지는 것으로 이야기가 되어 있다네. 우선 용본왕의 성함이 진정(眞淨)인 것은 자네도 알고 있지. 이야기에서 천진명정(天眞名井)이라고 한 것은 천, 즉 하늘로부터 받은 것, 그러니까 타고난 성은 진(眞)이라고 한 것이고 이름은 정(井)이라고 한 것이라네. 이는 우물의 물을 끼얹었다고 했기 때문에 발음이 같은 정(井)으로 바꾼 것이지, 실제로 이름은 정(淨)이라고 해야 맞는다네. 그러니 천진명정(天眞名井)의 물을 끼얹었다는 것은 진정 임금님, 즉 용본왕의 피를 끼얹었다는 것이고 실질적인 내용은 용본왕이 피를 흘리며 패배했다는 것이라네. 이를 차마 제대로 표현하지 못해 말을 바꾼 것이지. 용본왕이 패한 것은 들고 있던 십악검이 세 토막 났다는 것에서도 알 수 있다네. 또 이야기에서 근초고는 아주 위세 있게 나오는데 그때는 그가 나라를 다스릴 때여서 그렇게 한 것이고 실제로 쳐들어온 사람은 근구수라는 걸 우리는 알고 있지. 그때 우리가 전쟁에 패해 왜로 들어오고 난 후 근구수가 뒤따라 왜에까지 쳐들어오면서 나라를 잃게 되었지. 그러니까 소잔오존 즉 용본왕이 근국에 가고 싶다고 한 것은 결국 전쟁에 져서 왜로 쫓겨 올 것이란 암시였다네. 그리고 천조대신이 구슬을 주었다가 다시 남신을 얻은 것은, 원래 우리 땅이지만 자기들 입장에서, 근초고가 빼앗긴 것을 되찾았다는 것이고 소잔오존이 얻은 세 여신은 거칠산으로부터 직선으로 축자에 이르는 곳에 있는 중도, 대도, 전도의 세 섬을 말한 것으로 왜로 다시 돌아가야 한다는 것이지. 어때? 이야기가 재미있지 않는가?"

"이야기에 너무 암시가 많아서인지 예전에 자네가 들려준 것과는 달리 어렵군. 자네의 설명을 들어야 알지 그렇지 않으면 아무도 모르겠구먼."

"그래도 재미있지 않은가? 오히려 그렇게 암시가 많은 것이 묘미라네. 생각을 하고 뒤집어 봐야 본래의 사건을 알아낼 수 있으니까. 그걸 맞추는 것이 정말 재미있다네. 그리고 용본왕은 다른 이야기에서 반정(磐井)이라고도 나온다네. 글자를 하나씩 바꿨지만 누군지는 알 수 있게 되어 있다네. 그 이야기에서는 백제 사자를 보고 "지금은 사자가 되어 왔지만 옛날에는 나와 같은 친구로서 어깨를 나란히 하고 같은 그릇으로 밥을 먹었다. 어찌 돌연 사자가 되어서 내게 자복하라고 하는가?"하는 구절이 있다네. 원래 용본왕은 백제에서 조정좌평을 지냈었지. 그러니 그때를 두고 하는 말이라네. 우리가 어릴 때는 사이가 좋아서 백제가 요서와 진평의 두 군을 차지할 때 도와주기도 했었는데 어찌해서 이렇게 서로 전쟁만 하는 사이가 되었는지 모르겠네. 정말 아쉬운 일이야."

9. 녹나무관의 비밀

"그게 모두 지금은 목숨을 잃은 백제대왕의 욕심 때문이라네. 그가 땅 욕심은 많은 줄 알았지만 설마 우리 아라까지 빼앗으려고 생각할 줄은 몰랐네. 자기 처갓집 땅을 빼앗다니 정말 그건 해도 해도 너무했다네. 근구수를 시켜 발해만과 산동반도마저 차지했지만 이렇게 왜에서 쓸쓸한 죽음을 맞이하게 된 것이 다 그 업보 때문이라네. 그렇지 않으면 그 넓은 땅을 놔두고 하필 아라까지 와서 변을 당하는가 말일세."

"그건 그렇지. 그러니 살아 있을 때 욕심을 부리지 않아야 한다네. 자네는 그런 사람이 아니니 안심이지만 그렇지 않은 사람도 정말 많다네. 이제 다른 이야기를 해줌세. 원주민들 눈에도 근구수의 위력이 대단했던 모양이네. 벌써 그가 걸어간 자리에는 말 발자국이 생긴다는 말이 나왔다네. 자기들을 지배하던 아라를 두 번이나 꺾어버리니 위대하게 보였던 모양일세."

"아무리 그래도 사람인데 말 발자국이라니? 너무한 거 아닌가?"

"그러니 이야기가 아닌가? 그래야 사람들이 재미있어 하고 기억도 하기 쉬우니까 그러는 걸세. 아까 이야기한 천조대신의 이야기에서 덧붙여진 아류에는 천조대신이 세 여신을 축자로 내려 보내서 천손을 위해 제사지내라고 하는 구절도 있다네. 천손도 근구수를 말하는 것인데 그가 한반도에서 왜로 들어올 때 중도, 대도, 전도의 세 섬에서 길을 잘 인도해 달라고 그런 이야기를 덧붙인 것이라네."

"이야기라도 근구수를 너무 신성시하는 것 아닌가? 그러다가 나중에 근구수와 싸움이라도 제대로 하겠는가 말일세."

"아, 그들이야 우리가 시키는 대로 하니까 크게 걱정하지 않아도 될 거네. 자네 마음을 돌려줄 이야기를 하나 해주겠네. 이번 이야기는 아라의 위대함을 말하는 것이니 마음에 들 걸세. 이야기이니 그냥 재미있게 들어주게. 한별공주가 천왕의 부인이 되었다네. 아, 이건 물론 이야기이니까. 한별공주야 원주민인 진충과 결혼했는데 진충이 어찌 왕이 될 수 있겠나? 죽고 나서 우리가 그냥 진충왕이라는 칭호만 붙여준 것이지. 그래도 원주민에게는 진충과 결혼해 준 그녀가 대단히 우러러보였던 모양일세. 그러니 천황의 부인으로 만들었고 천황이 죽은 후 그녀가 나라를 다스리게 된다네. 그 이름을 신공황후라고 하지. 우리가 그녀에게 신공왕이라는 이름을 주지 않았는가? 원주민은 그 이름을 이용해서 더 큰 인물로 만들었다네. 아무튼 신공황후는 서쪽에 있는 나라를 치려고 머리를 묶어 남자 모습을 하고 군사를 모았다네. 신이 가르침을 주어 아라의 신령이 선봉으로 이끌어줄 것이라고 했지. 그때 황후는 아이를 낳을 산달이었는데 돌을 허리에 차고서는 일이 끝난 후 아이를 낳도록 기도했다네. 드디어 출발했는데 풍신이 바람을 일으키고, 해신이 파도를 일으키고, 바다의 큰 고기들이 배를 도와주었다네. 노를 저을 필요도 없이 곧 신라국

9. 녹나무관의 비밀

에 도착했는데 파도가 나라 안에까지 미치고, 수군이 바다를 메우고, 깃발이 해에 빛나고, 북과 피리소리가 산천을 울리자 신라왕이 놀라서 항복했다네. 사람들이 신라왕을 죽이려 하자 살려주고 창을 신라왕의 문에 세워 징표로 삼았다네. 그렇게 신라를 정벌하고 나서 축자에서 뒤늦게 아들을 낳았다는 거야. 이 이야기도 새겨듣지 않으면 엉뚱한 이야기로 믿게 된다네. 신라는 전에도 이야기했듯이 축자의 아구누마에 있었고 지금은 축자 전체를 그렇게 부른다네. 자기 아버지와 남동생들이 개척한 땅이고 아버지와 함께 자기가 죽기 직전까지 차지하고 있던, 자기 나라를 자기가 빼앗다니 그건 있을 수가 없는 일이지. 그런데도 신공황후가 신라를 정벌했다는 이 이야기가 나온 것은 아까도 말했듯이 원주민의 한별공주에 대한 사랑과 존경에 있다네. 그녀가 죽은 후 우리는 신라를 백제에 빼앗기지 않았는가! 그러니 그녀에게 신라를 되찾아주고 싶었겠지. 원주민들은 용본왕이 신라를 개척했듯이 그녀도 신라를 개척했다는 이야기를 하고 싶었던 거네. 그래서 이야기를 만들었는데 나중에 이 이야기를 참말로 믿을까 해서 걱정이 된 모양이더군. 허황된 이야기이니 믿지 말라고 돌을 차고 갔느니, 산달을 석 달이나 지나서 아이를 낳았느니, 노를 젓지 않아도 신라국에 도착했느니 하는 것들을 넣은 것을 보면 알 수 있지 않는가?"

"그래. 이 이야기는 아무도 사실이라고 믿지는 않겠구먼.

그런데 이야기는 오히려 이렇게 하는 것이 재미있겠지. 나라를 빼앗긴 것을 억울해 할 테니 죽은 후에 황후로 만들어서 되찾게 하는 것은 재미있는 발상이 아닌가?"

"자네도 이제 원주민 이야기의 재미를 조금은 알았군. 듣고 보니 그럴듯하지 않은가 말일세. 앞으로도 더 재미있는 걸 들려주겠네. 자, 그럼 우리 집에까지 왔으니 이제 본래 하려던 이야기를 해 보게. 사실 나는 궁금해 미칠 지경이었다네."

"근구수가 우리의 요구를 받아들였고 정말 피 한 방울 묻히지 않고 사태를 원만히 해결지은 것은 자네도 들었겠지. 그건 정말 임금님이 잘한 것이라네. 자네가 그토록 궁금해 하는 것부터 들려줄까? 그날 관에서 본 것은 백제대왕 근초고의 시신이었다네."

"근구수가 관을 가져갔다고 하기에 그럴 것 같았네. 그렇지 않으면 그가 그렇게 쉽게 물러나지 않았겠지. 이번에는 예전보다 더 큰 희생이 있을 줄 알았는데 잘 마무리된 것은 정말 다행일세. 더구나 자네가 직접 적진으로 근구수를 만나러 갔다니 정말 자랑스럽네. 자네는 놀라운 인물이네."

"그건 과찬일세. 그리고 근구수는 빨리 돌아가지 않을 수 없었다네. 들으니 우리 아라가 새로 서고 나서 그 소식을 전하러 간 백제 군사가 한성의 위례홀에 도착한 것이 시월 초하루라고 하더군. 근초고가 아라로 출발한 것은 그달 이십일

9. 녹나무관의 비밀

이었네. 그때부터 지금까지 근구수가 며칠 들른 것 말고 백제 왕좌는 계속 비어있었다네. 고구려가 탐을 낼만하지 않은가? 지금 열심히 돌아가도 정월은 되어야 한성에 도착할 것이니 얼마나 속이 탔겠는가? 사실 우리가 계속 싸우면 이길 승산도 있었다네. 근구수는 아라를 얻으려다 한반도를 내놓을 판이었으니까. 왜를 차지해봤자 한반도를 잃으면 요서랑 산동반도는 또 어떻게 갈 것인가? 오래 버티지 못하고 돌아가게 되어 있었지. 그래도 임금님이 깨끗하게 담판한 것은 아까도 이야기했지만 정말 잘한 것이라네. 백제 군사들도 앞으로 우리를 막 대하지는 않을 걸세. 그게 좋은 점이고 또 몰래 힘을 기를 수 있다네. 한 번 성공했는데 두 번 성공하지 말란 법이 어디 있는가? 지금부터 더 은밀히 이번에 겪었던 문제가 되풀이 되지 않도록 더 많은 군사와 무기를 장만할 것이라네. 몇 년이 걸리더라도 그렇게 할 것이네. 그게 이번에 선뜻 물러선 이유지."

"그런 비밀이 있는 줄은 몰랐네. 그럼 나도 다시 힘을 내야겠군. 더 모양이 좋고 임금님의 권위를 살릴 수 있는 그릇을 만들어 봐야지. 안 그래도 생각해 둔 것이 있다네. 그걸 빚어 보기로 하고. 우리가 전에 구시읍에 갔다 오지 않았는가? 그럼 그곳의 무덤은 빈 관을 묻은 것인데 어떻게 부여무내를 속였는가?"

"그전에 무덤을 만든 이야기부터 해주겠네. 그러면 이야기를 이해하기가 더 쉬울 걸세. 우리 조상들은 아주 오래된 옛날에 골장제를 지냈다네. 사람이 죽으면 마을에서 멀리 떨어진 들판에 돌을 모아서 묻어 두었다네. 살이 썩고 뼈만 남으면 그때 가져와 장사를 지냈지. 그래서 뼈로 장사를 지낸다고 골장제라고 한 것이라네. 뼈를 그 사람이 쓰던 물건과 함께 묻고 그 위에 돌을 놓은 것을 고인돌이라고 불렀고. 그러다 왕이 생기고 그 세력이 커졌을 때 왕의 시신을 온전하게 돌려주어야 하늘에서 잘 살아간다는 것을 알았다네. 그래서 독에다 시신과 함께 쓰던 물건을 넣었다네. 나중에 하늘에서 볼 수 있도록 봉분도 만들었지. 그런데 점점 왕의 세력이 커지자 넣을 물건도 많아졌다네. 구시읍에 가서 보았듯이 나무로 큰 방을 만들고 그 안에 관을 넣고 많은 유물을 함께 넣는다네. 구시읍은 급하게 하느라 조그맣게 만든 것이고 우리 용본왕의 무덤은 몇 년을 준비한 것이라서 칼과 갑옷, 말갑옷과 마구, 여러 가지의 모양의 토기에다 돌로 만든 사람과 말까지 만들어 넣었다네. 그 말과 사람은 하늘에서 용본왕을 수행하도록 명을 받은 것이지. 물건을 넣는 양 자체가 비교가 되지 않으니 무덤방도 구시읍보다 두세 배는 되고 흙을 쌓아올린 봉분도 몇 배는 커 보인다네. 이야기를 하다 보니 엉뚱한 이야기만 길어졌구먼. 아무튼 무덤은 그렇게 만든 것이고 이제 관에 대해서 이야기해 보세. 임금님은 내게도 부여무내가 관을 묻지 않도록 설득하라고 지시했다네. 나는 샛별공주를 찾

9. 녹나무관의 비밀

아갔지만 거절당했지. 임금님은 날 믿고만 있을 수 없어서 염하는 자까지 동원했다네. 진돌이를 시켜 그에게 관을 바꿔치기하라고 지시한 것이지. 그래서 곰이라고 하는 염하는 친구는 처음 부여무내를 찾아갈 때 관을 두 개 가지고 갔네. 이건 그에게서 직접 들은 이야기일세. 하나는 허름한 오동나무관이고 하나는 옻칠을 해서 검은빛이 반들반들한 녹나무관이었네. 그리고 부여무내에게 시체가 썩을 때는 진물이 나오니 오동나무관에서 소금으로 진물을 모두 받아낸 다음 녹나무관에 넣어서 더 이상 썩지 않는 상태로 만든다고 했다네. 몸이 썩지 않아야 하늘에서도 온전한 몸을 유지할 수 있지 않는가? 소금이 진물과 함께 몸에 있는 물기마저 모두 빨아들이고 나서 깨끗한 소금 속에다 시체를 넣고 공기가 통하지 않도록 밀봉을 하면 그런 상태가 된다네. 곰이와 일꾼은 소금을 가득 채우다시피 한 관을 창고에 넣었다네. 물론 그 일꾼은 진돌이였네. 자네도 이미 알고 있겠지. 그 후 둘은 사람들을 밖으로 내보냈네. 냄새가 지독하고 자칫 진물이 튈 수도 있으니 모두 밖에 있었지. 냄새는 약으로 재우는데 계속 진물이 나오니 안 나게 할 수는 없다네. 거기다 진물이 사람 몸에 튀면 그 자리가 썩기 시작한다고 들었네. 만반의 준비를 하고 간 둘은 창고 문을 닫은 후 오동나무관에다 미리 넣어둔 시체를 꺼내어 녹나무관에 넣고 근초고의 시신을 오동나무관에다 넣었다네. 진물이 잘 처리되도록 두 관 모두 손질을 한 다음 녹나무관에는 소금을 잔뜩 덮어서 그럴 일도 없겠지만 혹시 열어보더라도 소금만 보이도록 했다네. 그 다음 사람을 불러서 오동나무관을 보여준 다음 뚜껑을 닫고 돌아갔다네. 그 다음에 찾아갔을 때는 다시 시체를 바꿔친 다음 녹나무관을 보여주었다네. 그때는 이미 얼굴의 습기가 모두 빨려나가서 뼈에 거죽이 붙어 있는 상태라 생전과는 많이 달라지기 때문에 자세히 보지 않으면 다른 사람과 구별하기 힘들다네. 그리고 누가 시체가 바뀌었다고 상상이나 하겠는가? 그러니 오동나무관에 근초고의 시체를 싣고 나오면서 임금님의 명을 완수한 것에 기분이 좋아서 둘이서 그렇게 벙글거리며 돌아온 것이라네."

"그럼 부여무내가 저렇게 칩거를 하고 있는 것은 시체가 뒤바뀐 것을 몰랐다고 그런 것인가? 모두 그렇게 말하고 있다네."

"그것은 아니네. 이번에 타격을 많이 받았지. 사실 그는 이기든 지든 관계없이 백제와 한번 겨루어 보려고 했었네. 그는 자신의 용기를 시험해보고 싶었고 근구수와 제대로 된 싸움을 할 작정이었지. 이번에 전쟁을 벌였으면 그는 제 몸을 돌보지 않고 죽기 살기로 했을 거네. 임금님은 그렇게 될 경우에 얼마나 많은 피를 흘릴지 걱정했다네. 이번에 근구수가 왕궁으로 쳐들어오면서 아라에 대한 징벌보다는 부여무내에 대한 처벌을 더 크게 생각하고 있으리라고 짐작했고 그럴 경우 부여무내는 결코 살아남을 수 없었지. 그러면 피를 흘리는

9. 녹나무관의 비밀

것도 그렇지만 샛별공주는 또 어찌되겠나? 부여무내의 뜻대로 하게 둘 수는 없었네. 임금님은 부여무내를 살리기 위해 피를 흘리지 않고 마무리를 지으려고 했던 거라네. 그래서 그런 지시를 했고 염하는 자가 그런 꾀를 써서 관을 바꿔치기한 것이지. 그걸 모르는 부여무내는 전쟁을 벌이기 위해 장례까지 마쳤지만 근구수가 왕궁으로 오기 전날 밤에 그에게 전쟁은 없을 것이라며 사실을 알려 주었다네. 부여무내는 골이 났었지. 자기가 그토록 전쟁을 벌이기 위해 노력했는데 한순간에 물거품이 되어 버렸으니 얼마나 화가 났겠나? 그 화를 삭이지 못해 지금 저렇게 틀어박혀 있는 거라네. 임금님이 자신을 위해 그렇게 한 것이라는 건 알지만 그걸 인정하기는 싫은 거라네. 사람들은 관을 바꿔치기 당해서 그런다고 믿고 있네. 그건 아니지. 관을 바꿔친 줄을 모른 것은, 다른 사람도 그렇게 속이면 모두 당하겠지만, 기분 나쁜 일임에는 틀림없지. 하지만 그 정도의 일로 사내대장부가 칩거를 할 것은 아니라네. 그는 전쟁이 벌어지지 않은 것에 대해서 항변하고 있는 것이라네. 하지만 곧 풀릴 걸세. 샛별공주를 사랑하지 않는다면 모르겠지만 지금은 둘 다 서로를 깊이 사랑하고 있으니 조만간 털고 일어나서 고함 한 번 지르고 예전으로 돌아갈 것이네. 그 정도에 무너질 부여무내가 아니니까 걱정하지 않는다네."

"그런데 그 바꿔치기한 시신은 누구인가? 나는 빈 관인 줄 알았는데 다른 시체가 있었다고 하지 않았나? 지금 구시읍에 묻힌 사람 말일세."

"그건 짝눈이었다네. 놀랐는가? 우리가 염하는 자의 집으로 달려갈 때는 살았든 죽었든 그 집에 짝눈이가 있을 것이라 생각했지. 그 집에 있었던 것은 맞았다네. 우리가 갔을 때는 이미 다른 곳에 가버렸지만. 짝눈이는 집을 떠난 후 몇 년 동안 곳곳을 돌아다니며 자기가 수집한 정보를 백제에 넘겨주는 일을 했다네. 담로도에 들어갔다 올 정도로 충실히 했지. 그런 백제의 첩자이다 보니 아라가 무슨 일을 꾸미고 있다는 것을 바로 알아차렸다네. 그래서 군사가 되어 사람들을 따라 왕궁까지 온 것이고 그때부터 신분을 속이고 첩자의 일을 시작한 것이지. 가짜 신분은 같이 집을 떠난 친구에게서 얻은 것이라네. 그 친구는 첩자를 할 만한 위인은 아니었고 심약해서 결국 집으로 돌아가 죽고 말았지. 짝눈이는 생전에 그가 같이 다니며 해준 이야기를 기억했다가 나중에 자기가 그 집 아들인양 떠든 것이지. 첩자가 되어 가장 먼저 한 일은 자기편을 만드는 것이었네. 이제 군사이다 보니 소식을 전하러 직접 가기는 쉽지 않았지. 의심을 살 여지도 있고. 그래서 대리를 구한 것이라네. 불쌍한 하급군사가 눈에 띄었고 그만 마수에 걸려들고 만 것이라네. 그를 꾀어서 자기 대신 심부름을 보냈지. 이번이 처음이 아니었네. 그전에도 벌써 한 번 다녀온 적이 있다네. 그때 이미 감시의 눈에 걸렸지만 몸체를 찾

9. 녹나무관의 비밀

기 위해 놔둔 것이지. 그리고 이번에 하급군사가 소식을 전해 주러 나갔을 때 마침 내가 왕궁 안에 없는 사람을 찾은 것이지. 짝눈이는 자기가 사주한 그 하급군사가 꼼짝없이 걸려들고 말았다는 것을 알았네. 꼬리를 자르지 않으면 자신까지 위험해진다는 걸 안 그는 시월 이십사일 왕궁 밖으로 나가 하급군사가 돌아오길 기다리다 할 말이 있다며 숲으로 데리고 간 후 살해했다네. 그리고 다음날 그 부인까지 입을 막았다네."

"나는 왜 그 부인까지 죽였을까 의아했다네. 하급군사만 죽여도 충분한 데 말일세. 부인이야 무슨 죄가 있는가? 가만히 두었으면 아이들이나 잘 키울 텐데 그렇게 잔인하다니 짝눈이는 정말 나쁜 놈일세."

"그건 짝눈이가 아니라고 보네. 다른 사람이 저지른 짓이지."

"아니 그건 또 무슨 소리인가? 짝눈이 말고 또 다른 살인자가 있다니?"

"처음에는 나도 짝눈이가 부인까지 죽였을 거라고 생각했다네. 칠성이가 짝눈이를 찾자 남문군사는 시월 이십사일 짝눈이가 왕궁 밖으로 나갔다 온 것이 기억이 나서 그걸 말하려고 했는데 남문대장이 꾸지람을 했고 친한 형님에게 그 이야기를 하자 그 친구가 내게 알려주었다네. 그래서 짝눈이가 하급군사를 죽이러 간 걸 알았지. 짝눈이는 자기가 사주한 자의 입을 막았으니 목적을 달성했다네. 그런데 내가 왕궁으로 오는 길옆의 그 숲으로 갔을 때 같이 간 사람은 칠성이와 남문대장, 그리고 부인이었네. 부인은 남편의 시체를 확인해 주었고 내가 남편을 사주한 사람의 정체를 묻자 모른다고 했지. 그래서 짐작이 가는 사람이라도 말하라고 하니까 말끝을 흐리다가 모른다고 했네. 그녀는 짐작이 가는 사람이 있었다네. 단지 말을 못했을 뿐이네. 그리고 우리는 왕궁으로 돌아왔지. 그런데 얼마 지나지 않아 그 부인이 죽었다네. 짝눈이가 하급군사를 죽였고 또 그쪽에서 뛰어왔기 때문에 처음엔 그의 짓인 줄 알았지만 그가 어떻게 우리 일을 알고 부인까지 죽였을까 하는 의문이 생기더군. 누가 그에게 부인이 짐작하고 있으니 입을 막으라고 하지 않았다면 어떻게 그가 부인을 죽일 수 있겠는가? 이미 부인까지 알고 있는 일이라면 하급군사를 살해하기 전에 부인부터 먼저 입을 봉해야 하지. 하급군사는 왕궁에 없고 우리가 먼저 만나게 될 사람은 부인이 아닌가? 부인이 먼저 소문을 듣고 우리에게 고자질을 할 수도 있고. 그런데 그러지 않은 것을 보면 그는 부인이 모른다고 생각하고 있었네. 자, 그럼 누가 짝눈이에게 부인이 알고 있다고 말해 주었을까?"

"그럼 남문대장이 아닌가? 남문대장이 자네와 같이 숲에 있지 않았는가?"

"남문대장이 같이 있었지. 그러나 그가 짝눈이에게 이야기해 준 것은 아니라네. 바로 그가 부인을 죽였다네."

9. 녹나무관의 비밀

"아니, 그게 정말인가? 어떻게 그렇게 되는가?"

"나는 남문군사가 꾸지람을 들었을 때 그냥 옛날 일을 끄집어내니까 그만 두라고 한 줄 알았네. 그런데 그게 아니었네. 그는 짝눈이가 왕궁 밖으로 나갔다 왔다는 사실 자체를 숨기려고 한 것일세. 그도 하급군사와 같이 짝눈이의 꾐에 빠져들었다네. 아니, 그보다는 짝눈이와 같이 처음부터 첩자로 왕궁에 들어온 것일 수도 있네. 그래서 남보다 열심히 해서 열한이 되었겠지. 더 많은 정보를 수집하려고. 아쉽지만 이제 그에게 물어볼 길이 없다네."

"그는 이미 자기 집으로 돌아가 버렸지. 자네가 좀 더 일찍 알았더라면 가기 전에 물어볼 수 있었을 텐데."

"그가 여길 떠난 것은 맞지만 집까지 가지는 못했네. 그도 하급군사처럼 집으로 가는 길에 변을 당하고 말았다네."

"아니, 누가 그런 짓을? 어찌된 일인가?"

"그냥 그가 더 이상 아라에 나쁜 짓을 하지 못하도록 정의의 칼을 내린 사람이라고만 해두세. 어쨌든 그는 백제 첩자이고 짝눈이와 같이 하급군사를 꾀었네. 그 과정에서 집까지 찾아갔을 수도 있지. 아니면 남편이 말을 해주었거나. 부인은 짝눈이가 아니라 남문대장이 남편을 꾀었다고 생각하고 있었다네. 숲에서 부인이 짐작 가는 사람에 대해 말끝을 흐리다가 없다고 한 것은 다분히 남문대장을 의식한 것이네. 칠성이와 나는 상관이 없으니 우리만 있었다면 말을 했겠지. 그러나 남문대장이 있어서 말을 못한 것이네. 그걸 알아차린 남문대장은 입을 봉해야겠다는 생각을 한 것이지. 그녀는 실수 없이 잘 했지만 마지막 그 한 마디에 그만 목숨을 잃고 말았다네. 아쉬운 일이지. 내가 칠성이를 데리고 부인을 찾아갔을 때 남문대장이 그 집으로 찾아온 것도 이미 하급군사 죽은 것을 알고 부인이 얼마나 아는지 떠보려고 온 것이겠지. 아니면 그때 이미 그녀를 죽이러 왔는데 내가 있어서 손을 못 쓴 것일 수도 있네. 이렇게 그녀에게 비상한 관심을 쏟은 걸 보면 짝눈이보다는 남문대장이 하급군사를 꾀는데 주도적으로 움직였다고 보이네. 그래서 부인에게 알려졌고 결국 입을 봉한 것이지. 그날 시장에 짝눈이와 남문대장이 같이 있었네. 짝눈이가 일을 잘한다고 쉬고 오라고 한 것을 보면 이미 그 시간에 약속이 되었던 것이지. 그 자리에서 남문대장이 부인에게 한 일을 이야기하자 의심을 진돌이에게 돌리기 위해 짝눈이가 급히 내게 뛰어온 것이라네. 내가 사건을 수사해서 자신의 정체가 탄로 날 것을 염려한 것이지. 그 다음날 비가 오는 것을 이용해서 날 죽이려고 한 것도 그래서 이루어진 일이네."

"자네가 살아난 건 정말 행운일세. 그 짧은 거리에서 그렇게 화살을 쏘는 데도 하나만 스쳐가고 무사했으니 말일세. 하늘에서 복을 내린 줄 알게."

"그렇잖아도 그런 마음으로 살고 있다네. 아무튼 내가 서궁시에서 돌아온 십일월 이십사일 낮에 하인이 물부로 가서

9. 녹나무관의 비밀

짝눈이를 찾았네. 그 하인은 진돌이가 변장한 것이었지. 그는 짝눈이를 염하는 자의 집으로 불렀다네. 진돌이는 그가 백제 첩자인 것을 알고 있었으므로 백제가 전쟁에서 패했고 앞으로의 일을 의논해야 한다고 거기로 오라고 했다네. 물론 자기도 백제첩자인 것처럼 꾸며서 말을 했지. 해가 저물고 그가 찾아오자 창고로 데려간 후 칼로 위협해 움직이지 못하도록 묶어놓고 목을 쳤다네. 상처가 근초고처럼 보이게 최대한 노력했다고 하더군. 그런 다음 따뜻하게 해서 빨리 부패가 진행되게 했다네. 이틀간의 차이가 있으니 비슷하게 맞추어야 했지. 염하는 자는 매일 만지는 것이 시체이다 보니 그런 것은 찰떡 같이 조절할 수 있다고 했네. 그렇게 해서 관 속의 인물이 바뀌게 된 것이라네. 짝눈이는 백제 첩자여서 손을 봐야 하는데다 덩치가 근초고와 비슷해서 선택했다고 들었네.”

"그럼 짝눈이와 하급군사, 그 부인은 해결이 되었네. 하지만 아직 다롱이와 한범이, 남문대장의 죽음이 남아 있다네. 자, 그것들은 어떻게 된 일인가?”

"다롱이는 진돌이와 수돌이가 살해했다네. 그녀도 백제의 첩자였다네. 그 이전까지만 하더라도 백제 첩자에 대해 그렇게 신경을 쓰지 않았지. 우리가 새로 나라를 세우려고 하면서 첩자에 대한 중요성이 부각됐다네. 임금님은 첩자를 통해 백제에게 그 사실이 알려질까 봐 몰래 진돌이와 수돌이를 불러

첩자를 색출하라고 지시한 것이지. 그리고 그녀가 첩자라는 게 제일 먼저 밝혀졌고. 그래서 수돌이가 그녀에게 접근했다네. 다롱이는 내성에 있고 그녀가 찾아가는 곳은 부여무내의 집 옆에 있는 백제 군사의 집이었지. 거기에 정보를 넘긴 거라네. 그래서 그녀를 감시하기 위해 수돌이가 우리 집에 있다가 부여무내의 집으로 옮긴 거였네. 하지만 그렇다고 말을 할 수가 없으니 그냥 가버린 거지. 아무 소릴 하지 않아도 내가 믿어 주리라 생각했다더군. 나는 사실 그렇게 하기는커녕 의심만 잔뜩 했었는데 그 말을 들으니 미안해지더군. 아무튼 수돌이가 다롱이를 좋아하는 척하고 접근하자 그녀도 꽃다운 나이인지라 좋아했다네. 그래서 드팀전에서 만났을 때 그렇게 서로 이야기를 나눌 수 있었고 작은 동산까지도 올라갈 수 있었던 거네. 동산에서 수돌이는 그녀가 좋아할 가짜 정보를 흘렸네. 그녀가 백제에 얼마나 깊숙이 관련돼 있는지 알고 싶었던 거지. 그러자 그녀는 아주 반색을 하면서 소식을 빨리 전해주고 싶어서 안달이 났었다네. 그냥 두어서는 안 되겠다고 판단한 수돌이는 그녀가 소식을 전하고 난 후 부여무내의 집 앞에서 다시 만나기로 하고는 동산을 내려와서 헤어졌다네. 수돌이는 바로 집으로 가지 않고 시장 쪽으로 가서 진돌이를 불러내 사정을 이야기했다네. 그 다음 집으로 가서 저녁을 먹고 잠자리에 들었다가 옆 사람이 잠이 든 것을 확인한 후 살며시 빠져나와 다시 다롱이를 만난 것이지. 둘은 다시 동산

9. 녹나무관의 비밀

으로 가야 했네. 다롱이가 가져온 옷이 그냥 동산 위의 나뭇가지에 걸려 있었으니까. 그 옷은 수돌이가 걸었기 때문에 키가 작은 그녀는 내릴 수가 없었지. 수돌이는 나중에 다시 그 자리서 만나고 싶다고 말했고 다른 뜻으로 오해한 다롱이가 좋다면서 옷을 두고 간 것이라네. 그렇게 다시 동산 위에 올라갔고 일이 벌어진 것이지."

"그녀도 백제 첩자라니 정말 놀랍군. 도대체 왕궁에는 왜 이리 첩자가 많은가?"

"그거야 우리가 백제의 지배를 받기 때문이지. 백제는 아라가 딴 뜻을 품지 못하도록 감시해야 하고 적당히 값을 치러 주면 그런 일을 할 사람은 많지. 형편이 좋든 나쁘든 모두에게 돈이 필요하니까. 그나마 백제의 지배를 받을 때에 첩자가 적었다네. 아라가 서자 왕궁에 첩자가 더 많아졌지. 짝눈이나 남문대장을 보면 그렇게 들어온 자들이 아닌가? 다시 백제의 지배를 받게 된 지금도 첩자 걱정은 크게 할 필요가 없다네. 없는 것은 아니지만 조금만 주의를 기울이면 피할 수 있으니까. 그러나 다음에 아라가 다시 설 때면 똑같이 백제 첩자가 많아지겠지. 그 점을 명심하고 일을 추진하려고 한다네."

"꼭 그렇게 해야만 되겠군. 그리고 어서 다음 이야기를 해 주게."

"그럼 이제 한범이 이야기를 해야겠군. 한범이도 백제 편에 있었다네. 단지 그는 첩자는 아니었지. 그는 부여무내의 오른팔이었네. 부여무내에게 사랑도 많이 받았고 오직 그를 위해서만 움직였지. 그러다 구월 십사일 진돌이에게 죽임을 당했지. 당시 부여무내는 복잡한 심정에 처해 있었다네. 우선 아라를 도와 구월 구일 다시 나라를 세우는 것에는 뜻을 같이 했다네. 그러나 부여대안을 살려두자고 해서 김지 좌보와 의견이 갈라지게 되었네. 그 다음에는 담로도를 빨리 쳐들어가자고 해서 또 의견이 대립되었지. 그런 일들이 일어나니까 자신을 돌아보게 되었다네. 백제와 아라의 중간에 서 있는 자신의 위치를 한 번 더 실감하게 된 것이지. 백제는 그 틈을 파고들려고 했네. 그를 자기편으로 삼아 아라를 다시 지배하고 싶어 한 것이지. 그렇게 되면 원래 칠지도가 만들어진 그 목적에도 아주 부합하는 것이 되네. 부여무내가 담로도에서 아라를 지배하다가 다음에 백제왕이 되고 그래서 아라라는 나라가 영영 다시 서지 않는다면 백제대왕의 입장에서 그건 얼마나 좋은 일인가? 그러니 오래 전부터 부여무내에게 그런 제안을 해왔을 것으로 짐작이 되지만 부여무내는 샛별공주 때문에 그렇게 하지 않았지. 자기가 사랑하는 사람의 마음에 상처를 주는 것은 생각하기조차도 싫은 것 아닌가? 그동안 그런 제안들은 그냥 묵살되었던 것이지."

"하지만 침류로서는 그렇게 되면 자기의 후왕 자리가 없어지는 것 아닌가? 그로서는 그렇게 부여무내에게 공을 들일 필요가 없을 것 같네."

9. 녹나무관의 비밀

"그렇게 생각할 수도 있지. 하지만 백제대왕이 그렇게 하라고 시킨다면? 언제 아라가 다시 나라를 세우려고 할지 모르는 형편이라고 쳐보세. 백제대왕이 아라가 서는 걸 방지하려면 그 싹을 잘라야 하는데 부여무내를 끌어들인다면 아라는 숙련된 많은 병력을 잃게 되고 매부를 공격해야 하는 어려움을 갖게 되네. 부여무내에게 공을 들이지 않을 수 없지. 침류로서도 그렇게 나쁜 일은 아니네. 일단은 후왕 자리를 잃게 되겠지만 그때는 근초고도 살아 있었고 근구수는 지금도 멀쩡하니까 언제 왕이 될지 아득하다네. 그러니 형에게 잠시 맡겨 두더라도 아무 문제가 없지. 나중에 아라를 편든 것을 문제 삼아 얼마든지 자리에서 끌어내릴 수 있지 않는가? 백제대왕이 시키는 일이기도 했으니 침류로서는 당연히 그렇게 행동했을 것이네."

"그런 면도 있었군. 부여무내가 양쪽에서 그렇게 쓸모가 있는 인물이라는 걸 새삼 알게 되었네."

"여하튼 부여무내는 그런 제안에도 아라를 위하고 있었지. 그런데 아라가 다시 서고 나자 상황이 바뀌었다네. 마냥 기뻐해야 하는데 그렇지 않다는 걸 알게 된 거지. 백제로서는 절호의 기회를 잡은 것이고 그래서 한범이가 등장하게 되었다네. 그는 그동안 부여무내에게 신임을 받기 위해 갖은 노력을 해왔고 드디어 오른팔이 되어 일반 하인들과는 완전히 다른 대우를 누리게 되었네. 이제 부여무내를 꾀어서 담로도로 데려가기만 하면 되었다네. 부여무내가 샛별공주까지 데리고 담로도로 들어가는 것이 가장 좋은 길이지만 그보다 못한 방법도 생각하고 있었지. 백제 입장에서는 부여무내가 샛별공주 때문에 아라를 위한다고 여겼고 그녀만 없다면 부여무내를 쉽게 데려갈 수 있을 것으로 보았지. 그래서 한범이에게 부여무내의 마음을 돌리기 위해 노력하고 한편으로는 샛별공주를 없애라고 지시한 거라네. 그런데 부여무내가 그녀를 너무 애지중지하니까 기회를 잡기가 어려웠다네. 그러다 좋은 날이 왔지. 부여대현의 백일잔치를 하게 되면 모두 피곤해서 곯아떨어질 것이고 할 일 없는 그는 기운이 펄펄할 테니 그보다 더 좋은 날이 어디 있는가? 그런 까닭에 한범이는 밤이 깊어지기 전에 해결되어야 했던 거지. 나머지는 우리가 보고 유추한 그대로라네. 진돌이가 수돌이 옷을 입고 방으로 들어가 수돌이가 온 줄 알고 안심하고 있던 한범이를 처리했다네. 쇄골을 세게 내리치면 소리조차 지르지 못하고 주저앉게 되는데 바로 치명타를 가했으니 순식간에 일이 마무리되었지. 방에서 다른 사람으로 변장한 다음 태연히 대문을 나와서 칠성이를 속이고 집으로 돌아간 것이네."

"그 이야기를 들으니 그 날을 넘겼으면 아라의 운명이 바뀔 뻔했구먼. 자칫해서 그날을 넘겼다면 샛별공주를 두 번 다시 보지 못했을 것이 아닌가? 자네나 나나 하늘에 감사해야겠네."

9. 녹나무관의 비밀

"나는 하늘뿐만 아니라 진돌이에게도 감사하게 생각한다네. 이제 마지막이 남았군. 내가 가장 유추하기 힘들었던 사건이었지. 어떤 실마리도 보이지 않아서 포기할 수밖에 없었네. 하지만 그렇게 쉬운 답이 있다는 걸 알고는 정말 깜짝 놀랐다네. 보고 들은 것을 오래도록 찬찬히 생각했더라면 나도 누가 그랬는지 알아냈을 것 같은 아쉬움이 남더군. 자네도 그런 느낌을 알겠지? 조금만 더 했더라면 하는 마음 말일세. 물론 마음뿐이지. 오래 앉아 있다고 답이 나오는 것은 아니니까. 어차피 내게는 처음부터 무리였어. 이제 영영 그런 추리를 할 수 없을 것 같네. 전부터 느끼고 있는 것이지만 이미 집중력이 말이 아니네. 나이가 들기는 든거지. 자네도 머리에 떠오르는 게 있을 때 빨리 작업을 하게. 나중에는 뭘 만들어야 하는데 그게 떠오르지 않는 날이 올 수도 있네."

"나도 그런 일이 한 번씩 생긴다네. 자네 말대로 우리가 벌써 사십이 되어가니 그럴 나이가 되었네. 그래서 하루를 더 열심히 살고 싶은 것인지도 모르지. 이제 정말 열심히 해야겠어. 지나가는 시간이 너무 쏜살같고 그만큼 더 아깝다네."

"그래. 그렇게 살아보세. 그나저나 이제까지 이야기를 들었으니 죽임을 당한 남문대장도 백제편인 줄은 눈치를 챘으리라 믿네. 그도 백제의 첩자였지. 더구나 남문에 있었기 때문에 오가는 사람의 동태를 파악해서 백제에 좋은 정보를 줄 수 있었네. 그래서 새로운 남문대장에 자기편을 심으려고 노력했고 그 작전도 성공을 거두었지. 이런 것은 앞으로 아라가 다시 일어서면 반면교사로 삼아야 할 일이야. 아주 중요한 문제라네. 어쨌든 남문대장은 백제를 위해 일을 하고 있었고 수돌이는 그걸 알아보기 위해 찾아갔었네. 그건 구월 십삼일이었네. 그때 수돌이는 감은 잡았지만 확실하게 단언할 수는 없었다네. 물증이 필요했지. 남문대장이 군사들에게 음식을 푸짐하게 나눠준 것은 십사일과 이십일일이지. 십사일은 한범이에게 관심을 집중했으니 그날 밤은 피곤해서 밤에 나다니지를 못했다네. 그러나 이십일일 밤에, 사실은 이십이일 새벽이라고 해야 더 옳겠지만, 군사들이 자고 있을 때 남문대장이 밑으로 내려가 문을 열고 사람을 내보내는 걸 봤다네. 그 사람은 틀림없이 백제를 위해 일하는 사람일 테고 왕궁에 살고 있는 사람은 아니겠지. 그런 사람이라면 낮에 그냥 나가면 되니까. 그는 몰래 들어온 사람이고 그래서 몰래 나가야 했던 것이지. 그러니까 십사일 밤에 군사들을 배불리 먹인 것은 그를 안으로 들인 것이고 이십일일은 다시 밖으로 내보낸 것이라고 생각하는 것이 타당하겠지. 그가 왕궁에서 무슨 일을 했는지는 알 수 없지만 남문대장과 함께 백제를 위해 일을 한 것만은 틀림없는 사실이지. 남문대장이 그를 다시 들이지 못하도록 해야 했네. 그러나 몰래 그를 죽이려면 개가 짖지 않아야 했지. 결국 수돌이가 십삼일 입고 간 옷과 그때 개에게 준 음식이 필요했다네. 개는 그 냄새를 정확히 기억할 테니

9. 녹나무관의 비밀

까. 그래서 칠성이가 부여무내를 감시하던 구월 이십오일 진돌이가 군사의 옷차림을 하고 수돌이 옷을 받아간 것이라네. 속에 군사 옷을 입고 양가의 골목으로 가서 겉옷을 벗은 후 부여무내의 집으로 갔다가 옷을 받은 후 되돌아가서 겉옷을 입고 집으로 간 것이라네. 옷을 구한 다음날 음식을 많이 마련해 드팀전의 식구들과 배불리 먹고 남은 것을 챙겨서 수돌이 옷을 입고 남문으로 향했지. 이미 그때는 이십칠일이 되어 있었네. 큰용길을 가로 지른 후 마가의 골목을 돌아서 마구간 앞을 조심조심 내려간 다음 음식을 꺼내 놓고 개가 냄새를 맡을 때까지 기다렸다네. 이 각이 지나자 마침내 개가 냄새를 맡고 낑낑거리기 시작했지. 살그머니 다가가서 음식을 던져 주자 먹기 바빴다네. 그 틈에 방으로 들어가 일을 마치고 길을 되돌아 온 것이지. 눙치가 수돌이를 본 건 정확했다네. 그때 수돌이 옷을 입은 진돌이가 지나갔으니까. 그러나 나도 그때는 진돌이가 가면 냄새가 다르기 때문에 개가 짖었을 것으로 생각했네. 한범이에게 갈 때 입은 수돌이의 옷은 수돌이가 십삼일 입고 간 옷이 아니었다네. 그 옷도 수돌이에게 받았겠지만 이미 한 번 입은 데다 음식 냄새가 배어 있지 않기 때문에 개는 수돌이가 아니라는 걸 알지 않겠는가? 그러니 그 옷을 입고 진돌이가 돌아다녔다 해도 남문대장의 방에는 들어갈 수 없다고 여긴 거지. 그게 내 추리의 한계였네. 설마 진돌이가 군사 복장을 하고 십삼일 입었던 수돌이 옷까지 챙겨갈 줄은 생각조차 못했던 것이지. 자, 이제 이렇게 그동안 있었던 이야기가 모두 마무리되었네. 이제 여한이 없겠지?"

"맞네. 이제 속이 시원하군. 한 가지만 빼고는 그렇다네. 몇 번을 물어보려다 이야기가 끊어질까봐 참았네. 자, 이제 진돌이와 수돌이는 어떻게 된 것인지 이야기해주게. 그 이야기도 듣고 싶었네."

"그 이야기를 빠트렸군. 그런데 둘을 이야기하자니 얼굴이 화끈거리는군. 아까도 이야기했지만 나는 수돌이를 끝까지 믿어야 했는데 그러지 못했네. 진돌이도 잔뜩 의심하면서 꼭 감옥에 잡아넣겠다고 벼렸지. 하지만 그들은 우리 아라를 위해 일했고 날 걱정하기까지 했었네. 내가 너무 많은 것을 알면 그 때문에 해를 당할까봐 자기들끼리 헤쳐 나갔다네. 그런데도 나는 도움을 주기는커녕 수돌이를 감옥에 가두어서 일을 더 어렵게 만들었지. 한없이 부끄러운 일일세. 하지만 어쩌겠나? 이미 일이 그렇게 벌어져 버린 것을. 나이가 들어서 그렇다고 생각해 주게."

"그 때문에 자네를 책할 사람은 없네. 그 당시에 자네는 자네대로 최선을 다했으니까. 우리는 신이 아니고 인간일세. 한 치 앞도 내다보지 못하네. 둘이 말을 안 하는데 어찌 그들이 하는 일을 짐작할 수 있는가? 자책은 그만하고 그들에 대한 이야기나 해주게."

"그들에 대해서는 이미 짐작하고 있지 않은가? 요서의 바람

9. 녹나무관의 비밀

돌이 흑오를 만나고 온 것도 내가 아니라 자네니까. 우리 아라의 기둥인 신라에서 그것도 흑오에게 가르침을 받았으니 그들은 당연히 아라의 버팀목이라네. 축자에서 출발할 때 흑오가 글을 적어주었다고 하더군. 그때도 임금님이 아니었고 지금도 아니지만 여하튼 임금님께 그 글을 보이자 둘이 왕궁에 머물면서 자기를 도와달라고 했다네. 그리고 올해 초에 용본왕의 무덤을 만들도록 침류가 허락을 해주자 임금님이 그걸 이용해 아라를 세우려고 했고 백제 첩자를 찾아내는 일은 둘에게 맡긴 거라네. 그들은 밤낮으로 백제의 눈을 피해 돌아다니면서 첩자가 누구인지 찾아다녔다네. 그렇게 해서 우리가 본 일련의 일들이 일어난 것이지. 그들은 자기 역할을 잘해냈다네. 나도 감쪽같이 속았으니까. 나는 이번에 남문대장만은 진돌이가 죽이지 않았다고 생각했었네. 개가 짖지 않았기 때문에 남문을 지키는 군사 중의 하나가 죽인 줄 알았는데 알고 보니 진돌이 짓이었지. 거기다가 진돌이가 죽였다고 생각한 하급군사 부부는 오히려 진돌이가 죽이지 않았다네. 이렇게 나도 속고 말았으니 그들은 정말 일을 잘해냈네. 앞으로 아라의 큰 기둥이 될 걸세. 그때를 두고 보세나."

"그런데 그들은 어디로 갔는가? 소리도 소문도 없이 사라졌다던데."

"임금님으로부터 다른 명을 받아서 간 것이겠지. 아마 전국을 다니면서 백제 첩자를 파악하는 일을 하지 않나 싶네.

그동안 잘 해온 일이고 다음에 아라가 설 때 가장 필요한 일이기도 하니까. 확실한 것은 모르지. 어디로 갔는지도 모른다네. 다만 구시읍으로 먼저 가지 않았나 생각하고 있네. 구시읍에는 이번에 만든 무덤이 있었지. 근구수가 돌아가면서 그 무덤의 봉분을 다시 파헤쳐서 그 안에 든 물건들을 전부 챙겨서 가져갔다네. 관이 남았는데 짝눈이가 들어있으니 집으로 보냈다네. 짝눈이 어머니가 짝눈이가 죽어서 온 것보다 그 좋은 관이 온 것에 더 놀랐다고 하더군. 짝눈이가 고생만 시켰는데 그래도 마지막에 효도는 하나 하고 갔다네. 짝눈이야 그리 좋은 관에 묻을 필요가 어디 있나? 관도 없이 그냥 묻어도 될 판인데. 그 관을 사겠다고 사람들이 줄을 지어서 아주 높은 값에 팔았다고 하더군. 짝눈이 어머니는 이제 고생 안 하고 남은 평생 편안하게 지낼 수 있게 됐다네. 구시읍의 무덤은 관을 빼내고 나서 그냥 두면 보기 흉하니까 다시 봉분을 만들었다고 하더군. 그러니까 그 무덤은 주인이 없는 빈 무덤이지. 아침저녁으로 거기에 백조가 날아들어서 사람들이 백조 무덤이니 백조릉이니 한다네. 사연을 모르는 사람들은 백조릉에 근초고가 묻혀 있다고 이야기하기도 하고 근초고가 백조를 좋아했다고 이야기하기도 한다네. 구시읍에 있는 어떤 노인네는 거기에 관도 없이 묻힌 사람이 있는데, 담로도로 가서 자기가 한 일을 자랑하려던 남문대장이라는 엉뚱한 이야기를 했다더군. 하지만 망령된 소리를 한다고 사람들에게 핀

잔만 듣고는 입을 다물었다고 하네. 그 즈음에 진돌이와 수돌이를 거기서 봤다는 사람이 있다네. 하지만 확실한 것은 모른다네. 사실 알 필요도 없지. 바람 따라 이야기가 들려오면 다시 바람에 날려 보내면 된다네. 그렇게 사는 게 인생이니까."

꼬리말

  2708년(서기375)도 얼마 남지 않았을 때 귀한 손님이 진철을 찾아왔다. 흑오와 별이 부부가 꾀돌이를 데리고 온 것이다. 꾀돌이는 이제 열여섯 살이 되어 마치 어른처럼 보이고 사십을 두 살 넘기고, 사십이 두 살 남은 두 사람은 할아버지, 할머니가 되어 있었다. 꾀돌이가 이제 다 컸다며 그에게 맡기고 가려고 했다. 그는 그러지 말고 왕궁에서 같이 살자고 했다. 샛별공주도 있고 금왕도 있으니 불편함 없이 옛날을 회상하며 살 수 있다고 진서와 함께 설득했다. 그러나 신라 아구누마의 조용한 바닷가가 좋다며 끝내 돌아가 버렸다. 마음 한 구석이 허전했다. 꾀돌이에게 수돌이가 쓰던 방을 주었다.
  진서가 그릇을 빚어 놓고 보러오라고 했다. 가보니 용본왕이 말을 타고 있는 모습이었다. 왕궁을 짓고 나서 평화로운 시절의 모습을 여러 사람에게 물어보고 만든 것이라고 했다. 한반도의 임나를 회복하러 가기 이전, 그 후 백제가 왜로 쳐들어오기 이전의 여유가 넘치고 자애로운 모습을 표현했으며 말도 아주 실제처럼 만들어져 있었다. 진철이 너무 커서 가마에서 성치 못할 것이라고 하자 걱정 말라고 했다. 속을 파내면 아무리 커도 상관없다는 것이었다. 그릇이 완성되어 부여대안 몰래 금왕에게 가져다주었다.

　김지 대부가 찾아오라고 했다. 그냥 놔두면 부여무내가 체면 때문에 밖으로 나오기 힘드니 그를 꾀어낼 만한 것을 생각해 보라고 했다. 부여대안을 찾아가 사정을 이야기하고 부여무내를 만나달라고 했다. 샛별공주를 만나서도 이야기했다. 해가 바뀌어 정월 초하루에 하늘에 큰 제를 올렸다. 부여무내가 반은 곤혹스럽고 반은 체념한 표정으로 제를 지내러 나왔다. 제를 마치고 부여무내를 집무실로 데리고 가서 부여대안이 마련한 술과 음식을 함께 들었다. 부여무내는 곧 호탕한 옛 기질을 되찾았다. 그날만은 아라도 백제도 잊고 즐거운 시간을 보냈다.

　정월이 되고 며칠이 지나서 근구수는 한성에 도착했다. 도착하는 즉시 왕관을 만들게 했다. 선친이 쓰던 걸 물려받아야 하나 이미 한 번 묻혔던 것이기에 그걸 쓸 수는 없었다. 그래서 즉위식은 흐지부지되고 말았다. 다행히 고구려는 쳐들어오지 않았다. 그러나 고국원왕의 아들인 구부가 호시탐탐 백제를 노린다는 것을 알고 있었기에 경계를 강화했다. 나머지 군사들은 집으로 돌려보내 쉬게 했다. 선친의 무덤을 만들게 했다. 내신좌평에 장인인 진고도를 임명하고는 정사를 맡겼다.

자신은 영토 확장에 집중했다. 어서 빨리 군사를 모아 고구려에 대한 방비를 해놓고 산동반도로 가고 싶었다. 그동안 열심히 싸워서 마련한 땅을 빼앗기는 일은 없어야 했다. 그런 일이 생기는 것은 수치였다. 조금 더 힘을 쏟아 현재 북단만 차지하고 있는 산동반도를 전부 얻으면 거기에 담로를 둘 수 있었다. 그러면 어느 정도 안심하고 한성으로 돌아올 수 있을 것이었다. 하지만 그동안 많은 군사를 차출해 계속 전쟁을 벌이다 보니 병사를 모으는 것이 쉽지 않았다.

조바심을 억누르며 계절을 보내고 있는데 고구려가 심상치 않다는 연락이 왔다. 가을이 끝나면 먹을 것이 많으니 전쟁을 준비하고 있다는 것이었다. 백제도 가을걷이를 하기 위해 돌려보낸 군사들을 다시 집결하게 했다. 십일월에 고구려가 북쪽을 침범했는데 미리 방비를 하고 있었으므로 바로 몰아냈다. 다음해인 2710년(서기 377) 시월 삼만의 병력을 거느리고 고구려의 평양성을 침범했다. 십일월 날씨가 추운데다 고구려의 대군이 왔기에 후퇴했다. 그 뒤를 따라 고구려가 백제 땅까지 쳐들어왔기에 쫓아 보냈다.

 이듬해 군사를 내어 드디어 산동반도로 갔다. 싸움은 치열했고 많은 희생이 있었지만 2714년(서기 381) 마침내 산동반도 전체를 손에 넣을 수 있었다. 대망의 꿈을 이루는 순간이었다. 요서에 이어서 담로를 두고 다시 빼앗기지 않도록 철저히 관리하게 했다. 한성으로 돌아왔다. 이제 산동반도 아래의 해안을 차지할 준비를 할 차례였다. 그러나 그쪽으로 움직일 수가 없었다. 병력이 그만큼 모아지지도 않았거니와 그해 겨울 아라가 다시 나라를 일으켰기 때문이었다. 병력을 모으는

대로 그곳부터 가야 했다. 그 전쟁의 결과가 어떻게 될지 하늘은 알고 있었다. 하늘을 떠도는 바람과 그걸 타고 다니는 용도 알고 있었다. 근구수만 몰랐다.

잊혀간 왕국. 아라 6
녹나무관의 비밀

2020년 10월 20일 인쇄
2020년 10월 25일 발행

지은이 | 조정래
펴낸이 | 김병수
펴낸곳 | (주)아라앤디, (도서출판 청암)
출판등록번호 | 제2019-000004호
주소 | 경남 함안군 가야읍 가야로 138
전화 | 055)715-6010
팩스 | 055) 715-6020

제작 | (주)아라앤디
이메일 | arand@pers.kr

값 10,000원
ISBN 979-11-969141-1-0 [04810]
ISBN 978-89-93203-39-4 (세트)

저작권자와 출판사의 허락 없이는 무단 복제 행위를 금합니다.